THE INMATE
재소자

THE INMATE
Copyright ⓒ Freida McFadden, 2022
All Rights Reserved

Korean translation copyright ⓒ 2025 by Iarchitect Co.,Ltd
Korean translation rights arranged with BOOKOUTURE
through EYA Co.,Ltd

이 책의 한국어판 저작권은 EYA Co.,Ltd를 통해
BOOKOUTURE와 독점 계약한 '아이아키텍트 주식회사'에 있습니다.
저작권법에 의하여 한국 내에서 보호를 받는 저작물이므로
무단전재 및 복제를 금합니다.

프리다 맥파든 지음 ― 정미정 옮김

THE INMATE

재소자

BOOK PLAZA

1

현재

교도소 문이 쾅 닫히는 순간, 내가 지금까지 살아오며 내린 모든 선택이 주마등처럼 스쳐 지나갔다.

여기는 내가 있어야 할 곳이 아니다. 아니, 최고 보안 등급 교도소에 있고 싶은 사람이 어디 있겠는가? 아무도 없으리라 장담한다. 이곳에 발을 들였다면 살면서 잘못된 선택을 했을 공산이 크다.

나 역시 마찬가지였다.

"성함이요?"

입구 안쪽에 설치된 유리 칸막이 너머로, 파란색 교도관 제복을 입은 여자가 나를 올려다보며 물었다. 탁하고 공허한 눈빛. 나만큼이나 이곳에 있고 싶지 않아 보였다.

"브룩 설리번입니다." 나는 목을 큼큼 가다듬었다. "도러시 쿤츠 씨를 만나러 왔습니다."

여자는 앞에 놓인 서류철을 무표정하게 내려다보았다. 내 말을 들은 건지, 아니면 내가 여기에 온 이유를 아는 건지 일언반구도 없이. 나는 고개를 돌려 주변을 둘러보았다. 주름이 자글자글한 노인이 작은 대기실을 홀로 지키고 있었다. 플라스틱 의자에 앉아 신문을 읽고 있는 모습이 마치 버스를 기다리는 사람처럼 태연해 보였다. 사위를 에워싼 철조망과 거대한 감시탑 따위는 전혀 개의치 않는 눈치였다.

몇 분이 흘렀을까. 공기를 가르는 요란한 전자음에 나는 흠칫 놀라 한걸음 뒤로 물러섰다. 오른편에 있는 빨간 철문이 스르르 열리더니, 세로 창살 사이로 어스름한 복도가 모습을 드러냈다.

나는 길게 뻗은 복도를 멍하니 바라보았다. 선뜻 발이 떨어지지 않았다.

"저… 들어가면 되나요?"

여자가 흐리멍덩한 눈으로 나를 올려다보았다. "네, 복도 따라 쭉 들어가서 보안 검색대 통과하시면 됩니다."

그러고는 고갯짓으로 어둑한 복도 쪽을 가리켰다. 나는 주뼛주뼛 철창문을 통과했다. 순간, 온몸에 오싹한 전율이 일었다. 내 등 뒤로 철문이 미끄러지듯 닫히더니 철컹, 굉음을 내며 단단히 잠겼다. 교도소 안에 들어오는 건 오늘이 처음이었다. 면접은 전화로만 보았다. 인력 충원이 절실한 탓인지 교도소장은 처음부터 나를 직접 만날 생각도 하지 않았다. 이력서와 추천서 몇 장만으로도 충분하다고 판단한 모양이었다. 고용계약서는 지난주에 서명해 팩스로 보낸 참이었다.

그래서 지금 나는 교도소에 와 있다. 앞으로 꼬박 1년은 꼼짝없이 철장 안에서 지내야 한다.

'내 생각이 틀렸어. 애초에 이곳에는 발도 들이지 말았어야 했는데.'

얼른 뒤를 돌아보았다. 굳게 닫힌 빨간 철문이 눈에 들어왔다. 아직 늦지 않았다. 계약서에 서명한 후에도 분명 빠져나갈 구멍이 있을 것이다. 지금 당장 돌아서서 이곳을 떠나면 그만이다. 수형자들과 달리, 나는 감옥에 갇힌 신세는 아니지 않은가.

사실 교도소는 내가 원하던 직장이 아니었다. 오히려 이곳만은 피하고 싶었다. 뉴욕주 북부의 레이커 마을에서 출퇴근 시간이 1시간 안팎인 곳에 이력서를 죄다 넣었지만, 면접을 제안한 곳은 이 교도소 하나뿐이었다. 가장 원치 않던 일이었지만, 이것이나마 얻게 되어 다행이라고 여겼다.

그래서 나는 발걸음을 계속 옮겼다.

복도 끝에 다다르자 보안 검색대가 나타났다. 군인처럼 짧게 머리를 친 40대 남자 하나가 또 다른 철창문을 지키고 서 있었다. 입구에 앉아 있던 여자와 똑같은 파란색 제복 차림이었다. 나는 그의 가슴팍에 달린 신분증을 흘낏 내려다보았다. 스티브 벤턴 교도관.

"안녕하세요." 내 목소리가 지나치게 발랄했다. 하지만 너무 긴장한 탓에 나도 어쩔 도리가 없었다. "브룩 설리번입니다. 오늘부터 여기에서 근무하기로 했어요."

벤턴의 표정은 미동도 없었다. 그의 짙은 눈동자가 내 몸을 훑었다. 불편한 시선에 몸이 배배 꼬였다. 불현듯 오늘 아침 옷차림을 고르던 순간이 떠올랐다. 남성 재소자만 득실득실한 교도소로 출근할 참이니, 오해를 살 만한 옷차림은 피하는 편이 좋겠다고 생각했다. 그래서 부츠컷 정장 바지에 단추가 달린 긴 소매 셔츠를 입고 왔다. 아직 여름의 끝자락이라 기온은 27도를 웃돌았다. 무더운 날씨에 위아래 모두 시커먼 옷차림이 벌써 후회스럽지만, 눈에 띄지 않으려면 검은색이 제일이지 않은가. 검은 머리는 뒤로 넘겨 단정히 묶었고, 화장은 최소한만 했다. 컨실러로 눈그늘을 가린 후 내 입술 색과 거의 똑같은 색상의 립스틱만 살짝 발랐다.

"다음부터 하이힐은 신고 오시면 안 됩니다."

"앗!" 나는 검은색 펌프스를 내려다보았다. 복장 규정에 대해서는 들은 바가 없었다. "근데 그리 높지도 않고, 통굽이라 뭉툭해서 위험하지도 않거든요. 별문제 없을 텐데…."

벤턴의 싸늘한 시선에 나는 변명하던 입을 꾹 다물었다. 앞으로 굽 높은 신발은 일절 금지다.

벤턴은 내 가방을 먼저 금속 탐지기에 통과시켰다. 그런 다음 나도 그보다 훨씬 큼지막한 보안 검색대를 지나오게 했다. 잔뜩 긴장한 나는 마치 공항에 온 기분이라며 어설픈 농담을 던졌다. 그의 반응을 보아하니 농담 따위는 별로 좋아하지 않는 것 같았다. 다음부터는 농담도 삼가야겠다.

"도러시 쿤츠 간호사님을 만나려면 어디로 가야 하죠?"

벤턴이 낮은 목소리로 되물었다. "그쪽도 간호사이신가요?"

"전 임상 전문 간호사예요." 내가 그의 말을 정정했다. "오늘부터 의무동에서 근무하기로 했어요."

그가 눈썹을 추켜세웠다. "행운을 빕니다."

갑자기 웬 행운 타령이람?

벤턴이 버튼을 누르자 또다시 귀청이 찢어질 듯한 굉음이 울리며 두 번째 철창문이 서서히 열렸다. 그의 손가락이 가리키는 대로 나는 의무동으로 이어지는 복도로 걸음을 옮겼다. 복도에는 알 수 없는 화약 약품 냄새가 가득했고, 머리 위에서는 형광등 불빛이 쉼 없이 깜빡였다. 발걸음을 내디딜 때마다 두려움에 숨이 막혀왔다. 어디선가 죄수가 튀어나와 내 신발 굽으로 머리통을 내려칠 것만 같았다.

복도 끝에 다다라 왼쪽으로 틀자 60대 정도로 보이는 여자가 나를 기다리고 있었다. 짧게 자른 흰머리에 다부진 체격, 어쩐지 낯익은 얼굴이었다. 다른 교도관들과 달리 감청색 수술복을 입고 있었지만, 웃음기 하나 없는 표정은 똑같았다. 교도소 내에서 웃으면 안 되는 법이라도 있는 걸까? 집에 가면 계약서를 꺼내 '웃을 시 해고한다'는 조항이라도 있는지 살펴보아야겠다.

"브룩 설리번 씨?" 목소리가 내 예상보다 훨씬 굵직하고 차가웠다.

"네, 맞습니다. 도러시 간호사님이신가요?"

보안 검색대를 지키던 교도관처럼 그녀가 나를 위아래로 훑었다. 역시나 실망한 기색을 노골적으로 드러내며 말했다. "굽 높은 신발은 금지입니다."

"알아요. 근데…"

"빤히 알면서도 신고 왔다는 말인가요?"

"그게 아니라…." 얼굴이 화끈거렸다. "여기 와서 알았어요."

내 대답이 영 마뜩잖은 눈빛이었다. 그래도 근무 첫날부터 맨발로 다니라고 하지는 않을 모양이었다. 그녀가 따라오라고 손짓하며 방을 나섰다. 나는 순순히 그녀의 뒤를 따랐다. 의무동 복도도 교도소의 다른 구역과 똑같았다. 화학 약품 냄새가 진동하고, 형광등이 연신 깜빡거렸다. 벽을 따라 줄지어 놓인 플라스틱 의자는 텅 비어 있었다. 그때 도러시가 방문 하나를 벌컥 열어젖히며 말했다.

"여기가 진료실입니다."

나는 방 안을 들여다보았다. 이전에 퀸즈에서 일하던 응급 진료소의 진료실보다 절반쯤 작은 크기였다. 그 외에는 별반 다르지 않아 보였다. 정중앙에 진찰대가 놓여 있고, 내가 앉을 의자와 작은 책상이 하나씩 마련되어 있었다.

"제 사무실은 따로 있나요?"

도러시가 고개를 저었다. "업무는 진료실 안에 놓인 책상에서 보시면 됩니다."

환자가 뻔히 보고 있는 앞에서 기록을 남기라는 말인가?

"컴퓨터는요?"

"의료 기록은 전부 수기로 작성합니다."

그 말에 어안이 벙벙해졌다. 종이 차트라니. 지금껏 차트를 수기로 작성하는 곳은 본 적이 없었다. 더는 허용되지 않는 줄로만 알았는데, 교도소는 바깥세상과 규칙이 조금 다른 모양이었다.

도러시가 진료실 옆방 문을 가리켰다. "의무 기록실입니다. 여기 카드 인식기에 신분증을 대면 문이 열립니다. 신분증은 오늘 퇴근 전까지 만들어 드리죠."

도로시가 벽에 붙은 인식기에 신분증을 대자 커다란 전자음과 함께 잠금이 풀렸다. 그녀의 손에 활짝 열린 문 뒤로 먼지가 자욱한 작은 방이 모습을 드러냈다. 안에는 철제 캐비닛이 빼곡하게 들어차 있었다. 차트를 찾을 때마다 고문이 따로 없겠는걸.

"혹시 여기 의사 선생님도 근무하시나요?"

그녀가 대답을 망설였다. "위텐버그 선생님이 계시긴 한데, 교도소 여섯 군데를 맡고 있는지라 자주 만나기는 힘들 겁니다. 대신 전화로 연락을 주고받으실 수 있습니다."

순간 불안감이 엄습했다. 응급 진료소에서는 나 혼자 환자를 치료한 적이 한 번도 없었다. 하지만 여기서는 응급 진료소만큼 심각한 문제를 다루는 일은 없지 않을까. 제발 그러기만을 바랄 뿐이다.

다음으로 들른 곳은 의약품 보관실이었다. 예전 진료소와 비슷해 보였지만 역시나 크기가 아담했다. 이곳을 출입할 때도 신분증은 필수였다. 안에는 붕대와 봉합용 치료재료, 각종 보관 통과 튜브, 약품 등이 차곡차곡 진열되어 있었다.

"약품 조제는 제가 직접 합니다. 처방전만 써 주시면 제가 환자에게 맞는 약을 제공할 겁니다. 여기에 처방하고자 하는 약이 없을 경우에는 따로 주문을 넣으시면 됩니다."

"네, 알겠습니다." 땀으로 축축해진 손바닥을 검은 바지에 쓱 문지르며 내가 대답했다.

도로시가 나를 빤히 바라보다 말을 꺼냈다. "경비가 삼엄한 교도소에서 일하려니 마음이 뒤숭숭하실 겁니다. 하지만 여기에 있는 재소자들 다수가 브룩 씨의 치료에 고마워할 거예요. 선만 잘 지키면 아무 문제 없을 겁니다."

"알겠습니다."

"사적인 이야기는 일절 삼가셔야 합니다." 도러시의 입가가 팽팽해졌다. "사는 동네나 사생활은 절대 공유하시면 안 됩니다. 사진도 붙여두지 마세요. 혹시 아이가 있으신가요?"

"네, 아들 하나요."

도러시의 눈이 일순 커다래졌다. 아니라는 답변을 기대한 모양이었다. 내가 아이가 있다고 하면 다들 놀라움을 감추지 못했다. 스물여덟 살인데도 외모가 앳되어 보이는 탓이었다. 하지만 속은 산전수전을 다 겪어 노파와 같았다.

스무 살 대학생의 껍데기를 입고 사는 50대 노인의 인생과도 같달까.

"그럼 아이 얘기도 금물입니다. 철저히 일적으로만 대하세요. 항상 선을 지키셔야 한다는 점을 잊으시면 안 됩니다. 이전 직장에서 어떻게 일했는지는 몰라도 여기 있는 재소자들은 브룩 씨의 친구가 아닙니다. 극악무도한 범죄를 저지른 중범죄자들이고, 그중 상당수가 무기수입니다."

"네, 알고 있어요." 그 정도는 나도 잘 알고 있다.

"그리고 무엇보다…." 도러시의 얼음장 같은 파란 눈동자가 나를 꿰뚫을 듯 응시했다. "재소자들 대다수가 합당한 이유로 진료를 보러 오겠지만, 개중에는 약을 얻기 위해 오는 이들도 있습니다. 약품 보관실에 마약성 진통제를 소량 보유하고 있지만 극히 드문 경우에만 사용을 허합니다. 일부 재소자들의 꼬임에 넘어가 마약성 약물을 처방하는 실수를 범해서는 안 됩니다. 약물 남용이나 재소자 간 거래로 이어질 수 있어요."

"잘 알겠습니다."

"그리고 하나 더요." 그녀가 재빨리 덧붙였다. "마약성 진통제를 처방해 주는 대가로 뇌물을 받는 행위도 절대 금지입니다. 그런 제안을 받는 즉시 저에게 말씀해 주셔야 해요."

나는 숨을 짧게 들이켰다. "그럴 일은 절대 없을 겁니다."

도러시가 날카로운 눈빛으로 나를 쏘아보았다. "그래요. 전임자도 똑같이 말했더랬죠. 그리고 지금은 이 안에 있는 재소자들처럼 철창신세를 지고 있고요."

순간 말문이 턱 막혔다. 안 그래도 면접을 볼 때 전임자에 관해 물은 적이 있었다. 그때 교도소장은 '개인 사정'으로 퇴사했다고 답했다. 그녀가 재소자들에게 마약성 약물을 팔다가 체포된 사실은 굳이 언급하지 않은 모양이었다.

내 전임자가 현재 수감 중이라는 말을 듣자 정신이 번쩍 들었다. 감옥에 한번 발을 들이면 빠져나오기 어렵다고들 하지 않는가. 어쩌면 감옥에서 일하는 사람에게도 그 말이 동일하게 적용되는지도 몰랐다.

뜨악한 내 표정을 눈치채기라도 하듯 도러시가 얼굴빛을 약간 누그러뜨리며 말했다. "너무 겁먹을 필요는 없어요. 생각만큼 무서운 곳은 아니랍니다. 그냥 일반 병원과 똑같다고 생각하시면 돼요. 환자를 보고, 치료하고, 각자의 삶으로 다시 돌려보내면 됩니다."

"네…." 나는 목덜미를 문질렀다. "저, 그런데 교도소에 수감 중인 재소자 전원을 저 혼자 봐야 하는 건가요? 아니면 특정 구역만 담당하는 걸까요?"

도러시의 입꼬리가 비죽 올라갔다. "아, 브룩 씨 혼자서 모든 재소자를 진료해야 합니다. 이의 있으신가요?"

"아니요. 괜찮습니다."

괜찮다는 말은 새빨간 거짓말이었다.

내가 이 일을 꺼린 데에는 그럴만한 이유가 있어서였다. 재소자가 날 신발로 때려죽일까 봐 두려워서가 아니라, 이 교도소에 수감 된 그 사람 때문이었다. 아주 오래전에 내가 알았던 사람이자 다시는 마주치고 싶지 않은 한 사람.

하지만 도러시에게 사실대로 털어놓을 수는 없었다. 내 첫사랑이었던 남자가 이 교도소에서 가석방 없는 종신형을 살고 있다는 사실을 밝힐 수는 없었다.

그리고 그 남자를 감옥에 처넣은 사람이 나라는 사실도.

2

파란색 구형 도요타가 부모님의 집 앞 골목길로 들어섰다. 지금 내 가방 안에는 갓 발급받은 레이커 교도소의 신분증이 들어 있다. 도러시는 신분증을 건네며 애먼 사람의 손에 들어가지 않도록 각별히 주의하라고 신신당부했다. 하지만 내 접근 권한을 고려하면 잃어버린다고 한들 그리 위험할 것 같지는 않았다. 고작 반창고 몇 개를 훔치거나 직원용 화장실을 이용하는 게 전부일 테니까. 그래도 신분증을 내 목숨처럼 지키기로 다짐했다.

십여 년 전, 나는 피치 못할 사정으로 레이커를 떠났었다. 하지만 이곳에서 보낸 어린 시절만큼은 소중한 기억으로 남아 있다. 모퉁이마다 무성하게 우거진 나무들, 그림같이 고풍스러운 옛집들, 길을 걷다 눈이 마주치면 살갑게 인사를 건네는 이웃들. 모두 퀸즈에서는 상상도 할 수 없는 아름다운 광경이다. 게다가 새카만

밤하늘에는 드문드문 흩뿌려진 비행기 불빛 대신 무수히 많은 별자리가 선명히 수놓아져 있다.

아이를 키우기에도, 우리 가족이 살기에도 그야말로 안성맞춤인 동네다.

나는 오늘도 차 두 대는 넉넉히 들어가는 널찍한 차고를 비워둔 채, 그 앞에 차를 세웠다. 오래된 습관이었다. 예전부터 차고는 부모님의 차지였고, 나는 늘 차고 앞이나 길가에 주차하고는 했다. 습관은 본디 떨치기 힘든 법 아니던가. 그래서인지 이 집도 여전히 부모님의 집처럼 느껴졌다. 하지만 지금 이 집은 전적으로 내 소유다.

부모님은 두 분 모두 세상을 떠나고 없으니까.

현관문을 열자 텔레비전 소리와 고기를 굽는 냄새가 훅 끼쳐왔다. 나는 눈을 지그시 감고 잠시 상상의 나래를 펼쳤다. 집으로 돌아온 나를 가족들이 반가이 맞이해 주고, 사랑하는 사람이 주방에서 저녁을 준비하고 있는 모습을 그려보았다.

물론 모두 허무한 환상일 뿐이었다. 지금껏 저녁을 차려줄 만큼 오랫동안 만난 남자는 단 한 명도 없었다. 그리고 앞으로도 과연 있을지 의문이다. 지금 풍겨오는 맛있는 냄새는 아이를 돌봐주는 도우미가 나를 대신해 저녁을 준비해 준 덕분이다.

"아들! 엄마 왔어!"

조시가 인사하러 올까 싶어 문 앞에서 잠자코 기다렸다. 어릴 때는 내가 집에 오면 조막만 한 발로 바지런히 달려와 따스한 몸을 내 다리에 철썩 붙이고는 했었다. 하지만 아이가 열 살이 되면서 그런 환영 인사는 점점 뜸해졌다. 예전처럼 격렬히 애정을 표현하지는 않을 뿐, 엄마를 사랑하는 마음은 예나 지금이나 변함이 없다.

얼마나 지났을까. 조시가 맨발로 터덜터덜 현관으로 걸어 나왔다. 다음 주가 개학인지라 요즘 조시는 온종일 소파와 거의 한 몸이 되어 텔레비전을 보거나 닌텐도 게임을 했다. 못 하게 해야지 싶으면서도 곧 숙제하랴 운동부 활동하랴 바빠질 테니 그냥 내버려 두기로 했다. 조시의 최대 관심사는 단연 어린이 야구 대회다. 새 리그는 내년 봄에나 시작할 테지만, 개막이 다가오면 매일같이 연습하러 공원에 데려다 달라고 졸라대겠지.

"엄마, 다녀오셨어요!"

조시가 활짝 펼친 내 팔 안으로 들어와 와락 안겼다. 마지못해서가 아니라 기꺼운 듯이.

"우리 아들, 오늘은 뭐 하고 놀았어?"

"뭐 이것저것."

"소파에 앉아 있지만 말고 다른 데서도 놀고 그러지."

조시가 장난기 어린 미소를 머금었다. "굳이 뭐 하러 그래?"

그러고는 눈 앞을 가리는 갈색 머리카락을 손으로 쓸어 넘겼다. 머리를 깎을 때가 된 것 같았다. 이번에도 욕실 세면대 앞에서 잘라야 할 성싶다. 새 학기가 시작하기 전에 꼭 정리해 주리라 마음먹는다. 아이는 하루가 다르게 제 아빠를 닮아 갔다. 생김새는 물론 덥수룩하게 자라난 머리칼까지 빼닮은 모습을 보고 있으니 가슴이 저릿해져 왔다.

그때 부엌에서 알람이 울렸다. 닭고기를 굽는 냄새가 짙게 풍겨 오는 쪽으로 서둘러 발걸음을 옮겼다. 아, 집밥이 얼마나 그리웠던가. 어머니는 거의 하루도 빠짐없이 저녁을 집밥으로 차려주시고는 했지만, 나는 오래전에 분가해 부모님과 따로 살았다. 그러다 지난달 어머니가 돌아가신 후 다시 이 집으로 이사를 들어온 것이었다.

부엌에 들어서자 마침 마지가 오븐에서 구이판을 꺼내고 있었다. 마지는 내가 일하는 동안 조시를 돌봐주는 동네 아주머니다. 조시는 보모 따위는 필요 없다며 툴툴댔지만, 이제 겨우 열 살인 아이를 집에 혼자 두고 어찌 마음 편히 일할 수 있겠는가. 내가 일하는 교도소는 여기서 45분이나 떨어져 있는 데다 조시가 또래보다 철이 없다는 점도 내심 마음에 걸렸다.

"냄새가 기가 막히네요."

마지가 옆으로 삐져나온 흰머리를 귀 뒤로 넘겨 꽂으며 활짝 웃었다. "그리 대단한 요리는 아니랍니다. 그냥 닭고기에 마늘 버터 소스를 발라서 구운 것뿐이에요. 곁들여 드시라고 쌀밥이랑 아스파라거스도 준비해 두었어요. 닭고기만 먹을 수는 없잖아요."

닭고기만 먹을 수는 없다고? 지난 10년 동안 조시와 내가 저녁으로 달랑 닭고기만 먹은 날이 얼마나 많았던가. 그것도 인자하게 웃는 백발 할아버지가 그려진 통을 식탁 위에 통째로 올려둔 채로.

하지만 모두 과거일 뿐이다. 앞으로는 달라질 것이다. 아이와 나, 둘 다 이곳에서 새 출발을 하는 거니까.

조시가 일부러 과장되게 코를 벌름거리며 냄새를 맡았다. "소스 냄새가 너무 많이 나."

"그게 무슨 말이야? 소스 냄새가 너무 많이 난다니?" 내가 아이를 빤히 쳐다보며 물었다.

마지가 나를 향해 눈을 찡긋했다. "마늘이랑 버터 냄새를 맡고 하는 소린가 봐요."

조시가 코를 잔뜩 찡그렸다. "웩, 마늘 극혐이야. 그냥 맥도날드 가면 안 돼?"

참 알다가도 모를 일이다. 누군가를 하늘만큼 땅만큼 사랑하면서도 이렇게나 자주 그 목을 조르고 싶은 충동이 일 수 있다니.

"응, 안 돼. 레이커에는 맥도날드가 없어서 가고 싶어도 갈 수가 없어. 그리고 마지 아주머니께서 우릴 위해서 이렇게 맛있는 저녁을 정성껏 준비해 주셨잖아. 그러니까 먹기 싫으면 네가 직접 만들어 먹도록 해."

마지가 웃음을 터뜨렸다. "우리 딸이랑 하는 말이 어쩜 그리 똑같은지."

칭찬이겠지? "오늘 와주셔서 정말 감사해요, 아주머니. 월요일에 조시 학교 끝나고 와주실 수 있으시죠? 통학 버스가 오후 3시쯤 도착할 거예요."

"물론이죠!" 마지가 흔쾌히 대답했다.

마지는 우리 집에 수시로 드나들어서 굳이 배웅해 줄 필요는 없었다. 그런데도 나는 구태여 현관까지 따라 나갔다. 잘 가라는 인사를 건네려는 찰나, 마지가 잠시 머뭇거렸다. 이윽고 잿빛 눈썹 사이에 주름을 잡으며 입을 열었다. "저기, 조시 엄마…."

그만두겠다는 말이면 곧장 바닥에 드러누워 엉엉 울어버릴지도 몰랐다. 마지는 우리 형편으로 감당할 수 있는 유일한 도우미였다. 사실 그마저도 간신히 마련하는 처지였다.

"저에게 하실 말씀이라도 있으세요?"

"조시가 새 학교에 가려니 많이 긴장한 모양이에요. 아직 어리니까 새로 이사 온 동네에 적응하려면 힘들 수밖에 없겠지만, 그래도 제가 보기에 유난히 불안해하는 것 같아서요."

"아…."

"괜히 걱정할까 봐 이야기 안 하려고 했는데, 아무래도 조시 엄마가 알아야 할 것 같아서…."

아들 생각에 마음이 짠해졌다. 조시가 맥도날드를 그리워하는 것도 어찌 보면 당연했다. 퀸즈에 살 때 늘 먹던 음식이니 친숙할 테지. 조시에게는 레이커도, 이 집도 낯설기만 할 뿐이다. 부모님은 지금까지 우리를 레이커에는 발도 들이지 못하게 했다. 늘 우리가 사는 퀸즈로 직접 찾아왔다. 결국 그마저도 내가 못 오게 했지만. 이 동네는 나에게는 익숙한 곳이지만, 조시에게는 모르는 이들로 그득한 낯선 곳일 뿐이었다.

게다가 퀸즈에서 겪은 일을 생각하면 학교에 가기가 두려울 만도 했다.

"제가 잘 얘기해 볼게요. 신경 써주셔서 감사해요."

조시는 주방 식탁에 앉아 소금과 후추를 가지고 장난을 치느라 정신이 없었다. 식탁 위에는 희고 검은 가루가 소복이 쌓여 있었다. 평소 같았으면 냅다 잔소리를 퍼부었을 테지만 지금은 화도 나지 않았다. 나는 아이의 맞은편 의자에 가서 앉았다.

"아들, 괜찮아?"

조시가 흑백의 가루 위에 손가락으로 제 이름의 머리글자인 J를 그리며 심드렁하게 대꾸했다. "응."

"새 학교에 가려니 긴장되지?"

조시가 대답 대신 가느다란 어깨 한쪽을 으쓱해 보였다.

"이 동네 아이들은 착하대. 예전에 다니던 학교랑은 다를 거야."

조시가 갈색 눈으로 나를 올려보았다. "엄마가 그걸 어떻게 알아?"

순간 몸이 움찔했다. 아이의 고통이 내게 고스란히 전해지는 기분이었다. 조시는 작년에 학교에서 괴롭힘을 심하게 당했다. 하지만 집에서는 아무 내색도 하지 않아 나는 아무것도 몰랐다. 아이는 날이 갈수록 말수가 줄어 갔지만 정작 나는 그 이유를 알지 못했다. 그러던 어느 날, 조시가 멍든 눈으로 집에 돌아왔다. 그때야 비로소 나는 그간의 사정을 이해할 수 있었다.

명백한 증거에도 불구하고 조시는 인정하려 들지 않았다. 다른 아이들이 자기를 괴롭히는 이유를 내게 말하기가 창피한 듯했다. 그때까지도 나는 무슨 일인지 전혀 눈치채지 못했었다. 조시는 말수가 적은 편이기는 해도 특별히 모난 구석은 없는 아이였다. 도대체 우리 아들이 왜 괴롭힘의 대상이 된 건지 도무지 이해할 수 없었다. 그러다 마침내 다른 아이들이 조시를 뭐라고 놀려대는지 직접 듣고 말았다.

'아빠도 없는 새끼.'

심장을 칼로 도려내는 듯한 고통이 밀려왔다. 내 탓이었다. 내가 과거에 저지른 과오 때문에 우리 아들이 괴롭힘을 당해왔던 것이었다. 그날 이후 어두운 생각들이 머릿속을 스쳤다.

조시가 다니던 학교에는 교내 폭력 행위에 무관용으로 대응한다는 학칙이 존재했지만, 그저 보여주기식에 불과했다. 아무도 피해자인 내 아들을 돕겠다고 나서지 않았다. 심지어 교장은 가해 아동들을 두둔하기까지 했다. 아이들이 편모가정이라는 불편한 진실을 지적했을 뿐이라며 되레 내게 비난의 눈총을 보냈다.

홀로 아이를 키우며 힘겹게 버티는 싱글맘이 학교의 안일한 대응에 맞서기는 쉽지 않았다. 동시에 나보다 나이도 많고, 돈도 훨씬 많은 가해 학생의 부모들까지 상대해야 했다. 결국 나는 통장에 모아둔 돈을 탈탈 털어 변호사 상담까지 받았다. 하지만 돌아온 건 조시를 새로운 학교로 옮기라는 허망한 조언뿐이었다.

그래서 학년이 끝날 무렵 부모님이 교통사고로 세상을 떠났을 때, 나는 집을 팔지 않기로 했다. 내가 유년을 보낸 이 집이야말로 조시와 내가 새출발하기에 완벽한 곳이라고 믿었으니까.

"학교에 가면 새 친구들도 많이 사귈 수 있을 거야."

"그런가."

"물론이지! 엄마가 장담해."

아이가 커 갈수록 부모는 슬픈 진실을 마주하게 된다. 내 말이면 철석같이 믿던 아이가, 세상에는 엄마도 어찌할 수 없는 일이 존재한다는 사실을 깨닫게 된다는 것.

조시의 시선은 여전히 소금과 후추 더미에 붙박여 있었다. 이번에는 자기 성의 머리글자인 S를 열심히 그렸다.

"엄마."

"응?"

"우리 이제 여기서 사는 거면, 나 아빠도 만날 수 있어?"

순간 숨이 멎을 뻔했다. 세상에, 조시가 이런 생각을 하고 있을 줄은 상상도 못 했다. 아빠의 빈자리를 채우려 부단히 애썼지만,

아이는 어느 시기만 되면 아빠를 유독 그리워했다. 특히 다섯 살 무렵에는 입만 열면 아빠 타령이었다. 유치원에서 하루가 멀다 하고 아빠를 그린 그림을 들고 왔다. 조시의 상상 속 아빠는 매번 다른 모습을 하고 있었다. 우주비행사, 경찰관, 수의사. 한동안 아빠 이야기는 꺼내지도 않던 아이가 난데없이 왜 이런 질문을 하는 걸까.

"조시…."

"아빠도 이 동네에 산다고 하지 않았어?" 조시가 식탁에서 시선을 떼 나를 빤히 쳐다보았다.

아이의 말 한마디 한마디가 비수가 되어 내 심장에 꽂혔다. 그냥 아빠가 죽었다고 둘러댔더라면 훨씬 쉬웠을 것을. 멋들어진 영웅담이나 하나 지어내면 되었을 것이다. 이를테면 불 속에서 강아지를 구하다가 목숨을 잃었다는 동화 같은 이야기. 그런 이야기라면 조시도 분명 만족했을 테고, 작년에 다른 아이들에게 괴롭힘을 당하지도 않았을 텐데.

"아빠가 오래전에 여기에 살았던 건 맞아. 그런데 지금은 아니야. 더는 여기에 살지 않아."

조시의 얼굴에 떠오른 표정을 나는 끝내 읽어내지 못했다. 아이가 커 갈수록 부모는 또 다른 슬픈 진실을 맞닥뜨리게 된다. 바로 부모가 거짓말하는 순간을 아이가 귀신같이 알아차린다는 것.

3

내 앞에 앉은 남자는 치아가 딱 하나뿐이었다.

물론 치아가 진짜 하나밖에 없는 것은 아니었다. 안쪽에 시커멓게 썩어 충치 치료가 시급한 어금니가 몇 개 남아 있었다. 하지만 웃을 때 보이는 이는 누런 윗니 하나뿐이다.

"덕분에 살았습니다, 의사 선생님." 헨더슨 씨가 달랑 하나 남은 누런 앞니를 다시 한번 드러내며 말했다. 나는 의사가 아니라고 두 번이나 말했는데도 굳이 '의사 선생님'이라고 부르고 싶은 모양이다. "뭐라 감사의 말씀을 드려야 할지 모르겠네요."

"도움이 되셨다니 다행이네요."

사실 내가 헨더슨 씨에게 특별히 해준 것은 없었다. 몇 달 사이 폐기종 증세가 부쩍 심해져서 흡입기를 새로 처방해 준 게 전부였다. 재소자들은 정기 진료 외에 나를 만나려면 따로 신청서를 작

성해야 했다. 헨더슨 씨가 내민 종이에는 딱 네 글자만 적혀 있었다. '호흡곤란.'

첫 출근인 오늘 진료를 본 환자들은 모두 헨더슨 씨 같았다. 보안이 철통같은 이 교도소에 무슨 죄를 짓고 들어왔는지 몰라도, 하나같이 공손하게 내 진료에 감사를 표했다. 예순셋인 이 남자가 어떤 끔찍한 범죄를 저질렀는지 나는 알지 못했고, 알고 싶지도 않았다. 적어도 지금 이 순간만큼은 꽤 괜찮은 사람처럼 느껴졌다.

"이전에 계시던 선생님이 그만둔 후로 계속 기침이 나고 숨이 차서 죽을 것 같았거든요." 그러더니 자기 말을 증명이라도 하듯 헨더슨 씨가 가래 섞인 기침을 거칠게 토해냈다. 지금 당장 흉부 엑스레이를 찍어 보고 싶지만 오늘은 방사선사가 쉬는 날이었다. 하는 수 없이 내일까지 기다려야 했다.

이 교도소의 인력난은 실로 심각했다. 고작 하루 일했을 뿐인데도 뼈저리게 실감할 지경이었다. 내가 오기 전에는 위텐버그 의사가 아주 가끔 들러 진료를 보았고, 그가 오지 않는 날에는 간단한 진료조차도 응급실이나 긴급 치료센터로 보냈다고 한다. 교도소 입장에서는 막대한 비용이 드는 일이었다. 교도소장이 전화 면접만 보고 나를 덜컥 채용한 이유도 그 때문이었을 것이다. 내가 이 교도소의 재소자 한 명과 깊게 얽혀 있다는 사실조차 무시할 만큼 절박했을 테니까.

"도러시 간호사님 계시잖아요. 숨이 가쁘다고 이야기해 보지 그러셨어요?"

헨더슨 씨가 손을 휘휘 내저었다. "말해봤죠. 괜히 엄살 부리지 말라고 혼만 났는걸요."

오늘 만난 환자들은 나름 예의를 차리면서도 도러시에 대한 불만을 귀에 인이 박이도록 늘어놓았다. 다들 도러시를 썩 좋아하지 않는 눈치였다.

"선생님은 친절하셔서 얼마나 다행인지 모릅니다."

"말씀 감사드려요." 내가 싱긋 웃었다. "마지막으로 하실 말씀이나 궁금하신 점 있으세요?"

"아, 궁금한 게 하나 있기는 한데." 헨더슨 씨가 헝클어진 흰 머리칼을 긁적이며 뜸을 들였다. "혹시 결혼하셨어요?"

도러시가 했던 말이 내 귓전에 다시 맴돌았다. 환자에게 사적인 이야기를 절대 삼가라고 했더랬지. 하지만 결혼 여부 정도는 말해 주어도 괜찮을 것 같았다. 내 손에 결혼반지가 없는 것만 봐도 누구나 알 수 있는 정보니까.

"아니요, 안 했어요."

"곧 좋은 사람이 나타날 거예요. 아직 젊고 예쁘니까 걱정하지 마세요."

넙죽 엎드려 절이라도 해야 하나.

그 말을 끝으로 헨더슨 씨가 진찰대에서 폴짝 내려왔다. 나는 그를 문 쪽으로 안내하며 종이 차트에 메모를 휘갈겼다. 여기는 의료 기록을 간단하게 남기는 편이었다. 전임자였던 엘리스 간호사가 남긴 메모도 몇 마디가 전부였다. 큼지막하고 동글동글한 필체라 알아보기가 쉬웠다. 죄는 지었을망정 글씨만큼은 똑바로 써서 참 다행이었다.

진료실 문을 열자 의무동 전담 교도관인 마커스 헌트가 기다리고 있었다. 그는 수용실에서 대기 구역으로 환자를 데려오고, 내가 진료를 볼 동안 진료실 문 앞에 서서 지키는 일을 맡고 있다. 대기 구역이라고 해봤자 진료실 앞에 줄지어 놓인 플라스틱 의자가 전부지만.

헌트는 큰 키에 비해 어깨는 다소 좁은 편이지만 파란색 제복 덕분에 강인한 인상을 풍겼다. 30대 초반에 머리는 박박 밀었고, 턱에는 며칠 자란 수염이 그늘처럼 드리워져 있었다. 내가 진료를 보는 동안 그가 문 앞을 지키고 있다는 사실만으로도 큰 안심이 되었다. 진료실 문에는 창이 없어서 늘 문을 열어 두고 진료를 보는데, 헌트는 어떨 때는 문을 활짝 열어 두고 또 어떨 때는 지금처럼 살짝만 열어 두었다. 어차피 재소자들에 관해서는 나보다 그가 훨씬 잘 알 테니 그의 판단을 믿기로 했다.

오늘 만난 재소자들 중 열에 셋은 수갑을 찬 채로 진료실로 들어왔다. 그중 두어 명은 발목에 족쇄까지 차고 있었다. 어떤 기준으로 수갑과 족쇄를 채우는지는 굳이 따져 묻지 않았다.

헨더슨 씨를 인계하자 헌트 교도관이 무표정한 얼굴로 고개를 까닥여 보였다. 그 역시 도러시와 매한가지로 좀처럼 웃지 않았다. 아니, 아예 웃는 법을 모르는 사람 같았다. 여기에 온 이후로 나를 보며 웃어준 사람은 재소자들뿐이었다.

"그럼 수용실로 데려다주고 오겠습니다."

나는 진료실 앞에 놓인 플라스틱 의자를 눈으로 빠르게 훑었다.
"대기 중인 환자가 없나 보네요?"

"네, 잠시 쉬셔도 될 듯합니다."

헌트가 헨더슨 씨를 데리고 복도 저편으로 사라지는 모습을 멀거니 바라보았다. 이제 나 혼자 진료실에 덩그러니 남겨졌다. 잠깐의 휴식이 반갑기는 하지만 이곳에서는 할 수 있는 일이 별로 없었다. 무선 인터넷 신호도 거의 잡히지 않는 데다 대화를 나눌 사람도 마땅치 않았다. 다음부터는 진료가 빌 때 읽을 책을 챙겨와야겠다.

진료실 왼편에는 의무 기록실이 있었다. 차트를 찾아 주는 사람이 없어 오늘 하루만도 기록실을 몇 번이나 들락거려야 했다. 시계를 내려다보니 퇴근까지 아직 한 시간이나 남았다. 나는 복도를 좌우로 살폈다.

아무도 없었다.

나는 조심스레 기록실로 다가가 신분증으로 잠금을 해제했다. 가뜩이나 좁은 방에 철제 캐비닛이 빽빽하게 들어차 있어 숨이 턱 막혀왔다. 천장에 달린 알전구 하나만이 방을 어슴푸레 밝히고 있었다. 한쪽 구석에는 아무렇게나 쌓아 둔 서류들이 쓰러져 바닥에 마구 널브러져 있었다. 도러시 말로는 더는 이 교도소에 없는 재소자들의 파일을 따로 빼 모아둔 것이라고 했다. 대부분이 무기수라는 점을 고려하면 죽은 자들의 차트라는 뜻이겠지.

헌트가 돌아오기까지 시간이 그리 많지 않았다. 다행히 내가 찾는 게 무엇인지 정확히 알고 있었다.

나는 곧장 'N' 표시가 붙은 서랍으로 향했다. 서랍을 열자 두툼한 서류철이 빼곡하게 꽂혀 있었다. 엄지로 재빨리 이름표를 훑어 넘겼다. 내시, 내브, 네이피어, 닐….

넬슨.

나는 떨리는 손으로 차트를 꺼냈다. 색인표에 휘갈겨 쓴 이름을 확인했다. 셰인 넬슨. 그였다. 그 사람이 아직도 여기에 있다. 내가 그를 마지막으로 보았을 때 종신형을 선고받았으니 그리 놀라운 일은 아니다.

아직도 눈을 감으면 그의 얼굴이 선명하게 떠오른다. 남성미가 넘치는 잘생긴 얼굴로 나를 그윽하게 바라보며 속삭인다. "사랑해, 브룩."

내게 사랑을 속삭인 그는 몇 시간 뒤, 나를 죽이려 했다.

하지만 살인 시도는 그가 내게 저지른 다른 만행에 비하면 새 발의 피에 불과하다.

나는 차트를 노려보았다. 지금 당장 서류철을 펼쳐 안을 들여다보고 싶은 충동이 솟구쳤다. 도덕적으로 옳지 않은 행동이라는 걸 잘 알고 있다. 하지만 법적으로는 다소 애매했다. 엄밀히 따져 그는 이 교도소의 재소자니까 내 환자이기도 했다. 다만 이 차트를 여는 순간, 나는 의료인의 시선이 아니라 민간인의 눈으로 바라보게 될 거라는 점이 문제일 뿐.

출근 첫날부터 규칙을 어길 수는 없었다.

사실 이 교도소에 지원하면서도 채용될 거라는 기대는 눈곱만큼도 하지 않았다. 이곳에 수용된 재소자와 나의 관계 때문이었다. 하지만 셰인이 재판을 받을 당시 나는 미성년자였고, 부모님은 내 이름이 기록에 남지 않도록 백방으로 애썼다. 그래도 신원 조사를 하면 들통이 날 줄 알았건만 순전히 내 착각이었던 모양이다.

아니면 교도소장이 내 사정을 알면서도 인력난 때문에 모른 척한 걸지도 모르지.

그때 달칵, 도어록이 열리는 소리가 났다. 누군가 의무 기록실로 들어오려 하고 있었다. 나는 황급히 셰인의 차트를 제자리에 쑤셔 넣었다. 서랍을 쾅 닫는 찰나, 활짝 열린 문 앞에 헌트 교도관이 나타났다. 길쭉한 실루엣이 문을 한가득 메웠다.

"진료 보셔야 할 환자가 한 명 더 있습니다." 희끄무레한 불빛 아래 그의 두 눈이 있어야 할 자리에는 시커먼 구멍만 두 개 뚫려 있었다. "그런데 여기서 뭘 하고 계셨던 겁니까?"

"아, 그게…." 나는 재빨리 철제 캐비닛으로 눈길을 돌렸다. "오늘 아침에 진료 본 환자 차트에 남길 메모가 갑자기 생각나서요."

나에게는 기록실에 들어올 권한이 있다. 규정에 어긋난 행동을 하려던 것은 맞지만, 헌트가 그 사실을 알 리 없었다. 발그레한 내 두 뺨만이 내 불순한 의도를 드러내고 있을 뿐이었다.

헌트가 눈을 가늘게 뜨고 나를 흘겨보았다. "오늘 진료가 예정된 환자들 차트는 제가 진료실에 미리 가져다 두었는데요. 혹시 다른 환자의 차트가 필요하시면 제가 직접 가져다드릴 수 있습니다."

"아, 네!" 나는 어색하게 미소를 지어 보였다. "그럼 그렇게 알고 있을게요. 감사합니다."

하지만 그는 내 미소에 화답하지 않았다.

이런, 젠장. 근무한 지 하루도 채 지나지 않았건만 교도관은 벌써 나를 골칫덩이로 여기기 시작했다. 그런들 어떠하리. 절박한 건 내가 아니라 교도소 아니던가. 당분간 잘릴 일은 없을 것이다.

셰인 넬슨이 의무동으로 진료를 보러오지 않는 한.

4

11년 전

지금 내가 무슨 짓을 하고 있는지 부모님이 알면 날 가만두지 않을 것이다.

부모님은 지금 내가 절친인 첼시와 함께 학교에 남아 공부하고 있는 줄 안다. 그리고 이따가 첼시의 차를 타고 집에 잠깐 들러 갈 아입을 옷을 챙겨 첼시네 집에서 자고 올 거라 알고 있다.

하지만 나는 지금 셰인 넬슨의 차 안에 있다. 그것도 우리 집에서 고작 한 블록 떨어진 곳에. 이러다 부모님에게 들키기라도 하면 큰일이었다. 더구나 오늘 첼시네가 아니라 셰인네 집에서 잔다는 사실이 발각되면 무슨 일이 벌어질지 상상도 하기 싫다. 일단 외출 금지는 떼어 놓은 당상이다. 단순히 비디오 게임을 금지하거나 디

저트를 못 먹게 하는 선에서 끝날 리 없었다. 고등학교에서 자퇴시킨 다음 내 방에서 한 발자국도 못 나가게 하고 홈스쿨링을 시킬지도 모른다. 말 그대로 방 안에만 갇혀 살아야 할 것이다.

그래서 셰인은 늘 우리 집에서 한두 블록 떨어진 곳에 나를 내려줬다. 여전히 부모님께 들킬 위험이 있지만, 셰인과 함께라면 어떤 위험도 감수할 준비가 되어 있다. 나는 줄곧 모범생으로 살아왔다. 성적은 항상 상위권을 유지했고, 아너 소사이어티와 토론 동아리 회원으로 활동했다. 그런 내게 삐뚤어지고 싶은 충동을 안겨준 사람은 지금껏 셰인이 처음이었다. 쉐보레 운전석에 앉아 나를 바라보는 셰인을 볼 때마다 그를 위해서라면 어떤 일도 불사할 수 있을 것만 같은 느낌이 들었다.

"오늘 밤 너무 기대돼."

최대한 어른스럽고 섹시하게 말했지만, 잔뜩 긴장한 탓에 새된 목소리가 튀어나왔다. 하지만 남자의 집에서 밤을 보내는 게 처음이라 떨리는 걸 어쩌겠는가.

"나도." 셰인이 내가 문신처럼 차고 다니는 눈송이 모양의 금목걸이를 손끝으로 따라 훑었다. "이루 말할 수 없을 만큼."

셰인의 선명한 갈색 눈동자가 내 눈과 마주쳤다. 셰인과는 중학교 때부터 알던 사이였다. 해마다 어쩜 이리도 잘생겨지는지. 형클어진 검은 머리칼과 살인 미소에 더해 이제는 탄탄한 근육까지 붙어 너무 섹시했다. 열두 살 때 셰인은 학교에서 항상 문제를 일으키던 사고뭉치에 불과했다. 그런데 고등학교에 들어와 갑자기 미식축구팀에 합류하더니 스타 쿼터백으로 변신했다. 나는 매일 첼시와 함께 관중석에 앉아 그를 응원했다. 재능이 탁월한 운동선수지만, 우리 부모님을 만족시키기에는 역부족이었다.

"브룩, 오늘 밤에 우리 둘이서만 놀면 어때? 너만 좋다고 하면 난 그러고 싶은데."

사실, 오늘 밤 셰인네 집에서 파티를 열자고 한 건 첼시의 아이디어였다. 셰인네 엄마가 이번 주말에 할머니 댁에 가서 집이 빈다는 말을 듣자마자 파티를 열자는 기발한 생각을 내놓았다. 그러고는 우리 의견은 묻지도 않고 자기 남자 친구인 브랜던을 파티에 초대했다. 브랜던은 파티 때마다 술을 구해 오는 재주가 좋기로 유명했다.

"글쎄, 그다지 좋은 생각 같지는 않은데. 그랬다간 첼시가 우리 부모님한테 다 꼰질러 버릴지도 몰라."

셰인이 얼굴을 찡그렸다. "에이, 설마 너랑 제일 친한 친구가 그러기야 하겠어?"

충분히 그러고도 남을 애였다. 나랑 제일 친한 친구인 건 맞지만 언제나 자기 이익이 먼저인 애니까. 하지만 오늘만큼은 첼시가 와서 다행이라는 생각이 들었다. 셰인과 사귄 지 석 달이나 지났지만 단둘이 있으면 여전히 긴장되었다. 셰인은 아직 내가 성 경험이 없다는 사실을 모르는 눈치였다. 하지만 셰인은 분명 해봤을 것이다. 대놓고 물어보지는 않았지만 없을 리가 없었다.

"그냥 다 같이 놀자. 첼시랑 브랜던이랑 같이 놀면 재미있을 것 같은데."

브랜던은 셰인의 절친이었다. 그래서인지 셰인도 내 말에 딱히 반박하지 않았다. 나와 달리 셰인은 단둘이 있어도 전혀 긴장하는 기색이 없었다. 오히려 나와 함께 있을 순간만을 고대하는 느낌이었다. 그럴 때마다 나를 좋아하는 그의 마음이 고스란히 느껴져 내심 뿌듯했다. 전에 남자애들과 데이트한 적은 몇 번 있었지만, 정식으로 사귄 남자는 셰인이 처음이었다. 하지만 부모님은 내가 셰인을 만나는 걸 반대했다. 그래서 매번 몰래 만나야 하는 상황인데도 그는 전혀 개의치 않았다.

나는 손목시계를 흘긋 보았다. 엄마에게 5시까지 집에 가겠다고 말해둔 참이었다.

"나 그만 가야겠다."

"딱 5분만 더 있다 가면 안 돼?"

"안 될 것 같아."

괜히 늦었다가 엄마가 오늘 밤에 못 나가게 하면 큰일이었다. 사실 최근까지 외박은커녕 외출도 하지 못했다. 올여름, 이웃 마을에서 트레이시 기퍼드라는 10대 소녀가 야산에서 살해당한 채 발견되었기 때문이었다. 우리 부모님뿐만 아니라 동네 사람들 모두가 무려 한 달 동안이나 공포에 사로잡혀 지냈다. 하지만 그로부터 넉 달이 지난 지금은 아무 일도 없었던 것처럼 행동했다. 한때 세상을 떠들썩하게 했던 트레이시 기퍼드는 존재한 적조차 없는 사람이 되어버렸다.

"그래, 알았어." 셰인이 내 어깨를 잡고 가까이 끌어당겼다. 나는 그와 입을 맞추었다. 우리는 깊고 탐욕스럽게 키스를 나누었다. 서로를 먼저 삼켜버리려고 경쟁이라도 하듯, 마치 만족을 모르는 사람처럼.

"그럼 오늘 밤에 보자."

"응, 이따 봐."

몸을 돌려 차 문을 열려는 찰나, 내 어깨에 닿은 그의 손길이 느껴졌다.

"브룩?"

나는 그의 얼굴을 돌아보았다.

"응?"

"살아해."

나도 모르게 피식 웃음이 터져 나왔다. 그 말은 우리 둘만의 은어였다. 한번은 내가 아이스크림을 사랑한다고 문자를 보내려다 '살아해'라고 잘못 쓴 적이 있었다. 핸드폰 자동 수정 기능도 오타를 잡아내지 못해 그대로 셰인에게 전송되었다. 그 후로 '살아해'는 우리 둘만의 암호가 되었다. 감자튀김 살아해, 발 마사지 진짜 살아해. 그러다 몇 주 전, 셰인이 불쑥 내뱉었다.

"살아해, 브룩."

날 진짜 사랑한다는 말은 아닐 것이다. 그 정도는 나도 잘 안다. 우리는 겨우 열일곱 살이고, 사귄 지도 석 달밖에 되지 않았으니까. 하지만 날 사랑하지 않을지는 몰라도 '살아는' 한다. 내게는 사랑한다는 말보다 더 달콤하게 들린다.

"나도 살아해, 셰인."

셰인이 씩 웃으며 내 어깨를 잡은 손을 놓았다. 차에서 내려 문을 세게 닫자 낡은 차체 전체가 삐걱대며 흔들렸다. 셰인의 차는 고물이다. 진짜 폐차장에서 고물차를 사 와서 셰인이 직접 고친 것이다. 자동차 정비 수업에서 배운 솜씨로 엔진을 손봐서 겨우 굴러가게 만들고, 도색도 다시 해서 겉으로는 그럴싸해 보였다. 하지만 그의 차에 탈 때마다 나는 늘 조마조마했다. 외딴길 한복판에서 차가 퍼져서 집까지 걸어와야 할까 봐. 그리고 그때 마침 나는 운명처럼 몹시도 불편한 신발을 신고 있을 테지.

셰인은 새 차는커녕 중고차를 살 형편도 되지 않았다. 이 구닥다리 자동차도 주말마다 피자집에서 일해서 겨우 장만한 것이었다.

사실 부모님이 셰인을 만나는 걸 반대하는 이유도 바로 그 때문이다. 그들 눈에는 셰인이 그의 자동차와 다를 바 없는 '쓰레기'처럼 보일 테니까.

그때 셰인이 보조석 차창을 내리며 외쳤다. "그럼 이따 7시 반에 봐, 브룩!"

"응, 7시 반에 봐!" 그에게 홀린 듯 그의 말을 따라 읊조렸다.

이내 셰인이 차를 출발시키자 요란한 굉음이 터져 나왔다. 머플러도 고물상에서 건져 온 까닭에 일반 자동차보다 훨씬 시끄러웠다. 나는 셰인의 고물차가 모퉁이를 돌아 사라질 때까지 시선을 떼지 못했다. 그만큼 그에게 푹 빠져 있었다. 마치 셰인이라는 열병에 걸린 사람처럼.

"7시 반에 뭐 대단한 일이라도 있나 보지, 브룩?"

뒤에서 목소리가 울려 퍼졌다. 그 바람에 사랑의 구름다리 위를 걷던 나는 곧장 땅바닥으로 곤두박질쳤다. 그제야 셰인이 팀네 집과 너무 가까운 곳에 차를 세웠다는 사실을 깨달았다. 평소 조심하던 셰인이 오늘은 왜 그런 걸까. 뒤로 돌아보자 집 앞뜰에서 낙엽을 긁어모으던 팀 리스가 나를 빤히 바라보고 있었다.

아, 하필이면 팀한테 걸리냐.

"아니, 아무것도 없는데?"

팀이 의심 어린 눈초리로 나를 흘겨보았다. 팀을 올려다보는 게 아직도 익숙하지 않았다. 우리는 기저귀를 차던 시절부터 알고 지낸 사이였다. 그때는 '티미'라는 애칭으로 불렸고, 마치 얼굴에 작은 깨를 뿌려 놓은 것처럼 주근깨가 빼곡했다. 키가 항상 나보다 조금 작았는데 작년에 갑자기 쑥 커 버렸다. 변해버린 그의 모습이 아직도 낯설었다.

"7시 반에 셰인 만나기로 했냐?" 팀이 추궁하듯 물었다.

나는 그의 시선을 피했다. 내 절친은 첼시일지 몰라도 이 세상에서 나를 제일 잘 아는 사람은 단연 팀이다.

"뭐, 그럴 수도?"

팀의 파란 눈이 어두워졌다. "아직도 그 자식이랑 사귄다니 진짜 어이가 없다."

부모님도 셰인을 싫어하기는 매한가지지만 팀에 비하면 아무것도 아니었다. 팀은 셰인을 병적으로 싫어했다. 왜 그러는지 도무지 이해할 수 없었다. 팀은 타인을 함부로 재단하는 애가 아니었다. 비록 누군가가 낡아 빠진 차를 몰거나 금방이라도 무너질 듯한 허름한 집에 산다고 해도. 셰인을 싫어하는 다른 이유가 있는 게 분명했다.

"팀, 그러지 마." 내가 중얼거리듯 말했다.

팀이 턱을 쓰다듬었다. 그의 얼굴에 빼곡하던 주근깨는 지난 몇 년 새 거의 사라졌다. 햇빛을 피해 다닌 덕분이라고 했다. 하지만 나는 주근깨투성이에 귀여웠던 그의 예전 얼굴이 그리웠다. 피부가 깨끗해지고 키도 나보다 한 뼘은 더 자란 그는 잘생겨졌지만 더는 귀엽지는 않았다. 완전히 다른 사람이 되어버린 느낌이었다.

여름이면 뒤뜰에서 나와 함께 비명을 내지르며 스프링클러 사이를 뛰어다니던 그 아이는 사라지고 없었다.

"저 자식 진짜 나쁜 놈인 거 알지?"

"야, 무슨 말을 그렇게 해?"

"진짜야." 팀의 목소리가 날카로워졌다. "저 새끼, 미식축구부 놈들이랑 뭉쳐 다니면서 다른 애들 무진장 괴롭히잖아. 쟤가 어떤 앤지 네가 아직도 모른다니 어이가 없다."

나는 안절부절못하며 팀네 앞뜰에서 발을 동동 굴렀다. 습하고 눅눅한 공기 탓에 흙은 축축하게 젖어 있었고, 내 머리카락도 부스스해지기 시작했다. 일기예보에서는 오늘 밤 천둥 번개를 동반한 폭우가 몰아칠 예정이라고 했다. 비가 쏟아지기 전에 셰인의 집에 도착하려면 이러고 있을 시간이 없었다. 그런데 팀의 얼굴에 서린 못마땅한 표정이 자꾸 눈에 밟혔다. 그가 틀렸다는 걸 증명하고 싶었다. 팀은 나만큼 셰인을 잘 알지 못했다. 나도 예전에는 셰인이 영 밥맛이라고 생각했지만 지금은 아니다. 셰인은 좋은 사람이고, 나는 그를 사랑한다. 아니, 살아한다. 팀에게 셰인의 진면목을 보여주고 싶었다.

"셰인이 어떤 사람인지 알고 나면 너도 좋아하게 될 거야."

팀이 콧방귀를 뀌며 고개를 저었다.

"그러지 말고 이따 너도 같이 갈래?"

"어딜?" 팀이 눈을 가느다랗게 뜨며 물었다.

나는 깊이 생각하지도 않고 말을 쏟아냈다. "이따가 셰인네 집에서 만나기로 했어. 걔네 엄마가 오늘 할머니 댁에 가서 내일 오시거든. 그래서 나랑 셰인, 첼시, 브랜던, 이렇게 넷이서 걔네 집에서 파티하기로 했어. 너도 같이 놀자." 내가 한쪽 눈썹을 치켜올리며 기대에 찬 눈빛으로 말했다.

"미안하지만 사양할게."

"에이, 같이 놀자. 재미있을 거야! 부모님한테는 조던네 집에 간다고 하면 되잖아. 어차피 확인하지도 않으실 텐데. 우리 다 같이 밤새우기로 했으니까 자고 온다고 해."

팀이 고개를 모로 꺾고 생각에 잠겼다. 어렸을 때부터 가지고 있던 습관이었다. 그때는 모든 게 단순했다. 남자 친구나 학교 폭력 같은 심각한 이야기가 끼어들 틈이 없었다. 그저 팀네 집에 가서 둘이 신나게 뛰어놀면 그만이었다. 그리고 그런 관계가 영원히 이어질 줄 알았다. 팀과 내가 언제까지나 천진난만한 친구 사이로 지낼 거라 믿었다.

사실, 내가 늘 목에 걸고 다니는 눈송이 목걸이도 팀이 사준 것이다. 내 열 살 생일 때 그에게 받은 선물이었다. 우리 둘은 하얀 눈밭에서 놀기를 제일 좋아했다. 눈썰매 타기, 눈사람 만들기, 눈싸움하기까지. 눈만 내리면 나는 곧장 두툼한 옷과 부츠로 무장한 뒤 팀네 집으로 조르르 달려갔다. 팀에게 받은 목걸이는 내가 처음으로 받은 '진짜 보석'이었다. 매일 차고 다니는데도 피부가 초록색으로 물들지 않는 걸 보면 꽤 비싼 제품인 듯했다. 아마도 1년 내내 용돈을 모아서 샀을 터였다.

"좋아. 까짓거 가지 뭐." 팀이 마침내 수긍했다.

팀은 내 부탁을 거절하는 법이 없었다. 그 사실을 나도 어느 정도는 눈치채고 있었지만 굳이 깊게 생각하지 않으려 했다. 옆집 소년과의 관계에는 괜히 긁어 부스럼 만들지 않는 게 좋은 부분도 있기 마련이니까.

"잘 생각했어!" 나는 두 손을 맞잡았다. "첼시가 7시 15분에 나 데리러 오기로 했거든. 그때 너도 같이 태워 가자고 할게."

"알았어." 팀의 얼굴에서 들뜬 기색이라고는 찾아볼 수 없었다.

팀은 셰인네 집에 가는 게 실수라고 생각하지만, 막상 가보면 자신이 틀렸다는 걸 깨닫게 될 것이다. 오늘 밤 팀은 분명 즐겁게 시간을 보낼 테고, 나는 셰인이 좋은 사람이라는 사실을 증명해 보일 것이다. 첼시에게 아는 여자애 한 명을 데려오라고 해야겠다. 팀에게도 좋은 추억 하나쯤은 선사해 주어야 하니까.

5

현재

다른 사람들의 시선을 신경 쓸 필요가 없었다면, 조시는 당장이라도 내 다리 사이에 숨어버렸을 것이다.

올해 열 살이 된 조시는 내 다리 사이에 숨는 대신, 내 옷소매를 꼭 움켜쥔 채 내 옆에 바짝 붙어 서 있었다. 5학년 아이들로 가득한 교실로 들어갈 용기가 선뜻 나지 않는 모양이었다. 담임인 콘웨이 선생님이 내게 걱정 어린 눈빛을 보냈다. 마흔 즈음에 인자한 인상을 지닌 그녀는 반 아이들을 제법 능숙하게 다루는 노련한 교사처럼 보였다. 내가 이 학교에 다닐 때 본 기억이 없는 걸 보면 아마도 내가 졸업한 직후에 부임한 듯했다.

"브룩 씨, 너무 걱정하지 마세요. 조시는 제가 잘 지켜볼게요."

그녀가 다정하게 말했다.

"네, 감사합니다."

담임 선생님이 나를 설리번 부인이 아니라 브룩 씨라고 부른 사실이 못내 마음에 걸렸다. 내가 싱글맘이라는 사실을 아는 걸까? 조시에게 아빠가 없다는 사실도 알고 있을까? 설마 내 지저분한 과거까지 모조리 알고 있는 건 아닐까? 레이커 같은 작은 마을에서는 으레 말이 돌기 마련이다. 내 임신 사실을 감추려던 부모님의 갖은 노력에도 입방아에 숱하게 오르내렸으니까.

그녀가 알고 있다면 다른 학부모들도 모를 리 없었다. 그렇다면 아이들도 곧 알게 될 것이다. 조시가 또다시 '아빠도 없는 새끼'라며 놀림을 당하면 어떡하지?

아니다. 내가 괜히 예민하게 반응하는 것뿐이다. 조시는 괜찮을 것이다.

아이들의 들뜬 웅성거림 사이로 종소리가 날카롭게 울려 퍼졌다. 새 학기의 시작을 알리는 소리였다. 나는 조시를 으스러지게 껴안아 주고 싶은 충동을 간신히 억눌렀다. 조시는 또래보다 키가 작은 편이라 아직 내 어깨 정도밖에 오지 않았다. 그래서인지 내 눈에는 아직도 어린아이 같았다. 낯선 아이들이 가득한 교실에 혼자 들어가기가 얼마나 무서울까. 게다가 반 아이들은 1학년 때부터 함께한 사이라 조시만 빼고 다들 친할 터인데.

"오늘 잘하고 와." 내가 조시의 귀에 나직이 속삭였다. "걱정 마. 새로 전학 왔으니까 다들 반갑게 맞아 줄 거야."

조시의 턱이 가늘게 떨렸다. 울음을 삼키려 애쓰는 표정이었다. 두 살 때는 아무 데서나 울어대던 아이가 조금 컸다고 눈물을 참는 모습을 보니 더욱 가슴이 아팠다. 나는 아이의 정수리에 입을 맞추고는 등을 살짝 떠밀었다. 어깨를 축 늘어뜨린 채 반 친구들을 따라 교실로 들어가는 뒷모습이 마치 사형장으로 끌려가는 아이 같았다.

조시는 괜찮을 것이다. 반 친구들도 조시를 좋아할 것이다. 아빠가 없다고 해서 달라질 건 없다. 이곳으로 이사 오길 택한 건 정말 잘한 일이다.

'스스로 계속 되뇌어야 해, 브룩.'

나는 조시의 초록색 가방이 시야에서 사라질 때까지 눈길을 거두지 못했다. 할 수만 있다면 아이의 교실 앞에서 온종일 진을 치고 앉아 있고 싶었다. 도움이 필요할 때면 언제든 바로 달려갈 수 있도록. 하지만 유치원에서도 금하던 행동을 초등학교에서 허용할 리 없었다. 아무 일도 없을 거라고, 조시는 잘 해낼 거라고 믿는 수밖에 없었다.

"브룩? 브룩 설리번 맞지?"

내 이름을 부르는 소리에 턱이 뻣뻣하게 굳었다. 고향으로 돌아와 제일 끔찍한 점을 하나 꼽자면 사람들이 이따금 나를 알아본다는 것이었다. 다행히 마을이 아주 작지는 않은 터라 자주 겪는 일은 아니었다. 하지만 지금 나는 내가 어렸을 때 다니던 초등학교 앞에 서 있었다. 나를 알아보는 사람이 있을 거라 예상했어야 했다.

나는 알은체를 해온 교사에게 인사를 건네려고 뒤로 돌아보았다. 그 순간 내 입이 떡 벌어졌다.

"팀?" 겨우 목소리를 짜내 내가 물었다.

팀 리스였다. 유년 시절 내내 바로 옆 블록에 살았던, 내 가장 친한 친구.

물론 내가 아무 말 없이 이 마을을 떠나 버리기 전까지만.

"맞네! 너 정말 브룩이 맞구나!" 팀의 얼굴이 일순 환해졌다.

팀이 교정 잔디밭을 가로질러 달려오자 그의 얼굴이 점차 또렷해졌다. 와, 감탄이 절로 나왔다. 어릴 적 팀은 참 귀여운 아이였다. 주근깨가 가득한 얼굴로 해맑게 웃을 때마다 어른들이 무척이나 예뻐했다. 그러다 고등학교를 졸업할 무렵, 하룻밤 사이 키가 한 뼘은 넘게 훌쩍 자랐다. 귀여운 느낌은 사라지고 차츰 잘생겨지기 시작했지만 깡마른 몸에 팔다리만 껑충 길어서 어색해 보였다. 하지만 지금은 그때와 너무도 다른 모습이었다. 말랐던 몸에 살집이 붙고 근육까지 제법 탄탄하게 잡혀 있었다. 주근깨도 온데간데없었다.

너무나도 매력적인 남자가 되어 있었다.

나도 모르게 손을 올려 머릿결을 정리했다. 아침에 너무 급한 나머지 흐트러진 머리를 대충 하나로 묶고, 펑퍼짐한 티셔츠에 요가 바지를 입고 나왔다. 팀과 10년 만에 우연히 재회할 줄 알았더라면 이런 몰골로 오지 않았을 텐데. 하지만 이미 늦은 걸 어쩌겠는가.

"세상에, 진짜 신기하네." 어느새 성큼 다가온 팀이 말했다. "잔디밭 너머에서 널 보고는 속으로 생각했거든. 절대 브룩 설리번일 리가 없다고, 내가 잘못 본 거라고 말이야. 근데 내가 본 사람이 진짜 네가 맞았네."

"응, 나 맞아." 내가 머쓱하게 대답했다.

팀이 환하게 웃었다. "그러네, 진짜 브룩 설리번이네."

그러고는 우리 둘 사이에 어색한 침묵이 흘렀다. 이 상황이 너무나 어색한 나와 달리, 팀의 얼굴에는 웃음이 가시지 않았다. 뭐가 그리 좋은 건지 이해할 수 없는 나는 그의 웃음이 거슬릴 뿐이었다.

"여기서 일하는 거야? 선생님? 아니면…?" 내가 팔꿈치를 긁적이며 물었다.

팀이 단풍나무 색을 닮은 머리칼을 손으로 쓱 쓸어 넘겼다. "아, 사실은 내가 이 학교 교감이야."

"어머! 정말이야?" 나는 입꼬리를 억지로 끌어올려 웃어 보였다. 입술에 경련이 일어날 것만 같았다. "대단하네. 축하해."

"아, 고마워." 팀이 턱을 쓰다듬었다. 무심코 그의 네 번째 왼손 가락에 반지가 없다는 사실을 알아차렸다. "너는 무슨 일해?"

"나? 난 임상 전문 간호사야."

그의 두 눈이 동그래졌다. "설마 우리 학교에 새로 부임한 간호사 선생님이 너야?"

"아니야, 난 다른 곳에서 일하고 있어." 나는 황급히 고개를 저으며 답했다. 하지만 여기서 차로 45분이나 떨어진 최고 보안 등급의 교도소에서 일한다는 사실은 꺼내지 않았다.

"아, 그렇구나." 팀이 이맛살을 구겼다.

나는 한참이 지난 후에야 그가 혼란스러워 보이는 이유를 알아챘다. 내가 왜 여기에 있는지 짐작이 가지 않는 것이다. 어쩔 수 없다. 내가 직접 말하는 수밖에.

"아들 데려다주고 나오는 길이야. 오늘이 등교 첫날이라 많이 긴장했거든."

"아!" 그의 얼굴에 다시 미소가 번졌다. 아까보다는 다소 억지스러워 보이는 미소였다. "다른 유치원생들도 첫날에는 다들 무서워하더라고. 그래도 금방 적응할 거야."

첫 등교라는 말만 듣고 내 아들이 유치원생이라고 짐작한 모양이었다. 조시가 열 살인 줄은 상상도 못 할 것이다. 하지만 언젠가는 팀이 알게 될 테고, 내가 몇 살 때 아이를 낳았는지 헤아려 보겠지. 생각만 해도 끔찍했다.

그날 밤 팀도 그 자리에 있었다. 그의 몸에 남은 흉터가 바로 그 증거였다.

"참, 너희 부모님 사고 소식 들었어. 브룩, 정말 힘들었겠다. 해외에 있을 때 소식을 들어서 장례식엔 못 갔어. 미안해."

"괜찮아." 내가 중얼거리듯 말했다. "어차피 그리 각별한 사이도 아니었는데 뭐. 솔직히 그리 좋은 부모님은 아니셨거든." 지난 5년 동안 부모님과 절연하고 지냈다는 사실은 굳이 덧붙이지 않았다. 그는 몰라도 되는 사족에 불과하니까.

"자동차 사고였지?"

나는 고개를 끄덕였다. "응, 두 분이 한날한시에 돌아가셨어. 참 아이러니하지. 살아 계실 때는 서로 못 잡아먹어서 안달이셨거든. 아버지는 어머니 몰래 바람도 수없이 피웠고."

"그래도 부모님 두 분 동시에 보내드리느라 네가 많이 힘들었겠어." 팀이 두 손을 주머니에 푹 찔러넣었다. "그럼 지금은 부모님 댁에서 지내는 거야?"

"응, 요즘 부동산 시장이 말이 아니잖아. 나중에 파는 게 더 나을 것 같아서."

"그래, 잘 생각했네." 팀이 고개를 주억거렸다. "사실 나도 부모님 댁에서 머물고 있어. 부모님은 2년 전에 플로리다로 이사 가셨거든. 명목상으로는 내가 집을 봐주고 있는 셈이지. 그런데 한 2년쯤 눌어붙어 있다 보니까 이젠 그 집에서 살고 있다고 인정해야 할 것 같아."

"난 어릴 때부터 너희 집이 참 좋더라."

팀이 어깨를 으쓱했다. "맞아. 괜찮은 집이긴 하지. 다만 너무 커서 문제야. 나 혼자 살거든."

그가 혼자라는 사실을 은근슬쩍 또 어필했다. 굳이 티 내지 않아도 충분히 알겠건만.

"음, 그럼…." 아이들이 하나둘 학교 안으로 들어가며 잔디밭이 비어 갔다. 팀이 아이들의 발에 짓이겨진 잔디를 이리저리 훑으며 말을 이었다. "남편분도 이 근처에서 일하시나 봐?"

"나 결혼 안 했어."

"진짜?"

"응."

우리는 말없이 서로를 잠시 마주 보았다. 이윽고 팀이 멋쩍게 웃음을 터뜨렸다.

"어때? 나, 자연스러웠지? 네가 싱글인지 알아내는 내 기술에 감탄했어?"

나도 모르게 피식 웃음이 새어 나왔다. 팀은 늘 나를 웃게 만드는 재주가 있었다. "응, 정말 대단하네. 완전 선수 뺨치던데?"

"초등학교 교감하려면 이 정도는 기본이지."

"어련하시겠어."

팀의 얼굴에 미소가 크게 번졌다. "어쩌지, 내가 지금 들어가 봐야 하는데. 조만간 같이 커피 한잔하면서 그동안 못다 한 회포나 풀자. 어때?"

과거에 알던 사람과 얽히고 싶은 마음은 추호도 없었다. 특히 팀처럼 돈독했던 사람과는 더더욱.

"아, 내가 요즘 좀 바빠서."

"커피를 뭐, 하루 종일 마시냐? 20분이면 충분하지. 그 정도 시간도 못 내?"

전혀 득이 될 게 없는 만남이었다. 팀이 원하는 게 무엇이든 나에게는 그럴 여유가 없었으니까. 게다가 조시의 정체를 알고 나면 분명 나에 대한 감정도 식을 게 분명했다. 하지만 대화를 빨리 끝내고 싶은 마음에 그가 듣고 싶어 하는 대답을 던져 주기로 했다.

"그래, 나중에 보자. 지금은 이사 온 지 얼마 안 돼서 정신이 없거든."

"알았어." 팀의 얼굴은 여전히 환히 빛났다. 그래, 예전에도 그는 나를 항상 이런 표정으로 바라보고는 했었지. "만나서 정말 반가웠어, 브룩. 진심이야. 그리고 나중에 보자고 한 약속, 꼭 지켜!"

그 말을 끝으로 팀은 학교 건물로 내달았다. 그의 발걸음이 경쾌해 보였다. 팀 리스. 세상에, 그를 다시 볼 날이 올 줄은 꿈에도 몰랐다.

6

나는 분노로 들끓고 있다.

지금 나는 카펜터 씨를 진료하고 있다. 스물 여덟아홉쯤 되어 보이는 그는 총에 맞아 척추에 손상을 입었다. 종신형을 선고받고 최고 보안 등급 교도소에 들어온 걸 보면 분명 흉악범죄를 저지르다 다쳤을 것이다. 하지만 그가 무슨 짓을 저질렀는지는 알고 싶지도 않았다.

그의 죄명이 무엇인지는 중요치 않다. 내가 신경 써야 할 일은 따로 있으니까. 카펜터 씨는 총상으로 하반신이 마비되어 휠체어에 의존해 생활한다. 낮에는 꼼짝없이 휠체어에 앉아 있고, 밤에는 종잇장처럼 얇은 매트리스 위에 누워 지낸다. 그 결과 꼬리뼈 부근에 꽤 심각한 욕창이 생겼는데, 얼마나 오래 방치되었는지 알 길이 없었다.

재소자

"어때 보여요, 브룩 선생님?" 카펜터 씨가 내게 물었다. 그는 진찰대 위에 모로 누워 바지를 내린 채 내 판단을 기다리고 있었다. 안타깝게도 좋은 말을 해줄 수 있는 상태가 아니었다.

"욕창이네요. 일단 드레싱 먼저 해드릴게요. 그런데 욕창이 나으려면 상처 부위에 압박을 줄여야 해요."

"알아요. 근데 제가 달리 할 수 있는 게 있나요. 휠체어는 그나마 푹신해서 버틸 만한데, 침대 매트리스가 문제예요. 너무 얇아서 딱딱한 철제 스프링 위에 누워 있는 거나 매한가지라니까요."

"그럼 매트리스를 좋은 걸로 바꾸셔야겠네요."

카펜터 씨가 코웃음을 쳤다. "여기서 근무하신 지 얼마 안 돼서 잘 모르시나 본데, 누가 나한테 새 매트리스를 사준답디까?"

"제가 처방하면 바꿔줄 거예요."

"괜히 헛수고하시는 걸 텐데…."

그가 왜 못 미더워하는지 충분히 이해한다. 하지만 새 걸로 반드시 바꿔 줄 것이다. 하반신 마비 환자에게 욕창 예방 매트리스를 제공하지 않는 건 의료적 방임이나 다름없다. 서류 절차가 아무리 복잡하더라도 어떻게든 제대로 된 매트리스를 얻어내고야 말 것이다.

카펜터 씨의 진료를 마치자마자 대기 중인 환자가 있는지부터 확인했다. 아무도 없었다. 나는 그길로 복도를 따라 도러시의 사무실로 향했다. 그렇다. 진료실에 딸린 책상 하나가 전부인 나와 달리, 도러시는 개인 사무실을 갖고 있다. 나보다 훨씬 오래 일한 사람이니 딱히 불만은 없다. 어차피 개인 사무실을 얻을 만큼 여기서 오래 일하고 싶은 생각은 추호도 없으니까.

도러시의 사무실 앞에 도착한 나는 문을 두드리고 밖에서 기다렸다. 한참이 지난 후에야 문 너머로 들어오라는 목소리가 들려왔다. 안으로 들어서자 도러시가 커다란 코 위에 반달 모양 안경을 걸친 채 책상 앞에 앉아 있었다.

"브룩 씨, 제가 지금 몹시 바쁘거든요."

"아, 짧게 말씀드릴게요. 맬컴 카펜터 씨에게 욕창 예방 매트리스가 필요한데, 어떻게 하면 되나요?"

도러시가 안경 너머로 눈을 홉뜨고 나를 쳐다보았다. "욕창 예방 매트리스요?"

마치 내가 외국어를 말하기라도 한 듯한 어조였다. 내가 무슨 말을 하는지 뻔히 다 알고 있으면서. "하지마비 환자인데, 꼬리뼈 부근에 심각한 압박성 궤양이 생겼어요. 의료용 매트리스로 바꾸지 않는 이상 절대 호전되지 않을 겁니다."

"브룩 씨, 여기가 무슨 최고급 호텔이라도 되는 줄 알아요? 여기는 수용자들에게 고급 매트리스를 제공하는 곳이 아닙니다." 도러시가 딱 잘라 말했다.

눈 밑 근육이 파르르 떨렸다. "사치품을 사달라는 말씀이 아니지 않습니까? 의료 목적으로 꼭 필요한 물품이라고요."

"글쎄요, 없어도 될 것 같은데요."

"아니요, 반드시 있어야 해요!" 나도 모르게 언성이 높아졌다. "카펜터 씨는 혼자서 몸을 움직이지 못합니다. 허리 아래로는 아무런 감각도 없다고요. 상처 부위의 압박을 줄여주지 않으면 욕창이 낫기는커녕 악화하기만 할 거예요. 제대로 된 매트리스 정도는 구해주실 수 있으시잖아요."

"지금 예산으로는 새 매트리스를 구매할 여유가 없습니다. 그러니 조금 더 창의적인 방법을 고안해 보시지 그러세요?" 도러시가 고개를 설레설레 흔들었다. "문제 해결 능력이 저렇게 부족해서야 원."

그녀의 반응에 얼이 빠진 나는 멍하니 서서 그녀를 빤히 바라보았다. 지금 문제는 환자에게 욕창이 있다는 것이고, 그 문제를 해결하는 방법은 매우 간단하다. 푹신한 매트리스. 도대체 이 여자는 뭐가 문제인 걸까? 왜 재소자들에게 전혀 신경을 쓰지 않는 거지? 그들도 똑같은 사람인데 최소한의 대우는 해줘야 하지 않나?

그때 책상 위에 놓인 전화기가 울렸다. 도러시는 내게 나가라는 말도 없이 수화기를 집어 들었다. 나는 그 자리에 뻘쭘하게 선 채로 그녀가 통화하는 모습을 지켜보았다. 한참 동안 상대방의 말을 경청한 후에야 도러시가 짧게 답했다.

"네, 바로 보내겠습니다."

제길, 누군가 날 찾는 모양이다.

역시나 전화를 끊자마자 도러시가 안경테 너머로 나를 올려다보며 말했다. "운동장에서 사고가 났다는군요. 헌트 교도관이 다친 재소자 하나를 데려오는 중이라고 하니 가서 진료 보세요."

타이밍 한번 끝내주네.

나는 어깨를 축 늘어뜨린 채 내 진료실 겸 사무실로 발길을 돌렸다. 패배자가 된 기분이었다. 하지만 이대로 포기할 내가 아니지. 무슨 수를 써서라도 카펜터 씨에게 새 매트리스를 장만해 주고 말 것이다. 일단 지금은 운동장에서 부상을 입은 환자부터 치료해야 했다.

운동장에서 뭘 하다가 다친 걸까? 양말 안에 자물쇠를 넣어 휘두르는 죄수에게 언어맞기라도 한 걸까? 아니, 재소자들이 실제로 그런 무기를 쓰기는 하는 걸까?

진료실을 목전에 둔 순간, 반대편 복도 끝에서 다가오는 헌트 교도관이 눈에 들어왔다. 그 옆으로 재소자 한 명이 따라오고 있었다. 운동장에서 다쳤다던 환자인 듯했다. 일반 재소자들처럼 카키색 점프슈트 차림이었다. 그런데 특이하게도 손목뿐 아니라 발목에도 쇠사슬이 채워져 있었다. 그 때문에 발을 질질 끌며 느릿하게 걸어오고 있었다.

그가 가까이 다가오자 이마에 감긴 붕대가 보였다. 붉은 피가 선명하게 번져 나오고 있었다. 저 정도면 보나 마나 꿰매야 했다. 그리고 내 시선이 그의 얼굴로 옮겨갔다.

순간 심장이 철렁 내려앉았다.

이럴 수가, 셰인이었다.

7

11년 전

첼시는 우리 집 앞에 차를 세울 때마다 꼭 있는 힘껏 경적을 울려 대야 직성이 풀리는 모양이었다. 나는 오른쪽 어깨에 가방을 둘러메고 현관문을 박차고 나왔다. 그리고 욕설을 뇌까리며 서둘러 계단을 내려갔다. 내가 보조석 문을 열고 몸을 구겨 넣은 후에야 시끄럽게 울리던 경적이 멈추었다.

"너 진짜 제정신이야?" 내가 첼시의 팔을 찰싹 때리며 소리쳤다. "나 귀 안 먹었거든! 온 동네 사람들 다 깨울 작정이야?"

첼시가 짐짓 과장되게 눈을 굴렸다. 눈에 마스카라를 어찌나 많이 발랐는지 갈색 속눈썹이 원래보다 세 배는 더 길어 보였다. 첼시는 늘 화장을 진하게 했다. 우리 부모님이라면 저런 꼴로는 집 밖으로 한 발짝도 못 나가게 했을 것이다. 내 입술 색보다 조금만 더 진한 립스틱이라도 바를라치면 나는 학교 화장실에서 몰래 발라야 했다.

"아니, 네가 너무 굼뜬 걸 어쩌겠니?" 첼시가 쏘아붙였다.

나는 뒷좌석을 힐끔 돌아보았다. 첼시가 팀에게 짝을 맞춰줄 여자애를 데려오겠다고 메시지를 보내왔었는데, 케일라 올리베라였던 모양이다. 케일라도 우리처럼 치어리더였다. 작은 체구에 까무잡잡하고 예쁘장하게 생긴 아이였다. 고개를 쭉 빼고 바라보니 케일라는 문자를 보내느라 바빴다. 시끄러운 경적 소리에도 아랑곳하지 않고 핸드폰만 만지작거리는 모습이 심히 거슬렸다.

"안녕, 케일라."

"안녕." 고개도 들지 않은 채 케일라가 무심히 대꾸했다.

나는 괜스레 헛기침을 했다. "와줘서 고마워."

그제야 케일라가 핸드폰에서 눈을 떼며 물었다. "첼시 말로는 팀 리스도 온다고 하던데, 맞지?"

순간 놀라움을 금치 못했다. 나는 첼시가 순진한 여자애를 데려와 팀과 억지로 엮어주려는 건 줄 알았다. 하지만 내 예상과 달리, 케일라는 자발적으로 온 것이었다. 그것도 팀에게 관심이 있어서. 팀이 하룻밤 새 훌쩍 자란 이후로 여자애들의 시선을 사로잡는 남자로 변해버린 모양이었다. 그동안 전혀 눈치채지 못했지만, 케일라의 얼굴을 본 지금에서야 깨달았다. 팀은 이제 인기남이었다.

그런데 그 사실이 썩 유쾌하지 않았다.

왜 그런 마음이 드는지는 나도 알 수 없었다. 나에게는 셰인이 있지 않은가.

"야, 셰인네 엄마 집에 없는 거 확실해? 지금 가도 되는 거지?"
첼시가 핸들을 돌리며 물었다.
나는 가방을 뒤져 핸드폰을 꺼냈다. 역시나 셰인이 1분 전에 보낸 문자 메시지가 와 있었다. '방금 브랜던 픽업했어. 엄마도 이미 가고 없으니까 지금 출발하면 돼!'
나는 얼른 답장을 썼다. '금방 갈게! 살아해!'
곧바로 회신이 날아왔다. '나도 살아해!'
첼시가 한 블록 건너에 있는 팀의 집 앞에 차를 세웠다. 또 경적을 울리려고 상체를 앞으로 기울였지만 그럴 필요가 없었다. 첼시의 차를 보자마자 현관 계단에 앉아 있던 팀이 벌떡 일어났다. 창문 너머로 팀을 바라보는 케일라의 입가에 미소가 걸렸다.
팀은 뒷좌석에 올라타 케일라 옆에 앉았다. 케일라는 안전띠를 끝까지 잡아당겨 팀 쪽으로 몸을 기울이며 인사를 건넸다.
"안녕, 팀."
"어, 그래…" 팀이 잔뜩 인상을 썼다. 그녀의 이름이 생각나지 않는 눈치였다. 나는 고개를 돌려 입 모양으로 '케일라'라고 알려주었지만, 그는 알아보지 못했다. 결국 팀이 대충 찍은 듯한 이름을 내뱉었다. "안녕, 케이라?"
케일라의 볼이 옅게 붉어졌다. "케일라야."
"아, 미안."
하지만 팀의 목소리에는 미안한 기색이 전혀 없었다. 아니, 아예 관심조차 없는 듯했다. 팀은 원래부터 치어리더를 좋아하지 않았다. 내가 치어리더 오디션을 보겠다고 했을 때도 반대하고 싶은 마음을 꾹 참는 게 눈에 보일 정도였으니까.

"가방은 안 가져왔어?" 케일라가 물었다.

"무슨 가방?" 팀이 또 인상을 썼다.

"오늘 셰인네 집에서 자기로 한 거 아니었어?" 케일라가 첼시에게 확인하듯 물었다.

"맞아. 팀, 밤샘 파티인 거 몰랐어? 브룩이 말 안 해주디?"

"아… 난 괜찮아. 아무것도 필요 없어." 팀이 어깨를 으쓱하며 답했다.

케일라가 정이 뚝 떨어진 표정을 지으며 물었다. "그래도 갈아입을 옷은 챙겨 가야 하지 않아?"

팀이 고개를 숙여 제 옷차림을 내려다보았다. 열린 재킷 사이로 드러난 회색 티셔츠와 청바지를 훑으며 말했다. "뭐, 이거 하루 더 입으면 되지."

"남자애들은 왜 저러나 몰라." 첼시가 나를 흘끗 보았다. "도대체 우리는 저런 애들이 뭐가 좋다고 이러는 걸까?"

깔깔 웃는 첼시를 보며 나도 덩달아 웃었다. 하지만 고개를 돌려 팀의 얼굴을 바라보자 마음 한구석이 불편해졌다. 오늘 셰인의 집에서 밤을 새울 거라고 분명하게 말했다. 어릴 적 남녀가 함께 자도 아무 문제가 없던 시절, 팀은 우리 집에 놀러 와 자주 자고 가고는 했다. 그럴 때면 늘 부엌 싱크대만 빼고 온 집안 살림을 다 싸 들고 왔다. 그 후로 시간이 많이 흐르기는 했어도 너무 이상했다. 셰인네 집에 자러 가는데 맨몸으로 나타나다니, 전혀 팀답지 않은 행동이었다.

어쩌면 나는 팀을 전혀 몰랐던 걸지도 모른다.

아니면 애초에 팀은 셰인네 집에서 묵을 생각이 없었던 걸지도.

8

현재

셰인과는 평생 마주치지 않기를 바랐다. 설령 언젠가 마주치더라도 몇 달은 지난 후에야 만날 거라 여겼다. 그런데 근무한 지 채 2주도 지나지 않은 지금, 셰인이 내 눈앞에 나타났다.

날 죽이려 했던 바로 그 남자가.

순간 목구멍이 조여왔다. 그날 밤, 그의 손아귀에 휘감겨 내 숨통을 끊으려던 목걸이가 또다시 내 목을 죄어왔다. 숨이 막혀왔다. 나는 문틀을 부여잡고 가쁜 숨을 몰아쉬었다. 과거의 감정 따위에 휘둘려서는 안 된다. 개인적인 감정은 접어두어야 한다.

괜찮을 것이다. 그는 이제 날 해칠 수 없다.

셰인도 나를 알아본 듯했다. 나만큼이나 놀란 얼굴이었다. 아니,

나보다 훨씬 더 놀랐을 것이다. 내가 이곳에서 일하고 있으리라고는 꿈에도 생각하지 못했을 테니까. 족쇄에 묶인 발을 종종대며 걷던 그는 나를 보자마자 입을 떡 벌린 채 우뚝 멈춰 섰다.

"안 가고 뭐 해." 헌트가 재촉하듯 그의 등을 떠밀었다. "꾸물거릴 시간 없어, 넬슨. 움직여!"

이윽고 두 사람은 진료실 앞에 멈추어 섰다. 셰인의 갈색 눈동자가 내 눈을 마주했다. 그의 두 눈에 고통이 가득했다.

"안녕하세요. 브룩입니다." 내가 굳은 목소리로 인사를 건넸다. 첫 경험 상대에게 나 자신을 정중히 소개하는 꼴이라니, 우스꽝스럽기 그지없었다.

셰인이 미처 입을 열기도 전에 헌트가 퉁명스레 외쳤다. "이름은 셰인 넬슨. 운동장에서 머리를 다쳤습니다."

"네. 안으로 들어오시죠, 넬슨 씨." 심장이 미친 듯이 날뛰고 있는데도 내 목소리는 이상하리만치 차분했다.

셰인은 또다시 그 자리에 얼어붙었다. 결국 헌트의 손에 떠밀린 후에야 발걸음을 옮겼다.

손발이 모두 결박된 채로 진찰대에 올라가기는 쉽지 않았다. 이런 죄수들이 오면 헌트가 이따금 도와주고는 했지만 셰인에게는 냉랭했다. 셰인은 몇 번의 시도 끝에 겨우 진찰대 위에 올라앉았다.

셰인이 자리를 잡고 나자 헌트는 진료실 밖으로 나섰다. 내가 문을 닫으려는 찰나, 헌트가 손을 뻗어 가로막았다.

"문을 열어 둔 채로 진료하셔야 하는 재소자입니다."

나는 셰인을 돌아보았다. 그는 손발이 묶인 채 고개를 숙이고 진찰대 위에 앉아 있었다. 몇몇 재소자들은 진료실에 들어서는 순간, 내 등골을 서늘케 하고는 했다. 하지만 지금은 하나도 두렵지 않았다. 그가 어떤 짓을 저질렀는지 너무나 잘 알고 있는데도 불구하고.

"괜찮습니다." 이 한마디가 후회로 돌아오지 않기를 바랐다.

헌트는 진료실 문을 움켜쥔 채 나를 매섭게 응시했다. 당장이라도 나를 밀치고 안으로 쳐들어올 기세였다. 하지만 이내 손을 거두며 말했다. "문 앞에 대기하고 있겠습니다. 무슨 일이 생기면 크게 소리치십시오."

"아무 일 없을 테니 걱정 마세요." 내가 재차 말했다. 하지만 문을 완전히 닫지는 않았다. 약간의 틈을 남겨 두었다.

이제 진료실 안에는 셰인과 나 둘뿐이었다. 그와 단둘이 마주한 건, 두 번 다시 떠올리고 싶지 않은 그날 밤 이후 처음이었다. 셰인은 열일곱 살 때와 달라 보였다. 분명 같은 얼굴인데도 확연히 달랐다. 머리는 두피가 훤히 드러날 만큼 짧았고, 얼굴에는 전에 없던 강인한 기운이 감돌았다.

여전히 잘생긴 얼굴을 보자 화가 났다.

내 아들과 너무 닮은 그 얼굴에 부아가 치밀었다.

우리는 잠시 서로를 빤히 바라보았다. 아니, 노려보았다는 말이 더 정확할 것이다. 그의 눈에는 독기가 잔뜩 서려 있었다. 그가 왜 내게 화를 내는 건지 도무지 이해할 수 없었다. 정작 화를 내야 할 사람은 나였다. 그날 밤이 그의 뜻대로 흘러갔더라면 나는 이미 죽은 목숨이었을 테니까. 아마도 내가 법정에서 진실을 고한 게 못마땅한 모양이었다.

"오랜만이네." 최대한 무미건조한 목소리로 내가 말했다.

"그러게." 셰인이 고개를 떨군 채 대답했다.

나는 허리를 곧추세우며 마음을 다잡았다. 처음 이 일을 맡을 때부터 두려워하던 순간을 마침내 마주하고 말았다. 난 그저 내가 해야 할 일에만 집중하면 된다. 간호사답게 그의 상처를 치료하고 감방으로 돌려보내면 그만이다.

"좀 어때?"

내 말이 끝나기가 무섭게 셰인이 고개를 홱 쳐들고 나를 노려보았다. "브룩, 그걸 지금 질문이라고 하는 거야? 내가 하지도 않은 일 때문에 평생 감옥에서 썩는 중인데 내 기분이 어떠냐고? 퍽이나 좋기도 하겠다."

나는 그의 독기 어린 시선을 덤덤히 받아냈다. "네 이마에 난 상처가 어떠냐고 물은 거였어."

"아." 그가 수갑이 채워진 손을 이마로 가져가 붕대를 더듬었다. "이마도 뭐 좋아 보이진 않네."

나는 파란색 라텍스 장갑을 꼈다. 작은 진료실을 가로질러 그에게 다가가 상처를 살펴보았다. 그를 이렇게 가까이 마주한 게 얼마 만이던가. 물론 악몽 속에서는 숱하게 보기는 했지만. 10년 전에는 그가 근처에 있다는 상상만으로도 온몸에 소름이 돋고는 했었다. 하지만 지금은 충분히 감당해 낼 수 있다. 그때보다 강인해졌으니까. 이 괴물 같은 남자 때문에 또다시 무너지지는 않을 것이다.

문득 마지막으로 그의 품에 안겼던 순간이 떠올랐다. 그에게서 샌들우드 향이 은은하게 풍겼다. 두 눈을 감으면 아직도 꽃내음이 감도는 묵직한 우드 향이 내 코끝을 간질였다. 하지만 지금은 그 냄새만 맡아도 토악질이 치밀었다. 한번은 데이트하러 나온 남자가 샌들우드 향수를 뿌리고 나온 적이 있었다. 그날 이후 나는 다시는 그를 만나지 않았다. 시시콜콜하게 이유를 설명하기보다는 그의 전화를 피하는 쪽을 택했다.

나는 셰인의 이마에 붙은 반창고를 떼어냈다. 평소처럼 조심을 기하지는 않았다. 상처가 꽤 깊어 보였다. 붕대를 감아놓았는데도 여전히 피가 많이 났다. 봉합이 시급했다. 게다가 상처 아래쪽 눈가에는 멍이 시퍼렇게 번져가고 있었다.

"어쩌다 다친 거야?"

"철조망에 부딪혔어."

"진짜야?" 내가 눈썹을 치켜올리며 다시 물었다.

셰인은 하라는 대답은 하지 않고 나를 빤히 바라보기만 했다. 더는 캐묻지 말라는 듯이. "응."

"누구한테 얻어맞은 상처 같은데."

"설령 그랬다고 해도 너한테 일러바쳤다간 다음번에 더 심한 꼴을 당할 거야. 그러니까 철조망에 부딪힌 거라고 해두자."

그제야 그의 얼굴에 난 다른 흉터들이 눈에 띄었다. 반대편 눈썹을 가로지르는 흉터, 덥수룩한 턱수염에 가려 잘 보이지 않지만 턱선을 따라 길게 뻗은 자국, 그리고 목 아랫부분에 기다랗게 남아 있는 하얀 흔적까지.

그 상흔들을 보자 이상하게도 조시가 떠올랐다. 학교에서 다른 아이들에게 맞아 시퍼렇게 멍이 든 아들의 얼굴이 지금 셰인의 얼굴과 겹쳐 보였다. 셰인도 조시처럼 아버지 없이 자랐다고 했다. 순간 마음 한구석에서 묘한 감정 하나가 불룩 불거졌다.

물론 동정은 아니었다. 이 괴물 같은 남자에게 동정 따위를 느낄 리가 있겠는가. 내게 무슨 짓을 저지른 인간인데.

"셰인, 혹시라도 누가 널 괴롭히는 거면…."

"그만해, 브룩." 그의 목소리가 짐짓 단호했다. "네가 뭘 하려는지는 모르겠지만 그쯤에서 관둬. 그냥 상처만 꿰매고 감방으로 보내줘."

"알았어."

그의 말이 옳다. 내가 해줄 수 있는 일은 아무것도 없다. 아니, 설령 있다고 해도 도와주고 싶지도 않다. 그의 말대로 상처를 봉합한 뒤 돌려보내기만 하면 된다. 내가 할 일은 딱 거기까지다.

그 정도는 충분히 해낼 수 있다.

나는 셰인을 진료실에 홀로 둔 채 봉합 재료를 챙기러 갔다. 하지만 약품 보관실에서 구할 수 없는 게 하나 있었다. 국소 마취제. 리도카인은 마약성 약물이라 도러시에게 직접 받아와야 했다. 나는 그녀의 사무실로 가서 문을 두드렸다. 이번에도 한참을 기다린 후에야 들어오라는 목소리가 들려왔다.

"치료가 벌써 끝났나요?"

나는 입술을 지그시 깨물었다. "이마 열상을 봉합해야 해서 리도카인이 필요합니다."

"다 떨어졌습니다." 도러시가 말했다.

"뭐라고요?"

"마취제는 원래도 극소량만 보유하고 있어요. 그런데 지금은 다 떨어지고 없습니다." 도러시가 어깨를 으쓱대며 대꾸했다.

"그럼 어떻게 꿰매라는 말씀이죠?"

"마취 없이 봉합하세요."

나는 이를 악물었다. 뭐 이런 여자가 다 있지? 재소자들도 엄연한 인간인데 어떻게 저렇게 무신경할 수 있을까. 솔직히 셰인 넬슨을 싫어하기로는 내가 으뜸일 것이다. 내가 당한 일을 생각하면 그에게 고통을 안겨줄 기회가 생겨 기뻐해도 모자랄 판이었다. 그래도 최소한 인간다운 대우는 해주어야 한다고 생각했다.

"그건 너무 비인도적인 것 같은데요."

도러시가 눈을 치떴다. "브룩 씨, 별것도 아닌 일로 유난 떨지 마세요. 바늘 몇 번 찌르는 게 뭐가 그리 대수라고. 어차피 환자도 신경 안 쓸 겁니다. 아니면 그냥 접착제로 붙이던지요."

의료용 접착제로 붙이기에는 상처가 너무 깊었다. 물론 내 의견을 피력해봤자 도러시는 귓등으로도 듣지 않을 것이다. 그녀가 또다시 문제 해결 능력 따위를 운운하면 소리를 버럭 질러버릴지도 몰랐다. 하지만 어쩌겠는가. 그녀의 말대로 결국 나 스스로 해결해야 할 문제였다.

진료실로 돌아오니 셰인은 이마가 찢긴 채로 진찰대 위에 그대로 앉아 있었다. 내가 들어오는 기척이 들리자 그가 고개를 들어 나를 바라보았다. 처음 마주했을 때 그의 얼굴에 가득하던 분노는 한결 누그러진 모습이었다. 내가 생각했던 것만큼 나를 증오하지는 않는 모양이다. 그를 교도소에 보내는 데 결정적인 역할을 한 것이 바로 내 증언이었는데도 말이다. 지금껏 나는 그가 감방에 틀어박혀 내 이름을 온몸에 새기며 복수를 다짐하고 있을 줄 알았다. 하지만 지금 그의 얼굴은 그다지 화나 보이지 않았다. 오히려 슬퍼 보였다. 마치 모든 걸 다 잃은 사람처럼.

"문제가 좀 있어. 봉합할 재료는 다 있는데, 국소 마취제가 다 떨어져서—"

"괜찮아." 내가 치료 방법을 설명하기도 전에 셰인이 말을 끊었다. "마취 없이 꿰매도 돼."

"정말 괜찮겠어? 왜냐하면—"

"응, 괜찮아. 여기에 마취제가 있었던 적은 한 번도 없었거든."

셰인은 전혀 동요하지 않는 모습이었다. 설마 목 아래쪽에 삐뚤빼뚤하게 난 길쭉한 흉터도 마취 없이 꿰맨 걸까? 그때 기분이 어땠을까?

"알았어." 내가 말했다. 이왕 이렇게 된 거 빨리 끝내 버리고 싶었다. "뒤로 누워볼래?"

셰인이 몸을 뒤로 젖히려 애썼지만 두 손이 묶인 상태라 쉽지 않아 보였다. 그때, 그의 몸이 균형을 잃고 진찰대에서 미끄러지기 시작했다. 나는 본능적으로 손을 뻗어 그의 등을 받쳐 눕혀 주었다.

내 손이 그의 몸에 닿았다. 오랜 세월이 지난 지금, 셰인 넬슨을 다시 만지고 말았다.

욕지기가 치밀 거라 확신했다. 나는 셰인을 증오했다. 수년간 내 꿈속까지 따라와 날 괴롭히던 인간이었다. 내 인생을 망친 장본인이라 해도 과언이 아니었다. 그의 뜻대로 됐더라면 난 이미 죽고 없었을 테니까.

그런데 아무리 기다려도 욕지기는 일지 않았다. 다른 사람의 어깨를 만졌을 때와 별반 다르지 않은 느낌이었다. 오랜 시간이 흐른 끝에 그에 대한 두려움을 극복해 낸 모양이었다.

드디어 성공한 것이다. 스스로가 너무나 자랑스러웠다.

나는 봉합할 준비를 했다. 셰인은 봉합 도구를 챙기는 내 손길을 가만히 지켜보았다. 마취도 없이 이마를 꿰매야 하는데도 별로 긴장하지 않은 얼굴이었다. 나였다면 두려움에 치를 떨었을 것이다. 조시를 출산한 후 회음부를 봉합했을 때를 제외하면, 내 몸을 바늘로 꿰맨 적은 한 번도 없었으니까.

"네가 꿈꾸던 순간 아니야? 마취 없이 날 바늘로 맘껏 찌를 수 있게 되었잖아."

"아니거든. 마취제 구하러 갔었거든." 내가 변명하듯 답했다.

"그랬겠지."

"진짜야." 내가 고개를 돌려 그를 흘겨보았다. "난 너랑 달라. 다른 사람의 고통을 즐기지 않는다고."

"뭐, 내가 널 탓할 입장은 아니지. 넌 내가 널 죽이려 했다고 믿고 있으니까."

순간 그의 눈빛에 알 수 없는 감정이 비쳤다. 나도 모르게 그의 시선을 피했다.

"그건 그렇고 전문 간호사 자격증도 따고 정말 대단하네."

"고마워." 내가 굳은 목소리로 대답했다.

"사실은…." 그의 한쪽 입꼬리가 말려 올라갔다. "나도 여기서 검정고시에 합격했거든. 요즘은 다른 재소자들 검정고시 공부하는 거 도와주고 있어."

내가 감탄이라도 하기를 바라는 듯한 말투였다. 예전에도 미식축구 경기장에서 공을 멀리 날리고는 보란 듯이 내 쪽을 바라보고는 했었지.

"아, 그렇구나." 달리 할 말이 떠오르지 않았다.

"내가 괜히 쓸데없는 소리를 했네. 넌 궁금하지도 않을 텐데." 그가 중얼거리듯 말했다.

나는 식염수로 상처 부위를 닦아 냈다. 분명 고통스러울 텐데도 셰인은 눈썹 하나 까딱하지 않았다. 나는 바늘을 집어 들며 그에게 경고하듯 말했다.

"조금 따끔할 거야."

"알았어."

응급 진료소에서 일할 때 봉합 수술은 수도 없이 했다. 마취한 상태에서 꿰매도 성인 남자들조차 울음을 터트리기 일쑤였다. 하지만 셰인은 바늘이 들어갈 때 얼굴을 살짝 찡그릴 뿐, 남자답게 꿋꿋이 참아냈다.

첫 번째 봉합을 마무리할 즈음, 셰인이 입을 열었다. "근데 너 결혼은 아직인가 보네?"

순간 바늘을 쥔 손이 그대로 굳어버렸다. "뭐라고?"

셰인이 어깨를 으쓱하려다 바늘이 아직 피부에 꽂혀 있는 걸 알고는 움직임을 멈추었다.

"아, 네 손에 반지가 없길래. 그리고 다른 재소자들이 떠드는 소리를 들었거든. 새로 온 간호사가 싱글이라고."

"다들 남의 일에 참 관심이 많네."

"네가 누군가한테 말을 했으니 소문이 돈 거겠지."

그의 말이 백번 옳았다. 내가 경솔했다. 재소자들에게 사적인 이야기를 하지 말라는 도러시의 지시를 따르지 않은 내 잘못이었다.

재소자 **67**

하지만 내가 만난 재소자들은 대부분 범죄자라기보다는 그저 평범한 노인처럼 보일 뿐이었다.

"그리고 애도 있다면서?"

순간 가슴이 철렁했다. 그제야 내가 얼마나 어리석었는지 깨달았다. 재소자들이 아이가 있냐고 물었을 때 '사적인 질문은 삼가 달라'고 딱 잘라냈어야 했다. 하지만 아들과 온종일 떨어져 있다 보니 아들 이야기만 나오면 입이 절로 열리는 걸 어쩌겠는가. 나는 지금 그 대가를 혹독하게 치르는 중이었다.

"어쨌든 축하해." 셰인이 말했다. 그의 목소리에는 씁쓸함도, 분노도 묻어나지 않았다. 다행이라는 생각이 들었다. "몇 살이야?"

그의 물음에 나는 흠칫했다. 셰인도 팀처럼 눈치가 빨랐다. 내가 열 살이라고 말하는 순간 곧장 알아챌 터였다. 하지만 팀과 달리 내가 거짓말을 해도 진실을 알아낼 방법이 없을 테지.

"다섯 살이야."

두 번째 바늘이 그의 살갗을 파고들자 셰인의 몸이 살짝 움찔거렸다. "나도 아이를 가지고 싶었어. 이젠 영영 이룰 수 없는 꿈이 되어 버렸지만."

나는 아무 대꾸 없이 조용히 봉합사를 묶었다.

"네가 이 동네에 살고 있다니, 내 눈으로 보고도 믿기지가 않네. 난 네가 이 동네에 다시는 발도 들이지 않을 줄 알았어. 부모님 뵈러 올 때 말고는."

"부모님은 작년에 교통사고로 돌아가셨어." 엉겁결에 말이 툭 튀어나왔다. 나에 대해서 더는 그에게 알려줘서는 안 되었지만, 부모님 이야기는 괜찮을 것 같았다. 지난 10년 동안 내가 다른 힘든 일도 겪었다는 걸, 그가 저지른 일이 내 인생을 규정짓지 않는다는 걸 그에게 알리고 싶었다.

"많이 힘들었겠다, 브룩." 그가 미간을 좁히며 말했다.

"괜찮아. 그리 가까운 사이도 아니었는데 뭐."

내가 부모님과 소원해진 이유는 그에게 털어놓을 수 없었다. 애초에 내가 부모님의 뜻을 거스르고 셰인과 사귄 것이 화근이었다. 부모님 몰래 그의 집에 갔다가 죽을 뻔하기까지 했으니까. 하지만 부모님이 대로하여 죽을 때까지 날 용서하지 못한 이유는 따로 있었다. 내가 임신한 사실을 알고도 아이를 낳기로 결심한 것이다. 나는 내 결정을 후회하지 않았지만, 부모님은 늘 조시에게 차갑게 굴었다. 조시가 태어난 후에도 잘못된 선택이었다며 나를 면박했다. 무엇보다 조시를 괴물 같은 남자의 자식이라며 집안의 수치로 여겼다.

나는 조시를 홀대한 부모님을 용서하지 못했고, 결국에는 연을 끊어버렸다.

"우리 엄마도 몇 년 전에 돌아가셨어." 셰인이 말했다.

내가 두 번째 봉합을 매듭지으며 대답했다. "상심이 컸겠네."

진심으로 한 말이었다. 셰인은 어머니와 돈독한 사이였다. 그도 그럴 것이 아버지가 떠나고 나서 의지할 데라고는 단둘뿐이었다. 유일한 가족이었던 어머니마저 떠나보냈다면, 셰인은 이제 온전히 혼자가 되었다는 뜻이었다.

셰인이 내 눈을 한참 바라보다 힘겹게 입을 열었다. "엄마는 내가 그 사람들을 다 죽였다고 믿은 채 돌아가셨어."

그 말에 바늘을 쥔 손끝이 떨려왔다. 하마터면 바늘이 상처 부위를 비껴갈 뻔했다. '네가 그 사람들을 다 죽인 건 사실이잖아.' 그 말을 입 밖으로 내지는 않았다. 개인적인 이야기는 삼가야 했으니까. 게다가 말해봤자 내 입만 아플 뿐이다. 증거가 확실한데도 셰인은 그날 밤 자신이 한 일을 기어코 인정하지 않았다.

하지만 그가 자신의 죄를 시인하든 말든 무슨 상관이랴. 이미 유죄 판정을 받았는데. 무엇보다 나는 그날 밤 현장에 있었다. 그의 뜻대로 되었더라면, 나는 지금쯤 이 세상에 없었을 것이다.

그 사실을 결코 잊을 수 없다. 그리고 그를 절대 용서치 않을 것이다.

9

11년 전

셰인네 집은 큰길에서 2킬로미터 남짓 더 들어가야 나왔다.
비포장도로 안쪽에 있어서 정확한 위치를 모르면 그냥 지나치기 십상이었다. 그래서인지 초등학교 통학 버스가 큰길까지만 오고 안쪽까지는 들어오지 않았다고 했다. 그 탓에 셰인은 매일 등하교 때마다 집과 버스 정류장까지 먼 길을 홀로 오갔다고 했다. 눈이 무릎까지 쌓여 발이 푹푹 빠지는 날에도 예외 없이.
그 이야기를 듣는 내내 괜스레 미안한 마음이 들었다. 나는 우리 집 바로 앞에 있는 정류장에서 통학 버스를 탔다. 고작 열댓 걸음만 걸으면 되는데도 늘 멀다고 투덜거렸다. 그런데 셰인은 그 먼 길을 매일 오가야 했던 것이다. 물론 나에게 죄책감을 주려고 한 말은 아니었다. 그저 평소처럼 자기 삶을 있는 그대로 말했을 뿐이었다. 덤덤하게.

"셰인네 엄마 집에 안 계신 거 확실하지?" 첼시가 물었다. 바로 그때, 흙길을 달리던 자동차 바퀴가 살짝 미끄러졌다. 아직 비가 쏟아지지는 않았지만 바깥 공기가 습기를 머금어 축축한 탓이었다.

"응, 아까 셰인이 문자로 그랬어."

셰인네 엄마는 무척 좋은 분이다. 내가 놀러 갈 때마다 늘 다정하게 맞아 주었다. 우리 부모님이 셰인에게는 절대 베풀지 않을 유의 다정함이었다. 하지만 잘 알지도 못하는 10대 아이들 여섯 명에게 하룻밤 집을 내어줄 만큼 너그럽지는 않았다. 더욱이 브랜던이 술까지 챙겨올 참이지 않은가.

셰인이 사는 농가는 세월의 흔적이 역력했다. 한때는 선명한 붉은빛이었을 외관은 페인트가 다 벗겨져 군데군데 허옇게 바랬고, 나무가 훤히 드러난 곳도 간간이 눈에 띄었다. 지붕은 이끼로 뒤덮인 채 한쪽으로 기울어져 있었다. 강한 폭풍우 한 번이면 대번에 날아가 버릴 것만 같았다. 창문틀도 하나같이 삐뚜름했다. 마치 집을 지을 줄도 모르는 사람이 서툰 솜씨로 열심히 지어 올린 모양새였다.

첼시가 셰인의 쉐보레 옆에 차를 대자 농가의 문이 벌컥 열렸다. 셰인이 두 눈을 반짝이며 우리를 향해 손을 힘차게 흔들었다.

"비 내리기 전에 얼른 들어와!"

나는 백팩을 움켜쥐고 서둘러 차에서 내렸다. 문을 세게 닫고 하늘을 올려다보니 시커먼 먹구름이 잔뜩 드리워져 있었다. 금방이라도 비를 퍼부을 기세였다. 나는 백팩을 어깨에 둘러메고 흙길을 따라 현관으로 향했다. 문 앞에 서 있던 셰인이 내 가방을 낚아채듯 가져갔다.

"내가 들어줄게, 브룩." 셰인이 씩 웃으며 말했다.

"오, 매너남!" 첼시가 감탄하듯 소리치며 팀에게 눈치를 줬다. 팀이 마지못해 팔을 내밀자 케일라가 기다렸다는 듯 거대한 더플백을 건넸다. 세상에, 무슨 짐을 저렇게 많이 싸 왔지? 여기서 한 달 살기라도 할 참인가?

아이들이 모두 집 안으로 들어간 후, 나는 방충문을 닫았다. 셰인이 분명 고쳤는데도 경첩이 헐거운 탓에 문은 여전히 덜렁거렸다. 하지만 셰인네는 문짝을 새로 갈만한 형편이 못되었다. 셰인네 엄마가 최저임금을 받으며 겹벌이를 하고 있었지만, 월세와 식비를 충당하려면 셰인이 피자집에서 버는 월급까지 끌어 써야 했다.

현관문을 잠그는 순간, 셰인이 나를 끌어당겨 뜨겁게 입을 맞추었다. 그의 키스에 온몸이 녹아내렸다. 오늘따라 그에게서 좋은 향기가 났다. 평소에도 좋은 냄새가 났지만 오늘은 유난히 향긋했다. 셰인이 이따금 쓰는 애프터쉐이브 향기였다.

"애프터쉐이브 냄새 진짜 좋다." 내가 작게 속삭였다.

"샌들우드 향이야."

내가 눈살을 찌푸렸다. "샌들우드가 뭐야?"

"나도 몰라. 샌들 만들 때 쓰는 나무 냄새인가?"

"그럼 지금 너한테서 발 냄새가 나는 거네?"

셰인이 웃음을 터트렸다. "뭐야, 냄새가 좋다고 할 때는 언제고."

셰인이 다시 내 입술을 탐했다. 그런데 입술을 뗀 순간, 뒤통수가 따가운 느낌이 들었다. 마치 누군가의 시선이 내 뒤통수에 꽂힌 느낌이었다.

고개를 돌려보니 방 건너편에서 팀이 우리를 뚫어지게 쳐다보고 있었다. 도무지 알 수 없는 표정을 한 채로. 그러다 나와 눈이 마주치자 재빨리 시선을 거두었다. 다행이었다. 셰인이 팀의 시선을 알아챘더라면 곤란한 상황이 벌어졌을 테니까.

"근데 팀은 뭐 하러 데려왔어?"

셰인의 짙은 눈동자에 못마땅한 기색이 여실히 드러났다. 팀이 셰인을 싫어하는 만큼 셰인도 팀을 싫어했다. 내가 나서서 두 사람 사이를 어떻게든 풀어야만 했다.

"알고 보면 팀도 좋은 애야." 내가 다소 방어적인 어조로 말했다.

"흠."

"그리고 첼시가 팀이랑 짝 맞춰주려고 케일라도 데려왔어. 둘이서 좋은 시간 보내라고."

셰인이 잠시간의 침묵 끝에 입을 열었다. "그래, 좋아. 어차피 방도 세 개니까."

그제야 나는 안도의 한숨을 내쉬었다. 셰인은 화를 쉽게 내는 성격은 아니었지만 사람 일은 모르는 법 아닌가. 사귄 지 석 달밖에 되지 않았으니 아직 그의 어두운 면이 드러나지 않은 것일지도 몰랐다. 그래도 지금까지는 그런 모습을 본 적이 한 번도 없었다. 팀의 불길한 경고에도 불구하고.

"야, 팀!" 셰인이 손을 흔들며 인사를 건넸다. "와줘서 고마워."

나는 목에 두른 눈송이 목걸이를 만지작거리며, 셰인이 팀을 향해 느릿느릿 걸어가는 모습을 지켜보았다. 팀이 내 소중한 친구라는 걸 알고 노력하는 그가 몹시도 고마웠다. 이내 두 사람은 마주 서서 이야기하기 시작했다. 겉보기에는 꽤 친근해 보였지만, 무슨 이야기를 하는지는 들리지 않았다. 셰인의 말에 팀이 무어라 대답했다. 하지만 두 사람의 목소리는 내 옆에서 떠드는 첼시와 케일라의 수다 소리에 묻혀 버렸다. 아무리 귀를 기울여 보아도 헛수고일 뿐이었다.

하지만 무슨 얘기를 하는지가 무슨 상관이랴. 치고받고 싸우지 않는 것만으로도 충분했다.

두 사람에게 다가가 볼까 고민하는 찰나, 부엌문이 삐걱대며 활짝 열렸다. 브랜던이었다. 피자 두 판과 보드카 한 병을 양손에 든 채 그가 외쳤다.

"즐길 준비 됐냐?"

브랜던의 목소리에 셰인이 고개를 홱 쳐들었다. 그러고는 나쁜 짓을 하다 걸린 사람처럼 팀에게서 물러나더니 곧장 피자와 보드카를 향해 달려갔다. 둘 사이를 오가던 대화는 그걸로 끝난 모양이었다.

10

현재

나는 입을 꾹 닫은 채 셰인의 상처를 마저 꿰맸다. 어머니 이야기를 마지막으로 셰인이 내게 아무것도 묻지 않아 다행이었다. 그에게 개인적인 이야기를 늘어놓지 말았어야 했는데, 내가 너무 안일하게 굴었다. 하지만 그를 다시 보자 너무 혼란스러웠다. 모든 기억이 한꺼번에 파도처럼 밀려들었다. 우리가 행복했던 기억들, 그리고 마지막 순간의 나쁜 기억들까지.

"다 됐다." 나는 마지막 봉합을 마친 후 그의 이마에 묻은 피를 닦아 냈다. "흉터 남지 말라고 예쁘게 꿰맸어."

"그래…."

"진통제 좀 처방해 줄까?"

셰인이 이맛살을 찌푸렸다. "아니, 됐어. 그랬다간 약물 중독자로 몰릴 게 뻔해."

틀린 말은 아니었다. 수형자들이 진통제라는 단어를 내뱉는 순간 내 머릿속에서 경종이 울렸다. 전임 간호사가 마약성 약물을 팔다가 적발되지 않았던가. 하지만 셰인은 이마에 깊게 찢어진 상처를 마취도 없이 봉합한 참이었다. 진통제를 달라고 해도 조금도 의심스럽지 않은 상태였지만 선택은 그의 몫이었다.

"그럼 헌트 교도관님 불러올게."

"잠깐만!" 셰인이 목소리를 낮춰 다급히 외쳤다. "브룩, 너한테 할 말이 있어."

내 시선이 곧장 문 쪽을 향했다. 헌트가 바로 밖에서 대기 중이니, 내게 무슨 일이 생기면 곧장 들이닥칠 것이다. "셰인, 이러면 안 돼."

"제발, 부탁이야. 내 말 좀 들어줘."

나는 고개를 세차게 저었다. "안 돼. 그럴 순 없어."

"제발 이것 하나만 알아줘." 그의 목소리가 갈라졌다. "널 죽이려 한 사람은 내가 아니야, 브룩. 내 목숨을 걸고 맹세할 수 있어."

나는 진찰대에서 한 발짝 물러섰다. "내가 그 자리에 있었어. 내가 직접 봤다고."

"네가 잘못 본 거야." 그가 이를 악물었다. "난 아무 짓도 하지 않았어. 팀 그 새끼한테 야구 방망이로 머리를 맞고 그대로 쓰러졌다고. 그리고 정신을 차리자마자 날 흔들어 깨운 경찰한테 체포당했어."

"셰인, 그만해." 내가 이를 앙다문 채 말했다.

"난 널 절대 해치지 않아, 브룩." 그의 커다란 두 눈이 더없이 진지해 보였다. 순간, 내가 열렬히 사랑했던 열일곱 소년의 얼굴이 겹쳐 보였다. "지난 10년 동안 너한테 이 말을 전할 순간만 고대했어. 제발, 내 말을 믿어줘. 내가 그런 게 아니야. 내가 너한테 어떻게 그런 짓을 해? 난 널 사랑했어."

나는 오른손으로 주먹을 쥐었다. 감히 내 면전에서 거짓말을 지껄이다니. 어쩜 저리도 뻔뻔할까. "내가 바보인 줄 알아?" 헌트가 들을세라 목소리를 최대한 낮추었다.

"브룩―"

셰인이 무어라 말을 잇기도 전에 문을 두드리는 소리가 났다. 들어오라는 대답을 기다리지도 않고 헌트가 고개를 쑥 들이밀었다. "아직입니까?"

"아, 방금 끝났어요." 내가 목이 멘 소리로 대답했다.

나는 셰인을 일으켜 앉혀주었다. 이제 그 스스로 진찰대 위에서 내려와야 하는데, 발목에 채워진 족쇄 탓에 퍽 곤란해 보였다. 셰인은 넘어지지 않으려 신중을 기했다. 그 모습을 바라보던 헌트의 입가가 잔뜩 일그러졌다.

"뭘 꾸물대? 서둘러, 이 쓰레기 같은 새끼야!" 헌트의 목소리에 살기가 실렸다.

나는 아연한 표정으로 헌트를 바라보았다. 죄수들을 살갑게 대하지는 않아도 무례하게 굴지는 않는 사람이었다. 그가 지금처럼 욕설을 퍼붓는 모습은 처음이었다. 셰인이 간신히 두 발을 바닥에 딛자 헌트는 그의 팔을 잡아끌었다. 그 손길이 지나치게 거칠었다.

헌트는 왜 이토록 셰인을 증오하는 걸까? 셰인이 무슨 짓을 했길래?

두 사람이 진료실을 나간 후, 나는 문 앞에 서서 그들의 뒷모습을 바라보았다. 헌트가 셰인을 끌고 형광등이 깜빡이는 복도를 지나 감방으로 향했다. 복도 중간쯤 이르렀을 때, 셰인이 잠시 멈춰 나를 돌아보았다.

어느덧 내 손이 목을 감싸 쥐고 있었다. 요즘도 이따금 한밤중에 악몽을 꾸다 땀에 흠뻑 젖은 채 깨어나고는 했다. 그럴 때마다 목걸이가 내 목을 조여오던 기억이 생생하게 되살아났다. 오랜 시간이 흘렀는데도 마치 어젯밤에 일어난 일처럼 또렷했다. 차디찬 목걸이 줄이 내 목 깊숙이 파고들고, 셰인에게서 풍기는 샌들우드 향이 내 코끝에 스며든다. 그리고 그의 뜨거운 숨결이 내 목덜미를 간질인다.

하지만 끝내 떠올릴 수 없는 게 하나 있었다. 그의 얼굴.

사실 나를 죽이려 했던 남자의 얼굴을 보지 못했다. 그날 밤 전기가 나가는 바람에 사방이 칠흑같이 어두웠던 까닭이었다. 하지만 나는 셰인을 잘 알고 있었다. 눈으로 보지 않아도 그의 체취와 몸의 감촉만으로 알 수 있었다. 분명 셰인이었다.

아니, 셰인이어야만 했다.

만일 그가 아니었다면, 내가 돌이킬 수 없는 실수를 저질렀다는 뜻이었으니까.

11

 교도소에서 집으로 돌아오는 내내, 셰인 생각이 내 머릿속을 떠나지를 않았다. 재판이 끝난 후 두 번 다시는 그를 마주할 일이 없으리라 생각했다. 그런데 이렇게 가까이서 그의 얼굴을 보게 될 줄이야.
 진료가 끝난 후 헌트는 셰인의 차트를 찾아다 주었다. 이번에는 아무런 죄책감 없이 기록을 열람할 수 있었다. 셰인은 아직 젊고 건강했으므로 차트는 매우 얇았다. 대부분이 부상에 관한 기록들이었다. 그간 다른 재소자들에게 숱하게 당한 모양이었다.
 마지막 기록은 내 전임자인 엘리스가 남긴 것이었다. 셰인이 복통을 호소하며 찾아왔고, 역류성 식도염 약을 처방했다고 적혀 있었다. 그런데 맨 아래쪽에 쓰인 말이 내 눈길을 끌었다. '교활함, 약물 추구 성향.' 특히 '교활함'이라는 단어에는 밑줄까지 그어져 있었다.

엘리스의 진단에 쉬이 동의하기 어려웠다. 셰인은 내가 먼저 진통제를 권했을 때도 거절하지 않았던가. 그럼에도 내심 불안한 마음이 들었다.

집 앞에 차를 세우자 가방 속에서 진동음이 울렸다. 내가 운전하는 중에 문자 메시지가 온 듯했다. 나는 핸드폰을 찾아 가방을 뒤적였다. 무슨 휴지가 이렇게나 많은지. 어린아이를 키우다 보면 휴지부터 챙기다 보니 늘 가방이 이 모양이었다. 수많은 휴지 뭉치 사이에서 마침내 핸드폰을 찾아냈다.

'안녕, 팀이야. 학부모 연락망에서 네 번호를 찾았어. 이상한 사람처럼 보일까 봐 걱정되네.'

나도 모르게 미소가 번졌다. 팀은 이상한 사람과는 거리가 멀었다. 학부모 연락망에서 내 번호를 찾아냈다면 조시가 유치원생이 아니라는 사실도 알아챘을 터였다. 그런데도 나에게 연락해 온 것이다.

'많이 이상해 보이진 않아.'

곧장 답신이 도착했다.

'생각해 보니까 저녁에 커피를 마시면 우리 둘 다 밤새 못 잘 것 같아. 이번 주중에 일 끝나고 만나서 술 한잔 어때?'

술이라니. 커피보다 훨씬 진지한 느낌이었다. 데이트하는 기분이랄까. 다만 나도 그런 만남을 원하는 걸까?

내 마음을 나조차도 알 수 없었다. 하지만 팀이라면 내가 원할 때 아무 말 없이 물러서 줄 것 같았다. 게다가 너무 오랫동안 일과 집밖에 모른 채 살아왔다. 이번 한 번쯤은 오롯이 나를 위해 즐겨도 될 것 같다는 생각이 들었다.

'아이 돌봐 주시는 분께 여쭤보고 다시 연락할게.'

팀과 만날 생각을 하자 일터에서 쌓였던 부정적인 감정이 사르르 녹아버렸다. 수년 만에 셰인을 다시 본 충격과 일주일 뒤 실밥을 제거할 때 그를 또 만나야 한다는 부담감도 금세 잊혔다. 오랜만에 팀을 만나 저녁을 함께 보낼 생각에 마음이 설렜다. 팀은 유년 시절 내내 내가 제일 좋아하던 사람이었다.

그런 그를 11년 가까이 외면했다는 사실에 못내 미안한 마음이 들었다. 하지만 그때는 달리 선택의 여지가 없었다.

집 안으로 들어가 조시의 이름을 크게 불렀다. 역시나 아이는 달려 나오지 않았다. 오히려 잘됐다 싶었다. 내게 너무 의존하는 것보다 훨씬 나았으니까. 다행히 학교에 며칠 나간 후 조시는 전보다 조금 자신감이 붙은 듯했다.

주방에 들어서자 마지가 오븐에서 갓 꺼낸 요리를 조리대 위에 올려놓았다. 라자냐처럼 보이는 음식이 보글보글 끓고 있었다.

"이야, 엄청 맛있어 보이네요. 그런데 매일 저녁 준비 안 해주셔도 괜찮은데."

"제가 좋아서 하는 건데요, 뭘. 우리 애들이 어렸을 때는 매일 저녁 손수 만들어 먹였거든요. 집밥이 암 예방에도 좋다고 하더라고요."

그 말이 사실인지는 모르겠지만 구태여 그녀를 말리고 싶지는 않았다. 우리를 위해 기꺼이 요리해 주는 그녀가 그저 고마울 따름이었다.

"혹시 이번 주중에 언제 조시 좀 봐주실 수 있으세요? 제가 저녁에 친구랑 술을 한잔하려고 하는데, 그리 오래 걸리지는 않을 거예요."

내 말에 마지의 눈이 반짝거렸다. "친구요? 설마 데이트?"

아이고, 이런. 처음 고용할 때부터 오지랖이 넓을 것 같은 예감이 들더라니. "그냥 친구예요."

"남자 친구요?"

"네, 남자 사람 친구요."

"어쨌든 그럼 데이트네요!" 마지가 손뼉을 치며 호들갑을 떨었다. "잘됐네요! 애가 있다 뿐이지, 아직 이렇게나 젊은데 남자도 만나고 해야죠!"

"데이트 아니에요." 내가 이를 앙다물고 말했다. "남자는 맞는데 그냥 친한 친구예요. 어렸을 때부터 알고 지냈거든요."

"아무렴 어때요?"

마지의 둥그런 얼굴에 비친 표정이 심히 거슬렸다. 다 안다는 듯한 저 표정. "여하튼 데이트는 진짜 아니에요."

"왜요?" 마지가 눈을 깜빡이며 물었다. "인물이 별로예요? 못생긴 남자가 밤일은 더 잘한다던데요."

세상에나. "어머, 아주머니도 참."

"아니, 데이트 좀 하는 게 뭐 어때서 그래요? 괜히 죄책감 느낄 필요 없어요, 조시 엄마."

묘하게 정곡이 찔린 기분이 들었다. 일과 육아만으로도 버거운데 데이트라니. "조시한테 미안해서 데이트는 못 하겠어요."

"그런 생각 말아요. 그 애한테도 아빠가 필요할 거예요."

가슴이 철렁 내려앉았다. 그 말이 내 아픈 곳을 후벼파는 느낌이었다. 나는 조시를 부족함 없이 키우려고 노력했다. 혼자 아이를 키우며 아빠의 빈자리까지 채우려 안간힘을 썼다. 하지만 조시가 공원에서 아빠와 신나게 뛰노는 다른 아이들을 바라볼 때마다 나는 느낄 수 있었다. 아이의 눈빛에 담긴 공허한 그리움을.

"혹시 내일 저녁 괜찮으세요?" 내가 마지에게 물었다.

"물론이죠! 늦게 들어와도 되니까 맘 편히 놀다 와요. 조시랑 같이 초콜릿 칩 쿠키나 구워야겠네요."

순간, 팀과의 약속을 취소하고 마지와 조시와 함께 집에서 쿠키나 만들어 먹고 싶다는 충동이 일었다. 하지만 마지의 말이 옳았다. 하룻밤 정도는 밖에 나가서 즐겨도 괜찮을 것 같았다. 마지가 떠나자마자 나는 핸드폰을 꺼내 메시지를 보냈다.

'내일 저녁에 시간 괜찮아?'

잠시 후, 팀에게서 답장이 도착했다.

'물론이지. 그럼 내일 봐.'

12

11년 전

"자, 이제 '나는 한 번도 해본 적 없다' 게임 하자!"

첼시가 선언하듯 말했다. 우리는 피자 두 판을 배불리 나눠 먹고, 브랜던이 만들어 준 '스크루드라이버'라는 칵테일을 한 잔씩 받아 든 참이었다. 보드카와 오렌지 주스를 섞은 술이라는데 희한하게 페인트 제거제 맛이 났다.

우리는 둘씩 짝을 지어 거실 탁자 주위에 빙 둘러앉았다. 셰인과 나는 조그만 2인용 안락의자에 몸을 구겨 넣었고, 나머지는 낡은 소파에 다닥다닥 붙어 앉았다. 한 명씩 풀썩 주저앉을 때마다 소파 여기저기에서 깃털이 흩날렸다. 팀은 팔걸이 쪽에 자리를 잡았고, 케일라가 그 옆에 앉았다. 너무 바짝 붙어 앉은 탓에 두 사람의 허벅지가 맞닿아 있었다. 첼시는 브랜던의 무릎 위에 다리를 척 올리고는 거침없이 애정을 과시했다. 첼시가 얼마 전에 내게 한 말과는 상반되는 행동이었다. 밥 먹듯이 바람을 피워 대는 브랜던에게 이골이 나서 다음 경기만 끝나면 헤어질 생각이라고 해놓고는.

"그게 무슨 게임인데?" 내가 물었다.

내 무지에 놀란 듯 첼시가 가슴을 움켜쥐며 말했다. "브룩, 설마 농담이지?"

순간 두 뺨이 화끈 달아올랐지만, 나는 아무렇지 않은 척 어깨를 으쓱해 보였다. 사실 친구들에 비하면 나는 술이나 파티에 그리 익숙지 않았다. 술을 마시는 건 오늘이 두 번째였고, 취해 본 적은 아직 한 번도 없었다. 하지만 나도 어쩔 수 없었다. 올해 초, 트레이시 기퍼드라는 소녀가 죽은 채 발견된 이후 잔뜩 겁을 먹은 부모님 때문에 파티는커녕 외출도 거의 못 했으니까.

"룰은 아주 간단해." 첼시가 설명을 이어갔다. "자기 차례가 되면, 한 번도 해본 적이 없는 걸 하나 말하는 거야. 그러면 그걸 해본 적이 있는 사람이 술을 마시는 거지. 예를 들어, 내가 '나는 수학 시험에서 만점을 맞아본 적이 한 번도 없다.'라고 말하면 너희 둘이 술을 마시면 돼." 첼시가 나와 팀을 눈짓했다. "알겠지?"

브랜던이 큼지막한 손으로 첼시의 허벅지를 쓰다듬으며 말했다. "이런 간단한 게임도 이해 못 하면 바보 아니냐?"

"이해했어. 재미있겠다." 내가 대답했다. 하지만 내가 안 해본 게 얼마나 많은지 들통날까 봐 겁이 났다. 그나마 위안이 되는 게 한 가지 있다면 나에게는 숨겨야 할 비밀이 없다는 것.

설령 있다 한들 다섯 손가락 안에 꼽을 수 있을 정도였다.

"어라, 이상하네." 케일라가 핸드폰을 빤히 쳐다보며 말했다. "야, 셰인. 신호가 하나도 안 잡히는데 왜 이러는 거야?"

셰인이 어깨 너머로 창밖을 흘깃 보았다. 비가 억수같이 쏟아지고 있었다. "아, 미안. 우리 집에서 원래 신호가 잘 안 잡히거든. 특히 비 오는 날은 완전 먹통이야. 대신 집 전화 있으니까 급하면 그거 써."

케일라는 탁자 위에 핸드폰을 탁 내려놓으며 혼잣말로 무어라 투덜거렸다. 하지만 금세 표정을 수습하고는 달콤한 미소를 머금은 채 팀을 바라보았다. 이제 핸드폰 대신 팀에게 모든 신경을 쏟을 기세였다.

그 광경이 썩 달갑지만은 않았다.

"그럼, 나부터 간다." 브랜던이 두 손을 비비며 말했다. "아니, 근데 내가 안 해본 게 있어야 말이지."

그 순간 나와 눈이 마주친 팀이 눈동자를 휘 굴렸다. 그 바람에 나는 터져 나오려는 웃음을 간신히 참아내야 했다. 첼시는 입만 열면 브랜던이 잘 생겼다고 난리였고, 실제로 그는 미식축구부의 인기 선수였다. 하지만 나는 브랜던이 영 마뜩잖았다.

"아, 생각났다." 브랜던이 종이컵을 번쩍 들어 올리며 말했다. "나는 차여 본 적이 한 번도 없다. 뭐, 당연한 거 아니겠냐. 여자들이 날 가만히 두질 않으니까."

첼시와 케일라가 동시에 술을 들이켰다. 반면 팀과 나는 술잔을 기울이지 않았다. 사실 나는 셰인 말고는 제대로 사귄 남자가 없었기에 차이고 말고 할 것도 없었다. 곁눈으로 셰인을 보니 그 역시 종이컵을 들고만 있었다. 오호, 흥미진진한걸. 내 남자 친구에 대해 내가 몰랐던 사실을 알아가는 재미가 쏠쏠할 것 같았다.

우리는 돌아가며 각자 비밀을 하나씩 공유했다. 케일라는 알몸으로 수영해 본 적이 없다고 했다. 그때 첼시가 뜬금없이 술을 마셔서 나는 깜짝 놀랐다. 보나 마나 브랜던이랑 같이했을 것이다. 셰인은 커닝을 해본 적이 한 번도 없다고 당당히 말했지만, 자기 과오를 영광스럽게 인정하는 사람은 아무도 없었다. 내가 가짜 신분증을 사용한 적이 없다고 말하자 브랜던이 술잔을 시원하게 비웠다. 다행히 셰인은 마시지 않았고, 그 사실에 내심 안도했다. 내가 생각했던 만큼 방탕한 아이는 아닌 모양이었다.

"이번엔 내 차례야." 첼시의 화사하게 물든 입술에 짓궂은 미소가 걸렸다. 그녀의 손에 들린 종이컵 테두리에는 립스틱 자국이 선명하게 찍혀 있었다. "나는 옆집에 사는 애랑 키스해 본 적이 없다."

첼시의 시선이 나와 팀에게 머물렀다. 팀이 내 쪽을 바라보며 눈썹을 미세하게 치켜올렸다. 나는 티 나지 않게 고개를 살짝 가로저었다. 우리 둘 다 술잔을 들어 올리지 않았다.

"거짓말쟁이들!" 첼시가 뾰로통한 얼굴로 중얼거렸다.

첼시의 말이 맞았다. 팀과 나는 거짓말을 하고 있었다. 아주 오래전 일이지만, 딱 한 번 키스한 적이 있었다. 사실 팀은 내 첫 키스 상대였다. 하지만 진짜 키스라고 보기는 어려웠다.

고등학교에 입학하기 전, 여름 방학 때였다. 팀과 나는 여느 때처럼 내 방에서 놀고 있었다. 나는 고등학교에 들어가면 키스도 한 번 못 해본 애는 나밖에 없을 거라며 하소연을 늘어놓았다. 그러다 같은 처지라고 맞장구치던 팀이 기발한 제안을 내놓았다.
'연습 삼아 우리끼리 해보면 되겠네!'
 나에게 팀은 거의 가족이나 다름없었지만, 이상하게도 거부감은 들지 않았다. 팀은 귀여웠으니까. 나는 별다른 망설임 없이 그의 제안을 받아들였다.
 그렇게 우리는 키스 연습을 했다. 예상대로 첫 키스는 너무나 어색했다. 손을 어디에 두어야 할지, 눈은 감아야 할지 뜨고 있어야 할지, 코는 또 어떻게 움직여야 하는지, 정말이지 난감하기 그지없었다. 그리고 서로의 입술이 닿은 순간, 혀를 어떻게 해야 할지 혼란스러웠다. 그의 입 안에 넣어야 할까? 그러면 너무 이상하지 않을까? 아니, 키스할 때 혀를 사용하지 않는 게 더 이상한 거 아닐까? 그때였다. 팀이 아주 조심스럽게 내 입술 사이로 혀를 살짝 밀어 넣었다. 낯설었다. 하지만 그 낯섦은 이내 달콤함으로 바뀌었다.
 20분쯤 지나고 나자 키스를 어떻게 하는지 나름 감이 잡히는 듯했다. 그런데 하필 그때, 우리 엄마가 노크도 없이 방문을 벌컥 열고 들어왔다. 그 순간 이후로 팀과 단둘이 방에 있을 때는 방문을 활짝 열어 두어야만 했다. 진짜 키스가 아니라 연습이었을 뿐이라고 아무리 설명해도 소용없었다.
 그날 이후, 팀과 나는 아무 일도 없었던 것처럼 행동했다. 그리고 그 일을 절대 입에 올리지 않았다. 어차피 그냥 연습일 뿐이었으니까.
 우리 둘만의 작은 비밀을 뒤로한 채, 순서는 팀에게 넘어갔다. 조금 전까지 팀의 다리를 쓰다듬던 케일라의 손이 어느새 사라지고 없었다. 팀은 종이컵에 담긴 주황빛 액체를 내려다보며 곰곰이 생각에 잠겼다. 마침내 그가 입을 뗐다.

"나는 병원에 실려 갈 정도로 사람을 팬 적이 없다."

브랜던이 폭소를 터뜨리며 종이컵을 들어 올렸다. 크게 한 모금 들이켠 뒤 팔꿈치로 셰인을 툭 치며 말했다. "야, 뭐해? 너도 마셔야지."

셰인이 내 옆에서 몸을 꼼지락댔다. 그러더니 내 시선을 오롯이 받아내며 종이컵을 천천히 들어 술을 삼켰다.

"셰인, 무슨 일이야?" 내가 조심스레 물었다.

브랜던은 누가 시키지도 않았는데 자진해서 술을 쭉 들이켰다. "뭐 그리 대단한 일도 아니었어. 그냥 지질한 변태 자식 하나 혼내준 것뿐이야. 그 새끼가 먼저 맞을 짓을 했어."

팀의 한쪽 눈썹이 비죽 올라갔다. "맞을 짓을 했다고?"

"그 새끼가 셰인네 엄마 얘기를 하는 걸 우연히 들었거든. 제 친구들한테 섹시하네 어떠네, 막 떠들어대고 있더라고. 어쩐지 얘네 엄마가 일하는 가게에 들락거리면서 통조림을 미친 듯이 사더라니. 말 안 해도 뻔하지 않냐? 통조림은 개뿔, 셰인네 엄마 보러 간 거잖아."

나는 곁눈으로 셰인을 쳐다보았다. 그의 눈에 분노가 가득했지만 아무 말도 하지 않았다.

"너희들이 몰라서 그렇지 그 새끼 완전 변태야." 브랜던이 말을 이었다. "매일 여자 탈의실 훔쳐볼 궁리만 한다고."

첼시가 브랜던의 팔을 세게 쳤다. "진짜 나쁜 짓 좀 그만해라. 어?"

나는 셰인에게서 시선을 떼지 못했다. 그는 분노를 삭인 채 고개를 푹 숙이고 있었다. 셰인이 중학교 때 사고를 많이 치고 다녔다는 사실은 익히 알고 있었다. 미식축구부에 들어간 후 달라졌을 거라 믿었는데, 어쩌면 내 바람이었던 모양이었다. 팀의 말대로 셰인은 예나 지금이나 괴롭힘을 일삼는 문제아인 걸까.

"겨우 갈비뼈 하나 부러진 거야. 병원에 입원도 안 했다니까." 브랜던이 덧붙였다.

"아, 겨우 갈비뼈 하나 부러졌을 뿐이다?" 팀이 비아냥대듯 콧방귀를 뀌었다.

순간, 번개가 번쩍 내려치며 브랜던의 얼굴을 섬뜩하게 비추었다. 그가 종이컵을 탁자에 세게 내려놓자 주황빛 액체가 튀어 올랐다. "왜? 너도 갈비뼈 하나 부러져 볼래, 팀?"

"닥쳐라, 브랜던." 셰인이 목소리를 낮게 깔며 말했다. 그러고는 고개를 돌려 나를 바라보았다. "브룩, 그땐 내가 멍청했어. 전날 경기에서 져서 신경이 곤두서 있었거든. 그러던 차에 우리 엄마 얘기를 듣고 머리가 어떻게 됐나 봐. 다른 사람도 아니고 우리 엄마를 그딴 식으로 말하니까 나도 모르게 그만…. 이유야 어찌 됐든, 내가 잘못했어."

팀이 내게 시선을 맞춰왔다. 그가 눈빛으로 묻고 있었다. 저딴 헛소리를 진짜 믿는 거냐고. 나는 얼른 고개를 돌려 버렸다.

"브룩?" 셰인이 내 이름을 불렀다.

"어…." 나는 손끝으로 목걸이를 매만졌다. 불안할 때마다 나오는 습관이었다. "다시는 그런 짓 하지 마."

그도 분명 후회하고 있었다. 더구나 고등학교 때는 누구나 바보 같은 짓을 하기 마련이지 않은가. 셰인이 완벽하기를 바랄 수는 없었다. 나도 완벽하지 않았으니까.

"좋아, 그럼 이제 내 차례네." 셰인이 헛기침을 크게 하며 말했다.

종이컵을 손에 든 모두의 시선이 일제히 셰인의 입술로 향했다.

"나는 트레이시 기퍼드와 데이트한 적이 한 번도 없다."

셰인의 시선이 팀에게 꽂혔다. 우르르 쾅쾅! 천둥이 방 안을 흔드는 순간, 팀이 고개를 들어 셰인을 쳐다보았다. 두 사람 사이에 묘한 기류가 오갔다. 우리는 모두 종이컵을 움켜쥔 채 꼼짝도 하지 않았다. 트레이시 기퍼드는 올여름 야산에서 죽은 채 발견된 소녀였다. 여기에서 그 애와 데이트해 본 사람이 있을 리 만무했다.

바로 그때, 팀이 천천히 컵을 들어 올렸다. 그러고는 한 모금 들이마셨다.

13

현재

　이토록 긴 세월이 흐른 뒤에 팀 리스와 데이트하게 될 줄은 꿈에도 몰랐다.
　아차, 말이 헛나와 버렸다. 데이트가 아니라 그냥 오랜 친구끼리 술 한잔 마시는 것뿐이다. 게다가 팀에게는 분명 여자 친구가 있을 것이다. 잘생기고 매력적인 데다 안정적인 직장까지 갖춘 완벽한 남자 아니던가. 여자 친구가 없다는 게 오히려 이상할 지경이었다.
　하지만 지금은 왠지 혼자인 듯한 느낌이 든다.
　나는 원래 차를 따로 타고 갈 생각이었다. 그런데 팀이 한 차로 가자고 제안해 왔다. 어차피 같은 동네에서 출발할 테니 환경을 생각해서 같이 가는 게 좋지 않겠냐는 것이었다. 그의 조리 있는 말에 차마 반박할 수 없었다. 그리고 그가 운전을 자청하고 나설 때도 딱히 반대하지 않았다.

그래서 나는 지금 우리 집 앞에서 팀을 기다리고 있다. 몸매를 살려주는 블라우스에 검은색 스키니 진을 입은 채였다. 화장은 고등학교 때부터 즐겨 하지 않던 터라 오늘도 아이라이너와 립스틱만 가볍게 바르고 나왔다. 괜히 잘 보이려고 애쓴 티를 내고 싶지 않아서였다.

잠시 후, 흰색 링컨 컨티넨탈 한 대가 집 앞에 멈춰 섰다. 팀이 대형 세단을 몬다는 사실에 놀랄 틈도 없이 운전석에서 백발의 여자가 내렸다. 콧잔등에 얹은 큼지막한 안경을 고쳐 쓰고 분홍색 정장을 매만지며 내게 다가왔다.

"브룩이니?" 백발의 여자가 두 팔을 활짝 펼치며 알은체를 해왔다. 내가 흔쾌히 그 품으로 달려들기를 기대하는 눈치였다. "브룩! 세상에, 내가 제대로 본 게 맞구나!"

나는 어리둥절한 표정으로 그녀를 멀뚱히 바라보기만 했다. "아, 예. 안녕하세요."

"에스텔 아줌마야." 그녀의 선홍색 입술이 활짝 벌어졌다. 나와 달리 짙은 화장을 선호하는 모양이었다. "에스텔 그린버그! 전에 한번 통화했었는데 기억 안 나?"

이름을 듣자마자 나는 곧장 집 안으로 들어가고 싶어졌다. 에스텔 그린버그는 레이커에서 제일 잘나가는 부동산 중개인이다. 부모님은 에스텔에게 자신들이 죽으면 살던 집을 판 뒤 그 돈을 내게 넘겨주라는 유언을 남겼다. 부모님의 사고 후, 에스텔은 퀸즈에 사는 내게 전화해 집은 자신이 알아서 처분할 테니 원치 않으면

레이커까지 직접 오지 않아도 괜찮다고 말했다.

내가 집을 팔지 않고 직접 들어가 살겠다고 대답하자 에스텔은 적잖이 충격을 받은 듯했다.

"세상에, 브룩." 그녀가 탄식하듯 말했다. "마지막으로 봤을 땐 정말 요만했었는데."

그러고는 굳이 손날을 허리께쯤에 가져다 대며 내가 얼마나 작았었는지 몸소 보여주었다. 나는 눈을 굴리지 않으려 부단히 애썼다.

"그건 그렇고 브룩, 요즘 이 동네 집값이 고공행진 중이야. 지금 집을 팔면 엄청 두둑하게 받을 수 있어. 그 돈이면 퀸즈로 돌아가서 마음에 드는 아파트를 사고도 남을걸. 퀸즈가 뭐야, 원한다면 맨해튼도 문제없지."

관자놀이가 욱신거렸다. "말씀은 감사합니다만 팔 생각이 없어서요."

"어머, 얘 좀 봐. 부동산 시장이 천년만년 호황일 줄 아니? 거품 꺼지기 전에 얼른 팔아야 해."

"아니요, 괜찮습니다." 내가 단호하게 말했다.

"아유, 오래돼서 먼지만 풀풀 날리는 집이 대체 뭐가 좋다고 그래?"

에스텔의 갈색 눈동자가 답변을 갈구하듯 나를 응시했다. 사실 그녀가 궁금해할 만도 했다. 이 동네에서의 내 마지막 기억이 좋을 리 없었으니까. 하지만 행복했던 기억도 있었다. 아니, 내 인생에서 제일 행복했던 시절을 바로 이 집에서 보냈다. 아무런 근심도, 걱정도 없던 내 유년 시절을.

어쩌면 내 안에 아직도 반항심 가득한 10대 아이가 살고 있는지도 몰랐다. 그래서 내가 임신한 후 이 집에 발도 들이지 못하게 했던 부모님에게 반항하고 싶어 기어이 돌아오고 싶었던 걸지도.

"아주머니, 이 집은 이제 제 소유예요." 내가 낮은 목소리로 말했다. "제가 이 집을 어떻게 하든 아줌마한테 일일이 설명할 필요는 없지 않나요?"

에스텔의 인조 속눈썹이 파르르 떨렸다. 내 당돌한 말투에 충격을 크게 받은 모양이었다. 그녀의 기억 속에서 요만했던 내가 이런 식으로 대들 줄은 상상도 못 했겠지.

"쯧쯧, 네가 유언을 따르지 않은 걸 부모님이 아시면 무척 노하실 거야."

솔직히 부모님이 내게 집을 남겼다는 사실 자체가 뜻밖이었다. 매달 부모님이 보내온 돈을 고대로 돌려보낸 이후로 유언장에서 내 이름을 지웠으리라 확신했다. 하지만 달리 유산을 상속받을 사람이 없었기에 자연스레 내게 넘어온 것이리라.

나는 팔짱을 낀 채 에스텔에게 마지막 경고를 날렸다. "아주머니, 앞으로 다시는 저 귀찮게 하지 마세요."

에스텔의 빨간 입술이 달싹거렸다. 당장이라도 내게 따지고 들 기세였다. 하지만 내 예상과 달리 그녀는 몸을 휙 돌려 흰색 링컨에 올라탔다. 그리고 그녀의 자동차가 떠난 자리에 팀의 프리우스가 미끄러지듯 들어왔다. 나는 흥분한 마음을 가라앉히려 숨을 깊이 들이쉬었다. 다행히 조금이나마 안정되는 기분이 들었다.

"우와." 조수석에 올라타는 나를 보며 팀이 말했다. "네가 이렇게 꾸민 모습을 보는 게 진짜 얼마 만이냐."

나는 민망해하며 안전띠를 맸다. "꾸민 거 아니거든."

"그렇구나. 나돈데."

그의 말과 달리 팀은 누가 봐도 신경을 많이 쓴 듯한 차림새였다. 하늘색 셔츠를 차려입은 것도 모자라 넥타이까지 매고 있었다. 어릴 때는 노상 티셔츠에 청바지만 입고 다녀서 몰랐었는데, 이렇게 한껏 멋을 부린 모습이 제법 잘 어울렸다.

나는 그를 집 안으로 초대하지는 않았다. 다행히 팀도 개의치 않는 눈치였다. 내가 남자를 집에 데리고 오면 조시가 어떻게 받아들일지 걱정이 앞섰다. 더욱이 팀은 아무 남자가 아니라 조시가 다니는 학교의 교감 선생님 아닌가. 괜히 집에 들였다가 동네에 이상한 소문이라도 나면 큰일이었다.

"근데 우리 어디 가?" 내가 물었다.

"몇 년 전에 새로 생긴 술집이 하나 있거든. 샴록이라고. 조용하고 음식도 맛있어. 물론 맥주만 마셔도 괜찮고."

나는 고개를 끄덕이며 생각에 잠겼다. 팀을 마지막으로 봤을 때는 둘 다 미성년자라서 음주가 불법이었다. 그런데 지금은 술을 마실 수 있는 나이가 되고도 한참이나 지나 있었다.

"조시는 어때? 이제 적응했어?" 팀이 물었다.

"응, 친구들도 몇 명 사귀었나 보더라고."

"다행이네. 유치원 처음 가면 힘들어하는 애들이 많거든. 잘 적응했다니 걱정 안 해도 되겠다."

순간 온몸이 경직되었다. 팀이 학부모 연락망에서 내 번호를 찾았다고 했을 때, 조시가 초등학교 5학년이라는 걸 알아챘으리라 짐작했다. 그런데 아니었던 모양이었다. 팀은 아직도 내 아들이 다섯 살인 줄 안다. 그 말은 조시가 셰인의 아들이라는 사실을 모른다는 의미이기도 했다.

내 입으로 진실을 털어놓고 싶지 않았다. 적어도 지금은 아니었다. 팀이 빨간불에 멈춰 서서 나를 바라보며 해사하게 미소 짓는 이 순간만큼은 더더욱.

샴록은 우리 집에서 차로 불과 5분 거리에 있었다. 팀은 술집 앞에 차를 세우고 서둘러 차에서 내렸다. 그러고는 내가 이미 문을 열고 내리려는 참인데도 굳이 조수석 쪽으로 달려와 문을 잡아 주었다. 데이트는 아니었지만 내게 신사답게 구는 그의 모습이 다정하게 느껴졌다. 뉴욕시 안에서는 좀처럼 보기 힘든 모습이었다. 매너가 좋은 남자를 만나려면 뉴욕주 북부까지 와야 하는 모양이다.

술집 내부는 예상했던 대로였다. 어둑한 조명, 공기 중에 옅게 스민 담배 냄새, 그리고 줄지어 놓인 끈적끈적한 테이블. 우리는 뒤쪽 구석에 자리를 잡았고, 팀은 이번에도 기다렸다는 듯이 나를 위해 의자를 빼 주었다.

"언제 매너가 이렇게 좋아졌대?" 내가 놀림조로 물었다.

"원래부터 좋았거든?"

"웃기시네!" 내가 코웃음을 쳤다. "내가 앉으려고 할 때 뒤에서 몰래 의자나 안 빼면 다행이었지!"

"브룩!" 팀이 가슴에 손을 얹으며 자못 놀란 표정을 지었다. "내가 언제 그랬어. 물론 네가 의자 빼기를 당할 만한 짓을 했다면 모를까."

나는 테이블 너머로 그의 반짝이는 푸른 눈을 바라보았다. "팀,

나한테 그렇게 격식 차릴 필요 없어. 우리 기저귀 찰 때부터 친구였잖아. 서로 알 만한 건 다 아는 사이라고."

"예전에는 그랬지. 지금은 글쎄, 잘 모르겠네." 팀이 한쪽 눈썹을 들어 올리며 대꾸했다.

내가 무어라 대답할 새도 없이 아담한 체구의 웨이트리스가 주문을 받으러 왔다. 딱 붙는 티셔츠 때문에 몸집에 비해 커다란 가슴이 더욱 도드라져 보였다. 얼굴이 어쩐지 낯익은 느낌이었다. 하지만 이 동네 사람들 대부분이 그래 보였다. 설마 고등학교 동창인가? 나는 머리카락으로 재빨리 얼굴을 가렸다. 제발 그녀가 날 알아보지 못하길 바라며 주문을 마쳤다.

"금방 가져다줄게, 팀." 그녀가 빨간 매니큐어를 칠한 손톱을 팀의 어깨에 얹었다.

"고마워, 켈리."

켈리라는 이름을 듣자 누군지 번뜩 기억이 났다. 치어리더팀에서 나와 첼시와 같이 활동했던 2년 아래 후배였다. 그러고 보니 고등학교 때와 거의 똑같은 모습이었다. 그때보다 가슴만 커졌을 뿐, 금빛 머리칼에 하트 모양 얼굴은 그대로였다. 나를 쳐다보지 않는 걸 보니 다행히 알아보지 못한 듯했다.

아니, 애초에 나는 안중에도 없었다. 그녀의 시선은 오롯이 팀에게만 향해 있었다. 그녀의 노골적인 추파질을 보고 있자니 나도 모르게 불쑥 질투가 일었다. 수년간 팀을 외면한 내게는 그런 감정을 느낄 자격조차 없는데도 불구하고.

켈리가 술을 가지러 자리를 뜬 후, 팀이 입을 열었다.

"내가 너 찾으려고 얼마나 애쓴 줄 알아?"

"진짜?" 나는 애써 무심한 표정을 지으며 대답했다.

"응, 근데 찾기가 여간 어려워야 말이지." 그가 내 눈을 똑바로 바라보았다. "소셜 미디어까지 샅샅이 뒤졌는데도 아무것도 안 나오더라?"

사건이 터졌을 때, 부모님은 내 이름이 기사에 오르지 않도록 필사적으로 막았다. 내가 미성년자라는 이유에서였다. 내가 대학에 다니는 동안에도 부모님은 매달 일정 금액을 용돈으로 보내주었다. 대신 조건을 하나 달았다. 소셜 미디어를 하지 말 것. 페이스북과 트위터, 인스타그램 모두 금지였다. 나는 부모님의 말을 따를 수밖에 없었다. 식당에서 아르바이트해서 번 돈에 용돈을 합쳐도 한 달을 겨우 날 정도로 빠듯했으니까. 어차피 소셜 미디어를 하고 싶은 마음도 없었으니 상관없었다. 고등학교 동창들과 다시 연락하기는 죽기보다 싫었다. '브룩, 네 남자 친구가 너 죽이려고 했던 거 기억나? 그때 진짜 장난 아니었지.' 따위의 대화는 나누고 싶지 않았으니까.

"미안. 그땐 몸을 사리느라 어쩔 수 없었어."

"알아. 그래도 나한테는 연락했어야지, 브룩. 난 그냥 네가 잘 지내는지만 알고 싶었어. 먼저 연락이라도 해줬으면 좋았을 텐데."

임신 9개월 차로 접어들어 살인자의 아들을 낳을 산달이 다가오자, 친구들은 물론 팀과 연락하고 싶은 마음마저 싹 사라졌다. 하지만 그런 속사정을 팀에게 털어놓을 수는 없었다.

"미안해. 마음을 추스를 시간이 필요했어." 내가 재차 사과했다.

팀이 내 말을 곱씹는 듯 잠시 침묵하다 입을 뗐다. "그래, 그땐 그랬겠다."

그때, 전직 치어리더이자 현직 웨이트리스인 켈리가 술을 가지고 왔다. 팀의 잔을 먼저 조심스레 내려놓더니 내 잔은 테이블 위에 아무렇게나 탁 올려놓았다. 그러고는 곧장 팀을 바라보며 물었다.

"팀, 안주는 뭐로 할래?"

팀이 미소를 띤 채 그녀를 올려다보았다. "아, 조금 이따가 시킬게."

"어니언 링 먹을래?"

팀이 고개를 내저었다.

"그럼 버팔로 윙?" 그녀가 눈을 찡긋하며 되물었다.

"아니, 괜찮아."

"컬리 프라이는 어때?"

나는 속으로 절규했다. 세상에, 메뉴판을 다 읊을 작정인가? 팀이 그마저도 거절하자 다행히 켈리는 다른 테이블로 향했다.

"우리랑 같은 고등학교 다녔던 애 맞지?"

팀이 켈리를 슬쩍 보았다. 켈리는 여자 손님 두 명이 메뉴를 고르기를 기다리며 바닥에 연신 발을 구르고 있었다.

"맞아. 기억력 되게 좋다, 너."

"너한테 엄청 들이대는 것 같던데."

"실은…." 팀이 목소리를 살짝 낮추며 말을 이었다. "켈리랑 두 번인가 데이트한 적이 있어."

내 눈이 휘둥그레졌다. "진짜?"

"진지한 사이는 아니었고, 그냥 가볍게 몇 번 만난 거야." 그가 대수롭지 않다는 듯 어깨를 으쓱했다.

"키스도 했어?"

어스름한 조명 아래 팀의 두 뺨이 발그레해졌다. 그 모습에 나는 웃음이 터져 버렸다. 주근깨 없이 맑고 하얀 피부 탓에 당황한 기색이 숨김없이 드러났다.

"켈리가 남자 친구랑 잠깐 헤어졌을 때 딱 두 번 만난 게 다야. 그러고는 다시 전 남친에게 돌아갔지."

"아, 그럼 네가 차인 거네?"

"차인 거 아니거든. 그냥 가볍게 데이트만 했을 뿐이라니까." 나는 팀의 어깨 너머로 시선을 옮겼다. 켈리가 또 다른 고객의 주문을 받고 있었다. "켈리가 전 남친에게 돌아가지 않았더라도 다시 만나지는 않았을 거야. 나랑 좀 안 맞았거든."

"그랬구나. 팀, 네가 이렇게 까탈스러운 남잔 줄은 몰랐네."

"그런 거 아니거든!" 팀이 맥주를 한 모금 들이켜고는 윗입술에 묻은 맥주 거품을 혀로 훔쳤다. "나와 딱 맞는 사람이 나타나길 기다리는 것뿐이야. 켈리도 괜찮기는 했지만, 내가 찾던 사람은 아니었어. 이런 생각을 하는 내가 너무 나쁜 건가?"

"아니, 전혀."

"넌 어때? 결혼했었던 거야?" 팀이 유리잔에 맺힌 물방울을 손가락으로 훑으며 물었다.

"아니."

"아." 그가 고개를 끄덕였다. "그럼 조시 아빠는…."

"이 세상에 없는 거나 마찬가지인 사람이지."

살인을 저지르고 무기징역을 살고 있으니까.

아이를 혼자 키운다고 하면 사람들은 늘 내게 동정 어린 시선을 보냈다. 하지만 지금 팀의 눈빛은 달랐다. 무어라 설명하기 힘든 빛이 서려 있었다.

"힘들겠네." 그가 조심스레 입을 열었다.

"그래도 우리끼리 잘 지내고 있어."

"아, 그런 뜻으로 한 말은 아니었어."

"있잖아…." 나는 알코올의 힘을 빌리고자 술을 한 모금 들이켰다. "너도 봐서 알겠지만 지금 내 인생이 좀 복잡해. 그래서 말인데… 친구 이상의 관계를 생각할 여유가 없어."

"잘됐네." 팀이 등을 기대자 의자가 삐걱대며 비명을 내질렀다. "나도 지금은 그럴 여유가 없거든."

"그렇다니 다행이네."

"그럼 딱 정리된 거다."

나를 보며 활짝 웃는 팀의 얼굴을 찬찬히 살폈다. 팀은 좋은 사람이었다. 늘 그랬다. 친구로만 지내고 싶다는 마음을 전했으니 내게 그 이상을 강요하지는 않을 것이다. 팀이라면 분명 내 뜻을 존중해 줄 것이다.

11년 전에 내 목숨을 구해준 사람이니까.

14

 토요일인데 할 일이 장보기뿐이라니 왠지 서글퍼졌다. 사실상 장을 보러 마트에 가는 일이 유일한 낙이라고 해도 무방할 지경이었다.
 오늘은 순전히 조시 때문에 나온 것이었다. 며칠 전, 집에 럭키참스 시리얼이 뚝 떨어졌다. 조시는 곧장 냉장고 앞으로 가 장보기 목록에 '럭키참스'라고 큼지막하게 써넣었다. 어젯밤에는 나를 닦달하듯 럭키참스가 다 떨어졌다고 재차 말했다. 오늘 아침에는 치리오스 시리얼을 그릇에 부어 놓고는 시무룩한 표정으로 연신 중얼거렸다. 알록달록한 마시멜로가 들어 있으면 참 좋겠다고. 그러고는 냉장고 앞으로 가서 장보기 목록에 또 '럭키참스'라고 적어 넣었다.
 그러면서 조시는 육아 도우미를 구할 필요가 없다는 점을 은근히 강조했다. 요즘 들어 조시는 부쩍 혼자 있고 싶어 했다. 생각해 보면 한 시간 정도는 혼자 있어도 될 만한 나이이기도 했다. 그래서 나는 혼자 장을 보러 나온 참이었다. 럭키참스도 사고, 온 김에 달걀과 치즈, 빵 같은 먹을거리도 같이 살 요량이었다.

신선 식품 코너에서 양상추 한 통을 들여다보고 있을 때였다. 불현듯 나를 지켜보는 듯한 시선이 느껴졌다. 고개를 옆으로 돌린 순간, 화들짝 놀라고 말았다. 켈리였다. 며칠 전 샴록에서 우리 테이블을 맡았던 웨이트리스이자, 내 인생이 나락으로 떨어지기 전 치어리더팀에서 함께 활동했던 아이.

하필 그때 켈리와 눈이 딱 마주쳤다. 모른 척하기에는 이미 늦은 듯하여 어색하게 손을 흔들었다. "안녕하세요."

켈리가 날이 선 눈빛으로 나를 노려보았다. "아! 이제야 누군지 알겠네."

그 말에 온몸이 바짝 얼어붙었다. 무어라 답해야 할지 갈피를 잡지 못했다. 팀과 함께 있을 때 봤다는 말일까, 아니면 수년 전의 나를 기억해 낸 걸까? 제발 전자이길 바랐다.

"며칠 전에 팀이랑 술 마시러 왔던 여자 맞죠?"

나는 한숨을 몰아쉬며 안도했다. "네, 맞아요."

"그런데 둘이 무슨 사이예요? 설마 여자 친구?" 그 말이 역겹다는 듯 켈리의 얼굴이 이지러졌다.

"아니요." 내가 서둘러 대답했다. 구차하게 설명을 덧붙일 필요는 없었지만, 저 여자가 뾰족한 빨간 손톱으로 내 눈알을 뽑아버리기 전에 마트에서 무사히 빠져나가고 싶었다. "팀과는 그냥 오랜 친구 사이일 뿐이에요."

"내 눈엔 전혀 안 그래 보이던데."

"진짜예요." 나는 보안 요원을 찾아 두리번거렸다. "나랑은 아무 사이도 아니니까 팀이랑 잘해보세요. 근데 남자 친구 있지 않아요? 팀이 그러던데…."

그녀의 얼굴이 시뻘게졌다. "팀이 그 쪽한테 내 얘길 했어요?"

아, 망했다. "아뇨, 안 했어요. 그냥 몇 번 만났는데 지금은 남자 친구가 있다더라, 딱 이 말만 했어요."

켈리는 금방이라도 폭발할 기세였다. 팀이 왜 켈리와 더는 만나고 싶어 하지 않았는지 단번에 이해가 갔다. 물론 팀 앞에서는 요조숙녀인 척 굴었을 것이다. 두 사람이 사귀기라도 했다면 이런 본모습은 최대한 오래 숨겼을 테지.

"이봐요, 팀이 지금껏 샴록에 데려온 여자가 한 트럭은 되거든요? 본인이 특별한 줄 아나 본데 착각하지 마세요."

그녀의 말이 사실일까? 괜스레 서운한 기분이 들었다. 어쩌면 팀과의 만남이 옛친구와 술 한잔 기울이는 것 이상이기를 기대했던 모양이었다. "말했잖아요. 아무 사이도 아니라니까요."

그 순간, 켈리가 눈을 가늘게 뜨고 나를 유심히 살폈다. 그러더니 입꼬리가 아래로 휘었다. "혹시 우리 샴록 말고 다른 데서 만난 적 있어요? 어디서 많이 본 얼굴인데."

나는 당황한 기색을 드러내지 않으려 애썼다. "아뇨, 그럴 리가요. 전 얼마 전에 여기로 이사 왔는걸요."

켈리가 나를 알아보기 전에 지금 당장 여기를 벗어나야 했다. 하지만 이미 늦어버렸다. 그녀가 놀란 토끼 눈을 하고는 손가락을 탁 튕기며 소리쳤다.

"아, 생각났다! 그 브리짓인가 뭐시기인가 아니에요? 셰인 넬슨을 감옥에 보낸 여자!"

별꼴이었다. 내 이름은 제대로 기억하지도 못하면서 잘생긴 스타 쿼터백의 이름은 정확히 기억하다니. 아니라고 잡아뗄까, 아주 잠깐 고민했지만 이미 들통난 마당에 무슨 소용이냐 싶었다.

"이미 오래전에 끝난 일이에요."

"완전 사기였잖아요." 켈리가 쏘아붙였다. "셰인이 어떤 사람인지는 내가 잘 알아요. 셰인처럼 착한 사람이 그런 짓을 했을 리가 없어요."

사실 셰인을 감옥에 보내는 데 나보다 더 결정적인 증언을 한 사람은 팀이었다. 그녀가 꼬시려고 안달복달인 바로 그 남자. 하지만 그 사실을 굳이 언급하지는 않았다. 어차피 팀은 잘생겼다는 이유로 나보다 쉽게 용서받을 테니까.

어찌 보면 켈리가 셰인을 옹호하는 것도 당연했다. 셰인의 친구들은 물론 마을 사람들 다수가 셰인에게 불리한 증언을 한 나를 비난했다. 셰인은 모든 이들의 사랑을 한 몸에 받던 인기 선수였다. 그들에게 나는 셰인을 배신한 여자 친구일 뿐이었다. 결국 나는 임신하지 않았더라도, 셰인에게 불리한 증언을 한 후에는 레이커에 계속 머물 수는 없었을 것이다.

하지만 나는 마땅히 해야 할 일을 했을 뿐이다. 그날 밤 무슨 일이 있었는지 진실을 밝혀야만 했다. 그 괴물 같은 남자를 영원히 감옥에 가두어 두어야 했으니까.

"그날 밤 무슨 일이 있었는지 직접 보지도 못했으면서." 내가 낮게 읊조렸다.

"안 봐도 뻔하죠." 켈리가 빈정대듯 말했다. "그쪽이 잘못 본 거예요. 셰인은 결백하다고요."

"아니요, 결백하지 않아요. 내가 똑똑히 봤거든요."

그녀가 무어라 대꾸하기 전에 나는 카트를 돌려 다른 통로로 재빨리 걸음을 옮겼다. 이미 문제투성이인 내 삶에 이상한 여자가 날 스토커처럼 쫓아다니는 일까지 추가하고 싶지는 않았다. 나는 잰걸음으로 마트를 누비며 쇼핑 목록에 있는 물건들을 기억나는 대로 카트에 주워 담았다.

그리고 차에 올라탄 후에야 깨달았다. 럭키참스를 깜빡했다는 사실을.

15

11년 전

"뭐? 트레이시 기퍼드랑 데이트한 적이 있어?"

케일라의 새된 목소리가 침묵을 찢었다. 조금만 더 높았더라면 개들만 들을 수 있었을 것이다. 하지만 그녀를 탓할 수는 없었다. 나 역시 놀라기는 매한가지였으니까. 팀이 트레이시 기퍼드와 데이트했다니, 도저히 믿을 수가 없었다. 내 옆집에 사는 남자애가 어떻게 죽은 여자애와 데이트를 할 수 있지?

팀은 당장이라도 소파 밑으로 기어들어 가 숨고 싶은 표정이었다.

"딱 두 번 만난 게 다야. 별일도 아니었어."

"별일이 아니라고?" 케일라가 날카롭게 쏘아붙였다. "미안하지만 엄청나게 대단한 일이거든?"

팀이 가시방석에 앉은 듯 몸을 배배 꼬았다. "아니라니까."

브랜던의 조각 같은 얼굴이 조소로 일그러졌다. 내 눈에 브랜던은 딱 존 휴스 영화에 나오는 부잣집 도련님 상이었다. "이야, 팀! 그동안 내가 몰라봤네! 대단하다, 너! 그래서 걔랑 잤냐?"

"아니!" 팀의 얼굴이 벌겋게 달아올랐다. "말했잖아. 딱 두 번 만났다고."

"그 정도면 충분히 하고도 남지." 브랜던이 능글맞게 말했다.

"아, 진짜 미치겠네!" 팀이 짧은 머리를 거칠게 쓸어넘기자 머리칼이 삐죽이 솟아올랐다. "진짜 몇 번을 말하냐? 아무 사이도 아니었다니까. 도서관에서 우연히 마주쳐서 얘기 좀 주고받다가 딱 두 번 데이트한 게 전부야. 그 이후로는 걔가 내 전화를 받지도 않았다고!"

"죽어서 못 받은 거 아닐까?" 첼시가 불쑥 내뱉었다.

아이들은 저마다 팀에게 질문 세례를 퍼부었다. 하지만 나는 아무 말도 할 수 없었다. 상상도 못 한 일이었다. 그런데 셰인은 어떻게 알고 있었던 걸까? 그 말을 할 때 셰인의 시선은 팀에게 붙박여 있었다. 미리 알고 있었다는 뜻이었다. 나는 셰인을 흘끗 보았다. 두 눈이 반짝이고 있었다. 제 눈앞에서 벌어지는 상황이 아주 재미있다는 듯이.

"경찰 조사는 받았어?" 케일라가 물었다.

"아니."

"경찰이 너희 둘이 데이트한 건 알아?" 케일라가 집요하게 캐물었다.

"나도 몰라." 팀은 소파 위에서 몸을 꼼지락거렸다. "경찰이 알든 말든 내 알 바 아냐. 고작 두 번 만났을 뿐이니까. 그것도 개가 죽기 한 달 전쯤에."

"죽기 전이 아니라 살해당하기 전이겠지." 케일라가 팀의 말을 바로잡았다.

팀이 고통스러운 표정으로 나를 바라보았다. 나는 황급히 눈길을 돌렸다. 그의 눈을 마주할 자신이 없었다. 팀을 누구보다 잘 안다고 자부했던 내가 이 사실을 까맣게 몰랐다니. 충격에 정신이 아찔했다. 무슨 상황인지 도무지 이해가 되지 않았다.

"경찰한테 말해야 하는 거 아냐?" 케일라가 말했다.

팀이 얼굴을 잔뜩 일그러뜨렸다. "뭐 아는 게 있어야 말을 하지."

그 말을 끝으로 팀은 소파에서 벌떡 일어났다. 주방 쪽으로 성큼성큼 걸어가 문을 열고 안으로 사라졌다.

"이야." 케일라가 숨을 후 내쉬었다. "사람 일은 진짜 아무도 모른다니까."

아이들은 팀이 무슨 짓을 했을지 추측해 대기 시작했다. 헛소리를 더는 듣고만 있을 수가 없었다. 나는 자리를 박차고 일어나 부엌으로 향했다. 등 뒤로 셰인의 따가운 시선이 꽂혔지만 개의치 않았다.

부엌으로 들어서자 어둠 사이로 팀의 윤곽이 어렴풋이 드러났다. 녹슨 싱크대에 몸을 기댄 채 고개를 푹 숙이고 있었다. 마음을 가라앉히려 애쓰는 듯했다. 이전에도 본 적이 있는 모습이었다. 12년 동안 키우던 반려견 러스티의 온몸에 암 덩어리가 퍼져 결국 안락사를 시켜야 했을 때도 그의 얼굴에는 똑같은 표정이 어려 있었다.

"팀."

팀이 고개를 돌리는 순간, 번개가 번쩍이며 그의 얼굴을 비추었다. "브룩."

"괜찮아?"

우르릉 쾅쾅! 부엌을 울리는 큰 천둥소리에 귀가 먹먹했다.

"트레이시랑 데이트한 거 말 안 해서 미안해."

"왜 말 안 했어?"

팀이 양손으로 얼굴을 벅벅 문질렀다. "그땐 나도 경황이 없었어. 초여름에 딱 두 번 만났어. 그런데 한 달 후에 걔가 죽은 채 발견되니까 더럭 겁이 났어. 트레이시가 죽기 전에 마지막으로 만난 사람이 나일지도 모른다는 생각이 들었거든. 자칫 잘못하면 범인으로 의심받을 수도 있잖아. 게다가 도움이 될 만한 정보를 알고 있는 것도 아니었고."

일리 있는 말이었다. 그런데도 어쩐지 께름칙한 느낌이 가시지 않았다. 팀의 말대로 그가 정말 결백하다면 경찰에게 사실대로 말해도 되었을 텐데. 왜 트레이시를 만난 사실을 굳이 숨기려 한 걸까?

"트레이시가 죽었다는 소식을 듣고 너무 괴로웠어." 그가 시선을 떨구었다. "걔랑 잘 안되기는 했지만 그렇다고 죽기를 바라진 않았어. 되게 착한 애였는데, 그런 일을 당했다니 마음이 너무 아팠어."

"그래, 힘들었겠다."

"근데 내가 트레이시를 만난 걸 셰인이 어떻게 알고 있는 건지 모르겠어." 팀의 얼굴이 일순 어두워졌다. "다 알면서 지금까지 모른 척했다는 게 진짜 소름 끼쳐. 날 곤란하게 만들 이 순간만을 손꼽아 기다린 거잖아."

인상이 절로 찌푸려졌다. "일부러 그런 건 아니었을 거야."

"아, 그러셔?" 팀이 비아냥거렸다. "브룩, 난 그저 여자애랑 데이트 몇 번 한 게 전부지만 셰인은 사람을 때렸어. 애 하나를 아무 이유 없이 두들겨 패서 병원에 실려 가게 만들었다고. 그런 인간이랑 계속 사귀고 싶어?"

그 말에 나는 움찔했다. "후회하고 있다잖아."

"뻥 까고 있네." 팀의 목소리가 한껏 격양되었다. 그 소리가 문밖까지 새어나갈까 봐 나는 마음을 졸였다. "셰인은 다른 애들을 괴롭히고 다니는 나쁜 놈이야. 쓰레기 같은 새끼라고. 너한테 들켰으니까 후회하는 척 연기하는 것뿐이야. 너랑 한번 자고 싶어서 수작 부리는 거라고."

얼굴이 화끈거렸다. 아무리 셰인을 싫어한들 그가 나한테 이렇게까지 심한 말을 내뱉을 줄은 몰랐다. "말도 안 되는 소리 마. 네가 뭔데 나한테 그딴 식으로 말해?"

우리는 서로를 노려보았다. 내 눈가 근육이 파르르 떨려왔다. 팀이 먼저 고개를 돌렸다.

"미안해." 팀이 한숨을 내뱉었다. "내가 잘못했어, 브룩. 네 말이 맞아. 너한테 그런 식으로 말해선 안 되는 건데."

"그걸 이제 알았어?"

"네가 걱정돼서 그랬어." 그의 두 눈에 진정한 두려움이 묻어났다. 오랫동안 그를 알아 온 나는 그 두려움이 거짓이 아니라는 걸

단박에 알 수 있었다. "네가 셰인 곁에 있는 게 불안해서 그래. 안전하지 않아 보여서."

"안전하지 않다니?" 팀은 단순히 내가 셰인에게 상처받을까 봐 걱정하는 게 아니었다. "그게 대체 무슨 말이야?"

"내 말 잘 들어, 브룩." 팀이 목소리를 낮추며 말을 꺼냈다. "셰인은…."

그 순간, 부엌문이 벌컥 열렸다. 그 바람에 팀이 하려던 말은 끝내 입 밖으로 나오지 못했다. 문 앞에는 셰인이 서 있었다. 짙은 머리칼을 헝클어트린 채 한쪽 입꼬리를 올리며 미소 짓는 모습이 그 어느 때보다도 섹시해 보였다.

"브룩, 여기서 뭐 해?" 셰인이 물었다. 팀은 안중에도 없는 모습이었다.

"지금 나가." 그러고는 팀을 바라보며 내가 물었다. "너도 같이 갈 거지?"

팀이 얼굴을 구겼다. 나에게 중요한 말을 꺼내려던 찰나에 하필 셰인이 들어와 말할 기회를 놓친 모양이었다. 하지만 나는 무슨 말인지 듣고 싶지도 않았다. 두 사람의 유치한 기 싸움에 관여하고 싶지 않았다. 제발 팀이 이제 그만 우리 사이를 받아들였으면 좋으련만.

"그래, 가야지." 팀이 마침내 입을 열었다.

16

현재

오늘은 셰인이 실밥을 풀러 오는 날이다.

밤새 몸을 뒤척이며 잠을 이루지 못했다. 꿈속에서 나는 다시 그 농가에 있었다. 목걸이가 숨통을 죄어오고, 샌들우드 향이 코를 찔렀다. 콰광, 천둥이 치더니 정체 모를 소리가 연달아 울려 퍼졌다.

바로 그때, 두 눈이 번쩍 뜨였다.

식은땀을 흘리며 깨어나기를 세 번이나 반복하고 나자 더는 잠을 청하고 싶지 않았다. 나는 침대에서 일어나 커피를 내렸다. 그때가 새벽 4시였다. 덕분에 나는 지금 기진맥진한 상태였다. 오히려 잘된 일인지도 몰랐다. 피곤에 절어 셰인을 마주하면 당혹감을 느낄 정신도 없을 테니까.

오후 2시쯤, 헌트 교도관이 셰인을 데리고 기다란 복도를 따라 진료실로 걸어왔다. 셰인은 손발이 쇠사슬에 묶인 채 대기실 의자에 앉아 자기 차례를 기다렸다. 셰인 앞으로 환자가 두 명 더 있었지만, 그의 얼굴을 본 순간부터 머릿속이 새하얘졌다. 진료 내내 환자가 방금 한 말도 기억하지 못해 몇 번이고 되묻기 일쑤였다.

이윽고 셰인의 차례가 되자 헌트가 그의 팔을 거칠게 잡아끌었다. 손발이 다 묶인 터라 의자에서 일어나려면 도움이 필요했는데, 헌트의 손길은 필요 이상으로 거칠었다. 그런데 왜 매번 수갑에다 족쇄까지 채우는 걸까? 지난번에는 싸워서 그런 줄 알았건만 오늘도 똑같은 모습이었다.

셰인이 매번 손발을 다 묶어야 할 정도로 위험하다고 생각하는 걸까? 지난 며칠 동안 수갑에 족쇄까지 차고 온 환자는 얼굴 가득 증오를 상징하는 문신을 새기고 으르렁거리던 남자 하나뿐이었다.

아니, 내가 무슨 소리를 하는 거지? 당연히 셰인은 위험하다. 그 사실을 나는 누구보다도 잘 알고 있었다.

그런데 지금은 전혀 위험해 보이지 않았다. 그는 종종걸음으로 진료실로 걸어들어와 고통스러운 표정으로 진찰대에 오르려 용을 쓰고 있었다. 그러다 발을 헛디뎌 미끄러지자 나에게 사과까지 건넸다. "너무 굼떠서 미안. 손발이 묶여 있으니 몸을 움직이기가 쉽지 않네."

넌 그래도 싸, 이 말이 목구멍까지 차올랐지만 꾹꾹 눌러 담았다. 사사로운 감정에 휘둘릴 수는 없었다. 난 간호사니까. 내가 짧게 말했다. "얼른 실밥 뽑자."

셰인은 진찰대 위에 걸터앉은 후에도 중심을 잡지 못하고 휘청거렸다. 지난번 진료 때처럼 나는 손을 뻗어 그를 붙잡아 주었다. 그때, 셰인이 내게 고맙다는 듯 씩 웃어 보였다. 예전과 너무도 닮은 모습에 그만 두 뺨이 화끈 달아올랐다. 나는 황급히 고개를 돌렸다.

"고마워, 브룩."

"어, 그래." 내가 웅얼거렸다.

"준비됐으니 시작해도 돼."

나는 셰인이 수갑을 찬 손으로 코를 긁으려 애쓰는 모습을 지켜보았다. 그러다 지난주부터 날 괴롭히던 질문을 기어이 입 밖으로 꺼내고 말았다. "근데 왜 너한테만 이러는 거야?"

"뭘 나한테만 이래?" 셰인이 눈썹을 추켜세우며 물었다.

나는 그의 손목에 채워진 수갑을 고갯짓했다. "보니까 너처럼 손발이 다 묶여서 오는 재소자는 거의 없더라고. 다른 죄수들도 나쁜 짓을 저지른 건 매한가지인데 왜 너한테만 이러는 거야?"

그가 한쪽 입술을 끌어올리며 피식 웃었다. "아, 여기서 내가 제일 나쁜 놈이라서 그래."

나는 그를 빤히 쳐다보았다.

"너도 내가 나쁜 놈이라고 생각하지 않아?" 셰인이 손끝으로 그의 카키색 죄수복을 움켜쥐었다. "괴물 같은 새끼, 이런 꼴을 당해도 싸다고 생각하잖아."

그의 갈색 눈동자가 나를 뚫어지게 응시했다. 이번에는 나도 시선을 피하지 않았다.

"나 참, 대답하기 싫으면 하지 마. 하든 말든 네 마음이지, 뭐."

까칠하게 반응할 거라는 내 예상과 달리, 셰인이 힘없이 어깨를 축 늘어뜨렸다. 그러고는 턱으로 닫힌 문 쪽을 가리켰다.

"왜 매번 수갑에 족쇄까지 차고 끌려오냐고? 저 인간이 날 싫어해서 그래."

"누가?"

"헌트 교도관 말이야. 날 죽도록 싫어하거든."

"왜?"

셰인이 어깨를 으쓱했다. "난들 알겠어? 자기가 싫어하는 사람이랑 닮았나 보지. 아니면 아무 이유 없이 그냥 내가 싫은 걸지도 모르고. 다만 감옥에 갇힌 처지인데, 하필 나를 죽도록 싫어하는 사람이 교도관이라는 게 짜증 날 뿐이야. 하루하루가 정말 지옥 같거든. 하지만 어쩌겠어. 내 삶을 얼마든지 비참하게 만들 권한이 있는 사람인걸."

헌트가 분발해 줬으면 좋겠네, 하고 내지를까 고심하다가 이내 그만두었다. 예전 같았으면 그의 얼굴에 가래침을 뱉어 버렸을 테지만, 그런 독기도 세월이 흐르며 옅어진 지 오래였다. 어쨌거나 셰인은 감옥에 갇혀 죗값을 치르는 중 아니던가. 모두 지나간 일일 뿐이었다.

결국 셰인이 고통받기를 바라던 나는 소원을 이룬 셈이었다. 셰인은 평생 이곳에서 자신을 인간쓰레기 취급하는 교도관들의 통제를 받으며 살아야 하니까. 그뿐인가. 다른 재소자들에게 구타를 당해도 보복이 두려워 맞서지도 못하고, 밤이면 차가운 감방에서 잠을 청해야 할 테지.

그야말로 하루하루가 지옥 같으리라.
"그동안 잘 지냈어?" 실밥 제거 키트를 뜯는 내게 셰인이 물었다.
"응." 그러면서 나는 셰인과 개인적인 대화는 절대 금지라고 속으로 되뇌었다.
"여기서 일하니까 좋아?"
"응." 진심이었다. 재소자들이 여전히 무섭고 굽 높은 신발이 그리웠지만, 일하면서 보람을 느꼈다. 무엇보다도 그가 내 앞에 있어도 더는 겁먹지 않는다는 걸 보여주고 싶었다.
"재소자들 전부 착하더라고."
"퍽이나. 너한테만 그런 거겠지."
나는 용기를 내 셰인에게 바짝 다가갔다. 그리고 싶지는 않았지만 실밥을 제거하려면 어쩔 수 없었다. "왜? 너한텐 못되게 구나 보지?"
"이마 꿰맨 거 보고도 모르겠어?"
나는 첫 번째 실밥을 핀셋으로 집어 가위로 잘라냈다. "철조망에 부딪혀서 다친 거라며?"
"아, 참. 그랬지."
두 번째 실밥을 끊어내며 내가 말했다. "사실 작년에 내 아들이 친구들한테 괴롭힘을 당했거든. 얼마나 속상하던지. 애들한테 맞아서 눈에 시퍼렇게 멍까지 들었다니까."
셰인이 눈을 끔뻑이며 나를 바라보았다. "유치원생끼리 눈에 멍이 들 정도로 싸워?"
순간, 말문이 턱 막혔다. 애초에 이 이야기를 왜 꺼낸 건지 나조차 이해할 수 없었다. 불과 몇 분 전에 셰인과 개인적인 대화는 절대 하지 않겠다고 다짐하지 않았던가. 특히 아들 이야기는 절대 꺼내지 않겠다고.

조시는 셰인의 아들이기도 했으니까.

자신에게 아들이 있다는 사실을 알면 그는 어떤 반응을 보일까? 악몽 같았던 그날 이후 몇 주가 지났을 때였다. 나는 구역질에 시달리며 화장실을 들락거리기 시작했다. 식중독이길 바랐지만 며칠이 지나도 나아지지 않았고, 결국 임신 테스트기를 샀다. 그리고 파란색이 두 줄 선명하게 떠오른 순간, 내 삶은 산산이 무너져 버렸다.

나는 고민 끝에 부모님께 임신 사실을 털어놓았다. 부모님은 낙태를 권했지만, 나는 한사코 거부했다. 하지만 부모님과 합의한 게 하나 있었다. 셰인에게는 절대 비밀로 할 것. 셰인의 재판에 참석할 때마다 옷차림에 각별히 신경 쓰며 나날이 불러오는 배를 가렸다. 그리고 모든 재판이 끝난 뒤, 나는 레이커를 떠나 다시는 발도 들이지 않았다.

물론 지금 이렇게 다시 돌아왔지만.

셰인이 답변을 갈구하는 눈빛으로 나를 쳐다보았다. 상황을 모면하려면 무슨 말이라도 둘러대야 했다. 나는 미소를 띤 채 어깨를 으쓱해 보였다.

"요즘 애들은 우리 때랑 달라서 엄청 사납더라고."

"그렇구나."

이후 나는 아무 말 없이 나머지 실밥들을 제거해 나갔다. 마지막 한 땀을 뽑으려고 몸을 숙이는 순간, 셰인의 시선이 아래로 떨어지는 게 느껴졌다. 무슨 일이지? 궁금한 마음에 고개를 숙이자마자 아차 싶었다.

이럴 수가.

셔츠가 벌어진 틈으로 내 가슴골이 그의 시야에 훤히 드러나 있었다. 그리고 셰인은 절묘한 기회를 놓치지 않았다. 나는 헛기침을 크게 했다.

셰인이 황급히 내 가슴에 꽂힌 시선을 거두었다. "앗, 미안."

사실 많은 재소자가 음흉한 눈빛으로 나를 힐끗거리고는 했다. 하지만 내게 사과한 사람은 셰인이 처음이었다.

"다시는 그러지 마." 내가 단호하게 말했다.

"그게…." 셰인이 목덜미를 긁자 피부가 붉게 물들어 갔다. "여기서는 여자 보기가 하늘의 별 따기라서. 그리고 난 앞으로 더는…."

그때 마지막 실밥이 뽑혀 나왔고, 나는 몸을 곧추세웠다. 그제야 셰인이 하려던 말이 무엇인지 이해할 수 있었다. 셰인은 앞으로 어떤 여자와도 함께할 수 없었다. 죽을 때까지 영원히.

"정말 미안해. 내가 경솔했어. 자제했어야 했는데."

아니, 네가 자제했어야 했던 때는 지금이 아니라 11년 전이었지. 그랬다면 지금 여기에 있을 필요도 없었을 테니까. 나는 그의 말을 무시한 채, 장갑을 낀 손으로 실밥이 있던 자리를 훑었다.

"잘 아물었네. 흉터는 남겠지만 많이 티 나진 않을 거야."

"티 나도 상관없어. 고마워." 셰인이 머뭇거리다 덧붙였다. "그리고 지난번엔 미안했어. 그날 밤 얘기는 꺼내지 말았어야 했는데…."

나는 허리에 손을 척 얹었다. "네 잘못을 인정한다는 뜻이야?"

"아니, 그런 뜻은 아니야. 난 아무도 죽이지 않았어. 하지만 네 맘 충분히 이해해. 네가 틀렸다는 말은 듣고 싶지 않겠지."

또 시작이었다. 진심으로 사과하려던 게 아니라, 사과하는 척하며 그날 일을 더 떠들어대고 싶었던 게지. 순간, 그의 차트에서 엘리스가 밑줄을 그어 두었던 단어가 떠올랐다.

교활함.

"내가 똑똑히 봤어, 셰인." 나는 제거한 실밥을 쓰레기통에 버린 다음, 가위와 핀셋을 날카로운 기구 전용 의료 폐기함에 집어넣었다. "무슨 일이 있었는지 다 봤다고."

"거짓말 마. 네 입으로 직접 말했잖아. 아무것도 보지 못했다고."

나는 부러 큰 소리를 내며 장갑을 벗었다. "그럼 네가 아니면 대체 누가 그랬다는 건데?"

"누군지 뻔하잖아, 브룩."

나는 고개를 절레절레 흔들었다.

"팀이야." 내가 관심을 비추자 그가 눈을 크게 뜨며 말을 이었다. "그런 짓을 할 수 있었던 사람은 팀뿐이야. 개만 유일하게—"

셰인은 그날 이후 줄곧 팀을 범인으로 지목했다. 수년 전 재판정에서 변론할 때도 일관되게 팀에게로 화살을 돌렸다. 하지만 그의 주장은 끝내 배심원들을 설득하지 못했고, 지금의 나도 마찬가지였다. 그의 터무니없는 주장에 넘어갈 내가 아니었다.

"셰인, 그 말이라면 더는 듣고 싶지 않아." 내가 목소리를 낮게 깔며 말했다.

"그러지 마, 브룩. 제발 내 말 좀 믿어줘. 난 널 절대—"

"그만하라고!"

잔뜩 격양된 내 목소리를 듣고 헌트가 문을 박차고 들어왔다. 금방이라도 셰인을 제압할 기세였다. 나를 위압적으로 내려다보는 그의 입가에 비릿한 냉소가 떠올랐다. 겨드랑이에는 반달 모양으로 땀자국이 번져 있었다.

"뭡니까? 무슨 문제라도 있습니까?"

셰인의 입술이 굳게 닫혔다. 나는 고개를 저었다. 셰인과 나의 과거를 헌트에게 들켜서는 안 되었다. "아뇨, 아무 문제 없는데요."

헌트가 실눈을 뜨고 셰인을 노려보았다. "진료는 끝났습니까?"

"네, 데려가셔도 되세요." 내가 굳은 목소리로 대꾸했다.

헌트가 짧게 고개를 까딱했다. "내려와, 셰인!"

앞으로 무슨 일이 벌어질지 눈에 선했다. 헌트는 셰인의 팔을 움켜쥐고 거칠게 잡아당겼다. 진찰대에서 내려오려면 발판을 디뎌야 했지만 두 발이 묶여 있어 쉽지 않았다. 그때였다. 셰인이 균형을 잃고 휘청거리다 진찰대에서 떨어졌다. 쿵, 소리와 함께 책상 모서리에 머리를 세게 찧으며 바닥에 나동그라졌다.

나는 반사적으로 셰인에게 달려갔다. 그의 입에서 얕은 신음이 새어 나왔다. 반쯤 열린 그의 눈은 초점이 없었고, 이마에는 달걀만 한 혹이 부풀어 올랐다.

고등학교 때 미식축구 훈련장에서도 비슷한 일이 있었다. 첼시와 사이드라인에 서 있던 나는 셰인이 깊은 태클에 걸려 운동장에서 나가떨어지는 순간을 목격했다. 그때도 지금처럼 쿵, 큰 소리를 내며 셰인의 몸이 땅에 부딪혔다. 운동장을 가로질러 그에게 달려가는 내내 내 심장이 터질 듯 쿵쾅댔다. 그가 심하게 다쳤을까 봐 두려웠다. 내가 셰인의 손을 움켜쥐자 그의 눈꺼풀이 파르르 떨리더니 천천히 열렸다. 그리고 그가 내 손을 꽉 쥐던 순간, 안도감이 물밀듯이 밀려왔다. 그때 처음 깨달았다. 내가 셰인 넬슨을 사랑하고 있다는 사실을.

"이게 대체 무슨 짓입니까?" 내가 헌트에게 버럭 소리쳤다.

"진정하시죠. 사고였을 뿐입니다." 헌트는 죄수에게 뇌진탕을 입혀 놓고도 조금도 동요하지 않는 모습이었다.

나는 셰인의 얼굴을 살폈다. 오래전 미식축구 훈련장에서 기절했을 때처럼 눈꺼풀이 파르르 떨렸다. "환자분, 정신이 드세요?"

"아, 네." 그가 웅얼거렸다.

"셰인은 강인한 놈이에요." 헌트가 불쑥 내뱉었다. "아무 문제없을 겁니다."

상황이 이보다 더 나빠질 수는 없다고 생각한 순간, 복도에서 발소리가 들려왔다. 잠시 후 도러시가 방 안으로 고개를 들이밀었다. 반달 모양 안경 너머로 눈을 흡뜨고 나와 헌트를 꾸짖듯이 노려보았다.

"뭔데 이리 소란스럽습니까?" 그녀가 따져 물었다.

셰인은 몸을 일으키려 안간힘을 썼다. 하지만 머리를 다친 데다 손발이 쇠사슬에 묶여 있어 몸을 가누기조차 힘겨워 보였다. 나는 허리를 곧추세우고 도러시의 눈을 똑바로 바라보며 말했다. "헌트 교도관님이 넬슨 씨를 넘어뜨렸습니다. 그 때문에 환자가 머리를 책상에 심하게 부딪혔고, 뇌진탕이 의심됩니다. 의무실에 입원시켜 오늘 밤 경과를 지켜보고 싶습니다."

그제야 헌트의 얼굴에 긴장이 어렸다. "도러시 간호사님, 사실이 아닙니다. 제가 일으켜 세우는 과정에서 재소자가 혼자 발을 헛디며 넘어진 겁니다. 제가 일부러 넘어뜨린 게 아닙니다."

도러시의 날카로운 푸른 눈이 헌트를 위아래로 훑었다. 방 안 구석구석을 살피며 상황을 가늠했다. 나는 숨을 죽인 채 그 모습을 지켜보았다. 도러시는 원래도 재소자들의 안위에 그다지 신경 쓰는 사람이 아니었다.

"마커스." 그녀가 냉랭하게 말했다. "진료 보러 오는데 왜 수갑에 족쇄까지 채운 겁니까? 셰인 넬슨은 문제수도 아니지 않습니까?"

"제가 보기엔 위험한 놈입니다."

"무슨 근거로요?"

헌트는 답을 하지 못했다. 그제야 마음이 조금 놓였다. 도러시는 두툼한 팔로 팔짱을 낀 채 우리 둘을 매섭게 쏘아보았다. 나는 아무런 잘못도 하지 않았는데 왜 나까지 저런 눈으로 쳐다보는 걸까.

"지금 당장 수갑이랑 족쇄 다 풀고, 의무실에 입원시키도록 하세요. 둘이 알아서 잘 처리할 수 있겠습니까, 아니면 내가 직접 감시해야겠습니까?"

헌트와 나는 서로를 바라보았다. 그는 당장이라도 나를 셰인 옆에다 내동댕이치고 싶은 표정이었다. 내가 재소자가 아니라 천만다행이었다.

"저희가 알아서 잘 처리하겠습니다." 헌트가 낮은 목소리로 말했다.

"좋아요."

내가 셰인의 몸을 일으켜 세우는 동안, 헌트는 열쇠를 꺼내 수갑과 족쇄를 풀 준비를 했다. 그러던 그가 잠시 멈칫하더니 고개를 돌려 나를 힐끗 쳐다보았다. 헌트가 열쇠를 꽂는 순간, 나도 모르게 내 목을 손으로 감싸 쥐었다. 셰인은 마지막으로 나와 단둘이 있었을 때 내 목을 조르려 했었다. 그의 두 손이 자유로워진다니 불현듯 두려움이 엄습해 왔다.

하지만 내 걱정과 달리, 아무 일도 일어나지 않았다. 수갑이 풀리자 셰인은 안도하듯 한숨을 내쉬며 제 손목을 주물렀다. 내 목을 조르기는커녕 바닥에서 일어날 기력조차 없어 보였다. 금방이라도 다시 정신을 잃고 쓰러질 것만 같았다.

"걸으실 수 있으세요?" 내가 물었다.

셰인이 머리를 문질렀다. "네. 아직 조금 어지럽긴 한데."

헌트와 나는 셰인을 부축해 의무실로 향했다. 복도를 걷는 도중에 셰인이 어지러움을 호소하는 바람에 걸음을 두 번이나 멈추어야 했다. 이윽고 그를 침대에 눕히고 나자 그의 이마에 불룩 솟아오른 혹이 눈에 들어왔다. 문득 그날 밤이 떠올랐다. 누군가 나를 죽이려 했던 그날 밤에도 셰인은 어딘가에 머리를 세게 부딪혔다고 했다. 그리고 현장에 출동한 응급구조사가 그의 머리에 난 혹을 확인했다. 셰인은 이미 기절한 상태여서 내게 있었던 일을 기억하지 못한다고 주장했다.

11년 만에 처음으로 마음 한 귀퉁이에서 의문이 피어올랐다. 설마 셰인의 말이 사실이었던 걸까?

아니, 그럴 리 없었다. 만약 그의 말이 사실이라면, 내 목을 조른 남자가 아직도 거리를 자유로이 활보하고 있다는 뜻이었으니까.

17

11년 전

게임이 몇 바퀴 돌고 나자 우리는 모두 거나하게 취했다. 팀이 죽은 소녀와 데이트했던 이야기는 까맣게 잊혔고, 케일라는 다시 팀에게 온몸으로 들이대는 중이었다. 처음에는 슬며시 밀쳐내던 팀도 이제는 순순히 받아들이고 있었다. 브랜던과 첼시는 소파 위에서 곧 한 몸이 될 기세였다.

"야." 셰인이 팔꿈치로 브랜던의 어깨를 툭 치며 말했다. "위층에 가서 해. 내 소파 위에서 하기만 해라."

브랜던이 히죽거리며 대꾸했다. "그럼 너네 엄마 침대 위에서 할까?"

셰인이 대수롭지 않다는 듯 어깨를 으쓱했다. 셰인네 엄마 방에서 자지 않아도 된다는 생각에 나는 한시름 놓았다. 그 방 침대가 아무리 포근하다 한들, 누구 침대인지 아는 이상 맘 편히 누워 잘 수 없을 것 같았다.

그때, 셰인이 반쯤 풀린 눈으로 나를 돌아보며 물었다. "우리도 그만 올라갈까?"

그 말에 갑자기 속이 울렁거렸다. 보드카를 마신 탓이기도 했지만, 온전히 술 때문만은 아니었다. 브랜던이 여섯 컵이나 비워낸 스크루드라이버를 나는 한 잔도 다 마시지 못했다. 차라리 술을 조금 더 마셨더라면 좋았을 텐데. 그랬다면 이렇게 긴장되지는 않았을 테니까.

"그래." 내가 말했다.

셰인이 내 손을 붙잡았다. 따스하고 보송보송한 감촉이 닿자 마음이 조금 놓였다. 나는 셰인이 이끄는 대로 거실을 벗어나 계단으로 향했다. 나무 계단은 내가 발을 디딜 때마다 둥글게 휘어졌다. 언젠가 내 무게를 못 이기고 무너져 내릴 것 같았지만, 다행히 오늘은 아니었다.

계단을 오르는 중, 또다시 목덜미가 오싹해졌다. 누군가가 나를 바라보는 듯한 느낌이었다. 팀이 나를 쳐다보고 있으리라 확신하며 고개를 돌렸다. 하지만 그는 소파에서 케일라와 키스하느라 정신이 없었다. 잘 됐다 싶었다.

이윽고 우리는 셰인의 방에 도착했다. 셰인이 방문을 닫자 불안이 한층 몸집을 불렸다. 그의 방은 여느 10대 소년의 방과 다르지 않았다. 금방이라도 부서질 듯한 침대 틀 위에 작은 매트리스가 놓여 있었고, 그 위에는 흑백 줄무늬가 들어간 이불이 아무렇게나 놓여 있었다. 방 한구석에는 지저분한 빨랫감이 소복이 쌓여 있었다. 내가 오기 전 셰인이 '청소'한답시고 한데 모아 구석으로 밀어 둔 모양이었다. 페인트가 너절하게 벗겨진 벽에는 밴드 포스터가 두어 장 붙어 있었고, 옷장 위에는 금빛 트로피들이 나란히 진열되어 있었다. 번개가 칠 때마다 트로피들도 덩달아 황금빛으로 번쩍였다.

셰인이 스위치를 눌러 불을 켰다. 전구는 몇 번 깜빡이다 말고 꺼져버렸다. 그가 낮게 욕설을 지껄였다. "정전인가 보네."

"아." 나는 땀으로 흥건해진 두 손을 마주 쥐었다. 이전에도 셰인의 방에 단둘이 있던 적이 있었지만, 그때마다 셰인네 엄마가 옆방에 있거나 곧 집에 돌아오는 상황이었다. 이렇게 오롯이 단둘이만 있는 건 오늘이 처음이었다.

"나가봐야 하는 거 아니야?"

"괜찮아." 어둠 속에서 그의 넓은 어깨가 오르내리는 모습이 희미하게 보였다. "어차피 다들 잘 시간이잖아. 전기도 내일 아침이면 다시 들어올 거고."

"그래." 나는 괜스레 눈송이 목걸이의 줄을 만지작거렸다. "네 말이 맞네."

셰인은 내 손을 다시 꼭 잡고 침대로 이끌었다. 하지만 억지로 침대에 눕히지는 않았다. 나는 침대 가장자리에 살포시 걸터앉았다. 셰인이 내 옆에 앉아 손가락으로 내 턱선을 부드럽게 쓸어내렸다.

"살아해, 브룩."

그 말에 몸이 살짝 떨렸다. 긴장과 동시에 온몸에 전율이 이는 듯한 흥분이 밀려왔다.

"나도 사랑해."

그의 입가에 미소가 떠올랐다. "다행이다."

"어, 근데 있잖아." 내가 목을 큼큼 가다듬었다. "미안해, 셰인. 내가 지금 너무 긴장돼서…. 사실 나, 아직 한 번도…."

"괜찮아. 나도 처음이야."

나는 깜짝 놀란 표정으로 그의 얼굴을 쳐다보았다. 지금 내가 제대로 들은 게 맞는 걸까?

"너도… 한 번도 해본 적이 없다고?" 내가 불쑥 물었다.

"응. 한 번도 없어." 셰인이 미간을 좁히며 답했다.

"근데 넌…." 그야말로 할 말을 잃고 말았다. 셰인은 나를 만나기 전에도 여자 친구를 사귄 적이 여러 번 있었다. 오래 만난 애는 없었어도 그리 까다롭게 굴지 않는 여자애들과 많이 만났으니 당연히 경험이 있을 거라 생각했다. 셰인처럼 매력적인 남자를 가만둘 리가 없지 않은가. 첼시 말로는 셰인의 절친인 브랜던만 해도 같이 잔 여자애들이 족히 대여섯 명은 될 거라고 했다. 심지어 첼시와 사귀는 중에 만난 여자만 센 게 그 정도라고 했다.

"글쎄, 나도 왜 그런진 잘 모르겠어." 셰인의 얼굴이 혼란스러움으로 가득 찼다. "아무 여자랑 하고 싶지는 않았어. 내가 진짜 좋아하는 사람이랑 하고 싶었거든. 나 되게 이상하지?"

"아니, 하나도 안 이상해." 나는 셰인의 무릎 위에 손을 얹었다. 긴장이 완전히 가시지는 않았어도 그의 고백 덕분에 마음이 한결 편해졌다. 무섭고 두렵지만 그와 함께라면 괜찮을 것 같았다.

그때, 셰인이 내 손을 움켜쥐며 말했다. "사랑해, 브룩."

시간이 조금 흐른 후에야 그의 말을 제대로 알아들었다. 지금까지 늘 들어왔던 '살아해'가 아니라, '사랑해'였다. 그가 나를 사랑한다고 말했다.

"나도 사랑해, 셰인."

셰인이 내 몸 가까이 다가오며 속삭였다. "내가 얼마나 사랑하는지 직접 보여줄게."

그리고 그는 나를 향한 사랑을 여실히 보여주었다.

18

현재

퇴근하기 전, 나는 셰인의 상태를 확인하러 의무실에 들렀다.
 의무실은 오늘따라 유난히 한산했다. 아침까지만 해도 입원 환자가 두 명 더 있었지만, 둘 다 오후에 상태가 호전되어 각자의 감방으로 돌아갔다. 그래서 침대 여섯 개가 벽을 따라 놓여 있었지만 셰인이 누워 있는 한 자리만 빼고 나머지는 모두 비어 있는 상태였다.
 야간 근무 간호사는 아직 출근 전이었다. 의무실 주변에 보이는 사람이라고는 어딘가 낯이 익은 듯한 교도관 한 명뿐이었다. 그는 의무실 앞에 앉아 두꺼운 소설책을 읽고 있었다. 그러다 내가 문 안으로 들어서자 고개만 까닥하고는 다시 독서에 집중했다. 표지를 힐끗 보니 《모비 딕》이었다.

의무실의 조명은 낮춰져 있었고, 해가 이미 지고 난 뒤라 방 안은 어둑했다. 문 앞에서 바라보니, 끝에서 두 번째 침대에 누워 있는 셰인의 형체만 어슴푸레 눈에 들어왔다. 가까이 다가가자 희끄무레한 불빛 아래 그의 잘생긴 이목구비가 서서히 드러났다. 오래전 내가 사랑에 빠졌던 그때와 똑같은 모습이었다.

그의 두 눈은 꼭 감겨 있었다. 순간, 심장이 철렁 내려앉았다. 마지막으로 그의 상태를 확인한 게 두 시간 전이었다. 설마 그사이 뇌에 혈종이 생겼는데 혼자 방치되어 의식을 잃은 건 아닐까? 두 시간 전에는 신경학적으로 안정된 상태였지만, 그 사이에 무슨 일이 생겼을지 모를 일이었다. 그를 마지막으로 진찰한 간호사가 나였으니 문제가 생기면 전적으로 내 책임이었다. 애딩초 외부로 보내 뇌 CT를 찍는 대신 의무실에서 경과를 지켜보기로 한 것도 내 결정이었으니까. 만약 셰인이 이대로 죽게 된다면 모든 책임은 내가 져야 했다.

나는 재빨리 그의 침대 쪽으로 다가갔다. 내가 곁에 서서 얼굴을 살피는 중에도 셰인은 미동조차 없었다. "셰인."

방금 눈꺼풀이 살짝 움직인 것도 같았지만 확신할 수 없었다. 제발 의식을 잃은 게 아니라 수면 중이기를 간절히 기도했다.

"셰인!" 이번에는 어깨도 살짝 흔들었다.

바로 그때, 그의 눈꺼풀이 천천히 들어 올려졌다. 안도감에 다리가 풀려 그대로 주저앉을 뻔했다. 다행히 그는 무사했다. "브룩, 왔어?"

셰인이 의식을 차리고 나를 알아보았다. "일어났어? 네가 또 정신을 잃었나 해서 혼자 조마조마했네."

"그랬어? 그냥 눈 좀 붙였을 뿐이야." 셰인이 침대 옆에 달린 버튼을 눌러 각도를 세우고는 등을 기대고 앉았다. "내 걱정했구나?"

"아니거든." 대답이 너무 성급하게 튀어나와 버렸다. "아니, 그러니까 걱정한 건 맞는데 네가 CT를 찍어야 할까 봐 걱정한 거야."

하지만 그 말을 내뱉자마자 사실이 아님을 깨달았다. 내가 실수해서 잘못된 판단을 내렸을까 봐 걱정한 건 사실이었다. 그 역시 내 환자였으니 걱정되는 게 당연하지 않은가. 하지만 고작 그 이유뿐이었다면 지금처럼 당황하지는 않았을 것이다. 그의 말대로 나는 그를 걱정하고 있었다.

그런데 왜 그런지 그 이유를 좀처럼 알 수 없었다.

지난 10년간 내가 그에게 느낀 감정은 딱 하나였다. 증오. 그는 내 친구들을 죽였고, 나까지 죽이려 했던 사람이다. 그뿐인가. 나를 임신시켜 놓고 모든 짐을 나 혼자 떠맡게 했다. 자신이 저지른 죄를 인정할 용기도 없어 나를 법정에 세워 끔찍한 기억을 다시금 떠올리게 했다. 그런 그를 나는 죽도록 증오했다.

하지만 의무실 침대 위에 누워 이마에 멍이 든 채 짙은 갈색 눈으로 나를 쳐다보는 그를 마주한 지금은….

더는….

"검사 좀 할게." 나는 헛기침을 했다. "네 상태가 괜찮은지 확인해야 해서."

"응, 마음껏 해."

나는 검사를 진행했다. 좌우 동공 크기가 동일한지, 한쪽 팔다리에 힘이 빠지지는 않았는지, 간단한 질문에 대답할 만큼 인지기능이 정상인지 확인했다. 그러다 문득 깨달았다. 그의 손발이 쇠사슬에 묶이지 않은 채 단둘이 마주하는 건 처음이었다. 그가 마음만 먹으면 언제든 손을 뻗어 내 목을 움켜쥐고 힘껏 조를 수도 있었다. 물론 문밖에 앉아 있는 교도관이 소리를 듣고 곧바로 들이닥치겠지만. 그런데 이상하게도 두려운 마음이 조금도 들지 않았다.

"정상이야?" 검사를 마치고 한 걸음 물러서는 내게 셰인이 물었다.

"응."

"잘됐네." 셰인이 벽시계를 향해 고개를 까딱였다. "저녁 먹을 시간 되기 전에 여기서 나가고 싶었거든. 오늘 타코 먹는 날이라서."

그 말에 웃음이 빵 터지고 말았다. "화요일마다 타코가 나오나 봐?"

"정답!" 그는 침대 위에서 자세를 고쳤다. "타코는 놓칠 수 없지. 나 타코 완전 살아해."

순간 숨이 턱 막혔다. '나 타코 완전 살아해.' 셰인과 내가 무언가를 '살아한다'며 마지막으로 농담을 주고받던 때가 언제였던가. 그 말은 우리 둘만의 은어였다. 내가 그에게 마지막으로 그 단어를 말했던 때가 떠올랐다. '살아해, 셰인.' 그러자 내 의지와 달리 그에 대한 애정이 불쑥 고개를 내밀었다.

셰인 넬슨은 입에 담지도 못할 만큼 끔찍한 짓을 저질렀다. 하지만 그 일이 있기 전까지 나는 그를 살아했다.

아니, 사랑했다.

내 얼굴에 떠오른 감정을 그에게 들킬세라 황급히 고개를 돌렸다. "걱정 마. 네 저녁 꼭 챙겨주라고 일러둘게."

"그래 줄래? 정말 고마워, 브룩."

"응."

그때 셰인이 배고 있던 베개를 향해 손을 뒤로 뻗었다. 종잇장처럼 납작한 베개를 조정해 딱딱한 침대 위에서 조금이라도 편히 눕고 싶은 모양이었다. 나는 그가 힘겹게 버둥거리는 모습을 잠시 지켜보다가 몸을 숙여 베개를 대신 고쳐 주었다.

그러다 내 얼굴이 셰인의 코앞까지 바짝 다가갔다. 그의 이마를 꿰맬 때보다도 더 가까이. 샌들우드 향이 날까 봐 잔뜩 긴장했지만, 그에게서는 비누와 면도 크림 냄새만 풍겨올 뿐이었다. 그와 이렇게 가까이 밀착해 있었던 건 10여 년 전이 마지막이었다. 그날 밤 나는 그와 첫 경험을 치렀다. 그 역시 내가 처음이었다.

섹스를 마친 후 나는 몹시 행복했다. 내 첫 경험 상대가 셰인이라는 사실이 날아갈 듯 기뻤다. 나는 그를 온전히 사랑하고 있었으니까.

바로 그때, 셰인과 눈이 마주쳤다. 순간, 의무실 안에 우리 둘뿐이라는 사실을 깨달았다. 문 앞에 교도관이 지키고 있기는 했지만 들어오려면 시간이 걸릴 터였다. 그리고 큰 소리가 나지 않는 한 알아차리지도 못할 터였다.

만약에 셰인이 몸을 기울여 나에게 입을 맞춘다면….

나는 소스라치게 놀라 고개를 재빨리 뒤로 물렸다. 이런 생각을 하는 내가 제정신일 리가 없었다. 셰인 넬슨은 나를 죽이려 했던 사람이다. 이 괴물 같은 남자는 살인죄로 평생을 감옥에서 보내야 한다. 설사 내가 그를 용서한다고 해도 나는 결코….

나는 크게 기침했다. 그 소리가 어둡고 텅 빈 의무실 안을 가득 메웠다. "난 이만 가봐야겠다."

"그래, 오늘 고마웠어."

"나가는 길에 네 저녁 챙겨주라고 말해 놓을게." 평소 내 목소리답지 않게 새된 소리가 튀어나왔다.

셰인의 입가가 한껏 올라갔다. "아, 내 사랑 타코."

"으이구, 그놈의 타코 타령은."

"고마워, 브룩." 그의 눈동자가 내 눈을 집요하게 쫓았다. "나한테 신경 써줘서 진심으로 고마워."

"응."

나는 그에게서 간신히 눈길을 떼고 발걸음을 돌렸다. 하지만 내 밋밋한 단화가 리놀륨 바닥을 때리며 방을 나서는 내내, 나는 느낄 수 있었다. 그가 여전히 나를 지켜보고 있다는 걸.

19

 의무실에서 셰인을 보고 나온 이후로 떨림이 쉬이 가라앉지 않았다.
 나는 10년이 넘는 세월 동안 셰인을 증오했다. 그가 평생을 감옥에서 썩어야 한다는 사실이 기뻤다. 응당 받아야 할 대가라고 생각했다. 지난주에 그를 마주했을 때도 나를 죽이려 했던 악마라고 여겼다. 물론 진짜 악마처럼 머리에 뿔이 솟거나 꼬리가 달려 있지는 않았지만.
 그런데 오늘은 한때 내가 사랑에 빠졌던 소년처럼 느껴졌다. 그날 밤 이후 처음 있는 일이었다.
 교도소 주차장에 세워둔 차를 향해 걸어가는 내내 머릿속에는 오직 한 가지 생각뿐이었다. 얼른 집에 가서 마지가 차려준 저녁을 맛있게 먹고 포근한 침대에 파묻히고 싶었다. 아, 뜨듯한 물에 몸도 담그고 싶었다. 조시가 어렸을 때만 해도 목욕은 그야말로 그림의 떡이었다. 아이를 잠시도 혼자 둘 수 없는 데다 대신 봐줄 아빠가 없었으니까. 하지만 요즘은 조시가 조금 컸다고 부쩍 혼자 있고 싶어 했다. 덕분에 나는 목욕의 매력에 푹 빠져버렸다.

차까지 불과 여섯 걸음 남았을 때였다. 큼지막한 손 하나가 내 팔을 움켜쥐었다. 나는 곧장 경계 태세를 취하며 몸을 홱 돌렸다. 내 앞에 마커스 헌트 교도관이 서 있었다.

교도소 밖에서 만난 그는 안에서 볼 때보다 훨씬 위협적이었다. 키가 나보다 머리 하나는 더 컸고, 입가에는 특유의 냉소가 걸려 있었다. 팔뚝 하나가 내 허벅지만 한 것이, 아무런 무기 없이도 나 하나쯤은 우습게 으스러뜨릴 수 있을 것 같았다.

무엇보다 지금 주차장에는 우리 둘뿐이었다.

"브룩 씨, 잠깐 드릴 말씀이 있습니다."

"저는 할 말 없는데요." 내가 톡 쏘아붙였다.

"그러지 말고 제 말 좀 들어보세요."

내 가방 안에는 호신용 스프레이가 들어 있었다. 하지만 그에게 팔을 붙잡힌 상태로는 스프레이를 꺼내기가 쉽지 않았다. "이 팔 놓으시죠."

"브룩 씨."

"당장 놓지 않으면 소리 지를 겁니다."

헌트의 눈이 돌연 커다래졌다. 그제야 자신이 내 팔을 움켜쥐고 있다는 걸 새삼 깨달은 모양이었다. 그가 황급히 내 팔을 놓고는 방어하듯 두 손을 공중에 들어 올렸다. "미안해요. 겁주려던 의도는 아니었어요. 잠깐 이야기만 하고 싶었을 뿐이에요."

나를 겁주려던 게 아니었다고? 자기가 얼마나 위협적인지도 모르나 보지? 매일 이런 인간을 마주해야 하는 셰인은 얼마나 괴로울지 상상도 되지 않았다.

"잠깐이면 돼요." 여전히 팔을 쳐든 채로 헌트가 한 발 뒤로 물러섰다. "브룩 씨에게 꼭 할 얘기가 있어요."

그와 이야기를 나누고 싶지 않았다. 지금 당장 집에 가서 저녁을 먹고, 시간이 허락된다면 거품 목욕을 즐기고 싶은 마음뿐이었다. 하지만 같은 직장에서 매일 얼굴을 봐야 하는 사람과 앙숙처럼 지낼 수는 없는 노릇이었다. 게다가 그가 내게 이토록 하고 싶은 말이 무엇인지 궁금하기도 했다.

"좋아요. 한번 들어나 보죠."

"브룩 씨." 헌트의 이마에 주름에 잡혔다. "오늘 넬슨과 있었던 일은 미안하게 됐어요. 하지만 제가 일부러 그런 건 절대 아니었습니다."

"아, 예. 그러시겠죠."

"정말이에요." 그가 매끈한 머리를 좌우로 흔들었다. "막말로 제가 일부러 그랬다 한들 무슨 상관입니까? 그런 짓을 당해도 싼 놈입니다. 그 자식이 무슨 짓을 저지르고 여기에 들어왔는지 모르시죠?"

대충은 알고 있었다. "여기 있는 재소자들 모두 죄를 저지른 건 매한가지 아닌가요?"

"아니요, 넬슨은 달라요. 아주 교활한 놈입니다."

엘리스가 셰인의 차트에 적어둔 내용과 일치했다. 심지어 밑줄까지 그어 놓았더랬지. "제 눈엔 전혀 그래 보이지 않던데요."

"그렇겠죠. 그게 다 그 자식이 브룩 씨를 교묘하게 속이고 있는 거예요. 신뢰를 얻으려고 수작 부리는 겁니다. 그 자식 말을 곧이곧대로 믿으시면 안 됩니다."

나는 목을 위로 꺾어 헌트의 얼굴을 올려다보았다. 거짓말하는 것 같지는 않았다. 셰인이 교활하다고 진심으로 믿는 눈치였다. 하지만 내가 믿느냐는 별도의 문제였다.

"얄팍한 속임수 따위에 넘어갈 정도로 어리숙하진 않아요."

"엘리스 간호사님도 똑같이 말했었죠. 그러다 지금은 감옥에 가게 생겼습니다. 운 좋게 징역형을 면한다 해도 간호사 자격은 무조건 박탈당할 겁니다."

무슨 말이지? 셰인이 엘리스를 속여 감옥까지 가게 했다는 얘기인가? 믿기 힘든 말이었다. 엘리스가 셰인의 진료 기록지에 남긴 내용을 보면 더더욱 그랬다. 게다가 셰인은 나를 속이려 들지도 않았다. 지난주에 내가 진통제를 처방해 주겠다고 했을 때도 거절하지 않았던가. "제 걱정은 마세요."

"어떻게 걱정을 안 합니까." 그가 내 어깨 너머로 내 도요타를 흘끗 보며 말했다. "주차장에서 할 얘기는 아닌 것 같은데, 어디 가서 술 한잔하면서 이야기하는 건 어때요?"

얼씨구, 이제야 시커먼 속내를 드러내시는군.

"아, 안 될 것 같아요." 나는 괜히 어깨에 멘 가방끈을 고쳐 쥐었다. "바로 집에 가봐야 해서요. 애 봐주시는 분이 기다리고 계시거든요."

"그럼 다음에라도?"

그의 얼굴에는 어느새 걱정 대신 희망의 빛이 떠올라 있었다. 처음부터 이럴 속셈이었던 게지. 나에게 잘 보여서 데이트를 따내려고 셰인을 괴롭혔던 것이었다. 비열하기 그지없었지만 대놓고 망신을 줄 수는 없었다. 앞으로도 계속 함께 일해야 할 뿐만 아니라 위험한 상황이 생기면 그의 도움이 필요할 테니까.

"다음 달은 돼야 시간이 날 것 같은데." 내가 애매하게 둘러댔다. "요즘 너무 바빠서요. 도우미분도 늦게까지 계시기는 힘들다고 하시고."

"아, 그래요." 헌트가 민머리를 머쓱하게 쓰다듬었다. "사실 저도 이번 달은 바쁘거든요. 다음 달에 만나도 괜찮아요. 아니면 그다음 달도 괜찮고. 뭐, 중요한 일은 아니니까요."

"네." 나는 가방 속에서 차 열쇠를 꺼냈다. "그럼 이만 가볼게요. 내일 뵙겠습니다."

"예, 얼른 가보세요." 그가 고개를 끄덕였다. "아, 참. 브룩 씨."

"네?"

"조심하세요."

20

잠이 오지 않았다.

여기는 퀸즈보다 훨씬 고요했다. 예전에 살던 동네는 한밤중에도 차들이 많이 오가서 무척 시끄러웠다. 일주일에 한 번꼴로 자동차 경적에 놀라 벌떡 깨고, 한 시간 가까이 울려 대는 차량 경보음 때문에 잠을 설치기 일쑤였다. 하지만 지금 내가 사는 곳은 작은 마을에서도 제일 조용한 동네였다. 밤이 되면 귀뚜라미 소리만 고즈넉하게 울려 퍼졌다.

그런데도 어째선지 여기로 이사 온 뒤로는 도통 잠을 이루지 못했다.

아마도 부모님의 침대에서 자려니 기분이 이상한 탓인 듯했다. 사실 처음에 안방을 쓰기를 꺼렸던 것도 그 때문이었다. 하지만 2층에 있는 방 세 개 중에 안방이 제일 넓은 데다 유일하게 퀸사이즈 침대가 놓인 방이었다. 그래서 나는 이 방을 쓰는 대신 내 취향으로 꾸미기로 했다. 부모님의 침대 위에 지겹도록 걸려 있던 바닷가 풍경화를 떼어내고, 침구도 내가 직접 고른 짙푸른 색 거위 털이불로 바꿨다. 서랍장 위에 즐비한 액자들도 내 사진으로 거의 다 갈아치워 버렸다.

하지만 모두 헛수고였다. 무슨 수를 써도 이 방은 내게 여전히 부모님의 방이었다. 심지어 부모님의 냄새까지 배어 있었다. 바닥과 가구를 아무리 닦아 내도 방 안 공기에는 어머니의 향수 냄새가 부유했다.

지난 10년이 지금과 다르게 흘러갔더라면 좋았을 텐데. 사실 그 일이 있기 전에도 부모님과 애틋한 사이는 아니었다. 어머니는 엄했고, 아버지는 출장으로 늘 집을 비웠다. 게다가 아버지가 어머니 몰래 밥 먹듯이 바람을 피운다는 소문이 돌았다. 그래도 내가 아기를 낳겠다고 했을 때 부모님이 그런 식으로 나올 줄은 꿈에도 몰랐다.

'브룩, 너 인생 망치려고 작정했어?' 어머니에게 귀에 인이 박이도록 들은 말이었다.

하루하루를 힘겹게 버티던 나는 부모님에게 맞서 싸울 기력조차 남아 있지 않았다. 오로지 아이를 낳고 싶다는 생각뿐이었다. 배 속의 아이를 위해서라면 못 할 것이 없었다. 그래서 나는 시내에 있는 친척 집에 얹혀살며, 매달 부모님이 보내주는 돈으로 생활비와 학비를 간신히 충당하며 지냈다. 다 때려치우고 싶었지만, 알량한 내 자존심 때문에 아들이 고통받는 모습을 보고 싶지 않았다.

그래서 레이커에는 두 번 다시 발을 들이지 말라는 조건에도 순순히 응했다. 친구나 부모님의 집에 잠시 들르는 것조차 허락되지 않았다.

간호 대학을 졸업하고 안정적인 직장을 얻자 드디어 부모님의 도움 없이도 생활이 가능해졌다. 그제야 나는 처음으로 부모님에게 반기를 들었다. 앞으로 돈은 일절 받지 않겠다고 통보하며, 아들을 데리고 고향 집에 방문할 수 있게 해달라고 요구했다. 그렇지 않으면 부모와 자식 간의 연을 끊어버리겠다고 엄포를 놓았다. 더는 집안의 수치로 숨어 살고 싶지 않았다.

나는 부모님이 못 이기는 척 내 요구를 받아들일 거라 생각했다. 그들에게 나는 외동딸이었고, 조시는 하나밖에 없는 손주였으니까. 조시와 나를 사랑하는 마음이 고등학교 때 임신한 딸이라는 수치심을 압도할 거라 믿었다.

물론 전부 내 오산이었다.

내가 부모님의 돈을 되돌려보내기 시작하고 몇 달이 지났을 무렵이었다. 퇴근길에 아버지가 예고도 없이 불쑥 찾아왔다. 내 기억 속 아버지와는 전혀 다른 모습이었다. 나는 늘 우리 아빠가 친구들의 아빠들에 비해 외모가 뛰어나다고 생각했었다. 실제로도 아빠가 길거리를 돌아다니면 여자들이 돌아보고는 했었다. 하지만 그날 마주한 아버지는 부쩍 늙어 있었다. 눈 밑 피부는 처져서 불룩 튀어나왔고, 뱃살 때문에 셔츠가 터질 것 같았다. 은빛 윤기가 감돌던 머리칼은 하얗게 세어 푸석푸석해 보였다.

"그러지 마라, 브룩." 아버지가 애원하듯 말했다. "네 엄마가 널 너무 사랑해서 그러는 거란다. 너도 알잖니."

헛웃음이 절로 나왔다. "사랑하는 게 아니라 수치스러운 거겠죠."

"절대 그렇지 않아. 네가 수치스러워서가 아니라, 레이커에 오지 않는 편이 널 위해서 좋다고 생각해서 그러는 것뿐이야."

"이유가 뭔데요?"

아버지의 미간에 패인 주름이 한층 더 깊어졌다. "그냥 이번 한 번만 우릴 믿고 따라주면 안 되겠니, 브룩? 다 널 위해서야."

나는 조금도 놀라지 않았다. 아버지가 합리적인 이유를 내놓지 못할 거라는 걸 진즉에 알고 있었으니까. 나는 아버지를 돌려보냈고, 매달 보내오는 돈도 그대로 돌려보냈다. 1년쯤 지나자 부모님도 포기했는지 더는 돈을 부쳐오지 않았다.

그리고 부모님이 세상을 떠난 지 채 몇 달도 되지 않은 지금, 나는 보란 듯이 다시 고향으로 돌아왔다. 비록 그날 밤 이후 내 인생은 나락으로 떨어졌지만, 그전까지 나는 행복한 유년 시절을 보냈다. 이곳은 아이를 키우기에 더없이 좋은 동네였다.

하지만 안방에 있으면 마치 부모님의 영혼이 아직도 이곳을 맴도는 듯한 느낌이 들었다. 아니, 집 전체가 그런 느낌이었다.

나는 침대에서 일어나 맞은편 서랍장으로 다가갔다. 부모님의 사고 소식을 듣고 이 집에 도착했을 때, 서랍장 위에는 조시와 나의 사진들이 어지럽게 놓여 있었다. 5년 전 내가 연락을 끊기 전에 보내준 사진들이었다. 그 외에도 집안 곳곳에는 내 사진들이 전시되어 있었다. 갓난아기 시절부터, 끝내 내 선택을 받아들이지 못한 아버지를 돌려보낸 그날까지의 내 인생이 고스란히 담겨 있었다. 대부분은 치워버렸지만 남겨 둔 사진도 몇 장 있었다. 지금 내 서랍장 위에 놓인 이 사진도 그중 하나였다. 내가 조시만 할 때 크리스마스카드에 실으려고 부모님과 함께 찍은 사진이었다.

사진 속 나는 주름 하나 없는 얼굴로 환히 웃고 있었다. 부모님은 내 어깨에 손을 하나씩 얹은 채, 우리 가족이 자랑스럽다는 듯 행복한 표정을 짓고 있었다. 나는 한 번도 보지 못한 모습이었다.

비록 절연하기는 했어도 부모님이 나를 사랑했다는 믿음에는 변함이 없었다. 이 사진 속 눈빛만 봐도 알 수 있었다. 하지만 부모님의 어리석은 자존심이 우리 사이를 갈라놓고 말았다. 내가 아비도 없는 아들을 데리고 자유로이 나다니는 모습을 이웃들에게 수치스럽게 내보이느니, 차라리 딸과 연을 끊는 길을 택한 것이다.

사진을 내려다보다 문득 아버지가 퀸즈로 찾아왔던 날이 떠올랐다. 그날 아버지는 족히 다섯 시간을 쉬지도 않고 내리 운전해 왔을 터였다. 나를 보러 오는 일이 그만큼 중요했던 걸까. 불현듯 아버지의 행동이 온전히 이기적인 것만은 아니었을지도 모른다는 생각이 들었다.

"그냥 이번 한 번만 우릴 믿고 따라주면 안 되겠니, 브룩? 다 널 위해서야."

그 말을 할 때 아버지는…

두려움에 차 있었다.

하지만 그럴 리가 없었다. 아버지가 두려워할 이유가 없었으니까. 그때는 이미 셰인이 무기징역형을 선고받은 후였다. 감방에 갇힌 그가 나를 해칠 방법은 없었다. 나는 그 남자로부터 안전했다.

그리고 지금도 매한가지다.

21

11년 전

남자 친구와 처음으로 잠자리를 가진 후 절대 듣고 싶지 않은 말이 있다면 "젠장"일 것이다. "나 성병 걸렸어."보다는 한 단계 아래일지 몰라도 기분 나쁘기는 마찬가지다.

"왜? 무슨 일인데?"

셰인이 내 위에서 몸을 굴려 내려왔다. 그의 몸은 한껏 달아올라 땀이 흥건했다. 하기 전에는 겁을 잔뜩 먹었었는데 막상 하고 나니 전혀 무섭지 않았다. 그의 손길은 다정했고 배려심 넘쳤다. 하는 내내 내가 괜찮은지, 아프지는 않은지 연신 확인했다. 최고라고 말할 정도는 아니어도 첫 경험치고는 꽤 괜찮았다. 이제 그가 나를 꼭 껴안으며 사랑한다고, 여전히 나를 존중한다고 말할 차례였다. 그런데 그의 얼굴에는 당황한 기색이 역력했다.

"무슨 일이냐니깐?" 내가 다그쳤다.

"아, 그게…." 셰인이 얼굴을 찡그렸다. "콘돔이 벗겨진 것 같아."

"뭐라고?"

"확실하진 않아." 그가 서둘러 덧붙였다. "근데… 없어졌네. 내가 벗기진 않았거든. 그래서 언제 빠진 건지는 잘 모르겠는데…."

"젠장."

순간 정신이 아찔했다. 나는 겨우 열일곱 살이었다. 이 나이에 임신이라니 상상만 해도 끔찍했다. 앞으로 10년 동안의 계획을 빼곡히 세워 두었는데 그 어디에도 빽빽 울어대는 아기는 포함되어 있지 않았다. 대학을 마치고 대학원에 진학한 뒤 세계 여행도 해야 했다. 그런데 임신이라니, 정말 최악이었다.

"진정해, 브룩. 괜찮을 거야."

정작 나는 숨도 제대로 쉬어지지 않았다. "도대체 뭐가 괜찮다는 건데?"

"잘 생각해봐." 셰인이 떨리는 손으로 내 팔을 잡았다. "딱 한 번밖에 안 했잖아. 게다가 콘돔이 정말 벗겨졌는지 확실치도 않고. 그러니까 괜찮을 거야."

"장난해? 딱 한 번만으로 임신하는 여자들이 얼마나 많은데."

"그래?" 셰인의 목소리는 놀라울 정도로 침착했다. "그럼 방법을 찾아 보자."

"어떻게?"

"음, 잘 모르겠어. 하지만 네가 어떤 선택을 하든 난 네 편이야."

나는 입을 살짝 벌린 채 그를 바라보았다. 그의 두 눈에 진심이 담겨 있었다. 셰인 역시 계획이 있었다. 미식축구로 장학금을 받고 대학에 가고 싶어 했다. 가난했던 과거에서 벗어나 더 나은 삶을 살기를 갈망했다. 그런데도 자신의 큰 꿈을 산산이 부숴 버릴 수도 있는 말을 주저 없이 내게 건넸다. "네가 어떤 선택을 하든 난 네 편이야."라고.

그 순간, 나는 내 첫 경험 상대가 셰인이라 참 다행이라고 생각했다.

"사랑해, 셰인." 그 말이 나도 모르게 불쑥 튀어나왔다.

그가 손끝으로 내 뺨을 어루만졌다. "나도 사랑해, 브룩."

아직 불안이 완전히 가시지는 않았지만 나는 마음을 가라앉히려 애썼다. 셰인의 말이 맞을지도 몰랐다. 딱 한 번의 잠자리로 임신이 될 확률은 희박했다. 설사 아기가 생긴다 해도 셰인은 내 곁에 있어 줄 것이다. 내가 어떤 선택을 하든 내 편이 되어 줄 것이다.

밖에서는 천둥이 몰아치고 머릿속은 온갖 생각들로 복잡했지만, 나는 셰인의 품에 안긴 채 까무룩 잠이 들었다. 섬뜩한 비명 소리에 눈을 뜨기 전까지.

22

현재

나는 조시와 함께 식탁에 앉아 저녁을 먹고 있었다. 조시는 마지가 만들어 준 미트볼을 우적우적 씹으며 황홀한 표정을 지었다.
"엄마, 내가 먹어본 미트볼 중에 최고야."
"그래?"
"마지 아주머니가 어떻게 만들었는지 알아?" 조시가 내 대답을 기다리지도 않고 계속 재잘거렸다. "고기를 넣은 다음 달걀 톡, 빵가루 솔솔. 아, 그리고 파르메산 치즈도 꼭 넣어야 해! 아주머니만의 비법 재료거든."
"그래서 이렇게 맛있구나."
조시가 포크에 꽂힌 미트볼을 한 입 더 베어 물고는 꼭꼭 씹으며 생각에 잠겼다. "엄마는 어떻게 만들어?"

'응, 엄마는 냉장고에서 냉동 미트볼을 한 봉지 꺼내서 그릇에 쏟아부은 다음 전자레인지에 1분 돌려. 덜 녹았으면 30초 더 추가하고.'라고 솔직하게 말할 수는 없어서 대충 둘러댔다.

"아주머니랑 거의 비슷해. 파르메산 치즈만 빼고."

"다음번에 만들 때는 내가 도와줄게. 마지 아주머니가 만드는 법을 아주 상세히 알려 주셨거든."

조시가 마지와 잘 지내서 참 다행이었다. 그러면서도 한편으로는 마음이 아팠다. 어머니는 살아생전 조시에게 정을 주지 않았다. 그러니까 살아 있었더라도 조시와 미트볼을 함께 만드는 일은 없었을 것이다. 내가 연락을 끊어도 눈 하나 깜짝하지 않던 냉혈한이었으니까.

그때 초인종이 울리자 조시가 의자에서 발딱 일어났다. 방금 미트볼을 서른 개나 해치운 아이치고는 가히 놀라운 순발력이었다. 조시는 매번 초인종 소리만 나면 버선발로 뛰어나가 문을 열어준다. 믿기 어렵겠지만 문 열어주는 걸 세상에서 제일 좋아한다. 열에 아홉 번은 택배 아저씨일 뿐인데 뭐가 그리 반가운지 나로서는 도무지 이해할 수 없다.

현관문이 열리는 소리가 나고, 뒤이어 말소리가 작게 들려왔다. 이상하네. 조시가 택배 아저씨랑 할 이야기가 뭐가 있지?

택배 배달원 아니라 다른 사람이 찾아온 모양이었다.

나는 힘겹게 몸을 일으켰다. 파르메산 치즈 덕분인지 너무 맛있어서 미트볼을 스물아홉 개나 먹었더니 몸이 천근만근이었다. 잰걸음을 놓으며 현관문으로 향하다 그만 입이 떡 벌어지고 말았다.

팀 리스였다. 팀이 현관에 서서 조시와 이야기를 나누고 있었다. 나는 문에서 조금 떨어진 곳에 그대로 얼어붙었다. 발걸음이 떨어지지 않았다.

"엄마!" 조시가 소리쳤다. "누가 오셨는지 좀 봐봐! 리스 선생님이셔! 우리 학교 교감 선생님!"

나는 팀을 바라보았다. 그의 입가에 억지웃음이 걸려 있었다. "어, 안녕하세요. 음… 제가 바로 이 근처에 살거든요. 저희 어머니가 플로리다에서 쿠키를 보내주셔서 좀 나눠 드릴까 하고…"

팀은 그저 쿠키를 가져다주러 왔다가 미처 예상하지 못한 상황을 마주하고 말았다.

"쿠키요?" 조시가 들뜬 목소리로 물었다. 언젠가 아들이 훌쩍 자라 쿠키를 보고도 시큰둥해질 날이 오리라 생각하니 슬퍼졌다. 사실 나는 쿠키라면 여전히 사족을 못 썼다. 하지만 지금은 눈앞에 놓인 쿠키를 보고도 먹고 싶다는 생각이 전혀 들지 않았다.

"엄마, 나 쿠키 먹어도 돼?"

"그럼." 내가 기계적으로 답했다.

팀은 손에 들린 하얀 상자를 멍하게 내려다보고 있었다. 자신의 손에 쿠키가 들려 있다는 사실조차 까맣게 잊은 사람처럼. 이내 팀이 내 얼굴에 시선을 고정한 채 조시의 손에 상자를 쥐어주었다. "자, 맛있게 먹으렴."

"엄마." 조시가 내 팔을 잡아당겼다. "나 몇 개 먹어?"

"음, 하나?"

"에계, 겨우 한 개?"

"그래, 두 개는 먹어야겠지?"

"그런데 쿠키가 콩알만 하면 어쩌지?"

세상에, 마음 같아서는 한 상자를 몽땅 먹어도 좋으니 제발 지금 당장 집 안으로 들어가라고 말하고 싶었다. "그러면 세 개까지 먹어도 괜찮아."

"앗싸, 신난다!"

조시가 쿠키 상자를 들고 집 안으로 총총 사라졌다. 그제야 둘만 남은 팀과 나는 서로를 가만히 바라보았다. 그러다 팀이 고개를 설레설레 저으며 먼저 입을 열었다.

"저 아이가 네 아들이야? 조시?"

"응…."

그의 얼굴에 혼란이 가득했다. 가까이 다가가 그를 꼭 안아주고 싶은 마음이 불쑥 일었다.

"유치원생이라고 하지 않았어?"

"아니, 네가 혼자 지레짐작한 거였지."

"근데 너…." 그의 시선이 내 어깨 너머로 향했다. "밖에서 잠깐 얘기 좀 할 수 있을까?"

피하고 싶었지만 내게는 선택의 여지가 없었다. 두렵고 말고를 떠나 언젠가는 꼭 해야 할 이야기였다. 하지만 우리 대화를 조시가 듣지 않았으면 했다. 팀 역시 그런 내 마음을 헤아린 것이었다.

나는 팀을 따라 밖으로 나온 뒤 현관문을 닫았다. 한 발자국 앞에 팀이 서 있었다. 너무 가까운 나머지 그의 얼굴에 희미하게 남은 주근깨 자국까지 또렷이 보였다. 한때는 내 얼굴보다 더 친숙했던 얼굴이었다.

어릴 적 팀과 나는 실과 바늘처럼 늘 붙어 다녔다. 그리고 그런 사이가 앞으로도 계속되리라 믿었다. 그의 믿음은 나보다 강고했다. 예닐곱 살쯤 되었을 무렵, 팀은 미래를 이야기할 때마다 나를 끼워 넣고는 했다. '우리 나중에 결혼하면 방 다섯 개짜리 큰집에서 살자.' 가끔은 팀이 여전히 그 꿈을 마음속에 간직하고 있을지도 모른다는 생각이 들었다. 그저 입 밖으로 꺼내지 않을 뿐이라고.

"브룩, 그래서 몇 살이야?" 그가 소리 낮춰 물었다.

나는 눈을 지그시 감았다. 난감한 이 상황이 차라리 꿈이라면 얼마나 좋을까. 제발 꿈에서 깨기를 바라며 감았던 눈을 살포시 떴다.

역시나, 그럴 리가 없지.

"열 살이야."

"뭐? 열 살?" 머리를 쓸어 넘기는 그의 손이 사시나무처럼 떨렸다.

"응."

"그럼 쟤가 셰인의…?"

거기까지만 말해도 충분했다. 굳이 입 밖으로 내뱉지 않아도 그다음 말이 무엇인지 우리 둘 다 알고 있었다. 차라리 내 입으로 진실을 말해주는 편이 나을지도 몰랐다. 그 정도는 알 자격이 있는 사람이니까.

"맞아. 셰인의 아들이야."

"세상에." 팀의 얼굴이 하얗게 질렸다. "난 전혀 몰랐어. 네가 임신을…."

"그래. 내가 레이커를 떠난 이유를 이제 알겠지?"

"응. 그런데…." 그가 현관문을 응시하며 물었다. "조시는 자기 아빠가 누군지 알아?"

"아니. 앞으로도 쭉 몰랐으면 해."

"그럼 셰인은?"

나는 고개를 힘껏 내저었다. "몰라. 아무것도."

팀의 시선이 다시 현관문으로 옮겨갔다. 눈동자가 불안하게 흔들렸다. "세상에, 그러고 보니 셰인이랑 똑같이 생겼네."

"맞아." 내가 입술을 잘근잘근 씹었다. "근데 생김새만 그렇지, 성격은 정반대야. 조시가 얼마나 착한 앤데."

"세상에, 어떻게 이런 일이."

정확히 내가 예상했던 반응이었다. 팀은 그 일이 있기 전부터 줄곧 셰인을 싫어했다. 그가 이렇게 나올 줄 알고 있었는데도 막상 눈앞에서 보니 마음이 너무 아팠다. 가끔은 누군가가 내 예상대로 행동해서 오히려 실망할 때도 있는 법 아니던가.

"저기…." 팀이 한 발짝 뒤로 물러섰다. "난 이만 가봐야겠다. 애초에 오지 말았어야 했는데."

이제 더는 '우리 결혼하면 마당에 2층짜리 개집을 짓자.' 따위의 생각은 하지 않겠지. 그래도 괜찮았다. 애초에 그렇게 큰 개집을 짓는다는 것 자체가 실현 불가능한 발상이었으니까.

팀이 돌아서려는 찰나, 조시가 현관문을 벌컥 열고 나왔다. 쿠키 부스러기가 덕지덕지 묻은 입술로 밭은 숨을 내몰아 쉬었다. "엄마! 부엌 싱크대가 고장 났어!"

갈수록 태산이었다. "진짜야?"

조시가 심각한 표정으로 고개를 끄덕였다. "응. 물이 쫄쫄 나오다가 갑자기 왈칵 쏟아지고 그래. 그래서 옷도 다 젖었어!"

퀸즈에서 살던 아파트가 사뭇 그리워졌다. 그때는 집에 문제가 생기면 집주인이나 관리인에게 전화 한 통만 하면 그만이었다. 하지만 지금은 싱크대를 고칠 방법을 스스로 알아내야만 했다.

"팀?" 그가 도망갈세라 얼른 불러 세웠다. "혹시 아는 배관공 있어?"

팀이 미간을 살짝 찌푸린 채 우리 집 쪽을 쳐다보았다. "원하면 내가 고칠 수 있는지 한 번 볼게."

"싱크대도 고칠 줄 알아?"

"그럴걸. 집 안 여기저기 손보다 보니 실력이 늘더라고."

그의 제안을 거절할 처지가 아니었다. 배관공을 부르면 큰돈이 들 터였다. 부모님에게 집을 물려받기는 했지만, 세금을 제하고 나니 남은 돈이 거의 없었다. "그렇구나. 고마워."

팀이 집 안으로 따라 들어왔다. 너무도 어색했다. 팀이 우리 집에 와본 적이 수천 번은 될 테지만 성인이 된 이후로는 처음이었다. 집 안 가구는 부모님이 쓰던 그대로였지만 어릴 적 봤던 모습과는 달랐다. 낯설면서도 익숙한 느낌이었다. 마치 팀처럼.

"혹시 집에 공구함 있어?"

내가 잠시 생각하다가 고개를 끄덕였다. "차고에 아버지가 쓰시던 거 있어."

"내가 가져올게!" 조시가 소리쳤다.

우리는 어색하게 선 채로 조시가 오기를 기다렸다. 다행히 오래지 않아 조시가 제 몸뚱이보다 훨씬 무거워 보이는 검은 공구함을 끙끙대며 끌고 왔다.

"자, 그럼 시작해 볼까?" 팀이 자신에게 꽂힌 조시의 커다란 눈망울을 마주하며 말했다. "선생님 혼자 고치기는 힘들 것 같은데, 조시가 좀 도와줄래?"

"네!"

조시는 쿠키 상자를 봤을 때보다 훨씬 들뜬 모습이었다. 싱크대를 고치는 일이 이렇게나 신날 일인가.

◆

조시와 팀은 싱크대를 고치기 시작했다. 나는 그 모습을 마음 졸이며 지켜보았다. 하지만 금세 지루함이 몰려와 거실로 가서 책을 펼쳤다. 부엌에서는 쾅쾅거리는 소리에 이어 간간이 물이 쪼르르 흐르는 소리도 흘러나왔다. 그러다 문득 두 사람이 함께 웃는 소리도 들린 것 같았다.

한 시간쯤 후, 팀이 청바지에 손을 쓱쓱 문지르며 부엌에서 걸어 나왔다. 뒤이어 조시가 따라 나오며 큰 소리로 외쳤다. "엄마, 고쳤어! 리스 선생님께서 싱크대를 뚝딱 고치셨어!"

팀의 얼굴에 미소가 살며시 번졌다. "에이, 조시가 다 했지. 선생님은 옆에서 지켜보기만 했고."

"볼트 조이는 거 도와주셨잖아요."

"그래, 그때만 선생님이 잠깐 도와줬지."

조시가 팀을 보며 환히 웃었다. "그럼 이제 위층에 있는 문고리 고쳐 주세요. 맨날 쑥쑥 빠지거든요. 제가 조수 할게요!"

팀의 미소가 살짝 옅어졌다. "어, 그게…."

나는 소파에서 서둘러 일어났다. "조시, 바쁘신 분께 우리 집 고장 난 걸 다 손봐 달라고 하면 실례야. 그리고 시간도 많이 늦었고."

키우던 강아지가 죽었다는 말이라도 들은 아이처럼 조시의 얼굴이 돌연 시무룩해졌다. "그렇구나."

"선생님이 내일 고쳐 줄게. 아, 물론 엄마가 괜찮다고 하시면."

"아, 저야 감사하죠." 나는 팀의 눈을 마주 보았다. "선생님 시간만 괜찮으시면요."

"네, 시간 괜찮습니다."

조시가 미간을 찌푸린 채 우리 둘을 번갈아 쳐다보았다. "그럼… 내일 문고리 고치러 오시는 거예요?"

"그래." 팀이 고개를 끄덕였다. "내일 같이 고치자."

나는 잘 시간이 된 조시를 방으로 올려보내고 팀을 배웅했다. 조금 전 현관 앞에서 나눈 대화를 끝으로 다시는 그를 볼 일이 없을 거라 여겼다. 하지만 지금은 마치 그 대화를 나누기 전으로 돌아간 기분이었다. 물론 팀은 아니겠지만.

팀이 현관문을 나서다 말고 걸음을 우뚝 멈추어 섰다.

"오늘 도와줘서 고마워, 팀."

"별것도 아닌데 뭘." 그가 나를 멀거니 바라보며 다음 할 말을 신중히 골랐다. "네 말이 맞았어, 브룩."

"응? 무슨 말?"

"조시 말이야. 참 착한 애더라."

그 말을 남긴 채 팀은 몸을 돌려 자신의 집을 향해 걸음을 옮겼다.

23

11년 전

나는 흠칫 놀라 잠에서 깨어났다. 번쩍 뜨인 내 눈이 빠르게 주변을 살폈다. 이내 셰인의 집이라는 걸 알아차렸다. 셰인은 내 옆에 누워 깊은 잠에 빠져 있었다. 하지만 조금 전 분명 무슨 소리가 들렸다. 누군가가 비명을 지르는 소리였다.

손목시계를 내려다보았다. 새벽 3시였다.

"셰인." 내가 그의 맨 어깨를 흔들어 깨우자 그의 눈이 천천히 뜨였다. "무슨 소리 못 들었어?"

"응? 무슨 일이야?" 셰인이 손등으로 눈을 비비며 물었다.

"밖에서 무슨 소리가—"

그때, 그 소리가 또 울렸다. 온몸의 털이 곤두설 만큼 섬뜩한 비명 소리. 이번에는 그 속에 담긴 단어까지 똑똑히 들었다.

"브룩!"

셰인이 침대에서 벌떡 일어났다. 나만큼이나 정신을 또렷이 차린 얼굴이었다. 그는 침대 옆으로 다리를 내리고 헐렁한 청바지를 잽싸게 꿰입었다. 내가 스키니진을 껴입느라 끙끙대는 사이, 셰인은 티셔츠를 머리 위로 뒤집어써 입고 양말까지 신었다. 그리고 방문을 향해 손을 뻗었다.

"어디 가려고?" 내가 겁에 질린 목소리로 물었다.

그의 시선이 문손잡이로 떨어졌다. "아래층에서 난 소리 같아. 무슨 일인지 가서 확인해 봐야지."

"나도 같이 가."

그가 나 혼자 두고 가게 내버려 둘 수는 없었다. 나는 얼른 청바지의 단추를 채우고 스웨터를 걸쳤다.

"브룩, 여기 있어. 괜히 나갔다가 위험할지도 몰라."

"싫어. 나도 갈래."

셰인이 반박하려고 입을 열었지만, 그의 말은 또 다른 비명 소리에 묻혀버렸다.

"브룩!"

우리는 계단 위에서 팀과 케일라와 마주쳤다. 두 사람 역시 급히 옷을 두르고 나온 모습이었다. 불현듯 방 안에서 무얼 하고 있었는지 궁금해졌다. 제발 잠만 잤기를 바랐다.

"너희도 들었어?" 팀이 물었다. 케일라는 팀의 팔에 거의 매달려 있었다.

셰인이 굳은 얼굴로 고개를 끄덕였다. 우리 넷의 시선이 동시에 아래층으로 향했다. 활짝 열린 현관문이 눈에 들어왔다. 빗방울이 문 앞에 놓인 카펫을 적시고 있었다.

"첼시였어." 내가 낮게 중얼거렸다.

첼시가 비명을 지른 게 분명했다. 케일라도, 나도 아니었으니 남은 사람은 첼시뿐이었다. 그런데 왜 내 이름을 울부짖은 걸까? 무슨 일이 생겼으면 브랜던을 불렀을 텐데. 설마….

브랜던이 첼시에게 무슨 짓이라도 했다면 내가 가만두지 않을 것이다.

그때, 셰인이 앞장서 계단을 두 칸씩 뛰어 내려가기 시작했다. 팀과 내가 곧장 뒤따랐고, 케일라는 저만치 떨어져 마지막으로 쫓아왔다. 케일라의 마음도 십분 이해가 갔다. 우리와 그리 친하지 않았으니 어떤 문제든 휘말리고 싶지 않았겠지.

셰인이 제일 먼저 현관문에 도착했다. 손으로 문틈을 잡은 채 고개만 쑥 내밀어 바깥을 살폈다. 이내 눈을 커다랗게 뜨고는 한 걸음 뒤로 물러섰다.

뒤이어 흐느끼는 소리가 들려왔다.

다음으로 팀이 밖을 내다보았다. 그의 반응도 셰인과 다르지 않았다. 그쯤 되니 무슨 일인지 궁금해 미칠 지경이었다. 나는 발을 헛디뎌 넘어지다시피 하며 현관문으로 내달았다. 그리고 문밖으로 고개를 내밀었다.

세상에나.

첼시가 브랜던의 옆에 무릎을 꿇고 앉아 있었다. 현관 앞에 쓰러진 브랜던의 가슴은 검붉은 피로 물들어 있었다. 같은 색의 피가 그의 입에서도 흘러나왔고, 커다랗게 뜬 두 눈에는 초점이 없었다. 첼시는 쏟아지는 빗속에서 그의 손을 붙잡은 채 하염없이 흐느끼고 있었다.

"무슨 일이야?" 내가 간신히 목소리를 짜냈다.

"브룩!" 첼시가 허둥지둥 일어나 나를 와락 끌어안았다. 피와 물이 내 옷을 흠뻑 적셨지만 그녀는 안중에도 없는 듯했다. "브랜던이 침대에 없길래 내려와 봤더니 현관문이 열려 있더라고. 그래서 밖을 내다봤는데 브랜던이…."

"죽은 거야?" 케일라가 소리 죽여 물었다. 금방이라도 토악질을 해댈 듯한 표정이었다.

팀이 브랜던의 옆에 무릎을 꿇고 앉았다. 목에 손가락을 가져다 대고 맥박을 확인했다. 그가 고개를 저으며 말했다. "죽었어."

첼시가 크게 울음을 터뜨렸다. 나를 붙잡고 있지 않았더라면 바닥에 그대로 주저앉았을 것이다. 하지만 이대로 몇 초만 더 버텼다가는 나도 함께 쓰러져 버릴 것 같았다.

"얼른 집 안으로 데리고 들어가." 셰인이 내게 말했다. "여기는 우리가 알아서 할게."

케일라와 나는 첼시를 부축해 안으로 데리고 들어왔다. 소파에 눕힌 후에도 그녀는 두 손으로 얼굴을 감싼 채 연신 눈물을 흘렸다. 나는 첼시의 등을 가만히 쓰다듬었다. 그 사이 케일라는 어제 신호가 잡히지 않아 탁자 위에 버려두었던 핸드폰을 집어 들었다. 그리고 화면을 확인했다.

"아직도 안 터지네." 케일라가 현관문을 향해 소리쳤다. "셰인! 집에 전화기 있다고 했지? 어디 있어? 경찰에 신고하게."

"책장 옆에 있어!" 셰인이 큰 소리로 외쳤다.

말이 끝나기가 무섭게 케일라가 책장으로 달려갔다. 무선 전화기를 집어 들고 번호를 누르고는 귀에 가져다 댔다. 이내 얼굴을 찡그리며 버튼을 마구 눌러댔다.

"셰인!" 케일라가 신경질적으로 내질렀다. "전화가 먹통이야!"

그때 천둥소리가 집을 뒤흔들었다. 그래도 저녁때보다는 조금 잦아든 듯했다.

"셰인!" 케일라가 다시 고함쳤다.

잠시 후 셰인이 방충문을 세게 닫으며 집 안으로 들어왔다. 얼굴이 살짝 상기된 채 머리와 티셔츠는 빗물에 흠뻑 젖어 있었다. 그는 케일라에게 성큼성큼 다가가 그녀의 손에서 무선 전화기를 낚아챘다. 케일라가 두 손을 비비며 그를 초조하게 올려다보았다.

"안 되네. 폭풍 때문에 전화가 끊겼나 봐."

케일라의 눈동자가 방 안을 빠르게 훑었다. "그럼 경찰에 신고할 방법이 없다는 거야?"

"응."

그녀가 고개를 절레절레 흔들었다. "난 당장 이 집에서 나가야겠어. 첼시야, 네 차 키 어디 있어?"

셰인의 입가가 팽팽해졌다. "케일라, 잠시만 진정할래?"

번쩍! 번갯불에 비친 케일라의 조막만 한 얼굴이 마치 악마처럼 일그러져 보였다. "싫은데? 지금 사람이 죽었는데 진정하게 생겼어? 게다가 전기도 모자라 전화까지 끊겼잖아. 난 이 집에서 당장 나갈 거야. 따라오라고 강요하진 않을게. 나 혼자 경찰서에 가서 신고하면 되니까."

셰인의 얼굴이 이지러졌다. "케일라…"

케일라가 그를 똑바로 바라보며 말했다. "지금 당장 다 같이 도망쳐야 해, 셰인. 도와주지는 못할망정 왜 못 가게 막는 건데?"

맞는 말이었다. 범죄 현장을 보존하는 것도 중요했지만 우선 경찰에 신고부터 해야 했다. 하지만 핸드폰에 집 전화까지 먹통인 상황이니 직접 차를 몰고 경찰서로 가는 수밖에 없었다. 오늘 밤 내가 이 집에 있었다는 사실이 부모님 귀에 들어가면 난리가 날 테지만, 지금은 그런 걸 걱정할 때가 아니었다. 사람이 죽었지 않은가.

더구나 범인이 아직 이 집 안에 있을 가능성도 배제할 수 없었다.

첼시가 눈물을 가득 머금은 채 소파에서 일어났다. "케일라 말이 맞아. 당장 이 집에서 나가야 해. 누가 그랬는지는 몰라도…." 그녀의 시선이 셰인에게 가닿았다가 여태 문가에 서 있는 팀에게로 옮겨갔다. "우리가 위험하다는 건 명백하잖아. 당장 도망쳐야 해."

나는 고개를 끄덕였다.

첼시와 케일라는 비를 막기에는 턱없이 부족해 보이는 신발과 외투 차림으로 집 밖으로 뛰쳐나갔다. 억수같이 쏟아지는 빗줄기 따위에도 아랑곳하지 않았다. 나도 재빨리 운동화에 발을 꿰고 따라나섰다. 하지만 현관 앞은 차디찬 빗물이 강물처럼 불어나 있었다. 신발 안으로 진흙과 빗물이 스며들어 발이 얼 것 같았다. 당장 이 지옥 같은 곳에서 벗어나 집에 가고 싶었다.

막 차에 올라타려는 순간, 첼시가 걸음을 우뚝 멈춰 섰다. 그러고는 헉하고 짧은 숨을 들이마셨다. 그제야 나는 그녀가 놀란 이유를 알아차릴 수 있었다.

타이어 네 짝이 전부 찢겨 있었다.

"타이어가 왜 이래?" 첼시가 눈을 부릅뜨며 외쳤다.

우리는 옆으로 빙 돌아 셰인의 차로 달려갔다. 하지만 사정은 똑같았다. 타이어가 갈가리 찢겨 있었다.

"아, 뭐야?" 셰인이 화가 머리끝까지 난 얼굴로 타이어를 살폈다. "대체 누가 이딴 짓을 한 거야?"

케일라가 팔짱을 낀 채 뒷걸음질 치며 고개를 내저었다. "우리가 도망가지 못하게 막으려는 거야."

"케일라." 팀이 손을 뻗어 그녀의 팔을 잡았다. "일단 진정하고 방법을 찾아—"

"이거 놔!" 케일라가 팀을 밀쳐내고 돌연 도끼눈을 뜨며 말했다. "너희들 중 누가 브랜던을 죽인 거잖아! 그리고 아무도 여기서 빠져나가지 못하게 타이어까지 펑크냈어!"

"케일라, 말도 안 되는 소리 마!" 첼시가 소리쳤다.

"정말 그럴까?" 케일라가 눈을 연신 깜빡여 대며 눈물을 억눌렀다.

"당연하지!" 첼시가 끝부분만 탈색된 검은 머리칼을 젖은 얼굴에서 떼어냈다. "팀이랑 셰인이 죽인 거 아니야. 그럴 리가 없잖아."

"그럼 네가 죽였나 보네." 케일라가 쏘아붙였다.

"내가?"

"그래, 너. 브랜던이 너 몰래 바람피우고 다니는 거 모르는 사람도 있나? 그걸로 너희 둘이 싸우다가 브랜던이 저렇게 된 걸 수도 있지."

그 말에 첼시의 입술이 동그랗게 벌어졌다. "이런 미친…."
 케일라의 오른쪽 눈에서 눈물이 주르륵 흘러내렸다. 그녀가 손등으로 눈물을 훔치자 뺨 위에 마스카라가 검게 번졌다. 그녀의 시선이 우리 넷 사이를 바삐 오가는 사이 숨이 점점 가빠졌다. "난 여기서 나갈 거야. 차가 없어도 상관없어."
 "케일라, 그러지—"
 셰인의 말이 채 끝나기도 전에 케일라는 몸을 돌려 집 반대쪽으로 내달리기 시작했다. 울퉁불퉁한 길 위에는 빗물이 발목까지 차올라 있었다. 케일라는 얕은 개울을 건너듯 물살을 헤치며 달렸다. 아마도 셰인네 집에 머무는 동안 밖에 나갈 일이 별로 없을 거라 생각한 모양이었다. 비에 젖기 전까지는 멋스러웠을 가죽 트렌치코트에 굽이 두툼한 구두 차림이었다. 내 외투와 신발도 형편없기는 매한가지였지만 그녀를 따라가고 싶은 충동이 일었다.
 케일라는 스무 걸음도 채 못 가 진창에 얼굴을 처박으며 고꾸라졌다. 발에 무언가가 걸린 듯했다. 팀이 큰소리로 욕설을 내갈기며 그녀를 향해 뛰어갔다.
 "어이구, 백마 탄 왕자님 납셨네." 첼시가 낮게 중얼거렸다.
 내가 그녀를 흘겨보았다. "뭐야? 팀이 케일라를 도와주는 게 불만이야?"
 첼시는 아무 대답 없이 거친 숨만 내쉬었다. 케일라처럼 그녀도 빗물에 화장이 다 번져 마치 미치광이처럼 보였다. 오늘 립스틱만 바르고 오기를 잘했다는 생각이 들었다. 그마저도 셰인과 키스할 때 다 지워졌을 것이다.
 팀의 손길을 연신 뿌리치던 케일라는 결국 그의 손을 잡았다.

그녀는 몸을 일으키며 뒤를 돌아보았다. 시시각각 불어나는 빗물에 잠겨가는 길이 못내 아쉬운 듯했다. 잠시 후 팀을 따라 집으로 돌아왔다. 그녀의 얼굴에서 빗물인지 눈물인지 모를 물기가 흘러내렸다.

현관 앞에 서 있던 셰인이 케일라를 훑어보며 물었다. "괜찮아?"
케일라는 셰인을 매섭게 노려보기만 했다.
"얼른 들어가자. 그래야 비라도 피하지." 팀이 말했다.
그러고 보니 케일라를 구하느라 팀은 흠뻑 젖어 있었다. 아니, 팀뿐만 아니라 우리 모두 물에 빠진 생쥐 꼴이었다. 특히 진흙탕에 얼굴을 처박은 케일라의 몰골은 처참했다. 검은 머리카락이 두피에 딱 달라붙어 있었고, 트렌치코트도 살갗에서 벗겨내야 할 정도로 들러붙어 있었다. 그녀의 얼굴은 빗물에 번진 화장과 진흙이 엉겨 붙어 엉망진창이었다.
"아주 좋아 죽겠지?" 케일라가 이를 악물고 말했다. "도망칠 곳도 없는 이 집에 날 가둬둘 수 있어서 속으로는 쾌재를 부르고 있겠지."
"워." 팀이 두 손을 공중으로 치켜들었다. "오해하지 마. 밖에 있다가 감기 걸릴까 봐 걱정돼서 그런 것뿐이야."
"감기?" 케일라가 경악하는 표정을 지었다. 그러고는 현관 앞에 널브러진 브랜던의 시체를 곁눈질했다. "사람이 죽었는데 지금 감기가 대수야? 너희 중 한 명이 죽인 거잖아! 분명히 너희 중에 누군가가…"
"케일라." 팀이 조심스레 그녀에게 다가갔다. "일단 진정 좀 하고…"

"진정 같은 소리 하고 있네." 케일라가 뒷걸음치다 제 발에 걸려 휘청였다. "너희 넷 다 수상해. 그러니까 전기가 다시 들어올 때까지 다들 내 곁에는 얼씬도 하지 마!"

그 말을 끝으로 케일라는 집 안으로 뛰어 들어갔다. 계단을 올라가는 발소리가 점차 잦아들더니 이내 방문이 쾅, 하고 닫히는 소리가 집 안 가득 메아리쳤다.

24

현재

다음 날 아침 진료 전, 나는 셰인의 상태를 확인하러 의무실로 향했다.

형광등이 깜빡이는 기다란 복도를 걷고 있을 때, 내 이름을 부르는 소리가 들렸다. 걸음을 멈추고 뒤를 돌아보자 복도 저편에서 마커스 헌트가 나를 향해 달려오고 있었다.

젠장, 또 저 인간이네.

제발 오늘은 데이트하자는 소리만 꺼내지 않기를 바랐다. 지금 상황만으로도 충분히 벅찼으니까. 앞으로는 주차장을 다닐 때 호신용 스프레이를 손에 쥐고 다녀야겠다고 다짐했다. 얼굴에 한 방 제대로 갈겨주면 내 주변에는 얼씬도 못 하겠지.

"브룩 씨." 헌트가 내 앞에서 미끄러지듯 멈춰 섰다. "안녕하세요."

"네, 안녕하세요." 나는 그의 시선을 애써 피했다. "무슨 일이시죠, 헌트 교도관님?"

헌트가 파란 제복의 빳빳한 깃을 잡아당겼다. "그냥 편하게 마커스라고 부르세요."

그의 말을 무시한 채 내가 재촉하듯 물었다. "하실 말씀이 뭔데요?"

헌트가 바지 주머니에서 꾸깃꾸깃한 종이 몇 장을 꺼내 내밀었다. 거미 다리처럼 가늘고 긴 글씨가 빼곡한 서류의 상단에 '맬컴 카펜터'라는 이름이 적혀 있었다.

"카펜터 씨한테 새 매트리스 구해줄 방법을 찾고 계신다면서요? 2년 전쯤에 다른 재소자한테 하나 마련해준 적이 있었는데, 그때 썼던 양식이 바로 이거예요. 일단 제가 작성할 수 있는 부분은 미리 채워뒀으니 한번 확인해 보세요."

나는 둥그레진 눈으로 내 손에 들린 서류를 내려다보았다. 카펜터 씨에게 매트리스를 구해주려고 백방으로 힘쓰고 있었지만 진척이 없어 애만 태우고 있던 참이었다. 도러시는 대놓고 나를 방해하고 있었고, 의료과장이라는 위텐버그 의사는 직접 만나기는커녕 전화 연락도 닿지 않았다.

"어머, 고마워요."

"별말씀을요." 헌트가 눈을 찡긋했다. "동료끼리 돕고 살아야죠. 우린 한 팀이잖아요."

"아, 네." 그의 입에서 또 술 한잔하자는 말이 나올 거라 예상했지만 침묵만 이어졌다. "그럼 전 잠깐 의무실에 들렀다 갈게요. 넬슨 씨 상태 확인하고 문제없으면 퇴원시키려고요."

셰인의 이름이 나오자 그의 눈빛이 삽시간에 어두워졌다. 고개를 돌려 의무실 쪽을 바라보는 그의 눈에서 살기가 느껴질 정도였다. 헌트는 왜 이토록 셰인을 싫어하는 걸까? 이유를 알 수 없어 답답했다. 어제 도러시에게 듣기로는 셰인이 수감 중에 별다른 문제를 일으킨 적도 없는 것 같던데.

"교도관님이 넬슨 씨를 싫어하는 건 알겠어요. 하지만 아직 저한테 해를 끼친 적은 없어서요."

물론 예전에 날 죽이려 했던 적이 한 번 있기는 하지만.

"여자 앞이라고 착한 척하는 거겠지." 그가 입속말로 중얼거렸다.

"만약 제가 위험하다고 판단되면 교도관님께 제일 먼저 알릴게요." 내가 그의 눈을 마주 보았다. "약속해요."

그가 잠시 내 말을 곱씹었다. "진짜 조심하셔야 합니다."

"네, 그럴게요."

헌트가 고개를 설레설레 흔들었다. 조심하겠다는 내 말을 믿지 않는 눈치였다. 그리고 그의 짐작은 틀리지 않았다. 셰인이 수년 전 나를 해치려 했던 건 맞지만 지금은 달랐다. 무장한 교도관들로 둘러싸인 이곳에서 내게 무슨 짓을 할 수 있겠는가. 게다가 지금 모습만 보면 그런 끔찍한 짓을 저지를 사람과는 거리가 멀어 보였다. 아니, 오래전 법정에서 그를 마주했을 때도 마찬가지였다. 목걸이가 내 숨통을 죄어오던 기억이 생생한데도, 그가 나를 죽이려 했다는 사실을 도저히 믿을 수가 없었다. 내 눈에는 여전히 미식축구장에서 내가 사랑에 빠졌던 소년으로밖에 보이지 않았다.

사실 지금까지도 이해가 되지 않는 게 하나 있었다. 그런 극악무도한 짓을 저지른 이유가 도대체 뭘까? 다중 인격자인 걸까, 아니면 순간적인 광기였을까? 이유야 어찌 되었든 그는 지금 죗값을 치르는 중이었다.

레이커 교도소 내 의무실은 병상 여섯 개가 전부인 소규모 시설이다. 항생제나 링거액 투여 같은 기본적인 처치가 이루어지며, 외부 병원으로 이송할 정도는 아니지만 수용실에 두기에는 위험한 환자를 임시로 입원시켜 경과를 살핀다. 나는 매일 아침 출근하자마자 제일 먼저 의무실에 들러 회진을 돌고, 퇴근 전에도 한 번 더 들른다.

오늘 의무실에 입원한 환자는 셰인 한 명뿐이었다. 그는 두 눈을 꼭 감은 채 병상 위에 누워 있었다. 이마에 든 멍은 어제보다 짙어졌고, 한쪽 발목은 침대 난간에 묶여 있었다. 어제 도러시가 분명 손발을 결박할 필요가 없다고 했는데, 대체 무슨 일이지?

의무실 책상에는 앳되어 보이는 신입 간호조무사 샬린이 앉아 있었다. 나는 그녀에게 다가가 침대 쪽을 고갯짓하며 물었다. "간밤에 넬슨 환자 상태는 어땠어요?"

"아, 아무 이상 없었어요."

"근데 침대에 발은 왜 묶어둔 거예요?" 궁금함에 묻지 않을 수 없었다.

샬린이 어깨를 으쓱했다. "어제 헌트 교도관님이 퇴근 전에 들러서 채워두고 가셨어요. 이유는 저도 모르겠네요. 환자분은 여기 있는 내내 계속 잠만 잤거든요. 아침 먹을 때 잠깐 깼는데 두통을 호소해서 타이레놀을 처방했어요. 엄청 친절하고 예의 바른 거 있죠."

"그렇군요."

"근데 저 환자, 진짜 잘생기지 않았어요?" 샬린이 킥킥 웃더니 얼굴을 붉혔다. "하, 밖에 나가서 남자도 만나고 해야 하는데."

"아, 네…."

샬린이 세 번째 침대로 시선을 던졌다. 여전히 잠든 듯한 셰인을 쳐다보며 중얼거렸다. "저 사람은 대체 무슨 죄를 짓고 감옥에 온 걸까요?"

셰인의 재판은 당시 레이커에서 모르는 사람이 없을 정도로 화제였다. 레이커 출신이라 해도 그 사건을 기억하기에 샬린은 너무 어렸다. 그렇다고 굳이 내가 나서서 설명해 주고 싶지는 않았다. "글쎄요, 저도 잘."

"전에는 궁금해서 인터넷도 찾아보고 그랬거든요. 근데 여기 재소자들 대부분이 뉴스에 나올 만큼 나쁜 짓을 저질렀더라고요. 진짜 너무 충격적이라 차라리 모르는 편이 낫겠더라고요."

"네, 무슨 말인지 알 것 같아요."

샬린이 서류 작업에 계속 임하도록 내버려 둔 뒤, 나는 셰인이 잠든 침대로 다가갔다. 그리고 침대맡에 서서 그를 잠시 내려다보았다. 그는 살짝 벌어진 입술 사이로 부드럽게 숨을 내쉬며 잠들어 있었다. 내 기척을 느끼고 눈을 뜨기를 바랐지만 깨어날 기미를 보이지 않았다. 결국 나는 손을 뻗어 그의 어깨를 가볍게 흔들었다.

셰인이 눈꺼풀을 바르르 떨더니 손바닥으로 눈을 비볐다. 그러고는 눈을 껌뻑이며 나를 올려다보았다. 눈을 커다랗게 뜨고는 놀란 숨을 들이켰다. "브룩…."

"셰인?"

그가 눈을 다시 깜빡였다. "아, 미안. 눈을 떴는데 네가 앞에 있으니까 너무 신기해서…. 기시감 같은 느낌이랄까."

"그래, 그럴 수도 있지." 나는 얼굴을 찡그렸다. "몸은 좀 어때?"

셰인이 크게 하품하며 버튼을 눌러 침대를 세웠다. "음, 책상에 머리를 세게 박은 기분?" 그러더니 힘없이 미소를 지었다. "두통이 조금 있긴 한데 괜찮아."

"통증 정도를 1에서 10으로 표현한다면 어느 정도야?"

"글쎄, 한 4에서 5 정도?"

"메스껍거나 어지럽지는 않아? 혼란스럽다거나?"

"응, 괜찮아." 셰인이 자세를 고쳐 누우려 몸을 뒤척이지만 오른쪽 발목이 결박되어 있어 쉽지 않아 보였다. "두통 말고는 없어."

나는 그의 발목에 채워진 족쇄를 내려다보았다. "내가 헌트 교도관한테 풀어주라고 할게."

"아냐." 그가 손사래를 쳤다. "이제 익숙해져서 괜찮아. 신경 쓰지 마. 네가 자꾸 문제 삼으면 헌트 교도관한테 미움만 더 살 뿐이야."

"그래, 네 뜻이 정 그렇다면."

나는 간단한 신경 검사를 진행했다. 다행히 이마에 멍만 들었을 뿐, 병원으로 이송해 두부 CT를 찍어야 할 만한 이상 징후는 없었다. 다만 눈에 불빛을 비출 때 몸을 살짝 움찔하는 걸 보니 내게 말한 것보다 두통이 훨씬 심한 모양이었다.

"두통이 심한 것 같은데 더 센 약 줄까?"

셰인이 손가락으로 관자놀이를 문질렀다. "아냐, 됐어. 타이레놀 먹었으니 금방 괜찮아지겠지."

순간 의구심이 일었다. 엘리스는 왜 그의 차트에 '약물 추구 성향'이라고 적어둔 걸까? 통증이 극심한 상태에서조차 약을 요구하지도 않는데. "많이 아파 보이는데? 원하면 더 센 두통약으로 처방해 줄게."

셰인이 고맙다는 듯 고개를 끄덕였다. "그래, 한번 먹어볼게."

"바로 처방해 줄게."

"저기…." 그의 갈색 눈동자가 나를 올려다보았다. "어제 했던 말 말이야. 두 번 다시 꺼내지 않겠다고 약속할게."

턱에 힘이 들어갔다. "그래."

"네가 날 어떻게 생각하는지 알아. 그리고 내가 무슨 말을 하든 네가 믿지 않을 거라는 것도."

"셰인…."

"하지만 이것 하나만은 알아줘. 이 말을 하지 않으면 평생 후회할 것 같아." 셰인이 속사포처럼 말을 쏟아냈다. 내가 그의 말을 다 듣지도 않고 자리를 뜰 거라고 짐작한 모양이었다. 완전히 헛짚은 것은 아니었다.

"제발 그만해, 셰인."

"팀을 멀리해야 해." 그가 살짝 충혈된 눈을 치켜뜨며 나를 올려다보았다. "제발 부탁이야, 브룩."

"셰인…."

"네가 날… 살인자라고 생각해도 좋아." 그의 목소리가 목이 메인 듯 갈라졌다. "제발… 팀 리스를 가까이해서는 안 돼. 아주 위험한 놈이야. 제발, 브룩."

셰인의 눈에 진정한 공포가 서려 있었다. 순간 등골이 서늘해졌다. 하지만 그의 말을 곧이곧대로 믿을 수는 없었다. 팀은 위험한 사람이 아니다. 그럴 리가 없다. 셰인이 거짓말하는 게 분명했다.

아니, 그래야만 했다.

"알았어."

"정말이지?"

"응."

그제야 셰인이 굳은 얼굴을 풀고 침대에 몸을 뉘었다. "고마워, 브룩."

내 말은 거짓이었다. 그리고 그에게 거짓말을 한 게 이번이 처음은 아니었다.

25

11년 전

첼시는 브랜던의 시신 앞에 무릎을 꿇고 앉아 가늘게 흐느꼈다. 그러다 손을 뻗어 그의 벌어진 턱을 어루만졌다. 나와 함께 현관 앞에 서서 그 모습을 바라보던 팀과 셰인은 불편한 듯 몸을 꼼지락거렸다. 셰인도 절친한 친구의 죽음에 속이 문드러지는 기분일 터였다. 하지만 브랜던이 죽은 채 발견된 이후로 지금까지 별다른 말을 하지 않고 있었다. 물론 사춘기 소년이 첼시처럼 오열하리라 기대한 것은 아니었다.

첼시가 눈물 자국이 선명한 얼굴을 들고 우리를 쳐다보았다. "브랜던은 이제 어떡해?"

셰인과 팀이 눈길을 주고받았다. "그대로 둬야겠지?" 셰인이 말했다.

"여기다 그냥 내버려 두겠다고? 차가운 바닥 위에?" 첼시가 벌떡 일어나며 소리쳤다.

사실 우리 가운데 브랜던이 추위를 느낄 거라고는 생각하는 사람은 아무도 없었다. 이미 죽은 목숨 아닌가. 하지만 굳이 입 밖으로 내지는 않았다.

"이불장에 남는 담요가 있을 거야. 원하면 가져다줄게." 셰인이 말했다.

첼시는 잠시 머뭇거리다 고개를 끄덕였다. 셰인이 집 안으로 들어간 사이, 우리 셋은 현관 앞에서 기다렸다. 내 옆에는 팀이 서 있었다. 너무 가까워서 그의 따뜻한 체온이 고스란히 전해져왔다. 팀이 내 손을 잡고 위로하듯 꼭 쥐었다. 그때 문이 왈칵 열리더니 셰인이 담요를 들고나왔다.

하늘색 양모 담요였다. 까슬해 보였지만 무슨 상관이랴. 어차피 브랜던은 가려움 따위를 느끼지도 못할 텐데. 첼시는 담요를 건네받아 그의 하반신까지 끌어올리다가 잠시 멈칫했다. 얼굴을 가릴지 말지 고민하는 듯하더니 결국 머리끝까지 덮어 버렸다. 이제 현관 앞에는 그녀가 사랑하던 남자 대신 시커먼 덩어리 하나만 남았다.

첼시가 브랜던에게 손 키스를 날리며 마지막 인사를 했다. "사랑해, 자기야."

뭐? 사랑한다고? 설마 농담하는 건가? 어제 나랑 통화하면서 '바람둥이 새끼, 꼴도 보기 싫어.'라고 말할 때는 언제고?

그때 첼시가 대뜸 뒤를 돌아보았다. 우리도 브랜던에게 마지막 인사를 건네기를 기대하는 눈빛이었다. 나는 브랜던을 잘 알지도 못했고, 좋아하지도 않았다. 하지만 첼시를 마냥 기다리게 할 수 없어 작게 읊조렸다. "보고 싶을 거야, 브랜던."

"그리울 거야." 팀도 한 박자 늦게 중얼거렸다. 그 역시 브랜던을 싫어했다.

첼시가 셰인을 바라보았다. 그의 눈에 눈물이 그렁했다. "널 이렇게 만든 놈을 반드시 찾아내 대가를 치르게 하고 말겠어."

모두가 작별 인사를 마치고 난 후에야 첼시가 집 안으로 따라 들어왔다. 지금은 앞으로 어떻게 할지 의논하는 중인데, 안타깝게도 선택지가 많지 않았다. 일단 폭풍우 때문인지, 아니면 누가 일부러 선을 끊은 건지는 몰라도 집 전화가 먹통이었다. 자동차 두 대의 타이어도 찢긴 상태였고, 바깥에는 여전히 폭풍우가 사납게 몰아쳤다.

"아까 케일라가 큰길까지 걸어가려다 실패했잖아." 첼시가 거실 한가운데에 서서 긴 머리카락에서 물기를 짜내며 말했다. "팀이나 셰인이라면 갈 수 있지 않을까? 그리 먼 거리도 아니잖아. 한 1킬로미터 정도 되려나?"

"2킬로미터야." 셰인이 인상을 썼다. "그런데 길이 미끄러워서 걷기도 쉽지 않을걸. 바람도 너무 세서 전선이 끊겼을지도 몰라. 자칫하면 감전될지도 모른다고."

결국 선택지는 두 가지뿐이었다. 살인마가 도사리고 있는 이 집에 남을 것인가, 아니면 폭풍 속으로 나가 익사나 감전될 위험을 감수할 것인가.

"내 생각엔 비바람이 잠잠해 때까지 여기서 기다리는 게 나을 것 같아." 셰인이 말했다. "그러면 핸드폰 신호도 다시 잡힐 거고, 길도 덜 미끄러울 테니까."

나는 눈썹을 치켜올리며 팀을 바라보았다. 팀이 한숨을 길게 내쉬며 입을 열었다. "나도 같은 생각이야. 지금 나가면 너무 위험해."

두 사람은 집 안에 머물기로 마음을 단단히 굳힌 듯했다. 나는 첼시에게로 시선을 돌렸다. 온몸이 흠뻑 젖은 채, 마스카라가 검은 눈물처럼 두 뺨을 타고 흘러내렸다. 평소 방수 제품만 쓰는 그녀였지만 폭풍우 앞에서는 속수무책인 모양이었다.

"브룩, 잠깐 얘기 좀 해." 첼시가 남자애들을 흘겨보며 말했다. "우리 둘이서만."

첼시는 내 답을 기다리지 않았다. 곧장 내 팔을 잡아끌고 거실로 향했다. 우리를 좇는 셰인과 팀의 시선을 무시한 채 뒷문을 향해 성큼성큼 걸어갔다. 문을 거칠게 열어젖히고 나를 밖으로 끌어낸 후 쾅 닫아버렸다.

"첼시, 너무 추운데 안에서 이야기하면 안 돼?" 내가 두 팔로 몸을 감싸며 소리쳤다.

"안 돼." 첼시가 불안한 눈초리로 뒷문을 힐끔거렸다. "브룩, 나 무서워 죽겠어. 브랜던이 칼에 찔려 죽었어. 누군가 그를 죽였다고! 브랜던이 죽었어!"

"알아…."

첼시가 손등으로 눈물을 훔쳤다. "여기 있으면 우리도 위험한 거 알지? 당장 여기서 도망쳐야 해."

"그러다 케일라가 어떻게 됐는지 너도 봤잖아."

검게 흘러내린 마스카라 탓에 그녀의 눈빛이 사나워 보였다. "케일라는 치어리더팀에서도 제일 못하는 애야. 연습도 간신히 따라온다고. 하지만 너랑 나는 달라. 우린 해낼 수 있어. 아니면 남자애들이라도 해낼 거야."

"아까 셰인이 한 말 못 들었어? 전선이 끊어졌을 수도 있다잖아."

"우릴 붙잡아 두려는 수작일지도 모른다는 생각은 안 해봤어?"

안 해봤을 리가 있겠는가. 그래도 나는 셰인의 말이 일리가 있다고 생각했다. 더구나 변변한 신발 한 켤레도 없이 폭풍 속을 거닐고 싶지는 않았다. 그러다 동상이라도 걸리면 큰일이니까.

"셰인이 죽인 거 아니야." 내가 단호히 말했다. "그냥 지나가던 누군가의 소행일 거야. 우리 중에 누가 그랬을 리 없어."

그때 첼시가 가쁜 숨을 헐떡이기 시작했다. 금세라도 공황발작을 일으킬 모양새였다.

"첼시?" 내가 미간을 찌푸렸다. "첼시, 숨 쉬어. 공기를 깊게 들이마셔 봐. 괜찮아?"

"응, 괜찮아. 곧 나아질 거야." 첼시가 눈을 감고 호흡에 집중했다.

나는 어찌해야 할지 몰랐다. 이럴 때는 머리를 무릎 사이에 넣으라고 들었던 것 같은데. 다행히 첼시는 차츰 안정을 찾는 듯했다. 내 팔을 붙잡은 채 호흡을 고르자 굳었던 어깨가 서서히 풀렸다. 나는 그녀가 진정될 때까지 기다렸다. 얼어 죽을 것 같았지만 전기가 나간 집 안도 춥기는 매한가지였다. 그래도 안에 있으면 세찬

비바람을 피할 수는 있을 텐데.

"이제 좀 괜찮아?" 마침내 정신을 차린 첼시에게 내가 물었다.

첼시가 고개를 끄덕였다.

"그만 안으로 들어가자." 나는 통보하듯 말했다. 첼시가 싫다고 하면 나 혼자서라도 들어갈 생각이었다. "여기 계속 있다간 얼어 죽을 것 같아."

첼시는 나를 잠시 바라보다 고개를 끄덕였다. 나는 문손잡이를 돌려 뒷문을 밀어젖혔다. 부엌을 가득 채운 마른 공기가 얼굴을 스치자 안도감이 밀려왔다. 부엌은 칠흑같이 어두웠다. 그때, 부엌 문이 열리는 소리에 첼시와 나는 소스라치게 놀랐다.

"브룩?" 팀의 목소리였다. 안도의 한숨이 흘러나왔다. 나는 셰인이 살인을 저지르지 않았다고 굳게 믿었다. 하지만 내가 세상에서 제일 믿는 사람은 단연 팀 리스였다. "브룩 너 맞지?"

나는 고개를 끄덕였다. 그러다 팀에게 내 얼굴이 보이지 않을 거라는 생각이 들었다. 부엌에는 어둠이 짙게 깔려 있었다. "응, 나갔다가 방금 들어왔어. 셰인은?"

"핸드폰 터지는지 확인하러 밖에 나갔어."

첼시가 내 팔을 잡아당겼다. "나 좀 앉아야 할 것 같아, 브룩."

첼시의 숨이 또다시 가빠졌다. 나는 팀과 함께 그녀를 거실로 데려가 소파에 앉혔다. 첼시는 손으로 얼굴을 가린 채 쓰러지듯 드러누웠다. 이제 그녀의 삶은 결코 예전으로 돌아갈 수 없을 것이다. 사랑하는 사람이 살해된 모습을 본 충격은 쉬이 지워지지 않는 법이니까.

"브룩." 팀이 내 어깨를 톡톡 두드렸다. "잠깐 부엌에서 얘기 좀 해."

나는 어둠 속에서 눈을 찌푸리고 첼시를 살폈다. 지금은 괜찮아 보였다. "그래. 하지만 짧게 해. 첼시 혼자 오래 두면 안 될 것 같아서."

팀이 앞장서 부엌으로 향했다. 안으로 들어가려는 찰나, 불길한 생각이 번뜩 스쳤다. 지금 우리 중 누구도 혼자 있어서는 안 되었다. 다 함께 뭉쳐 있어야 했다. 그런데 지금 첼시는 혼자 거실에 남겨졌고, 셰인은 여전히 밖을 떠돌고 있었다.

셰인에게 무슨 일이 생겼으면 어떡하지? 브랜던처럼 바닥에 쓰러져 죽어 있는 건 아닐까?

"내가 브랜던 위에 덮어놓은 담요를 살짝 들쳐 봤거든?" 그 말을 하는 팀의 얼굴이 잔뜩 일그러졌다. "아무래도 칼에 찔려 죽은 것 같아."

"그래?"

팀의 얼굴이 바로 내 코앞까지 다가왔다. 어둠 속에서도 그의 이목구비가 또렷하게 보였다. 하지만 평소라면 희미하게 보였을 주근깨는 어둠에 가려 하나도 보이지 않았다. "그런데 주변 어디에도 칼이 없더라고."

"없다고?"

팀이 주방 조리대를 턱짓으로 가리켰다. "응. 범인이 다시 돌아올까 봐 걱정돼서 아까 부엌에 칼을 가지러 왔었거든? 근데 한 자루도 못 찾았어."

나는 팀을 뚫어지게 바라보았다. "진짜?"

"그렇다니까. 조리대 위에 칼꽂이는 있는데 텅텅 비어 있어. 이상하지 않아?"

 순간 온몸에 소름이 돋아 팔로 몸을 그러안았다. "근데 칼꽂이는 왜 비어 있는 거야?"

 "범인이 미리 범행을 계획했다는 뜻이야. 무기가 될 만한 물건들을 미리 싹 치워버린 거지"

 "팀." 목구멍이 조여왔다. "대체 무슨 말을 하려는 거야?"

 "너도 이미 알고 있잖아, 브룩."

26

현재

새 학기가 시작된 지 한 달이 지난 지금, 팀은 우리 집 단골손님이 되어 있었다.

싱크대와 문손잡이를 고친 후, 팀은 조시와 함께 집수리 프로젝트에 착수했다. 집이 워낙 오래된 터라 손볼 데가 끝이 없었다. 수리를 마친 두 사람은 조시의 방에 들여놓을 책장을 직접 만들기 시작했다. 이번 주말에는 책장을 형광 초록색으로 칠할 예정이었다.

이곳으로 이사 오기 전 품었던 걱정은 이제 말끔히 사라졌다. 교도소에서 일하는 건 장단이 있었다. 지난 한 달간 셰인과 마주치지 않아 좋았지만, 같은 공간에 있다는 사실에 마음 한편이 무거웠다. 하지만 조시가 지금처럼 행복해하는 모습은 처음이었다. 학교도 무척 좋아했고, 팀과도 놀라울 만큼 잘 지냈다.

퇴근해 집에 들어서자 마늘과 버터가 어우러진 고소한 향이 코끝을 파고들었다. 마늘과 버터는 마지가 제일 좋아하는 재료였다. 집에 들어오자마자 이런 맛있는 냄새가 반겨주니 더할 나위 없었다.

아니나 다를까, 부엌에서는 마지가 마늘 버터 새우구이를 접시에 담고 있었다. 한입에 다 욱여넣고 싶을 만큼 먹음직스러워 보였다.

"넉넉하게 만들었어요. 오늘도 친절한 팀 선생님이 저녁을 드시러 오실 것 같아서요."

아니라고 말하려다 이내 그만두었다. 생각해보니 지난 2주 동안 팀이 우리 집에서 저녁을 먹은 게 여섯 번, 반대로 우리가 팀의 집에 초대받은 적도 세 번이나 되었다.

"네, 안 그래도 이따 온다고 하더라고요."

내가 우물쭈물 대답하자 마지가 웃음을 터뜨렸다. "남자 친구 얘기하면서 그렇게 부끄러워하지 않아도 돼요."

"남자 친구 아니에요." 마지의 의심 어린 눈초리에 나는 고개를 세차게 저었다. "정말 아니라니까요. 그냥 친구일 뿐이에요."

정말 친구일 뿐이었다. 지난 한 달 동안 팀이 우리 집에 자주 드나든 건 사실이었다. 하지만 우리 사이에는 아무 일도 없었다. 팀은 키스는 둘째치고, 며칠 전 영화를 볼 때도 기지개 켜는 척 내 어깨에 팔을 두르려는 시늉조차 하지 않았다. 우리는 예전처럼 그저 친구 사이일 뿐이었다. 셰인과 나 사이에 아이가 있다는 사실을 깨달은 순간, 나를 향한 감정이 연기처럼 사라져 버린 것 같았다.

"어이구, 그럼 큰일이네. 아까 조시가 팀 선생님에 대해 아주 흥미로운 걸 물어보던데."

이런, 대체 뭘 물어봤길래.

마지가 퇴근한 뒤 나는 거실로 갔다. 조시는 어김없이 닌텐도에 푹 빠져 있었다. 화면에 온 정신을 집중한 채 혀를 살짝 내민 모습이 낯익었다. 그러다 흠칫 놀라고 말았다. 무언가에 집중할 때면 셰인도 혀를 빠끔히 내밀고는 했었다.

"아들." 나는 소파로 가 조시의 옆에 앉았다. "오늘 학교는 어땠어?"

눈을 화면에 고정한 채 조시가 대답했다. "괜찮았어. 근데 이따 저녁 먹으러 팀 아저씨도 와?" 집에서는 편하게 팀 아저씨라고 불렀지만, 학교에서는 어쩔 수 없이 교감 선생님이라고 존칭을 써야 했다. 그럴 때마다 조시는 우스워서 웃음이 난다고 했다.

"조시." 나는 아이에게 바짝 다가앉았다. "마지 아주머니가 그러는데, 아까 팀 아저씨에 대해 이것저것 물어봤다며?"

그제야 조시는 하던 게임을 멈추고 컨트롤러를 옆에 툭 내려놓았다. 무슨 생각을 하는 건지 짐작조차 되지 않았다. 마지처럼 팀이 내 남자 친구라고 생각하는 걸까? 그렇다면 아니라고 바로잡아야 했다. 그 사실을 알면 조시가 실망할지, 아니면 안도할지 의문이었다.

"그냥 궁금한 게 있어서…."

"뭐가?"

조시가 숨을 깊이 들이켠 뒤 어렵게 입을 뗐다. "팀 아저씨가 내 아빠야?"

순간 명치를 세게 얻어맞은 기분이었다. 조시가 이런 생각을 하고 있을 줄은 꿈에도 몰랐다. "조시…."

"엄마가 예전에 여기서 살았을 때부터 알던 사람이잖아. 둘이 엄청 친했다면서. 그리고 아저씨는 나한테도 잘해주니까…."

아이가 간절한 눈망울로 나를 올려다보았다. 팀이 아빠가 맞다고 말해 줄 수 있다면 얼마나 좋을까. 아니, 정말로 조시의 아빠가 팀이었으면 좋겠다고 생각했다. 아니면 적어도 조시와 미래를, 아니 단 몇 분만이라도 함께할 수 있는 사람이었다면 얼마나 좋을까.

"미안해, 조시. 팀 아저씨는 네 아빠가 아니야."

조시의 얼굴에 실망이 스쳤다. 그 표정을 보자 후회가 밀려왔다. 뒷일은 제쳐두고 거짓말이라도 할 걸 그랬다. 하지만 그럴 수는 없었다. 아이에게 진실을 전해야만 했다.

내가 조시를 안아주려고 손을 뻗는 순간, 초인종이 울렸다. 조시는 곧장 컨트롤러를 집어 들고 게임을 다시 시작했다. "이 판만 깨고 저녁 먹을게."

"조시, 엄마랑 이야기 좀 더 하자. 네가 많이 실망한 거 아는데…."

"아니야, 실망 안 했어." 조시가 화면에 시선을 고정한 채 퉁명스레 말했다. "더는 얘기하고 싶지 않아."

그러라지. 닌텐도와 경쟁하느니 문을 열러 가는 게 나을 성싶었다. 분명 팀일 것이다. 문득 팀에게 집 열쇠를 하나 줘야겠다는 생

재소자 **189**

각이 들었다. 연인으로서가 아니라, 혹시 내가 열쇠를 깜빡해서 집 안에 못 들어갈 때를 대비해 이웃에게 여분의 열쇠를 맡기는 의미로. 지금 우리 집 열쇠를 가지고 있는 사람은 마지 뿐인데 그녀는 옆 동네에 살고 있었다.

현관문을 열자 예상대로 팀이 서 있었다. 출근할 때 입고 갔던 카키색 바지와 셔츠 차림이었지만 넥타이는 풀어 헤친 채였다. 나를 보자 그가 두 팔을 벌렸다. 매번 팀이 우리 집에 올 때면 우리는 현관에서 가볍게 포옹했다. 친구끼리의 인사일 뿐, 입을 맞추거나 하지는 않았다.

"안녕, 브룩. 여기까지 맛있는 냄새가 진동하네."

"고마워." 내가 요리한 건 아니었지만 감사를 표했다.

그의 말대로 먹음직스러운 냄새가 집 안 가득 번져 있었다. 현관 복도 끝에서도 맡을 수 있을 정도였다. 그런데 팀의 품에 안긴 순간, 다른 냄새가 코끝에 스몄다. 너무도 익숙하지만 마늘과 버터 냄새에 비할 수 없이 불쾌한 향기.

샌들우드였다.

순간 역겨움이 치밀었다. 나는 콧잔등을 찡그리며 팀에게서 성큼 물러났다. "세상에, 대체 이게 무슨 냄새야?"

팀이 눈을 휘둥그레 뜨며 셔츠 깃을 움켜쥐었다. "아, 내 셔츠에서 나나 본데."

"그러니까 무슨 냄새냐고!"

"글쎄." 그가 깔끔하게 면도한 턱을 손으로 쓰다듬었다. "오기 전에 면도하고 애프터셰이브를 바르긴 했는데."

샌들우드 향이 콧속 깊숙이 파고들었다. 숨을 들이쉴 때마다 목걸이가 내 목을 조여오는 것 같았다. 나는 그에게서 뒷걸음치며 말했다. "가서 씻고 와. 빨리!"

"하지만—"

"지금 당장! 제발 부탁이야!"

팀은 군말 없이 욕실로 향했다. 물 흐르는 소리가 한참 동안 끊기지 않는 것을 보니 꼼꼼히 씻어내려 애쓰는 모양이었다. 몇 분 뒤 목덜미가 붉게 달아오른 채 팀이 욕실에서 나왔다.

"이제 아무 냄새도 안 날 거야."

나는 조심스레 숨을 들이켰다. 샌들우드 향은 더는 나지 않았다. 그제야 마음이 놓였다.

"휴, 고마워."

"천만에. 난 괜찮으니까 신경 쓰지 마." 팀이 미간에 주름을 잔뜩 띄우며 말했다.

지금쯤 그는 내가 미쳤다고 생각할 것이다. 이유를 설명해야 했다. 다른 남자들과 달리 팀이라면 이해할 거라 믿었다. "그날 셰인한테서도 똑같은 향이 났어. 샌들우드. 그 냄새만 맡으면 아직도 속이 울렁거려."

"아!" 팀이 턱을 문질렀다. "미안해, 브룩. 전혀 몰랐어. 선물로 받은 건데 버려야겠다."

"굳이 그럴 필요까지는…."

"아냐, 집에 가자마자 버릴게." 그가 한쪽 입술을 끌어올리며 씩 웃었다. "괜찮아. 어차피 나도 애프터셰이브 안 좋아해."

나도 그를 따라 웃어 보였다. "그런데 오늘은 왜 바르고 온 건데?"

"글쎄, 조시한테 잘 보이고 싶었나 봐."

우리는 복도에 서서 잠시 서로를 바라보았다. 순간, 온몸에 전율이 이는 듯했다. 나는 그의 얼굴을 찬찬히 뜯어보았다. 그도 나와 같은 마음일까? 지금껏 나는 팀이 친구일 뿐이라며 스스로를 다독여 왔다. 하지만 불현듯 내가 틀렸을지도 모른다는 생각이 들었다.

물론 그가 다시는 샌들우드 향이 나는 애프터셰이브를 쓰지 않는다는 전제하에.

27

저녁을 먹은 후, 조시가 싱크대에 접시를 내려놓으며 말했다.
"팀 아저씨, 뒤뜰에서 캐치볼 하실래요?"

팀이 제 아빠가 아니라는 사실을 알고도 조시가 팀을 잘 따라서 다행이었다. 둘이 가까워지기를 간절히 바랐지만 지금은 내가 개입해야 할 때였다.

"너, 숙제는 다 했어?"

조시가 내 눈길을 피하며 쭈뼛쭈뼛 대답했다. "아니…."

"그럼 답이 나왔네."

조시가 투덜대자 팀이 곧바로 나를 거들고 나섰다. 내 편이 한 명 더 있다는 게 이렇게나 든든할 수가. "얼른 가서 숙제부터 끝내. 야구 연습은 내일 공원 가서 하자. 거기선 창문 깰 걱정도 없으니까 야구 방망이도 챙겨 가서 제대로 연습할 수 있을 거야."

조시는 신이 나서 고개를 끄덕이고는 방으로 뛰어 올라갔다. 팀은 우리 집을 수리해 줄 때도 틈틈이 조시를 공원에 데려가고는 했다. 문득 미안한 마음이 들었다. 우리가 팀의 시간을 너무 빼앗고 있는 건 아닐까. 팀은 싱글이고, 나와 사귀는 사이도 아니었다. 매주 주말마다 우리 집에 와서 집을 수리해주고 조시를 데리고 공원에 가도 과연 괜찮은 걸까.

"그러지 않아도 돼." 조시의 방문이 닫힌 후, 내가 조심스레 말했다. 하지만 그가 알았다고 대답하면 울어버릴지도 몰랐다. 예전에 조시를 공원에 데려가 야구 연습을 같이한 적이 있었는데, 내 실력은 참담하기 그지없었다. 공을 받기는커녕 머리에 맞을까 봐 고개를 숙여 피하느라 바빴다. 조시를 세워두고 공을 주우러 뛰어다니느라 오후 내내 진땀을 뺐다.

"내가 좋아서 가는 거야." 팀이 어깨를 으쓱했다. "근데 그거 알아? 조시 공 진짜 잘 쳐. 나보다 훨씬 멀리 날리더라니까."

"사실 작년에 리틀 리그 야구팀에서 조시가 홈런을 제일 많이 쳤어." 내가 자랑스레 말했다.

"어쩐지. 타고난 운동선수네."

칭찬이었지만 그 말이 내 가슴에 가시처럼 박혔다. 셰인도 타고난 운동선수였다. 스타 쿼터백 아니었던가. 조시가 커서 미식축구를 하겠다고 하면 무슨 수를 써서든 말릴 것이다.

팀은 식탁 위에 남은 그릇들을 그러모아 싱크대로 가져갔다. 그런 다음 뜨거운 물을 틀고는 세제 병을 집어 들었다.

"설거지는 내가 할게. 어차피 조금밖에 없는데."

"내가 하고 싶어서 그래." 팀이 내가 잡고 있던 프라이팬을 잡아

채 세제를 푼 물에 푹 담갔다. "이거라도 도와야지. 공짜로 밥만 날름 얻어먹고 가면 그게 나쁜 놈이지. 안 그래?"

"공짜는 무슨. 네가 집수리해 준 것만 따져도 돈이 얼만데. 1억은 훌쩍 넘을걸."

팀이 수증기가 폴폴 올라오는 싱크대 앞에 서서 프라이팬을 문질렀다. "에이, 말도 안 돼. 1억은 너무 나갔고, 한 9천만 원 정도?"

나는 장난스레 그의 팔을 찰싹 때렸다. 그런데 내 손이 그의 팔뚝에 그대로 머물렀다. 근육이 단단한 것이 운동을 열심히 하는 모양이었다. 그때, 팀이 나를 바라보았다. 그의 눈썹이 이마까지 한껏 올라가 있었다. 우리는 그 자리에 선 채로 서로를 응시했다. 팀이 수도꼭지를 잠그고 행주에 손을 닦았다.

그리고 갑자기 나를 끌어당겨 입을 맞추었다.

그의 입술을 나는 거부하지 않았다. 아니, 오히려 옷깃을 그러쥐고 가까이 끌어당겼다. 마치 지난 10년간 키스 한번 못해 본 여자처럼. 실제로도 얼추 그쯤 됐을 터였다. 우리는 정확히 60초간 부엌 한가운데 서서 뜨겁게 서로의 입술을 탐했다. 그러다 문득 조시가 바로 위층에 있다는 사실이 번뜩 떠올랐다. 나는 조심스레 그를 밀어냈다.

팀이 상기된 얼굴로 나를 바라보았다. 곧장 침실로 올라가자는 말을 기다리는 듯한 눈빛이었다. "세상에, 브룩."

나는 잠시 숨을 골랐다. "너, 친구 이상의 관계는 생각할 여유가 없다고 하지 않았어?"

"그랬지. 설마 그 말을 그대로 믿은 거야?"

"응, 난 네가 진심인 줄 알았어."

팀이 날 그윽하게 바라보며 말했다. "브룩, 나 네 살 때부터 너 좋아했어."

순간 심장이 철렁 내려앉았다. 팀이 내게 연정을 품고 있다는 사실은 어렴풋이 알고 있었다. 물론 다른 여자들을 만나지 않은 건 아니지만, 그 여자들을 볼 때의 눈빛은 나를 대할 때와는 확연히 달랐다. 하지만 나는 그에게 그런 감정을 느낀 적이 없었다. 적어도 얼마 전까지는.

"그렇지만…." 나는 위층을 힐끗하며 조시의 방문이 닫혀 있는지 확인했다. "우리 지금 이대로도 너무 좋잖아. 조시가 널 무척 좋아하거든. 게다가 넌 내 제일 친한 친구야. 혹시 잘못돼서… 우리 관계가 틀어질까 봐 두려워."

"네 말이 맞아. 지금 이대로도 좋지." 팀이 내 손을 붙잡았다. 이번에도 나는 그의 손길을 뿌리치지 않았다. "하지만 지금보다 더 좋아질 수도 있는 거잖아."

그의 말이 옳았다. 지난 한 달 동안 팀과 함께하며 정말 행복했다. 그와 더 많은 시간을 함께한다면 훨씬 더 행복하지 않을까? 우리가 더 깊은 관계로 발전한다면 셋이서 완벽한 가족을 이룰 수 있을 것이다.

"사실 요즘 일하랴 조시 키우랴 눈코 뜰 새 없이 바쁘거든. 그러니까 나처럼 복잡한 사람 말고 다른 여자를 만나는 게 나을 거야. 샴록에서 일하던 웨이트리스랑 잘해봐. 켈리랬나?" 조금 별난 구석이 있는 여자이기는 해도 팀을 무척 좋아하는 눈치였다. 적어도 그 여자에게는 수감 중인 전 남자 친구 사이에서 낳은 열 살짜리 아들은 없지 않은가.

"브룩, 내 생각은 달라." 팀이 내 손을 꼭 쥐며 나를 진지하게 바라보았다. "우리 10년 만에 다시 만났잖아. 그동안 다른 여자들도 만나봤지만 다 잘 안됐어. 아니, 애초에 잘 될 수가 없었지. 내 마음속엔 늘 네가 자리하고 있었으니까. 누구를 만나든 죄를 짓는 기분이었어." 그의 목울대가 꿀렁였다. "내 심장은 오직 널 위해서만 뛰어."

순간 가슴이 뭉클했다. 지금까지 살아오며 이보다 감동적인 말을 들어본 적이 있었던가. 팀은 다정하고, 섹시하고, 조시에게도 곰살맞았다. 하늘이 준 행운이라 여기며 당장 그의 품에 안겨야 마땅했다.

그런데도 셰인이 했던 말이 머릿속을 떠나지 않았다.

'팀 리스를 가까이해서는 안 돼. 아주 위험한 놈이야. 제발, 브룩.'

물론 터무니없는 소리라는 걸 잘 안다. 그 말을 들을 때도, 지금도 너무 잘 알고 있다. 하지만 이 모든 게 너무 완벽하게 흘러간다는 느낌을 떨칠 수가 없었다. 팀은 나에게 지나치다 싶을 정도로 완벽한 남자였다.

"브룩?" 팀이 눈살을 찌푸렸다. "너한테 부담 주고 싶진 않아. 내키지 않으면 오늘 일은 없었던 걸로 하자. 그냥 친구로만 지내도 난 괜찮아. 아, 물론 진짜 괜찮다는 말은 아니지만—"

"더 말하지 않아도 돼." 내가 말했다. 팀에게 한 말인지, 내 머릿속을 맴도는 셰인에게 하는 말인지는 알 수 없었다. 하지만 지금 그게 무슨 상관이랴. "네 말이 맞아, 팀."

팀의 얼굴에 다시 웃음꽃이 피었다. "그래? 근데 무슨 말이 맞다는 건지 잘…."

"우리가 함께하지 않으면 내 마음도 아플 거야."

나는 그의 셔츠를 잡아당겨 입을 맞추었다. 팀 역시 내 키스에 열렬히 응답했다. 그 순간만큼은 그의 셔츠 깃에 희미하게 배인 샌들우드 향을 애써 무시했다.

28

11년 전

팀은 셰인을 지독히 싫어했다. 늘 내게 그와 헤어지라고 성화였다. 하지만 방금 팀이 한 말은 차원이 달랐다. 단순히 헤어지라는 게 아니라 셰인을 살인범으로 몰고 있었다.

"팀, 너 설마 셰인이 범인이라고 생각하는 거야?" 내가 소리를 죽여 물었다.

번개가 번쩍이자 팀의 눈동자도 덩달아 번뜩였다. "여긴 셰인네 집이잖아. 누군가 미리 계획했다면 답은 뻔하지 않아?"

"그런데 왜? 셰인이 왜 그런 짓을 해?"

"아무 잘못도 없는 애를 두들겨 팼을 때와 같은 이유겠지. 원래 인간 말종인 놈이니까. 내가 너한테 누차 말했잖아, 브룩."

다리에 힘이 풀려 주저앉을 것만 같았다. 인간 말종이라니. 팀은 셰인의 진짜 모습을 알지 못했다. 침실에서 셰인은 다정하고, 사려 깊고, 애정이 넘쳤다. 그런 사람이 누군가를 해칠 리 없었다. "그런데 셰인이 브랜던을 죽일 이유가 없잖아. 둘이 제일 친했는데."

"친했다고?" 팀이 고개를 저었다. "둘 다 진짜 우정이 뭔지도 모르는 놈들이야. 늘 붙어 다니면서도 서로를 증오했다고."

"말도 안 되는 소리 마."

"믿든 말든 네 맘이지."

"그래, 그럼 한 가지만 묻자." 나는 실눈을 뜨고 그를 흘겨보았다. "아까 거실에서 셰인이랑 무슨 이야기 했어?"

잠시 침묵이 흘렀다. "무슨 말인지 모르겠는데?"

"이 집에 도착하자마자 너희 둘이 속닥거렸잖아. 그때 무슨 얘기 했냐고."

어둠 속에서 그의 턱 근육이 불끈거렸다. "그냥 너한테 잘하라고 했지."

"그랬구나."

"브룩, 내 말 명심해." 팀이 내 손목을 움켜쥐었다. "지금 나 농담하는 거 아니야. 셰인은 위험한 놈이야. 다행히 네가 첼시랑 나간 사이에 집 안을 뒤져서 겨우 무기로 쓸만한 물건 하나를 찾았어."

그제야 그의 손에 들린 물건이 눈에 들어왔다. 첼시와 내가 부엌에 들어왔을 때부터 쥐고 있던 것이었다. 나는 찌푸린 눈으로 어둠 속을 살폈다.

야구 방망이였다.

"칼보다 훨씬 길지. 그 자식이 덤비면 이걸로 머리통을 갈겨버릴 거야."

"그러든가." 설령 팀이 셰인에게 뇌진탕을 입힌다 한들 오늘 밤 벌어질 일들에 비하면 아무것도 아닐 테니까.

팀이 나를 한참을 바라보다 입을 열었다. "내 옆에서 떨어지지 마, 알았지? 내가 지켜줄게."

그 말은 믿음이 갔다.

우리는 거실로 돌아갔다. 첼시는 여전히 소파에 누워 있었다. 다행히 그녀의 가슴에는 칼에 찔린 상처도, 핏자국도 없었다. 셰인도 집 안에 들어와 있었다. 비에 젖은 옷과 머리에서 물기를 털어내고 있었다. 어둠 속에서도 그가 비에 흠뻑 젖었다는 것은 희미하게 알아볼 수 있었다.

"신호 잡히는 데는 찾았어?" 내가 물었다.

"아니, 못 찾았어." 셰인이 운동화를 바닥에 탁탁 털며 물기와 진흙을 떨어냈다. "날 밝을 때까지 꼼짝없이 이 집에 갇혀 있어야 할 것 같아."

첼시가 소파에서 힘겹게 몸을 일으켜 앉았다. "근데 지금 케일라 혼자 위층에 있는데 괜찮을까?"

나는 눈송이 목걸이를 무심코 만지작거렸다. "올라가서 확인해 볼까?"

"뭐 하러 그래? 아까 우리더러 얼씬도 하지 말랬잖아." 셰인이 심드렁하게 말했다.

"그땐 겁이 나서 그랬겠지. 이제 좀 가라앉지 않았을까? 게다가 지금은 혼자 두면 위험하잖아."

우리는 잠시 침묵에 잠긴 채 첼시의 말을 곱씹었다. 조금 전 케일라는 분명 제정신이 아니었다. 하지만 지금 내 상태도 별반 다르지 않았다. 그녀를 마주하고 싶지는 않았지만 한편으로는 걱정도 되었다. 심신이 불안정하면 누구든 어리석은 짓을 하기 마련이지 않은가.

"그럼 일단 가서 노크만 해보자." 팀이 입을 뗐다. "케일라가 꺼지라고 하면 그때 혼자 두고 내려오면 되잖아."

아무도 거실에 남으려 하지 않았기에 다 같이 위층으로 향했다. 나는 캄캄한 계단에서 떨어지지 않으려고 난간에 매달리다시피 하며 걸음을 옮겼다. 아무것도 보이지 않아도 육감으로 느낄 수 있었다. 팀이 야구 방망이를 오른손에 움켜쥔 채 내 옆에 바짝 붙어 있다는 것을.

케일라는 어제 머물렀던 방으로 다시 들어간 모양이었다. 오늘 아침 첼시의 비명을 듣고 뛰쳐나오기 전에 팀과 함께 잠들었던 바로 그 방이었다. 위층에 문이 닫힌 방은 그 방 하나뿐이었다. 첼시가 복도를 조심스레 걸어가 방문 앞에 멈춰 섰다. 잠시 망설이다 주먹을 쥔 손으로 문을 두드렸다.

대답이 없었다.

"케일라?" 첼시가 문틈으로 소리쳤다. "안에 있어?"

이번에도 아무 대답도 돌아오지 않았다.

첼시가 목을 가다듬고 문 너머로 외쳤다. "안으로 들어갈 생각은 없어. 괜찮다고 한마디만 하면 그냥 갈게." 잠시 기다렸다가 재차 조심스레 불렀다. "케일라?"

위층 창문 틈으로 빛줄기가 새어 들어와 팀의 얼굴을 비추었다. 나와 눈이 마주치자 팀이 고개를 설설 저었다. 그의 손안에서 방망이가 흔들리는 소리가 들려왔다.

  첼시가 우리를 돌아보며 물었다. "대답이 없네. 어떡하지?"

  "문에 잠금장치 없으니까 열어 봐." 셰인이 말했다.

  "난… 못 하겠어." 첼시가 떨리는 목소리로 대답했다.

  무어라 할 틈도 없이 셰인이 첼시를 밀치고 문 앞에 섰다. 끼익, 손잡이가 돌아가는 소리와 함께 문이 천천히 열렸다.

  방 안은 어두웠지만 복도보다는 밝았다. 눈이 이미 어둠에 익숙해진 터라 사물의 윤곽이 금세 드러났다. 구석에 놓인 책장, 방 한 가운데를 차지한 침대.

  그리고 그 위에 케일라가 누워 있었다. 공허한 눈동자가 천장에 고정된 채, 가슴은 붉은 선혈로 흥건히 물든 채로.

29

현재

패닝 씨는 손가락이 부러져 있었다.

다만 어쩌다 다쳤는지가 의문이었다. 엑스레이를 찍기 전 이유를 물어보았지만, 그는 자세한 경위를 말하기를 꺼렸다. 판독 결과는 새끼손가락 중간마디뼈 골절. 나는 곧장 공식 보고서를 작성한 지역 병원의 영상의학과에 전화를 걸었다. 그리고 골절이 관절면을 침범하지 않았고, 뼈가 어긋나지도 않았다는 사실을 확인했다. 단순 골절이라 인접한 손가락과 함께 반창고로 고정만 하면 될 것 같았다.

전화를 끊고 진료실을 나서자 패닝 씨가 복도에 놓인 플라스틱 의자에 앉아 헌트 교도관과 농담을 주고받고 있었다. 재소자 대부분에게 냉담한 헌트가 패닝 씨와 사이좋게 대화하는 모습이 사뭇 낯설었다.

"패닝 씨, 들어오세요."

패닝 씨가 끙 소리를 내며 자리에서 일어섰다. 50대 초반인 그의 카키색 수감복 위로 배가 불뚝하게 튀어나와 있었다. 복부 비만이 심했다. 앞으로 5년 안에 심장 마비가 올 것 같다는 불길한 예감이 스쳤다. 패닝 씨가 가슴이 찢어질 듯한 통증을 느낄 때쯤이면 나는 더 좋은 직장에서 일하고 있기를 바랐다.

헌트는 패닝 씨를 진료실로 들여보낸 뒤 문을 닫았다. 손가락 하나 들어갈 틈만 남겨 둔 걸 보면 패닝 씨가 위험하지 않다고 판단한 듯했다. 패닝 씨는 오른손을 감싸 쥔 채 진찰대 위에 올라앉았다. 골절 자체는 심각하지 않았지만, 오른손잡이가 오른손을 다친 터라 상당히 불편할 것이다.

"부러진 거 맞죠?" 패닝 씨의 눈 밑 그늘이 한층 더 깊어 보였다.

"네. 그래도 가벼운 골절이라 여기서 바로 치료할 수 있어요."

패닝 씨가 의심 어린 눈초리로 제 손을 훑어보았다. 새끼손가락은 푸르뎅뎅하게 멍이 들었고, 약지도 부러지지 않았을 뿐이지 퉁퉁 부어 있었다. 반지를 끼고 있었다면 잘라내야 했을 텐데 아무것도 끼고 있지 않아 그나마 다행이었다.

"금방 나으실 거예요." 내가 안심시키듯 말했다. "움직이지 않게 고정만 하면 돼요."

"네, 간호사님 뜻대로 하세요."

그가 순순히 응해서 다행이었다. 재소자가 2차 소견을 받기란

하늘의 별 따기와도 같았다. 특히 내 판단을 지지해 줄 의사가 없을 때는 더더욱 어려웠다. 재소자가 변호사를 선임해 법적 대응에 나선다면 곤란한 상황이 생길 수도 있었다. 하지만 대부분은 자신에게 그런 권리가 있다는 사실 자체를 모르거나 알아도 신경을 쓰지 않는다. 나는 어떤 부상이든 늘 최선을 다해 치료하려 노력한다.

나는 서랍에서 의료용 반창고를 꺼내 약지를 부목 삼아 새끼손가락을 고정하기 시작했다. 패닝 씨의 얼굴에 미심쩍은 기색이 점차 짙어져 갔다. "이게 다예요?"

나는 손가락에 반창고를 감으며 대답했다. "네, 표준 치료법이에요. 단순 골절이라 고정만 하면 돼요."

"그럼 저절로 낫나요?"

"물론이죠."

내가 반창고를 고르게 붙이려고 부러진 손가락을 펴자 그의 얼굴이 고통으로 일그러졌다. "빌어먹을 넬슨."

나는 깜짝 놀라 고개를 홱 쳐들었다. "뭐라고요?"

"아무것도 아니에요." 순간 당황한 패닝의 눈이 커다래졌다. "신경 쓰지 마세요."

"패닝 씨." 내가 그의 손가락에 반창고를 한 겹 덧붙이며 말했다. "어쩌다 다친 건지 말씀해 주시면 안 될까요?"

"이미 말씀드렸잖아요." 그가 내 시선을 피했다. "문에 손가락이 끼었다니까요. 진짜예요."

그의 말이 사실일 수도 있다. 닫히는 문에 손가락이 끼어 뼈가 부러지는 일은 비일비재하니까. 하지만 문이 닫히는 순간 누군가 그의 손을 일부러 문틈에 밀어 넣었다면? 그랬다면 상대방은 패닝이 주로 사용하는 오른손의 손가락 두 개를 산산조각 내겠다는 분명한 의도가 있었던 셈이다.

게다가 조금 전 왜 '넬슨'이라고 중얼댄 걸까?

물론 넬슨은 흔한 성씨다. 하지만 의료 기록실에서 차트를 뒤적일 때 넬슨이라는 성을 가진 다른 재소자를 본 기억은 없었다. 그렇다면 성이 아니라 이름일 수도 있지 않을까?

나는 패닝 씨가 손가락을 구부리지 못하도록 반창고로 단단히 고정한 후 치료를 마무리했다. 오른손을 공중에 치켜든 그의 눈에는 여전히 회의적인 기색이 가득했다. 손가락에 둘둘 감긴 반창고가 골절을 낫게 해준다는 사실을 선뜻 믿지 못하는 눈치였다. 하지만 이내 수긍했다.

"일주일 뒤에 오셔서 상태를 확인하도록 할게요."

그가 고개를 끄덕였다. "고마워요, 간호사님. 애 많이 쓰셨습니다."

"앞으론 문에 손가락 찧지 않게 조심하세요. 아셨죠?"

내 말에 패닝이 흠칫했다. "네, 노력할게요."

그 말을 끝으로 패닝은 진찰대에서 내려왔다. 나는 헌트를 불러 그를 수용실로 데려가게 했다. 두 사람이 복도 저편으로 사라지는 뒷모습을 바라보는 동안에도 나는 의문을 떨칠 수 없었다. 손가락 골절이 어떻게 생긴 걸까.

'빌어먹을 넬슨.'

셰인을 염두에 두고 한 말은 아니었을 것이다. 교도소 밖에서는 위험한 인물이었을지 몰라도 안에서는 오히려 다른 재소자들에게 괴롭힘을 당하는 처지였다. 그런 사람이 남의 손가락을 부러뜨렸을 리 없었다.

하지만 나도 셰인에 대해 전부 알고 있다고 확신할 수 있는 건 아니었다.

30

    이번 주말에는 팀이 우리 집에 와서 조시와 함께 새집을 만들기로 했다.
    적어도 조시가 말한 바에 의하면 그렇다. 지난 한 시간 동안 천 번쯤은 들은 것 같았다. 아이가 크면 덜 귀찮을 줄 알았건만 내 오판이었다. 그래도 아이가 설레하는 모습을 보니 귀엽기 그지없었다. 팀이 친아빠가 아니라는 사실을 알게 된 뒤, 조시가 팀에게 데면데면하게 굴까 봐 걱정했는데 기우였다. 오히려 지난 몇 주 사이 두 사람은 전보다 훨씬 가까워졌다.
    팀과 나도 마찬가지였다.
    토요일 아침 11시가 다 되어갈 무렵, 팀이 초인종을 눌렀다. 이웃끼리 안전상의 이유로 서로의 집 열쇠를 교환한 후에도 팀은 늘 초인종을 눌렀다. 그런 배려가 나는 내심 고마웠다. 사실 우리 사이에는 다소간의 거리가 필요했다. 서로를 너무 잘 아는 사이였기에 팀이 우리 집에 들어와 살아도 전혀 이상하지 않을 정도였다. 하지만 우리는 서두르는 대신 천천히 관계를 발전시켜 나가기로 했다.

현관문을 열자 팀이 오른쪽 겨드랑이에 나무판자 몇 장을 끼고, 다른 손에는 두꺼운 표지의 책을 한 권 들고 서 있었다. 그가 내 어깨 너머를 넘겨다보며 물었다. "조시는 위층에 있어?"

"응."

팀이 고개를 끄덕이고는 몸을 숙여 내 입술을 맞추었다. 팀과 나는 조시에게 우리 사이를 들키지 않으려 애쓰는 중이었다. 언젠가는 알려야 할 테지만 지금은 그 생각만으로도 심장이 두근거렸다. 여태껏 아들에게 소개할 만큼 진지하게 만난 남자가 한 명도 없었다. 그러니 신중해야 했다.

고맙게도 팀은 내 마음을 헤아리고 기꺼이 기다려 주겠다고 했다.

곧 위층에서 조시가 다급히 계단을 뛰어 내려오는 소리가 들렸다. 팀이 황급히 몸을 뗐다. 잠시 후 조시가 거실로 뛰어 들어왔다. "새집 만들러 가요!"

"좋지!" 팀이 나무판자를 바닥에 내려놓고, 왼손에 들린 책을 번쩍 들어 올리며 말했다. "그 전에 깜짝 선물부터 볼래?"

팀이 든 책의 표지를 확인한 순간, 내 심장이 덜컥 내려앉았다.

우리 고등학교 졸업 앨범이었다.

대체 저걸 왜 가져온 거지? 나는 내 앨범의 행방조차 몰랐다. 마지막 학년이 끝나기 전 뉴욕시로 이사해 홈스쿨링을 했기에 앨범을 받아본 적도 없었다. 그런데 이제 와서 졸업 앨범이라니. 내 눈으로 보는 것도 싫었지만, 조시에게만큼은 죽어도 보여주고 싶지 않았다.

세상에, 조시가 셰인의 사진을 보고 자신과 닮은 점을 눈치채면 어쩌지?

"이거 엄마랑 선생님 고등학교 졸업 앨범이야." 팀이 조시에게 말했다. "엄마랑 선생님이 어릴 때 얼마나 우스꽝스러웠을지 궁금하지 않아?"

가슴 속에서 불안이 용솟음쳤다. "팀…."

"걱정 마. 그 사람 사진은 없으니까." 팀이 내 귀에 대고 속삭였다.

하기야 사람을 여럿 죽인 학생의 사진을 졸업 앨범에 실을 리가 있겠는가. 그제야 조금 마음이 놓였다.

조시는 앨범을 빨리 들여다보고 싶어 안달이었다. 우리가 식탁에 둘러앉자마자 조시는 곧장 내 졸업 사진이 실린 페이지를 펼쳤다. 내 인생이 송두리째 바뀌기 한 달 전쯤 찍은 사진이었다. 그리 나쁘지 않았다. 머리 모양이 촌스럽지도 않았고, 엄마가 골라 준 흰 셔츠는 깔끔하고 단정했다. 무엇보다 얼굴이 유해 보였다. 그날 밤 이후 거울 속 내 얼굴에서는 더는 찾아볼 수 없는 모습이었다.

"찾았다! 여기, 팀 리스!" 조시가 졸업 앨범을 팀의 얼굴 앞에 들이밀며 소리쳤다. "와, 완전 다른 사람 같아요! 이땐 진짜 말랐었네요!"

"맞아, 그땐 그랬지." 팀이 웃으며 말했다.

나는 애써 미소 지었다. "너 그때 엄청 귀여웠는데."

"그래?" 팀이 식탁 아래로 손을 뻗어 내 무릎을 가볍게 쥐었다. "네가 날 그렇게 생각한 줄은 몰랐네."

고등학교 시절 팀은 무척 귀여웠다. 하지만 셰인만큼 매력적이지는 않았다. 두 사람 가운데 누가 여자애들에게 인기가 더 많았는지는 불을 보듯 뻔했다.

조시는 책장을 앞으로 넘기며 사진들을 유심히 들여다보았다. 'N'이 적힌 페이지에 다다르자 나는 숨을 죽였다. 다행히 팀의 말대로 셰인의 사진은 없었다.

조시의 어깨 너머로 익숙한 얼굴들이 스쳐 갔다. 조시가 책장을 넘기는 와중에 브랜던 젠슨의 사진이 눈에 들어왔다. 그의 이름 아래에는 굵은 글씨로 문구가 적혀 있었다. '우리를 떠난 친구를 기리며.' 순간 가슴이 먹먹해졌다. 실로 안타까운 죽음이었다.

"잠깐만, 멈춰 봐."

내 말에 조시가 'H'로 시작하는 이름이 적힌 페이지에서 손을 멈추었다. 나는 아이의 손에서 앨범을 빼 들고 오른쪽 아래 구석에 있는 사진을 자세히 보았다. 사진 아래 대문자로 굵게 이름이 쓰여 있었다.

마커스 헌트.

이럴 수가, 헌트 교도관이었다.

이름이 적혀 있지 않았더라면 알아보지도 못했을 것이다. 사진 속 헌트는 머리에 병아리 솜털 같은 금빛 머리카락이 자라 있었다. 그 모습을 보자 언뜻 기억이 나는 것 같기도 했다. 가느다란 팔다리에 키는 장대처럼 크고, 두꺼운 안경을 쓴 소년.

헌트는 왜 우리가 같은 학교를 나왔다는 사실을 내게 말하지 않은 걸까?

나는 검지로 사진을 가리키며 물었다. "팀, 혹시 얘 기억나?"

"응, 마커스 헌트. 기억하지."

나는 고개를 저었다. "나는 왜 기억이 하나도 안 나지?"

"좀 별난 애였지." 팀이 낮게 속삭였다. "네가 아는 그 미식축구 선수들한테 죽도록 맞아서 병원에 실려 간 적도 있었어."

그제야 엉켜 있던 실타래가 풀리는 기분이었다. 헌트가 왜 셰인을 그토록 증오하는지, 왜 셰인을 고문하려고 태어난 사람처럼 구는지 알 것 같았다.

그 인간이 지금껏 나를 속였다. 이제 그의 속셈이 무엇인지 내가 다 알고 있다는 걸 깨닫게 해줄 차례다.

31

11년 전

케일라는 죽었다.

굳이 가까이 가지 않아도 알 수 있었다. 팀이 야구 방망이를 쥐지 않은 손을 덜덜 떨며 그녀의 맥박을 확인했다. 첼시는 고개를 숙인 채 무릎을 꿇고 주저앉았다. 나 역시 그대로 주저앉고 싶었다.

'정신 차려, 브룩. 여기서 무너지면 안 돼.'

팀이 케일라에게서 한 걸음 물러섰다. 그의 얼굴은 브랜던의 시신을 발견했을 때보다 훨씬 더 사색이 되어 있었다. 불과 몇 시간 전까지만 해도 키스를 나누던 여자가 죽었으니 충격이 클 테지.

게다가 지금은 그때와 상황이 달랐다. 브랜던은 집 밖에서 살해

되었다. 브랜던이 제 성질을 못 이기고 지나가던 누군가와 시비가 붙었을 가능성이 있었다. 하지만 케일라는 집 안에서 죽었다. 즉, 범인이 집 안으로 들어왔다는 뜻이었다.

그리고 아직도 이 안에 있을지도 몰랐다.

"너지!" 셰인이 팀을 손가락질했다. "네가 한 짓이 분명해!"

"뭐?" 팀이 가슴을 움켜쥐었다. "돌았냐?"

"아까 브룩이랑 첼시는 뒤뜰에 있었고, 나도 핸드폰 신호 찾으러 밖에 나갔잖아." 셰인의 목소리가 거칠어졌다. "그때 집 안에 있었던 사람은 너뿐이야. 그러니까 네가 범인이지."

틀린 말은 아니었다. 기회가 있었던 사람은 팀뿐이었다. 하지만 팀이 그랬을 리 없었다. 억측일 뿐이다. 차라리 내가 범인이라고 믿는 편이 나을 정도였다.

"내가 걜 왜 죽여?" 팀이 즉각 반박했다.

"글쎄, 네가 원래 제정신이 아니라서? 아니면 케일라가 널 거부해서 화가 났나 보지."

"개소리하지 마!" 팀이 눈을 부라렸다. "너야말로 밖에 한참 혼자 있었잖아. 네가 범인인가 보네! 우리가 아래층에 있는 동안 네가 창문으로 몰래 들어와 칼로 찔러 죽인 거잖아."

"웃기지 마. 여긴 2층이야. 내가 무슨 스파이더맨이냐?"

역시나 틀린 말은 아니었다.

팀이 야구 방망이를 높이 쳐들며 셰인에게 성큼 다가갔다. "네가 어떻게 2층까지 올라왔는지는 나야 모르지. 사다리를 썼을 수도 있고 알 게 뭐야. 하지만 분명한 건 나도, 첼시도, 브룩도 아니라는 거야. 그러면 남는 사람이 너밖에 더 있냐?"

"입 닥쳐라, 팀." 셰인이 위협적으로 말했다. "그 방망이 나한테 휘두르기만 해봐, 어디."

"처맞고 싶지 않으면 너나 닥쳐."

심장이 미친 듯이 날뛰었다. 나는 첼시를 돌아보았다. 언제 일어났는지 두 발로 꼿꼿이 서 있었다. 우리는 어둠 속에서 눈빛을 교환했다. 이대로라면 정말 무슨 일이 일어날 것만 같았다. 어떻게든 상황을 수습하려고 머리를 굴려 보지만 돌이키기에는 이미 늦어 보였다.

"브룩." 팀의 목소리에 정신이 번쩍 들었다. "나 믿지? 내가 그런 짓을 할 사람이야? 셰인, 쟤가 범인이야."

셰인이 고개를 홱 돌려 나를 바라보았다. "브룩, 설마 내가 사람을 죽였다고 생각하는 건 아니지? 집 안에 혼자 있었던 사람은 팀뿐이라고!"

나는 무어라 답해야 할지 몰라 입술만 달싹거렸다. 섣불리 말을 내뱉었다가는 상황이 최악으로 치달을지도 몰랐다. 그때 누군가 내 팔을 붙잡았다. 첼시였다.

"너희 둘 다 지옥에나 가!" 첼시가 남자애들에게 악담을 퍼부었다. "가자, 브룩."

첼시가 내 손을 잡아끌고 방을 빠져나왔다. 셰인과 팀의 시선이 우리를 따라붙었다. 첼시는 셰인의 방으로 들어가 나를 끌어당긴 뒤 문을 쾅 닫았다. 그러고는 문에 등을 붙인 채 밭은 숨을 몰아쉬었다.

"누가 범인인지는 나도 잘 모르겠어." 첼시가 눈물을 참으려고 눈을 연신 깜빡여 댔다. "하지만 한 가지만은 확실해. 둘 중 한 명이 범인이야. 누가 도와주러 올 때까지 이 방에서 한 발짝도 나가선 안 돼. 우선 이 문부터 막자."

나는 방문을 빤히 쳐다보았다. 어떻게 해야 할지 판단이 서지 않았다. 첼시의 말이 맞기는 했다. 지금 집 안에 있는 사람은 우리 넷뿐이었으므로 케일라를 죽인 범인은 팀 아니면 셰인이 확실했다. 그러니까 두 사람과 떨어져 있어야 안전할 터였다.

하지만 달리 생각하면 두 사람 중 한 명은 결백하다는 뜻이었다. 그렇다면 아무 잘못도 없는 사람을 살인마와 함께 남겨 둔 셈이었다.

"근데, 첼시···."

"브룩!" 첼시가 귀청이 찢어질 듯한 고성으로 소리쳤다. "너 진짜 오늘 밤에 죽고 싶어?"

아니, 지금 그걸 말이라고. 당연히 죽고 싶지 않았다. 하지만 케일라도 죽기 싫어서 방 안에 혼자 숨어 있었지만 결국에는 죽지 않았던가.

그럼에도 나는 첼시의 불안을 달래기 위해 몸을 움직였다. 책장은 너무 무거웠다. 대신 책을 옮겨 문 앞에 장벽처럼 쌓기 시작했다. 솔직히 남자애들이 마음만 먹으면 쉽게 밀고 들어올 수 있을 것 같았지만 아무것도 안 하는 것보다야 낫지 않겠는가.

그때 문밖에서 노크 소리가 났다. "브룩? 첼시?"

셰인이었다.

"꺼져!" 첼시가 버럭 소리쳤다. "우린 이 방에서 아침까지 안 나갈 거야!"

불현듯 의구심이 일었다. 우리 둘의 핸드폰은 모두 아래층에 있었다. 둘 중 누군가가 우리를 죽일 생각이라면, 아침이 밝아 우리가 방에서 나오는 순간을 노리면 그만이었다.

"그게 무슨 소리야? 제정신이야?" 셰인이 문 너머에서 고함쳤다. "얼른 나와. 넷이 같이 있어야 안전해."

"절대 안 나갈 거야." 첼시가 팔짱을 끼며 말했다. "셰인, 계속 말해봤자 네 입만 아플걸."

하지만 셰인의 말도 일리가 있었다. 네 명이 함께 뭉쳐 있는 편이 더 안전할지도 몰랐다. 아무리 살인자라 해도 네 명을 동시에 죽일 수는 없었다. 그러니 한 명씩 노릴 공산이 컸다.

"브룩?" 팀의 목소리였다. "괜찮아?"

나는 손가락으로 문을 어루만졌다. "응, 난 괜찮아."

잠시 침묵이 흐른 뒤, 팀이 낮게 말했다. "그 안에 있는 편이 나을 것 같아. 너희 둘 다."

그의 목소리에 말로 형용할 수 없는 떨림이 서려 있었다. 순간 흠칫하며 뒤로 물러섰다. 손이 떨려 왔다. 팀의 말이 맞았다. 오늘 밤, 이 방을 나가서는 안 되었다.

그것만이 우리가 살아남을 수 있는 유일한 방법이었다.

32

현재

오늘도 출근하자마자 마커스 헌트가 커피 한잔을 내게 내밀었다.

이제는 거의 일상이 되어 있었다. 헌트는 매일 첫 환자를 데려오기 전에 따뜻한 커피를 들고 진료실에 들렀다. 특별한 커피는 아니고 교도관 휴게소에 있는 커피포트에서 따라온 것이었다. 그래도 그의 배려가 내심 고마웠다. 아침을 시작하기에 따끈한 커피 한 잔만큼 반가운 것도 없지 않은가.

문득 어머니가 버릇처럼 하던 말이 떠올랐다. 남자는 아무 이유 없이 친절을 베풀지 않는다, 항상 대가를 바란다고 했던가. 더는 내 인생에 참견할 수 없는 사람이지만, 이번만큼은 어머니의 말이 맞는 듯했다. 그래서 남자 친구가 있다는 말을 꺼낼 타이밍을 재고 있던 참이었다.

하지만 오늘은 그럴 기분이 아니었다. 예의를 차릴 여유도, 그의 기분을 배려할 생각도 없었다. 그저 걷잡을 수 없는 분노만 들끓고 있을 뿐이었다.

"여기 크림이랑 설탕이요." 헌트가 왼손에는 커피를, 오른손에는 설탕과 크림이 든 작은 봉지를 내밀었다. "직접 타 드시는 걸 좋아하시는 것 같아서요."

나는 목청을 큼큼 가다듬었다. "잠깐 시간 되세요? 둘이서 할 얘기가 있는데."

헌트의 얼굴이 일순 환해졌다. "물론이죠."

제길, 입이라도 맞추기를 기대하는 눈치였다.

나는 헌트를 진료실 안으로 안내한 후 문을 닫았다. 순간 머릿속에 경고등이 켜졌다. 이 남자와 단둘이 있는 건 좋은 생각이 아니라고, 게다가 그에게 따지고 들 참이라면 더욱 위험하다고. 하지만 복도에서 할 이야기가 아니었다. 다만 내가 그에게 호감이 있는 것처럼 비추어져서 안타까울 따름이었다.

"마커스." 내가 목소리를 낮추었다. "우리 같은 고등학교 나왔더라. 왜 말 안 했어?"

순간 당황한 헌트가 입을 뻐끔거렸지만 아무 말도 나오지 않았다.

"아니라는 말은 하지 마. 이미 졸업 앨범에서 네 사진을 봤거든. 나랑 같은 해에 졸업했으니까 넌 처음 봤을 때부터 내가 누군지 알고 있었겠지." 변명을 내뱉으려는 그를 내가 저지했다. "거짓말할 생각은 마."

헌트의 어깨가 축 늘어졌다. "그래, 처음 본 순간 대번에 알아봤어. 못 알아볼 리가 없지. 3학년 때 남자 친구에게 살해당할 뻔했던 그 유명한 브룩 설리번인데."

"고등학교 때 셰인이랑 친구들한테 맞았다는 얘기도 안 했더라?" 내가 가슴께에 팔짱을 끼며 캐물었다. "그때 병원까지 실려 갔었다며? 너 설마 아직도 그 일을 못 잊어서 셰인에게 복수라도 하려는 거야?"

"확대해석하지 마."

"확대해석? 그럼 셰인이 여기에서 너한테 벌레 취급을 받아야 할 만큼 잘못한 게 뭔지 말해봐."

헌트의 낯빛이 어두워졌다. "셰인이 여기서 무슨 짓을 하는지는 중요치 않아. 난 그 자식이 어떤 인간인지 익히 알고 있거든. 실실 쪼개면서 내 갈비뼈를 걷어차던 모습이 아직도 눈에 선하다고." 그가 주먹을 불끈 쥐었다. "셰인이 어떤 놈인지는 네가 제일 잘 알지 않아? 그런 인간을 두둔하고 나서는 이유가 뭐야?"

아주 좋은 지적이었다. 나는 셰인을 증오해야 마땅했다. 감방에 갇혀 손발이 쇠사슬에 묶인 모습을 보며 통쾌해야 했다. 날 죽이려 했던 그가 고통받기를 원해야 했다.

그런데 의무실 침대에 누워 있던 셰인을 본 순간, 그를 향한 증오가 모조리 사라져 버렸다. 그가 내 아이의 아버지이기 때문이었을까, 아니면 다른 이유에서였을까.

오래전, 법정에서 증언할 때 나는 확신에 차 있었다. 목걸이로 내 목을 졸라 죽이려 했던 사람은 셰인이 분명했다. 하지만 시간이 지날수록 내 확신은 흔들렸다. 그날 밤 내가 놓친 것이 있었다. 작지만 아주 중요한 퍼즐 한 조각이 빠진 기분이었다.

내가 놓친 무언가가 있는 게 분명했다.

그때 헌트가 내 쪽으로 몸을 바짝 기울였다. "내가 네 원한을 톡톡히 갚아 줄 수 있어. 저 바깥세상에 셰인을 신경 쓰는 사람은 이제 아무도 없거든. 네가 원하는 게 뭔지 말만 해. 독방에 몇 주, 몇 달이고 처박아 버릴까? 아니면 다리를 분질러서 평생 불구로 살게 해 줘?" 그가 눈을 찡긋하며 말을 이었다. "그 새끼는 내가 자길 괴롭힌다고 생각하는 모양인데, 아니, 난 아직 시작도 안 했어."

가슴이 조여왔다. "그런 건 원치 않아."

"어떤 거 말이야?"

"전부 다." 목이 메어 침을 꿀꺽 삼켰다. "난… 네가 셰인을 그만 괴롭혔으면 좋겠어."

"뭐라고?"

"그만 괴롭히라고." 나는 떨림을 감추고자 부러 목소리를 한껏 높였다. "인간답게 대우해 줬으면 좋겠어. 지금 이 순간부터."

헌트가 고개를 모로 꺾었다. "근데 말이야. 네가 나한테 그런 요구를 할 자격이 있나? 이 교도소에 널 죽이려 했던 남자가 수감되어 있다는 사실을 뻔히 알면서도 간호사로 일하기로 한 건 너잖아. 도러시가 그 사실을 알면 뭐라고 할지 궁금하지 않아?"

정곡을 찔린 기분이었다. 그는 기세를 몰아 나를 궁지로 몰아붙였다.

"그러니까 여기서 계속 일하고 싶으면 언제 일 끝나고 둘이 오붓하게 술 한잔해야 하지 않겠어?"

나는 턱을 치켜들고 당당히 말했다. "나 남자 친구 있어."

"아, 팀 리스 말이지?" 아연한 내 표정을 보며 헌트가 이죽거렸다. "에이, 뭘 그리 놀라고 그래? 매일 밤 팀이 너희 집을 제집처럼 드나드는 거 온 동네가 다 아는걸. 셜록 홈스처럼 추리할 필요도 없지."

내 귀를 의심했다. 애초에 이 대화를 시작한 나 자신이 원망스러웠다. 그와 단둘이 진료실에 있는 상황을 만든 것 자체가 크나큰 실수였다. "뭐야, 날 감시한 거야?"

헌트가 어깨를 으쓱했다. "그냥 차 타고 지나다가 몇 번 본 것뿐이야. 고등학교 동창이라 대번에 알아봤지. 팀이라, 따분하지만 무난한 선택이야. 그런데 참 희한하기도 하지." 그가 노르스름한 치아를 드러내며 비죽 웃었다. "너한테 초등학교 5학년짜리 아들이 있더라? 네 나이에 그렇게 큰 애가 있다니 깜짝 놀랐지 뭐야. 그나저나 네가 11년 전에 사귀던 사람이 누구였더라?"

이런, 안돼.

"셰인이 이 사실을 알면 날아갈 듯 기뻐할 텐데." 헌트가 혼잣말하듯 중얼댔다. "그 표정을 내 눈으로 직접 보고 싶단 말이지."

"제발 셰인한텐 말하지 말아줘. 부탁이야." 내가 애원하다시피 말했다.

헌트의 얼굴에 교활한 미소가 떠올랐다. 당장 그의 코를 주먹으로 한 대 후려갈기고 싶었다. "걱정 마, 브룩. 네 비밀은 지켜줄게. 대신 앞으로 나한테 잘해야 할 거야. 우선 매일 아침 커피는 이제 네가 가져오는 걸로 하지."

"알았어." 내가 이를 악문 채 답했다.

헌트가 나를 한참이나 빤히 쳐다보았다. 또 무슨 요구를 하려고 이러나 싶어 마음을 단단히 먹었다. 그가 고개를 절레절레 저으며 중얼거렸다.

"네 인생도 참 안타깝다, 브룩. 그 쓰레기 같은 새끼 하나 때문에, 쯧쯧."

그 말을 남긴 채 헌트는 진료실 문을 거칠게 열고 나가 버렸다.

33

 요즘 내 하루 목표는 스티븐 벤턴 교도관을 웃게 만드는 것이다.
 스티브 벤턴은 내가 매일 아침 교도소에 들어서면 제일 먼저 마주하는 사람이다. 철조망과 감시탑으로 둘러싸인 교도소 뜰을 오갈 때면 여전히 심장이 벌렁거렸다. 소총을 들고 서 있는 경비병을 직접 목격한 적은 없었지만, 저 망루 위에서 누군가 언제든 방아쇠를 당길 태세로 총을 겨누고 있다는 사실만으로도 오금이 저렸다.
 교도소 내부로 들어서면 늘 똑같은 일상이 시작된다. 대기실을 지나 접수대로 가면, 내 얼굴을 익힌 잰이 곧장 버저를 눌러 철문을 열어주며 들어가라고 손짓한다. 이제는 철문이 굉음을 내질러도 전혀 놀라지 않는다. 그다음 벤턴 교도관이 지키고 있는 보안 검색대로 향한다.

"좋은 아침이에요!" 나는 쾌활한 목소리로 인사를 건네며 벤턴 앞에 놓인 금속 탐지기 위에 가방을 올렸다. "별일 없으시죠?"

"아, 예. 브룩 씨는요?" 벤턴이 무뚝뚝하게 대답했다.

"저야 뭐, 늘 똑같죠." 나는 금속 탐지기를 통과할 때면 으레 숨을 꾹 참았다. 그럴 필요가 없다는 걸 아는데도 늘 습관처럼 숨을 참게 된다. "어제 배럿 씨가 진료를 보러 왔거든요? 왜 여기 들어오기 전에 영어 선생님이었던 사람 있잖아요. 진료 보는 내내 저한테 엄청 들이대는 거 있죠."

벤턴이 고개를 쳐들며 슬며시 관심을 보였다. "아, 그래요?"

"네, 어제는 자기가 여기서 나가면 결혼하자고 하더라고요."

"결혼이요?"

"네, 그래서 제가 '그럼 영혼결혼식을 해야겠네요?'라고 했죠."

유치한 농담이었다. 물론 배럿 씨가 전에 영어 교사였고, 나한테 거리낌 없이 추파를 던진다는 부분은 사실이었다. 하지만 썰렁한 농담은 순전히 벤턴을 웃기려고 던진 말이었다. 이내 그의 입술이 실룩거리는가 싶더니 미소 비스름한 표정으로 바뀌었다. 그 정도만으로도 충분했다. 나는 작은 승리감을 만끽하며 가벼운 발걸음으로 복도를 따라 내 진료실 겸 사무실로 향했다.

진료실 앞에 다다르자 도러시가 팔짱을 낀 채 문 앞에서 기다리고 있었다.

젠장, 또 무슨 일이람?

"브룩 씨, 이야기 좀 하죠." 그녀가 날 선 말투로 말했다.

"무슨 일인데요?" 나는 손목시계를 흘끗 보았다. "진료 볼 시간이 다 돼서요."

"여기서 얘기하기는 그렇고 내 사무실로 가죠."

도러시가 손가락을 까닥했다. 따라오라는 뜻이었다. 나는 순순히 그녀의 뒤를 쫓았다. 진료실에서 대화를 나누었다면 이 정도로 위축되지는 않았을 것이다. 지금 도러시의 책상 앞에 놓인 작은 의자에 앉아 그녀를 마주 보고 있자니 마치 교장실에 불려 온 학생이 된 기분이었다. 내가 무얼 잘못했는지 머릿속으로 재빨리 되짚어 보았다. 하지만 무엇이 그녀의 심기를 건드렸는지 짐작조차 가지 않았다. 도러시는 별것 아닌 일에도 불같이 화를 내는 성격이었다. 그래서 그녀의 눈에 띄지 않으려 늘 몸을 사려 왔다.

도러시가 인체공학적으로 설계된 가죽 의자에 몸을 기대고는 나를 꿰뚫을 듯 응시했다. "오늘 아침에 배달이 하나 왔습니다. 욕창 예방 매트리스더군요."

순간 걷잡을 수 없는 환희가 밀려왔다. 헌트 교도관에게 건네받은 신청서를 작성한 지가 벌써 몇 주 전이었다. 게다가 아무 성과 없는 전화 통화를 몇 번이나 반복한 터라 희망을 잃어가던 참이었다. "카펜터 씨가 쓸 매트리스가 도착했나 보군요."

"브룩 씨." 도러시가 입술을 앙다물었다. "이런 특수 매트리스를 아무 환자한테나 덥석덥석 사줄 예산은 없다고 이미 말했을 텐데요. 교도소를 파산이라도 시킬 작정입니까?"

"하지만 카펜터 씨는 아무 환자가 아니에요. 엉치뼈 부근에 심각한 욕창이 있는 하반신 마비 환자입니다. 치료를 위해 꼭 필요한 처치를 했을 뿐이에요."

"푹신한 매트리스는 의료 처치가 아닙니다."

교도소 출근 첫날, 도러시를 처음 봤을 때 왜 낯이 익다고 느꼈는지 이제야 알 것 같았다. 도러시는 우리 어머니와 닮아 있었다. 큼지막한 책상 너머로 보이는 각진 얼굴과 구릿빛 턱을 치켜든 모습이 내 인생을 쥐락펴락하던 어머니와 똑같았다. 어머니는 늘 나보다 나를 더 잘 안다고 굳게 믿었다. 그래서 내가 자기 뜻을 거역하는 꼴을 참지 못했다. 자기 방식이 곧 법인 사람이었으니까.

'브룩, 그 괴물 같은 놈의 아이를 낳겠다니 제정신이니? 난 절대 용납 못 한다.'

하지만 어머니의 반대를 무릅쓰고 나는 내 아이를 지켜냈다. 어머니에게 굴복하지 않았듯이 이번에도 도러시에게 절대 휘둘리지 않을 것이다. 더는 당하고만 살지 않을 것이다.

"욕창 방지 매트리스입니다." 나는 눈 하나 깜빡하지 않고 도러시의 눈을 똑바로 응시했다. "그 매트리스가 없으면 카펜터 씨는 결국 병원 신세를 지게 될 겁니다. 최악의 경우 수술까지 받아야 할 수도 있어요."

도러시가 콧방귀를 뀌었다. "호들갑 좀 그만 떠세요. 이제 막 대학 졸업한 주제에 뭘 안다고. 나만큼 오래 일해보면 환자에게 필요한 것과 환자가 원하는 것이 뭔지 구분할 줄 알게 될 겁니다."

나는 내 귀를 의심했다. 내 오른손이 어느새 주먹을 쥐고 있어 얼른 다리 사이에 끼워 넣었다. 재소자들이 이 여자에게 여태 주먹을 날리지 않은 게 신기할 지경이었다. 아니, 이미 날렸는데 나만 모르고 있는 걸지도 모르지. 그 장면을 직관했더라면 속이 다 시원했을 텐데.

"도러시 간호사님. 제가 간호사님보다 경험은 부족할지 몰라도 카펜터 씨에게 생긴 욕창이 심각하다는 정도는 압니다. 제대로 치료하지 않으면 상태가 악화할 거라는 것도요. 제가 주문한 매트리스를 카펜터 씨에게 제공하지 않으신다면 저도 어쩔 수 없네요. 지역 신문사에 연락해서 재소자들이 적절한 의료 처우를 받지 못하고 있다고 알리는 수밖에요."

도러시의 입이 떡 벌어졌다. "지금 협박하는 겁니까?"

"그럴 리가요. 전 단지 재소자들이 적절한 치료를 받아야 한다고 말씀드리는 것뿐이에요. 이견이 있으시면 지역 언론사에 직접 해명하시면 되겠네요."

"이봐요, 브룩 씨."

"아, 깜빡할 뻔했네요. 약품 보관실에 리도카인이 떨어지지 않게 확인 좀 잘 부탁드릴게요. 마취 없이 봉합하는 건 너무 비인간적이잖아요. 앞으로는 리도카인이 없을 시 봉합 수술은 진행하지 않겠습니다. 곧장 응급실로 이송할 테니 비용은 알아서 부담하시면 되겠네요."

이번에는 도러시가 내 얼굴을 주먹으로 때리고 싶은 표정을 지었다. 그녀의 턱 근육이 미묘하게 꿀렁거렸다. 내 발언이 가타부타 따져볼 가치가 있는지 저울질하는 눈치였다. 새파랗게 어린 간호사가 자기한테 대드는 꼴이 아니꼬울 터였다. 하지만 내 말이 옳다는 걸 부정할 수는 없을 것이다. 언론은 물론이거니와, 카펜터 씨의 상태가 악화해 법정까지 가게 된다면 자신의 행동을 정당화할 수 없을 테니까.

도러시가 마침내 말문을 떼었다. "이미 매트리스가 도착했으니 카펜터 씨가 쓰도록 허락하도록 하죠. 단, 이번이 마지막입니다."

마지막까지 체면은 차리고 싶은 모양이었다. 그래, 내 말이 옳다는 사실을 끝까지 인정하고 싶지 않겠지. 그 정도쯤은 눈감아 주기로 했다. 하지만 나는 앞으로도 내 환자들의 권리를 주장하고 나설 것이다. 재소자들도 인간이다. 도러시의 생각이 어떠하든, 그들 역시 인간답게 대우받아 마땅하다.

34

오늘은 내 생일이다.

작년과 비교하면 올해는 축하할 일이 훨씬 많다. 작년에는 방 하나짜리 좁은 아파트에 살았다. 아들은 거실 소파에서 자야 했고, 집주인은 난데없이 다음 달부터 월세를 200달러나 올리겠다고 통보했다. 연애는커녕 데이트를 못 한 지도 2년째였고, 조시는 학교에서 괴롭힘을 당해 매일 울면서 집에 들어왔다. 한 달의 절반은 나타나지 않는 육아 도우미 때문에 응급 진료소에 지각하기 일쑤였다. 부모님이 살아 계셨지만 수년째 연락 한 번 주고받지 않았다.

하지만 올해는 다르다. 조시는 학교에서 행복한 나날을 보내고 있고, 우리는 각자의 방이 있는 커다란 집에 산다. 무엇보다 내 곁에는 팀이 있다. 사귄 지 한 달밖에 되지 않았지만 그에 대한 마음이 점점 깊어지고 있었다.

오늘은 준비하는 데 평소보다 훨씬 오래 걸렸다. 팀과 단둘이 저녁을 먹으러 가기로 해서 공을 들인 탓이었다. 원래는 조시도 데리고 가려고 했는데, 그 얘기를 꺼내자 마지가 세상 놀란 표정을 지으며 말했다. "가끔은 둘이서 뜨거운 밤도 보내야죠." 그래서 마지에게 조시를 맡기고, 나는 팀과 근사한 레스토랑에서 단둘이 저녁을 먹으러 가기로 했다.

나는 침실에 놓인 전신거울 앞에 섰다. 거울에 비친 내 모습이 제법 마음에 들었다. 오늘 나는 가슴을 돋보이게 해주는 검은색 짧은 원피스를 입고, 굽이 낮은 검은색 힐을 맞춰 신었다. 윤이 나는 검은 머리는 어깨까지 부드럽게 흘러 내려와 있었다. 준비를 마치고 아래층으로 내려가자 조시가 놀란 토끼 눈을 하며 외쳤다.

"우와! 엄마, 진짜 예쁘다!"

제 딴에는 칭찬하려고 한 말이었을 것이다. 하지만 심히 놀란 목소리를 듣고 있자니 과연 평소에 날 어떻게 생각했던 건지 문득 궁금해졌다.

"고마워, 아들."

조시가 닌텐도를 내려놓고 기대에 찬 눈길로 나를 바라보았다. "우리 오늘 외식해?"

나는 소파로 가 원피스 치맛단을 가지런히 하며 조시의 옆에 앉았다. "조시, 오늘은 엄마랑 팀 아저씨 둘이서만 가기로 했어. 이따가 마지 아주머니께서 오실 거야."

"아." 조시가 혼란스러운 표정을 지었다. "그럼 팀 아저씨가 엄마 남자 친구야?"

드디어 올 게 왔다 싶었다. 우리는 연인이라는 걸 들키지 않으려고 조시 앞에서는 항시 행동을 조심해 왔다. 팀이 우리 집에서 두어 번 자고 갔을 때도 아침 6시에 알람을 맞춰 두고 조시가 깨기 전에 몰래 빠져나가고는 했다. 하지만 언젠가는 조시가 눈치챌 거라 짐작했다. 이제는 진실을 말해줄 때였다.

"응, 맞아. 엄마가 팀 아저씨랑 만나도 괜찮겠어?"

잠시 생각에 잠겼던 조시가 입을 열었다. "응, 괜찮아. 팀 아저씨는 멋있잖아!"

"그렇게 생각한다니 참 다행이네."

"게다가 우리 학교 교감 선생님이잖아. 엄마 남자 친구니까 나중에 내가 학교에서 벌 받을 일이 생겨도 봐주실 거 아냐."

그 말에 웃음이 터지고 말았다. 조시처럼 모범생인 아이가 학교에서 문제를 일으킬 일이 뭐가 있을까. 기껏해야 영화를 봐야 할 시간에 책을 읽는 정도가 아닐까 싶다.

문제아였던 자기 아빠와는 다르게.

그때 초인종이 울렸다. 나는 현관으로 부리나케 달려갔다. 반반의 확률로 마지일 수도 있었지만, 문 앞에 서 있는 사람은 팀이었다. 진회색 재킷 안에 파란 와이셔츠를 받쳐입고 넥타이를 단정히 매고 있었다. 그 모습이 너무도 멋져서 한동안 넋을 잃고 바라보기만 했다. 팀 역시 같은 눈빛으로 나를 쳐다보다가 낮게 휘파람을 불었다.

"이야, 브룩. 나 심장 멎는 줄 알았어."

그가 고개를 숙여 입을 맞추려는 순간, 조시가 바삐 다가오는 발소리가 들렸다. 팀이 뒤로 물러서자마자 조시가 현관으로 뛰어와 팀을 손가락질하며 소리쳤다.

"우리 엄마 남자 친구 맞죠!"

휘둥그레진 눈으로 나를 쳐다보는 팀을 향해 나는 고개를 끄덕였다. "아까 물어보길래 내가 사실대로 말해줬어. 그랬더니 조시가 팀 아저씨 멋있다고 하더라."

"와, 조시한테 그런 말을 듣다니 영광인데?" 팀이 가슴에 손을 얹으며 익살스레 말했다. "살면서 멋지다는 소리 처음 듣는 것 같아."

조시가 킥킥댔다. 팀이 팔을 뻗어 내 손을 잡았다. 조시가 보는 앞에서 애정을 표현하기가 망설여졌지만 손을 잡는 정도는 괜찮을 것 같았다.

"참, 내 주머니에 생일 선물 있어. 지금 줄까, 아니면 나중에 줄까?"

"지금! 난 기다리는 성격은 못돼서." 내가 눈을 찡긋하며 말했다.

"넌 참 예나 지금이나 한결같다니까."

제 선물이 아니라는 말에 조시는 곧장 닌텐도를 하러 거실로 돌아갔다. 팀과 나는 부엌 식탁으로 가 나란히 앉았다. 팀이 재킷 주머니에서 직사각형 모양의 파란 상자를 꺼냈다. 딱 보기에도 보석 상자였다.

"너무 비싼 건 아니었으면 좋겠는데." 나도 모르게 속마음이 불쑥 튀어나왔다. 말을 내뱉자마자 후회가 밀려왔다. 하지만 초등학교 교감 월급이 그리 많은 것도 아닌데 팀이 나 때문에 큰돈을 쓰지 않았으면 했다.

"넌 그만큼 소중한 사람이니까 괜찮아." 팀이 내 손 위에 제 손을 포개 얹으며 나를 지그시 바라보았다. "그리고 비싸다기보다는 특별한 의미가 있는 물건이야. 보자마자 네가 좋아할 것 같다는 느낌이 왔어."

"응, 네가 고른 거니 분명 내 마음에 쏙 들 거야."

팀은 예전부터 선물을 세심하게 골랐다. 이번에도 멋진 선물을 준비했으리라 믿어 의심치 않았다. 나는 상자의 뚜껑을 조심스레 들어 올렸다. 하얀 솜 위에 금목걸이 하나가 곱게 놓여 있었다. 목걸이를 들어 올려 줄 끝에 달린 펜던트를 자세히 들여다보았다.

눈송이 모양이었다.

나는 징그러운 벌레라도 만진 양 목걸이를 냅다 내던졌다. 구역질이 치밀었다. 어릴 적 내가 차고 다니던 목걸이와 똑같은 것이었다. 11년 전 셰인이 내 목을 졸랐던 바로 그 눈송이 목걸이였다.

나는 자리를 박차고 벌떡 일어났다. 그 바람에 의자가 요란한 소리를 내며 휘청거렸다. 순간 목이 조여왔다. 어릴 적 내가 차고 다니던 목걸이와 너무나도 똑같았다.

팀이 허둥지둥 따라 일어섰다. "브룩, 왜 그래?"

"왜 하필 저딴 목걸이를 고른 거야?" 내가 비명을 내질렀다.

"어… 네가 이렇게 화를 내니까 너무 당황스럽네." 팀의 이마에 주름이 잡혔다. "이거 내가 네 열 살 생일 때 선물했던 목걸이랑 똑같은 거야. 네가 요즘 안 하고 다니길래 잃어버린 줄 알았거든. 지난달에 동네 벼룩시장에 갔다가 똑같은 걸 발견해서—"

"셰인이 그 목걸이로 내 목을 졸랐어!"

팀의 얼굴에 당혹감이 번졌다. "진짜? 몰랐어. 난… 손으로 그런 줄….”

숨이 가빠와 금세 턱 끝까지 차올랐다. "아니야. 목걸이로 그랬어. 바로 저 목걸이로!"

"미안해, 브룩. 정말 몰랐어."

팀이 성큼 다가와 나를 부둥켜안으려 했다. 나는 몸을 홱 돌려 욕실로 달려갔다. 그가 따라올세라 문을 쾅 닫고 잠가버렸다. 혼자서 마음을 가라앉힐 시간이 필요했다.

세면대 위 거울 속에 내가 비쳤다. 오늘 밤 데이트를 위해 공들여 한 화장은 흔적조차 찾아볼 수 없었다. 얼굴은 백지장처럼 창백했고, 눈 밑에는 시커먼 눈그늘이 드리워져 있었다.

팀이 그 목걸이를 잊었을 리 만무했다. 셰인의 재판에서 나는 셰인이 목걸이로 내 목을 졸랐다고 증언했다. 그리고 그때 팀도 방청석에 앉아 있었다. 증언 도중에 긴장될 때마다 팀의 눈을 쳐다보며 힘을 얻었던 기억이 아직도 생생했다. 게다가 그날 밤 팀도 현장에 같이 있지 않았던가.

그런데도 저 눈송이 목걸이가 날 죽일 뻔했다는 사실을 잊었단 말인가.

'팀 리스를 가까이해서는 안 돼. 아주 위험한 놈이야.'

일단 진정부터 해야 했다. 팀이 내 증언을 들은 건 맞지만, 지난 11년 동안 눈송이 목걸이에 목이 졸리는 악몽에 시달리지는 않았을 터였다. 그에게는 한낱 사소한 정보에 불과했을 테니 잊었을 가능성도 있었다. 나를 괴롭히려고 일부러 똑같은 목걸이를 샀다기보다는 단순히 잊었다고 보는 편이 훨씬 합리적이었다.

"브룩?" 팀이 욕실 문을 가볍게 두드렸다. "괜찮아?"

나는 숨을 깊게 들이마셨다가 천천히 내뱉었다. 밤새도록 욕실에만 있을 수는 없었다. 이만 밖으로 나가야 했다.

욕실 문을 열자 팀이 바로 앞에 서 있었다. 잔뜩 굳은 얼굴이 나만큼이나 괴로워 보였다.

"미안해, 브룩. 나 정말 바본가 봐. 어떻게 그걸 잊을 수 있지?"

"괜찮아." 대답과 달리 나는 전혀 괜찮지 않았다.

"선물은 다시 준비할게. 훨씬 더 좋은 걸로."

팀이 맹세하듯 말하고는 두 팔을 활짝 벌렸다. 나는 마지못해 그의 품에 안겼다. 금세 긴장이 스르르 풀렸다.

"내가 오늘 밤을 다 망쳐버렸네." 팀이 작게 중얼거렸다.

"아니야."

이제 그만 마음을 추슬러야 했다. 팀은 나를 감동하게 하려고 내게 특별한 선물을 주고 싶었던 것뿐이다. 내가 목걸이를 보고 기겁할 줄은 상상도 못 했을 것이다. 지금 일은 머릿속에서 지워버리고 오늘 저녁을 즐겨야 했다.

35

11년 전

팀과 셰인의 발소리가 계단 아래로 멀어졌다. 그제야 우리는 겨우 한숨을 돌릴 수 있었다. 두 개의 발소리가 들렸으니, 적어도 둘 다 아직까지는 살아 있다는 뜻이었다.

"무기가 될 만한 물건을 찾아야 해." 첼시가 어둠 속에서 셰인의 서랍을 뒤적이며 말했다. 순간 팀이 휘두르던 야구 방망이가 머리를 스쳤다. "이 방에서 나갈 때를 대비해야지."

나는 침대 위에 털썩 앉았다. 불과 몇 시간 전, 셰인과 첫 경험을 치른 바로 그 침대였다. 겨우 몇 시간 지났을 뿐인데 마치 전생에서 일어났던 일처럼 까마득했다. 손끝으로 내 입술을 어루만지자 아직도 셰인의 입술이 닿았던 감촉이 느껴지는 듯했다. 그리고 샌들우드 향이 여전히 코끝에 감돌았다.

첼시를 도와 함께 무기를 찾아야 했다. 그녀의 말대로 이 방에 처박혀 마냥 아침이 오기만을 기다리고 있을 수는 없었다. 하지만 몸이 따라주지 않았다. 머릿속에서 맴도는 생각 하나가 나를 집요하게 붙들었다. 그 생각은 결국 입 밖으로 새어 나오고 말았다.

"넌 셰인이랑 팀, 둘 중 하나가 범인이라고 생각해?"

첼시가 바삐 놀리던 손을 멈추고 허리를 곧추세웠다. "브룩…."

그녀가 내 옆에 앉아 팔로 내 어깨를 감쌌다. 그 순간, 꾹 눌러왔던 눈물이 와락 터져 나왔다. 모든 감정이 한꺼번에 소용돌이쳤다. 브랜던도, 케일라도 죽었다. 그리고 내가 세상에서 제일 아끼는 둘 중 하나가 그 끔찍한 일을 저지른 범인이었다.

하지만 둘 중 누구인지 감히 짐작조차 할 수 없었다.

"그럴 리 없어." 내가 흐느끼며 말했다. "말이 안 되잖아. 개들이 그랬을 리가 없어. 안 그래?" 나는 눈물이 그렁한 눈으로 첼시를 올려다보았다.

"브룩…." 첼시가 날 꼭 끌어안았다. 피가 흥건한 셔츠가 내 피부에 축축하게 맞닿았다. "셰인은 네 남자 친구고, 팀은 오래된 친구라는 거 잘 알아. 그렇지만 지금 상황을 봐. 이 집에는 우리뿐이잖아. 그러니 둘 중 하나일 수밖에 없지."

나는 손등으로 콧물을 쓱 닦으며 물었다. "둘 중 누구인 것 같아?"

첼시가 잠시 망설이다 대답했다. "잘 모르겠어."

"거짓말 마. 의심 가는 사람이 있는데, 나한테 말 안 하는 거잖아."

첼시가 한숨을 길게 내쉬었다. "팀이 범인이야."

나는 고개를 번쩍 쳐들었다. 전혀 예상하지 못한 답변이었다. "팀? 하지만 팀은…."

"모든 게 딱딱 맞아떨어지잖아, 브룩." 첼시가 젖은 머리칼을 귀 뒤로 넘기며 말을 이었다. "셰인의 말이 맞아. 위층에 올라와서 살인을 저지를 수 있었던 사람은 팀뿐이야. 게다가 케일라랑 밤새 붙어 있던 사람도 팀이었잖아. 셰인은 케일라를 잘 알지도 못했다고."

"그렇긴 한데…."

하지만 팀일 리는 없었다. 팀은 내 첫 번째 단짝이자 첫 키스 상대였다. 어릴 적부터 평생을 함께해 온 친구였고, 나를 위해서라면 무엇이든 해줄 사람이었다. 나는 무심코 눈송이 목걸이로 손을 가져갔다. 내가 목걸이가 든 상자를 열던 순간, 행복하게 미소 짓던 그의 얼굴이 떠올랐다.

"게다가 트레이시 기퍼드랑 데이트도 했다잖아." 잊고 있던 사실을 첼시가 상기시켰다. "아무리 봐도 수상해. 자기랑 데이트했던 여자가 살해당했는데 어떻게 아무한테도 말하지 않을 수가 있어? 뭔가 켕기는 게 있는 거라고."

"네 말이 맞기는 한데…."

"게다가 네가 셰인이랑 사귀어서 엄청 심통이 났을 거야. 자기 여자 친구를 빼앗긴 기분이었을걸."

나는 고개를 획 돌려 첼시를 빤히 쳐다보았다. "그게 무슨 소리야?"

첼시가 답답하다는 듯 부러 한숨을 길게 내쉬었다. "야, 너 진짜 몰라서 묻는 거야? 팀이 너 무진장 좋아하잖아."

터무니없는 말에 콧방귀가 절로 나왔다. "아니거든. 우린 그냥 친구일 뿐이야."

"그래, 넌 팀을 친구로 생각하겠지. 하지만 걔는 아니야. 널 여자로서 좋아한다니까." 첼시가 고개를 갸웃하며 덧붙였다. "뭐야, 난 네가 당연히 알고 있는 줄 알았는데. 정말 몰랐단 말이야?"

나는 또다시 눈송이 펜던트를 만지작거렸다. 내 손끝이 미세하게 떨리고 있었다. 첼시의 말이 맞는 걸까? 나는 팀도 우리가 친구라고 생각하는 줄로만 알았다. 사실 우리가 어릴 때 팀은 나중에 결혼하자는 말을 입버릇처럼 달고 살았다. 하지만 나는 그저 어린 시절 장난으로만 여겼다.

물론 우리는 키스도 했다. 딱 한 번이지만 장장 20분 동안이나 입을 맞추었다. 하지만 진짜 키스가 아니라 연습일 뿐이었다. 그저 무의미한 행위였을 뿐이었는데.

세상에.

첼시의 말이 맞았다.

팀은 나를 좋아한다.

36

현재

 "지금까지 네 모든 생일을 통틀어서 순위를 매긴다면, 오늘이 몇 번째야?"

 팀과 나는 레스토랑에서 저녁을 먹은 후 차를 타고 집으로 돌아오는 길이었다. 눈송이 목걸이 때문에 한바탕 난리를 치기는 했지만, 그 후로는 즐겁게 시간을 보냈다. 둘만 있으니 조시의 눈치를 보지 않고 마음껏 애정을 드러낼 수 있어 좋았다. 팀은 원래도 애정을 많이 표현하는 편이었는데, 와인을 한잔 마시고 나자 한층 더 다정해졌다.

 "1점에서 10점 중에 몇 점인지가 알고 싶은 거야?" 내가 물었다. 간호 대학 시절부터 모든 걸 통증 척도에 따라 평가하던 버릇이 아직도 남아 있었다.

"아니." 신호등이 빨간불로 바뀌자 팀이 차를 세우고 나를 보며 싱긋 웃었다. "다른 생일 다 통틀어서 몇 등이냐고 묻는 거야. 다섯 손가락 안에는 들어?"

"음, 열 손가락 안에는 들어."

"에계, 겨우 그것밖에 안 돼?" 팀이 억울한 표정을 지었다. "그러게 내가 랍스터 시키라고 했잖아. 그랬음 무조건 다섯 손가락 안에 들었을 텐데."

"아니야. 닭요리도 훌륭했어." 내가 웃으며 말했다.

"아, 그래도 너무한데." 팀이 차를 출발시키며 오른손을 내 무릎 위에 얹었다. "다섯 살 이전의 생일은 기억도 못 하잖아. 그러니까 따지고 보면 열 손가락 안에 든다고 해도 사실 그렇게 좋은 건 아니잖아?"

"아냐, 충분히 좋았어."

"그래? 그럼 오늘 밤 힘 좀 쓰면 다섯 손가락 안에 들 수 있으려나?"

"그럴지도?"

사실 오늘 생일이 다섯 손가락 안에 들 수 없는 이유는 저녁이 별로여서가 아니었다. 그리고 오늘 밤 팀이 침대에서 무얼 하는지와도 무관했다. 언제나처럼 완벽할 테니까. 팀이 눈송이 목걸이를 내게 내민 순간, 오늘 밤은 이미 나쁜 기억으로 각인되었다. 아무리 애를 써도 머릿속에서 완전히 지워낼 수는 없었다.

"아참, 좋은 소식이 있어." 팀이 말했다.

"뭔데?"

"너한테 딱 맞는 일자리를 찾았어." 팀이 내 무릎을 살짝 쥐며 말을 이었다. "내 친구가 여기서 15분쯤 떨어진 병원에서 일하거든. 근데 임상 전문 간호사를 급하게 구하고 있대. 네 얘길 했더니 바로 만나고 싶다고 하더라."

"아."

"엄청 잘 됐지? 완전 너를 위한 일자리라니까. 이제 교도소에서 일하지 않아도 돼."

"응, 근데…." 나는 애꿎은 원피스 자락만 만지작거렸다. "나 교도소에서 1년 동안 일하기로 계약이 되어 있어서…."

"에이, 그렇게까지 까다롭게 굴진 않을 거야. 한 달 전에 미리 알리기만 하면 될걸."

"글쎄, 잘 모르겠네."

차가 신호에 걸리자 팀이 고개를 돌려 나를 바라보았다. 흰자위가 달빛을 머금어 번뜩 빛났다. "교도소 일 그만두고 싶은 거 아니었어? 설마 남자 교도소에서 계속 일하고 싶은 거야?"

나는 몸을 꼬았다. "네가 생각하는 것만큼 나쁘지는 않아. 내가 치료해 주면 다들 엄청 고마워하거든."

팀이 내 말을 무시한 채 제 할 말을 이어갔다. "게다가 그 교도소에 셰인 넬슨이 수감되어 있잖아. 그 사실을 알면서도 네가 거기서 일한다는 게 이해가 안 돼. 그러다 셰인이 치료를 받으러 오기라도 하면 어쩌려고 그래?"

내가 셰인이 수감된 교도소에서 일한다고 말했을 때 팀은 경악을 금치 못했다. 당시 구할 수 있는 일자리가 그곳뿐이었다고 설명한 끝에야 겨우 그를 진정시킬 수 있었다. 그러기 위해서는 셰인을 치료한 적이 없다고 둘러대는 수밖에 없었다.

물론 영락없는 거짓말이었다.

"만에 하나 그런 상황이 닥친다 해도 난 간호사답게 치료할 거야."

"진심이야? 아까는 그때랑 비슷하게 생긴 목걸이 하나만 보고도 기겁해 놓고는. 공황 발작까지 일으킬 뻔했잖아. 게다가 셰인이 조시의 존재라도 알게 되면 어쩌려고 그래?"

나는 미간을 찌푸렸다. 나를 걱정하는 그의 마음을 모르지는 않는다. 최고 보안 등급을 자랑하는 교도소에서 일하는 건 사실이니까. 하지만 그가 생각하는 것만큼 위험하지는 않다. 어쩌면 셰인도 그가 믿는 만큼 나쁜 놈은 아닐지도 모른다.

"만약에…" 나는 목을 가다듬었다. "그러니까 진짜 만약에 내가 착각한 거면 어떡하지? 그날 밤 내 목을 졸라 죽이려고 했던 사람이 셰인이 아니었다면?"

"뭐라고?" 팀이 내 무릎 위에서 손을 홱 채가며 물었다.

나는 몸을 옹송그렸다. "아니, 그날 밤 거실이 깜깜해서 아무것도 안 보였거든. 사실 얼굴도 제대로 못 봤어."

끼익! 팀이 브레이크 페달을 세게 밟았다. 조금만 늦었어도 앞차를 그대로 들이받을 뻔했다. "지금 그걸 말이라고 해, 브룩?"

"아니, 생각해 보니까—"

팀이 핸들을 확 꺾어 차를 갓길에 세웠다. 그의 관자놀이에 핏줄이 불거졌다. "너는 제대로 못 봤을지 몰라도 난 내 두 눈으로 똑똑히 봤어. 셰인 그 자식이 칼을 들고 다가와서 내 배를 찔렀다고. 그 순간 내가 할 수 있는 거라고는 야구 방망이를 휘두르는 것뿐이었지. 하지만 셰인은 방망이에 머리를 맞고도 쓰러지지 않았어. 오히려 내 눈을 똑바로 보며 말했지. 다음 차례는 브룩 너라고 말이야. 그러니까 내 말 좀 믿어, 브룩. 널 죽이려 했던 사람은 셰인이 맞아."

경찰이 도착했을 때, 팀은 복부에 자상을 입은 채 피를 흘리며 바닥에 쓰러져 있었다고 했다. 한 달 전 나는 그 흉터를 직접 확인할 수 있었다. 배꼽에서 조금 떨어진 곳에 피부가 불룩하게 튀어나온 한 치 남짓의 선이 전부였다. 내가 생각했던 것보다는 심각해 보이지 않았다.

"그냥 그날 밤 거실이 너무 어두웠다고 말하고 싶었을 뿐이야." 내가 변명하듯 중얼거렸다.

팀이 황급히 고개를 돌렸다. 핸들을 내려다보는 그의 눈가가 촉촉이 젖어 있었다. 잠시 후, 팀은 기어를 다시 넣고 차를 출발시켰다. 우리는 집에 도착할 때까지 단 한마디도 하지 않았다.

"미안해." 우리 집 앞에 차를 세우며 팀이 입을 열었다. "아깐 내가 너무 예민하게 반응했던 것 같아. 네가 셰인에게 양가감정을 가지는 거 충분히 이해해. 아무래도 애가—"

"그래." 그가 말을 채 끝내기도 전에 내가 잘라냈다.

"하지만 명심해. 그 자식은 인간의 탈을 쓴 괴물이야. 아주 고약한 놈이라고. 혹여라도 교도소에서 마주치거든 뒤도 돌아보지 말고 도망쳐야 해."

나는 고개를 떨구었다. "팀, 내 앞가림 정도는 내가 알아서 해."

그는 아무 대꾸도 하지 않았다. 내가 안전띠를 풀고 난 이후에도 그의 입은 떨어지지 않았다. 나는 집으로 들어오라고 권하지 않았고, 그 역시 묻지 않았다. 올해 내 생일은 이제 열 손가락 밖으로 밀려나 버리고 말았다.

집 안은 고요했다. 부엌에서 물이 흐르는 소리만 아스라이 들려올 뿐이었다. 마지가 설거지를 하는 모양이었다. 나이가 지긋한데도 지치지 않는 그녀의 활력이 내심 부러웠다.

부엌으로 들어서자 마지가 노래를 흥얼거리며 냄비를 닦고 있었다. "왔어요, 조시 엄마?" 그녀가 활기찬 목소리로 나를 반겼다. "조시는 이미 꿈나라로 갔답니다. 오늘 둘이서 좋은 시간 보냈어요?"

"네."

"아유, 잘됐네요!" 마지가 숨을 길게 내쉬었다. "하이고, 데이트하던 시절이 그립네요. 남편인 하비를 사랑하지 않는 건 아니지만, 데이트할 때의 그 설렘을 다시 느껴보고 싶네요. 게다가 팀은 인물도 좋잖아요."

"아, 네…"

"눈썹도 어찌나 잘생겼던지." 마지가 덧붙였다.

"그래요?"

"그럼요. 남자는 눈썹만 봐도 어떤 사람인지 대충 감이 오거든요. 눈썹이 수려하면 현명하다는 뜻이에요."

"흥미롭네요."

"어쩜, 엉덩이도 그리 예쁜지."

맙소사. 사실 맞는 말이기는 했다. 다만 그 사실을 마지가 알아챘다는 게 민망할 따름이었다. "아, 네. 말씀 감사해요."

"참, 그리고 팀 선생님이 선물한 목걸이요. 너무 예쁘던데요? 다음부턴 보관함에 잘 넣어두도록 해요. 그러다 잃어버릴라."

 순간 심장이 철렁 내려앉는 기분이었다. 목걸이를 식탁 위에 내 팽개친 후 여태 까맣게 잊고 있었다. 아니, 잊었다기보다는 팀과 외출한 사이에 어디론가 사라져 버렸기를 간절히 바랐다. 아니면 적어도 팀이 알아서 쓰레기통에 처넣어버렸을 줄 알았건만.

 내 바람일 뿐이었다. 팀은 목걸이를 보란 듯이 그 자리에 그대로 남겨 두었다.

 마지는 서둘러 코트를 챙겨 입고 어두운 밤 속으로 유유히 사라졌다. 혼자 남겨진 후에야 나는 용기를 내 식탁 위에 덩그러니 놓인 네모난 파란 상자에 다가갔다. 다행히 팀인지 마지인지 모를 누군가가 목걸이를 상자에 고이 넣어 두었다. 이제 내가 할 일은 단 하나, 상자를 쓰레기통에 던져 버리기만 하면 되었다.

 하지만 나는 기어이 상자를 열고 말았다.

 목걸이를 들어 올리자 눈송이 모양의 펜던트가 달랑거렸다. 다시 보아도 내가 어릴 적 차고 다니던 목걸이와 너무도 똑같았다. 내가 열 살 때 팀에게 생일 선물로 받은 바로 그 목걸이와 판박이였다. 금빛 목걸이에 달린 눈송이 펜던트의 여섯 갈래 끝마다 백색 다이아몬드가 총총 박힌 모습까지.

 나는 목걸이를 가까이서 들여다보았다. 순간, 심장이 멎는 듯했다.

 눈송이의 두 번째 갈래 끝에 다이아몬드 하나가 빠져 있었다. 내 목걸이도 똑같은 자리에 다이아몬드가 빠져 있었는데.

 내가 고등학교 내내 걸고 다니던 목걸이와 생김새는 물론 다이아몬드가 빠진 위치마저 일치했다.

설마 같은 목걸이인 걸까?

내 목걸이의 행방을 나는 알지 못했다. 셰인이 잡아당겨 끊어진 후로 다시는 본 적이 없었다. 경찰이 증거품으로 보관하고 있으리라 짐작했는데 아니었던 모양이다. 지금까지 다른 사람이 가지고 있었던 걸까.

팀은 벼룩시장에서 목걸이를 샀다고 했다. 벼룩시장이라니. 대체 어떤 시장을 말하는 걸까? 이 동네에서 태어나 줄곧 살아왔지만 벼룩시장이 열린다는 소리는 들어본 적도 없었다.

팀이 거짓말을 한 걸까?

'팀 리스를 가까이해서는 안 돼. 아주 위험한 놈이야.'

설마 셰인의 말이 사실이었던 걸까? 그날 밤 목걸이로 내 목을 조른 사람이 셰인이 아니었다면? 나는 나를 죽이려 했던 사람의 얼굴을 본 적이 없었다. 셰인이 칼을 들고 있는 모습을 똑똑히 보았다고 진술한 사람은 오직 팀뿐이었다. 내 증언도 셰인에게 불리하기는 매한가지였지만, 그의 운명을 결정지은 건 단연 팀의 말이었다.

팀이 거짓 증언을 한 걸까?

아니다. 그를 의심해서는 안 된다. 팀은 내 남자 친구고, 평생을 함께해 온 친구다. 그는 좋은 사람이다. 거짓말을 할 리도, 사람을 죽일 리도 없다. 내 이름이 무엇인지를 아는 것만큼 확신할 수 있다.

그렇다면 이 목걸이는 대체 어디에서 난 거지?

37

팀과 나는 내 생일날 크게 싸운 후 바로 화해했다.

다음 날 저녁, 팀은 장미꽃 한 다발과 어여쁜 귀걸이 한 쌍을 선물로 들고 찾아왔다. 그날 이후 목걸이 이야기는 두 번 다시 꺼내지 않았다. 하지만 나는 그가 부탁한 일을 들어주기로 했다. 며칠 전 나는 팀이 추천한 동네 병원과 면접 약속을 잡았다. 그의 말대로 최고 보안 등급 교도소는 내가 꿈꾸던 직장이 아니었다. 게다가 새 직장은 집에서 무척 가까웠다.

조만간 교도소를 그만두고 나면 셰인을 다시 볼 일은 없을 것이다. 그러면 마음이 한결 편안해질 것이다.

물론 불안이 완전히 가시지는 않겠지마는.

저녁을 먹은 후 팀과 나는 함께 설거지를 시작했다. 이제는 아주 익숙한 일상이었다. 사귄 지 두 달 남짓밖에 되지 않았지만, 조시에게 우리 사이를 털어놓은 후로 팀은 일주일에 사나흘을 우리 집에서 자고 간다. 하지만 자기 물건을 우리 집에 잔뜩 가져다 놓지는 않았다. 필요한 물건이 있을 때마다 집에 가서 가져오면 되었으니까.

"우리 결혼한 지 오래된 노부부 같지 않아?" 내가 마지막 접시를 식기 건조대에 올려놓으며 말했다.

팀이 피식 웃음을 터뜨렸다. "우리 어렸을 때 기억나? 나중에 결혼하면 이렇게 살자, 저렇게 살자 맨날 얘기했었잖아."

팀에게 늘 그런 이야기를 들었던 기억이 났다. "응, 당연히 기억하지."

"난 그때부터 우리가 결국엔 함께할 운명이라고 생각했어. 이 세상에서 내가 결혼할 여자는 너 하나밖에 없다고 믿었거든."

"알아." 팀이 나를 가까이 끌어당겼고, 나는 기꺼이 그의 손에 몸을 내맡겼다. "그 생각은 언제 멈춘 거야?"

"멈춘 적 없어."

그 말에 웃음이 터진 나와 달리 팀은 전혀 웃고 있지 않았다. 도리어 진지한 눈빛으로 나를 뜨겁게 바라보았다.

"브룩, 이것 하나만은 알아줘. 난 널 사랑해. 늘 너만을 사랑해왔고 앞으로도 너만을 사랑할 거야."

그에게서 처음 들은 사랑 고백이었지만 그리 놀라지는 않았다. 내게 사랑한다고 말하고 싶어 안달인 걸 이미 눈치채고 있었으니까. 사실 나도 그와 같은 마음이었지만, 그 말을 듣게 될 순간이 내심 두려웠다.

내게 마지막으로 사랑한다고 고백했던 남자가 날 죽이려 했었으니까.

하지만 팀이 마음 졸이게 내버려 둘 수는 없었다. 내가 같은 말을 해주기를 애타게 바라고 있을 터였다. 내가 그 말을 해주지 않더라도 겉으로는 괜찮은 척하겠지만, 속으로는 크게 상심할 것이 분명했다.

"나도 사랑해, 팀"

그가 나에게 입을 맞추었다. 나는 우리가 서로에게 사랑을 고백하는 이 순간이 아름답기만을 바랐다. 하지만 내가 마지막으로 그 말을 내뱉었던 순간이 자꾸만 머릿속에 맴돌았다. '사랑해, 셰인.'

그리고 몇 시간 후, 셰인은 목걸이로 내 목을 졸랐다.

그때 조시가 텔레비전 화면에 대고 소리를 버럭 내질렀다. 그 바람에 우리는 키스를 멈추어야 했다. 방에 올라가서 숙제하라고 말한 지가 언젠데 아직도 거실에서 닌텐도 삼매경인 모양이었다. "조시 저 녀석 제대로 혼쭐이 나 봐야 정신을 차리지."

거실로 성큼성큼 걸어 나가 보니 텔레비전 화면에서 무언가가 폭발하는 장면이 보였다. 나는 조시의 어깨를 쿡 찔렀다. "당장 끄고 네 방으로 올라가."

"엄마, 잠깐만."

"지금 당장이라고 했다."

"이 판 거의 다 깨 간단 말이야!"

"엄마 말 들어야지, 조시." 팀의 목소리가 사뭇 엄격했다.

팀이 조시를 대하는 태도가 참 마음에 든다. 모든 결정은 나에게 맡기면서도 필요할 때는 언제나 내 편에 서 준다. 게다가 조시는 팀을 무척이나 좋아한다. 둘이 함께 닌텐도 게임이나 야구 연습을 하고, 집을 손보는 모습을 보고 있자면 귀여워서 깨물어 주고 싶다.

조시는 툴툴대면서도 결국 게임을 끄고 컨트롤러를 소파 위에 내려놓았다. 닌텐도의 전원이 꺼지자 텔레비전 화면은 케이블 방송으로 바뀌었고, 저녁 뉴스가 흘러나왔다. 조시는 성난 발걸음으로 계단을 쿵쿵 밟으며 올라갔다. 이내 방문이 큰소리를 내며 닫혔다.

"내가 너무 심했나?"

"전혀." 팀이 고개를 저었다. "내가 처음 교사로 부임했을 때 5학년 반을 맡았었거든. 애들을 올바른 길로 인도하려면 가끔은 엄하게 훈육할 필요도 있더라고. 그래도 조시는 착한 애야. 공부 욕심도 있고. 그러니까 나중엔 숙제하라고 혼낸 너한테 되레 고마워할 거야."

"그런가…."

그때 무언가에 홀린 듯 내 시선이 텔레비전 화면으로 향했다. 지역 뉴스에서 여성 실종 사건을 보도하고 있었다. 이틀 전에 실종된 여성의 이름은 켈리 언더우드. 웨이트리스로 일하는 술집에 출근하지 않아 실종된 사실이 확인되었다고 했다.

잠깐만, 웨이트리스? 켈리?

나는 텔레비전 화면을 가만히 들여다보았다. 실종된 여성의 사진이 대문짝만하게 떠 있었다. 그 순간 그녀가 누구인지 대번에 알아보았다.

샴록에서 일하던 그 웨이트리스였다. 고등학교 때부터 봐온 익숙한 얼굴. 마트에서 마주쳤던 날, 셰인에게 불리한 증언을 했다고 날 비난하며 팀에게서 떨어지라고 경고했던 바로 그 여자였다.

팀의 시선도 화면을 향해 있었다. 켈리의 사진이 뜨는 순간, 그의 눈동자가 마구 흔들렸다. 소파 팔걸이를 하도 세게 움켜쥔 탓에 손마디가 하얗게 질려 있었다.

"샴록에서 일하던 웨이트리스 맞지?" 당황한 티를 애써 감추며 내가 물었다.

"어… 글쎄." 팀이 황급히 화면에서 시선을 떼며 대답했다. "잘 모르겠네. 맞는 거 같기도 하고. 나 거기 안 간 지 꽤 됐거든. 너랑 같이 갔을 때가 마지막이었어."

"뭐? 잘 모르겠다고? 너 저 여자랑 데이트도 했다고 하지 않았어?"

"내가 언제? 데이트까지는 아니었어. 그냥 켈리 일 끝나고 나서 술 한잔 같이 마신 게 다야. 별일 아니었다고."

"그렇구나."

팀은 분명 켈리와 두 번 데이트한 적이 있다고 내게 말했다. 켈리 역시 마트에서 나와 마주쳤을 때 팀과의 데이트를 또렷이 기억하는 눈치였다. 그런데 팀은 왜 아니라고 하는 걸까?

그가 데이트했던 여자가 사라진 일이 이번이 처음이 아니기 때문일까?

"저기… 브룩." 팀이 떨리는 손으로 머리카락을 쓸어 올렸다. "오늘은 이만 가봐야겠다. 몸도 너무 피곤하고, 내일 아침 일찍 회의가 있거든. 아무래도 우리 집에서 자는 편이 나을 것 같아."

오늘은 우리가 처음으로 서로에게 '사랑한다'고 고백한 날이었다. 그래서 당연히 뜨거운 밤을 보내리라 기대했건만, 팀은 한시라도 빨리 우리 집에서 벗어나고 싶은 낌새였다. 심지어 현관 계단을 내려갈 때는 발을 헛디뎌 바닥에 얼굴을 찧을 뻔하기까지 했다.

하지만 팀이 떠난 게 마냥 아쉽지만은 않았다. 이제 인터넷에서 켈리 언더우드를 마음껏 검색해 볼 수 있으니까.

켈리에 대한 정보는 손쉽게 찾을 수 있었다. 마지막 철자가 'Y'가 아니라 'I'로 끝나는 이름의 그녀는 스물일곱 살, 직업은 웨이트리스였고, 지역 대학에서 미술사 수업을 듣고 있었다. 지하 단칸방에 혼자 살고 있었는데, 이틀 전 샴록에 출근하지 않아 실종된 사실이 알려진 것이다. 어떤 기사에서는 남자 친구가 있다고 나왔지만 그가 용의자인지는 확인할 수 없었다.

이틀 전. 그때 팀이 우리 집에 있었던가? 기억이 가물가물했다.

다행히 켈리는 소셜 미디어에서 활발하게 활동 중이었다. 나와 달리 인터넷 곳곳에 사진을 도배하다시피 올려두었다. 나는 그녀의 게시물을 샅샅이 살펴보며 단서가 될 만한 정보를 찾기 시작했다. 그러다 초여름에 올라온 게시글 하나를 발견했다.

놀라운 사실: 교감 선생님은 키스를 끝내주게 한다!

켈리가 다른 교감 선생님과 데이트했을 리는 없을 터이니 팀을 지칭하는 게 분명했다. 그렇다면 두 사람은 올여름에 만났고, 데이트 도중이나 헤어질 무렵에 입까지 맞출 정도로 진지한 사이였다는 뜻이다. 그리고 켈리는 그 키스가 아주 흡족했던 모양이다.

하지만 팀에 대한 단서는 그 글 하나뿐이었다. 팀은 소셜 미디어를 거의 하지 않았고, 켈리 역시 팀을 태그하거나 언급하지 않았다. 키스에 관한 글 하나 말고는 두 사람의 관계를 증명할 만한 증거는 없었다.

하지만 팀은 분명 켈리와 진지한 만남을 가졌다. 그저 가볍게 술 한잔한 사이라는 그의 말은 명백한 거짓이었다.

그렇다고 그를 탓할 수 있을까? 우리가 사귀기 전 잠깐 만났던 여자 이야기를 내 앞에서 꺼내기가 꺼려졌을 것이다. 게다가 트레이시 기퍼드 사건 이후로 또 다른 실종 사건에 휘말리고 싶지는 않았을 테지.

어쩌면 팀과는 무관한 일일지도 모른다. 켈리가 아무에게도 알리지 않은 채 혼자 훌쩍 떠나 버린 걸 수도 있지 않은가.

분명 무탈하게 잘 지내고 있을 것이다. 반드시 그래야만 한다.

38

11년 전

첼시는 벌써 20분째 셰인의 책상 서랍을 뒤지고 있지만 별 소득이 없었다.

"무기로 쓸 만한 게 하나도 없네. 그 흔한 가위 한 자루도 없어."

어떻게 반응해야 할지 몰랐다. 설사 셰인의 서랍에 날카로운 가위가 있다고 해도 과연 내가 사용할 수 있을지 의문이었다. 가위로 누군가를 찌른다는 상상만 해도 소름이 끼쳤다.

"펜은 어때? 그건 여기 널렸는데." 첼시가 물었다.

나는 무릎을 세워 몸 가까이 끌어당겼다. "펜으로 대체 뭘 어쩌려고?"

"글쎄, 눈을 콱 찔러버리면 되지 않을까?"

"펜으로 사람 눈을 찌르겠다고? 난 절대 못 해. 넌 할 수 있어?" 내가 고개를 좌우로 흔들며 물었다.

첼시가 몸을 일으켜 내 쪽을 바라보았다. 방 안이 컴컴해서 표정까지는 보이지 않았다. 번개가 번쩍일 때만 잠깐씩 그녀의 얼굴을 볼 수 있었다. "궁지에 몰리면 눈이라도 찔러야지, 별수 있냐? 안 그러면 팀이 날 죽일 텐데."

첼시는 이미 팀이 범인이라고 단정하고 있었다. 팀이 브랜던과 케일라를 죽였다고 믿고 있었다. 하지만 나는 여전히 그 사실을 받아들이지 못했다. 팀은 절대 그런 짓을 할 사람이 아니다. 나는 팀을 매우 잘 안다. 비록 팀이 나를 좋아하고 있다는 사실은 알아채지 못했지만 그건 결이 다른 문제 아닌가.

"난 팀이 죽였다고 생각하지 않아. 말도 안 되는 소리야."

첼시가 허리께에 손을 척 얹었다. "넌 유독 팀만 그렇게 싸고돌더라. 근데 걔, 네가 생각하는 것만큼 착하지 않아."

"착한 애 맞거든."

"아니야. 내가 장담해."

구체적인 증거라도 있는 듯 확신에 찬 말투였다. 하지만 내 귀에는 터무니없는 억측으로밖에 들리지 않았다. "네가 뭐라든 팀이 그랬을 리 없어."

첼시가 짜증 섞인 목소리로 쏘아붙였다. "야, 아직도 모르겠냐? 딱 봐도 팀이잖아. 케일라를 죽일 수 있었던 사람이 걔밖에 더 있어? 거실에 혼자 남겨졌을 때 2층에 올라가서 죽인 거야. 다른 사람은 그럴 시간이 없었다고."

나는 아랫입술을 잘근잘근 씹었다. 지난 몇 주간 날씨가 쌀쌀해지면서 입술이 텄는데, 자꾸 침을 바르고 깨무는 바람에 더 심해졌다. 그런데도 멈출 수가 없었다.

"아니, 한 명 더 있어."

"누구? 그때 셰인은 밖에 있었잖아. 팀 말고는 집 안에 있던 사람이 없었는데 도대체 누가 죽였다는 건데?"

"너." 나는 첼시의 표정을 살피려 애썼다. 하지만 방 안이 너무 어두워서 마스카라가 번진 검은 눈덩이만 어렴풋이 보일 뿐이었다. "팀이랑 내가 부엌에서 얘기할 동안 너 혼자 거실에 있었잖아."

첼시의 입이 떡 벌어졌다. "뭐, 뭐라고?"

"생각해 보면 네가 범인일 가능성이 제일 커. 팀도 그렇고 셰인도 그렇고 브랜던과 케일라를 죽일 이유가 없었어. 하지만 넌 다르지. 브랜던은 너 몰래 바람을 수도 없이 피웠고, 케일라는 널 브랜던을 죽인 범인으로 몰았잖아. 그래서 네가 둘 다 죽인 거지."

"이야, 끝내주네!" 비꼬는 듯한 말투였지만 그녀의 말끝이 희미하게 떨렸다. "내 남자 친구가 살해됐고, 그 시신을 내가 발견했어. 그것만으로도 지옥 같은데 이제 날 범인으로 모는 거야? 게다가 옆방에 있는 케일라까지 내가 죽였다고?"

"아니, 그런 뜻이 아니라⋯." 나는 신중하게 다음 말을 골랐다. "너한테도 걔들을 죽일 동기와 기회가 있었다는 얘길 하는 거야."

첼시는 한동안 그 자리에 선 채로 꼼짝도 하지 않았다. "내가 진짜 범인이라면 뭐 하러 무기를 찾는다고 이 난리를 쳐? 이미 어딘가에 칼을 숨겨놨을 텐데."

"그건⋯ 네 말이 맞네."

"당연하지." 첼시가 고개를 저으며 말을 이었다. "참 나, 내가 사람을 죽였다고? 그것도 두 명씩이나? 너 정신이 어떻게 된 거 아니?"

불현듯 떠오른 생각에 등골이 서늘해졌다. 팀은 첼시와 내가 집 안에 들어온 사이 브랜던의 시신 주변을 살폈지만 칼을 찾지 못했다고 했다. 하지만 그 얘기는 나에게만 해준 말이었다. 그런데 첼시는 범인이 칼을 숨겨뒀다는 사실을 어떻게 알고 있는 걸까? 설마 그녀가 정말 범인일 걸까?

"우리 그만 아래층으로 내려가자." 나는 서둘러 침대에서 일어났다. "팀이랑 셰인이 무사한지 확인해야겠어. 그리고 넷이 함께 있는 편이 더 안전할 것 같아."

"미쳤어? 팀이 이미 셰인을 찔러 죽였을지도 몰라. 우리가 내려오기만 바라고 있을 거라고!"

"그럴 리 없어." 내가 딱 잘라 말했다.

이 방을 당장 벗어나야 했다. 내가 자기를 의심한다는 사실을 첼시가 알고 있다. 그녀와 이 방에 단둘이 있으면 위험하다. 브랜던과 케일라처럼 되고 싶지는 않았다. 나는 문 앞으로 달려가 손잡이를 돌렸다. 하지만 우리가 쌓아 둔 책더미 때문에 문은 꼼짝도 하지 않았다.

"야, 브룩. 하지 마!" 첼시가 내 앞으로 비집고 들어와 문 앞을 막아섰다. "너 진짜 제정신이야? 아래층은 위험해!"

"비켜. 난 이 방에서 나갈 거야." 바닥에 쌓인 책을 발로 걷어차며 내가 소리쳤다.

"브룩, 제발 정신 좀 차려! 너 설마 내가 진짜 브랜던이랑 케일라를 죽였다고 생각하는 거야?"

"나도 모르겠어." 나는 문 앞을 가로막은 책을 연신 밀쳐냈다. "그냥 여기서 나가고 싶어. 화장실도 가야 하고."

문고리를 향해 손을 뻗자 첼시가 다시 몸으로 밀쳐냈다. 나는 고개를 들어 첼시의 둥그런 얼굴을 바라보았다. 첼시네 집 욕실에서 내가 직접 끝부분만 탈색해 준 검은 머리칼이 눈에 들어왔다. 어스레한 불빛 아래 그녀의 갈색 눈동자는 마치 검은 심연 같았다.

"첼시, 비켜." 내가 단호한 목소리로 말했다. "지금 당장."

첼시의 두 눈이 내 얼굴을 꿰뚫을 듯 응시했다. "싫어. 여기서 한 발짝도 못 움직여."

이럴 수가. 지금껏 첼시는 셰인의 방에서 무기를 찾는 척 연기한 것이었다. 애초에 그럴 필요도 없었을 것이다. 이미 칼을 가지고 있었으니까. 브랜던과 케일라를 죽였던 바로 그 칼로 이제 나를 죽이려 한다.

나는 천천히 그녀의 손으로 시선을 옮겼다. 내 짐작과 달리 아무것도 쥐여 있지 않았다. 칼은 어디 있는 걸까? 대체 어디에 숨긴 걸까?

"첼시…"

"내려가면 안 돼, 브룩. 이 방에서 절대로 나가면 안 된다고."

웃기시네. 브랜던과 케일라처럼 죽을 수는 없다. 첼시를 밀쳐내고 이 방에서 도망치기만 하면 팀과 셰인이 날 도와줄 것이다. 나는 이미 살해당한 두 사람보다 훨씬 유리한 상황이다. 첼시가 날 죽이려 한다는 사실을 이미 알고 있으니까. 그리고 치어리더 훈련 덕분에 그녀의 약점이 무엇인지도 잘 알고 있다.

나는 발을 뒤로 들었다가 그녀의 정강이를 힘껏 걷어찼다. 첼시가 달리기 훈련 전 항상 보호대를 차던 바로 그 자리였다. 그녀는 비명을 내지르며 다리를 움켜쥔 채 그대로 바닥에 주저앉았다.
"야! 너 미쳤어?"

문손잡이를 잡아당기자 다행히 문이 빠끔 열렸다. 치어리더 복장에 맞추려 살을 빼느라 고생했던 그간의 시간들이 고맙게 느껴졌다. 나는 문과 문틀 사이에 난 좁은 틈새를 가까스로 빠져나왔다.

"브룩!" 첼시가 내 뒤통수에 대고 부르짖었다.

나는 앞만 보고 내달았다. 첼시가 곧 몸을 추스르고 날 따라올 것이다. 하지만 지금은 내가 조금이나마 앞서 있었다. 나는 칠흑같은 복도를 지나 난간을 더듬어 찾았다. 지금 당장 아래층으로 내려가야 했다.

"팀! 셰인!"

목청껏 외쳤지만 아무런 대답도 돌아오지 않았다.

불길한 징조였다. 팀과 셰인이 아래층 거실에 앉아 서로를 감시하고 있을 줄 알았다. 하지만 내 짐작과 달리 거실은 쥐 죽은 듯 조용했다. 아무도 보이지 않았다.

그 순간, 셰인의 방을 나온 게 끔찍한 실수였을지도 모른다는 생각이 스쳤다.

나는 최대한 빠른 속도로 계단을 내려갔다. 그때 셰인의 방에서 소리가 들려왔다.

"브룩!"

첼시였다. 목소리가 또렷하지 않은 걸 보면 아직도 셰인의 방에 있는 듯했다. 이상했다. 세게 걷어차기는 했지만 못 걸을 정도는 아니었다. 지금쯤이면 두 발로 일어나 계단까지 쫓아오고도 남았을 텐데.

"팀! 셰인!" 나는 목이 터져라 재차 소리쳤다.

계단 끝에 다다른 순간, 무언가에 발이 걸렸다. 나는 새된 비명을 내지르며 앞으로 고꾸라졌다. 무언가가 계단 앞을 막고 있었다.

부드러운 감촉.

세상에, 시체였다.

나는 눈을 가늘게 뜨고 얼굴을 확인했다. 하지만 너무 깜깜해서 아무것도 보이지 않았다. 바닥을 짚었던 손을 들어 올리자 끈적한 액체가 손바닥에 흥건했다.

피였다.

맙소사. 첼시의 말이 맞았다. 첼시와 내가 위층에 숨어 있는 사이, 누군가가 살해당했다. 첼시는 나를 해치려던 게 아니었다. 내가 다른 애들처럼 살인마의 희생양이 되지 않도록 방 안에 붙잡아 두려 했던 것이었다. 내 입에서 목멘 흐느낌이 터져 나왔다. 지금 당장 도망쳐야 했다. 하지만 온몸이 얼어붙은 듯 움직이지 않았다.

바로 그때, 육중한 몸이 나를 짓눌렀다. 일어나려고 몸부림쳐 보아도 헛수고일 뿐이었다. 내 목에 걸린 목걸이가 내 숨통을 조여 왔다.

39

현재

나는 진료실 문을 열고 다음 환자가 누군지 확인했다. 대기실에는 딱 한 사람뿐이었다. 셰인 넬슨.

셰인은 오늘도 어김없이 수갑과 족쇄를 차고 헌트에게 끌려왔다. 그가 이곳에 온 이유는 불을 보듯 뻔했다. 다른 죄수들에게 또 흠씬 두들겨 맞은 것이다. 아랫입술은 찢겨 있었고, 왼쪽 광대 위로 멍이 짙게 번져 있었다. 헌트의 부축을 받아 의자에서 일어난 셰인은 다리를 절뚝이며 진료실로 들어왔다.

"수갑이랑 족쇄는 채우지 않기로 한 거 아니었나요?"

헌트가 매서운 눈초리로 나를 노려보았다. 내가 고등학교 이야기를 꺼낸 이후 우리 사이에는 찬 바람이 쌩쌩 불었다. 하지만 어제 동네 병원 면접을 꽤 잘 본 터라 더는 두렵지 않았다. 이제는 그가 해고 운운하며 날 협박해도 눈 하나 깜짝하지 않을 자신이 있었다.

"폭력을 행사한 재소자에게 수갑과 족쇄는 필수입니다." 헌트가 날카롭게 쏘아붙였다.

나는 셰인의 손을 살폈다. 상처 하나 없이 깨끗했다. 폭력을 행사했다기보다는 일방적으로 얻어맞은 쪽에 가까워 보였다. 하지만 헌트에게 굳이 따지고 들지는 않았다. 대신 셰인이 진료실에 들어오자마자 방문을 세게 닫아 버렸다.

"세상에."

"보기보다 심각하지는 않아."

나는 그의 얼굴을 찬찬히 뜯어보았다. 책상에 머리를 부딪혔을 때 생긴 멍은 사라지고 없었다. 하지만 그가 처음 진료를 보러 왔던 날 꿰맸던 자리에는 분홍빛 흉터가 옅게 남아 있었다. 입술이 터지고 몇 군데 멍이 들기는 했어도 다행히 봉합이 필요한 상처는 없었다. 다만 몸을 움직일 때마다 그의 얼굴이 잔뜩 일그러졌다.

"아픈 데가 어디야?"

"갈비뼈가 부러졌어."

"그걸 어떻게 알아?" 내가 눈을 치켜뜨며 물었다.

"예전에 갈비뼈가 부러졌을 때랑 아픈 데가 똑같거든."

교도소에 들어온 뒤로 도대체 갈비뼈가 몇 번이나 부러졌길래 그걸 느낌으로 아는 걸까. "일단 흉부 엑스레이부터 찍어 보자."

"그래."

끔찍한 짓을 저지른 인간이기는 하지만, 이 순간만큼은 셰인이

가엽다는 생각이 들었다. 내가 근무한 짧은 기간 동안 다른 재소자에게 맞아 진료실에 찾아온 게 벌써 두 번째였다. 팀의 말마따나 셰인이 정말 '악마 같은 인간'이라 해도 교도소가 이런 폭력을 방치하는 건 옳지 않아 보였다.

"널 이 지경으로 만든 사람이 누군지 이번에도 함구할 참이야?"

"물론이지." 셰인이 코웃음을 쳤다. "말했다간 매일 얻어터져서 진료실에 끌려올걸?"

"그래도 용감하게 맞서야 할 때도 있는 법이야. 작년에 내 아들이 4학년일 때 매일 괴롭힘을 당했었거든. 그런데 지금은—"

나는 하던 말을 멈추었다. 셰인이 명치를 한 대 맞은 듯한 표정으로 나를 뚫어지게 쳐다보고 있었기 때문이다. 나는 머릿속으로 방금 한 말을 되짚어 보았다. 그리고 이내 깨달았다.

"네 아들이 초등학교 5학년이야?" 그의 목소리가 흔들렸다. "저번에 유치원생이라고 하지 않았어?"

무어라 둘러대려고 입술을 떼어보지만 옅은 신음만 새어 나올 뿐이었다.

"브룩." 셰인이 두 손으로 무릎을 세게 움켜쥐었다. 헌트가 수갑을 너무 꽉 조인 탓에 차가운 금속이 그의 손목을 깊게 파고들었다. "아들이 몇 살이야?"

거짓말을 할 수도 있었다. 그가 진실을 알아낼 방법은 없을 테니까. 하지만 이미 내 얼굴이 모든 걸 말해주고 있었다. "열 살이야."

"설마…"

나는 고개를 천천히 끄덕였다. "맞아, 네 아들이야."
 방금 내가 던진 말은 그가 다른 재소자들에게 당한 폭력보다 훨씬 잔혹했다. 셰인은 숨 쉬는 것조차 힘들어 보였다. 갈비뼈 골절로 호흡이 가빠질 수도 있지만 그 때문은 아닌 것 같았다.
 "왜 나한테 말하지 않았어?" 그가 힘겹게 물었다.
 나는 아무 말 없이 고개만 내저었다. 굳이 설명하지 않아도 그 이유를 이미 알고 있을 것이다.
 "브룩, 무리한 부탁인 거 아는데…." 그가 선뜻 말을 잇지 못했다. 조시를 만나게 해달라고 할까 봐 더럭 겁이 났다. 그런 부탁이라면 어떤 말로도 나를 설득할 수는 없을 것이다. 그때 결심이 선 듯 셰인이 입을 열었다. "아이 사진만이라도 볼 수 있을까? 제발 부탁이야."
 단칼에 거절해야 마땅했다. 하지만 그의 간절한 눈빛에 마음이 흔들리고 말았다. 고작 사진 한 장 보여준다고 큰일이 나기야 하겠는가.
 나는 주머니에서 핸드폰을 꺼냈다. 조시의 최근 사진을 화면에 띄운 다음 그의 눈앞에 내밀었다. 사진을 내려다보는 셰인의 입술이 벌어졌다.
 "세상에, 나랑 똑같이 생겼네." 그가 놀란 숨을 들이켰다.
 "맞아."
 "한 장만 더 보여주면 안 돼? 제발, 브룩."
 그러면 안 된다는 걸 알면서도 차마 거절할 수 없었다. 평생 아들 얼굴 한 번 못 볼 남자에게 사진 몇 장쯤은 허락해도 괜찮을 것 같았다. 나는 최근에 찍은 조시의 사진을 몇 장 더 보여주었다.

야구하는 사진, 생일 파티에서 웃는 모습, 그리고 유치원 첫날 닌자 거북이 가방을 메고 자랑스레 서 있는 꼬꼬마 시절 사진까지. 셰인은 조시의 모습을 하나하나 눈에 새기듯 바라보았다. 내가 엄마가 된 이래 조시의 사진을 이렇게까지 넋 놓고 쳐다보는 사람은 처음이었다. 부모님조차도 이 정도는 아니었다.

이대로 둘이서 몇 시간이고 사진만 들여다볼 수도 있을 것 같았다. 하지만 그때 헌트가 문을 세게 두드렸다. "아직입니까?"

나는 핸드폰을 다시 주머니에 찔러넣었다. 셰인의 낯빛이 금세 어두워졌다. "미안해."

"괜찮아. 사진 보여줘서 고마워. 거절할 수도 있었을 텐데."

"그래."

그의 갈색 눈동자에 깃든 슬픔을 마주하자 가슴이 저릿해졌다. "네가 이곳에 아이를 데려오지 않아서 다행이야. 아이에게 이런 모습을 보여주고 싶지 않아. 자기 아빠가…."

"그래…."

셰인이 멍하니 벽을 응시했다. 그의 얼굴에 알 수 없는 표정이 서렸다. "하, 가끔은 말이야. 이 끔찍한 곳에 갇혀 사는 삶에 익숙해질 때가 있어. 내가 하지도 않은 일 때문에 여기에 왔다는 사실마저도 받아들이게 되더라고. 난 죽을 때까지 내 마음대로 화장실도 못가. 직업을 가지거나 운전을 할 수도 없을 테고, 여자를 품에 안을 수도 없어. 평생 돼지 사료 같은 밥이나 먹고, 한 달에 한 번은 내가 노려봤다는 말도 안 되는 이유로 다른 재소자들에게 두들겨 맞으며 살아야겠지." 셰인의 숨소리가 가늘게 떨렸다. "그런데 이 빌어먹을 감옥 때문에 소중한 걸 잃었다는 사실을 하나

씩 깨달을 때마다… 괴로워서 견딜 수가 없어."

셰인이 입술을 꽉 깨물었다. 아랫입술이 찢어진 탓에 심히 고통스러워 보였다. 그제야 나는 그가 울음을 참으려 애쓰고 있다는 사실을 깨달았다.

"셰인, 그만 흉부 엑스레이 찍으러 갈까?"

"됐어. 신경 쓰지 마."

"갈비뼈가 부러진 것 같다고 했잖아. 기흉이 생겼는지 확인해봐야 해. 방치하면 죽을 수도 있어."

"그럴 일은 없을 거야. 난 그 정도로 운이 좋은 사람은 아니거든."

"셰인…"

"나한테도 거부할 권리가 있어, 브룩." 그가 날카롭게 말했다. 그리고 목소리를 낮춰 덧붙였다. "그것만이라도 내 맘대로 할 수 있게 해줘."

그와 나의 시선이 맞닿았다. 그 순간, 우리는 미식축구 경기장을 누비던 소년과 그를 응원하던 치어리더로 돌아갔다. 셰인은 기량이 뛰어난 선수였다. 유니폼을 입은 그는 누구보다 매력적이었다. 무엇보다 경기를 뛰다 나를 발견하고는 신나게 손을 흔들던 그의 모습은 너무나도 사랑스러웠다.

그랬던 그가 나를 죽이려 할 줄이야.

사실 지금도 믿기지 않는다. 그날 밤, 내가 기억하지 못하는 무슨 일이 있었던 게 분명했다. 아주 중요한 무언가가 내 기억의 가장자리를 잡아당기고 있었다. 하지만 기억하려 하면 할수록 점점 더 멀어져만 가는 느낌이었다.

셰인이 먼저 시선을 떼며 말했다. "이제 그만 수용실로 돌아가고 싶어."

"엑스레이 안 찍어봐도 괜찮겠어?"

"응."

나는 그가 원하는 대로 해주었다. 꼭 받아야 할 검사를 생략한 채 헌트 교도관을 불러 그를 감방으로 돌려보냈다. 셰인은 우울증이 심해 보였다. 혹시 자살 충동까지 느끼는 건 아닐까. 한 달에 한 번 정신과 의사가 진료하러 온다는 말만 들었을 뿐, 내가 근무하는 몇 달 동안 한 번도 본 적이 없었다. 셰인을 불러 세워 치료를 권해 볼까 고민했지만 그를 괴롭히고 싶지 않았다.

어쩌면 오늘이 셰인을 보는 마지막일지도 몰랐다. 그는 이제 어떻게든 진료실에 오기를 피할 테고, 나는 다른 병원에 취직하는 순간 이곳을 떠날 것이다. 그동안 그를 마주할 때마다 너무 힘들었다. 내가 생각했던 것과 너무나도 달랐으니까.

이제는 그를 보지 않아도 된다니 참으로 다행이었다.

40

11년 전

나는 죽을 것이다.

내가 지난 7년 동안 매일 하고 다닌 눈송이 목걸이가 내 목을 깊게 파고들었다. 거친 손가락이 목걸이를 움켜쥐고 힘껏 잡아당겼다. 숨이 막혀왔다.

"살려…." 숨통이 죄어 와 목소리가 나오지 않았다.

팀이 나를 죽이려 한다. 그가 내 열 살 생일 때 내게 선물한 목걸이로 내 목을 졸라 죽이려 하고 있다. 이 얼마나 잔혹한 운명의 장난인가.

바로 그때, 코끝에 무언가가 스쳤다. 공기 중에 떠도는 익숙한 향기. 나를 짓누르고 있는 남자에게서 풍겨오는 냄새였다.

샌들우드.

셰인의 애프터셰이브 향이었다.

팀이 아니었다. 팀은 바닥에 쓰러져 죽어 있다. 지금 나를 짓누르며 내 목을 조르고 있는 사람은 셰인이다. 이 모든 일을 계획할 수 있었던 유일한 사람이자, 살인에 쓸 칼 하나만 남겨 둔 채 집 안에 있는 흉기를 모조리 치워버린 장본인. 그 칼로 브랜던과 케일라를 찔러 죽이고, 이제 팀까지 죽여 버렸다.

하지만 나를 위해서는 다른 방법을 택했다.

"셰인." 내가 마지막 남은 숨을 그러모아 간신히 내뱉었다.

하지만 아무 소용도 없었다. 머리가 어지럽다. 의식이 멀어져만 간다. 애써 몸부림쳐 보지만 그의 힘을 당해내기에는 역부족이다. 내 몸을 짓누르고 있는 그를 밀쳐낼 수가 없다.

첼시는 어디에 있는 걸까? 이해가 되지 않았다. 지금쯤이면 방에서 빠져나오고도 남을 시간이었다. 나를 도와주러 올 거라 믿었는데 아무 기척도 없었다. 내 비명을 듣고 숨어버린 걸까? 그랬다 해도 그녀를 비난할 수는 없었다.

그때 번개가 번쩍였다. 내 옆으로 번진 피 웅덩이가 눈에 들어왔다. 희망이 없었다. 오늘 밤 셰인은 이미 세 사람을 죽였다. 그중 하나는 자기보다 몸집이 훨씬 큰 미식축구 선수였다. 의식이 점차 흐려져 간다. 나는 오늘 죽을 것이다.

우르르 쾅쾅! 천둥소리가 그 어느 때보다 크게 울렸다. 천지를 뒤흔드는 굉음이었다. 그런데 그 사이로 또 다른 소리가 희미하게 들려왔다.

딸칵, 목걸이의 고리가 끊어지는 소리였다.

그 순간 폐부 속으로 공기가 빨려 들어왔다. 숨이 다시 쉬어졌다. 아드레날린이 치솟았다. 내 목걸이가 끊어지면서 셰인이 균형을 잃었다. 지금이다. 나는 있는 힘껏 팔꿈치를 휘둘렀다.

"억!" 셰인이 고통에 찬 신음을 터트렸다. 정확히 급소를 맞추었다는 신호였다. 순간 내 몸을 짓누르던 힘이 누그러졌다. 나는 그 틈을 타 몸을 굴려 옆으로 빠져나왔다. 셰인이 정신을 차리기 전에 얼른 도망쳐야 했다. 앞만 보고 내달아야 했다.

곧장 현관으로 달려가 문을 홱 열어젖혔다. 끼익, 경첩이 비명을 내질렀다. 나는 어둠 속으로 뛰쳐나갔다. 살갗을 애는 추위도, 재킷을 걸치지 않았다는 사실도 잊은 채였다. 하늘에서는 장대 같은 빗발이 내리꽂히고, 셰인의 집 앞에는 빗물이 강처럼 흐르고 있었다. 그래도 멈출 수 없었다. 달려야 했다. 끊어진 전선에 감전을 당할 위험마저도 감수해야 했다.

물에 잠긴 길 위로 몸을 던졌다. 치어리더 훈련으로 다져진 내 몸은 탄탄하고 민첩했다. 물론 셰인의 체력도 나 못지않았다. 쿼터백 아니던가. 게다가 나보다 다리도 훨씬 길었다. 하지만 지금은 내가 한발 앞서 있었다. 그리고 팔꿈치에 고환을 가격당하지도 않았다.

"브룩!"

뒤에서 내 이름을 부르는 소리가 들려왔다. 아니면 바람이 만들어 낸 환청인 걸까. 하지만 분명 셰인이 내 뒤를 바짝 쫓고 있을 터였다. 내가 도망가게 내버려 둘 리 없었다. 내가 살아남는다면 그가 저지른 만행을 만천하에 폭로하고 말 테니까.

"브룩!"

뜨거운 눈물이 두 뺨을 타고 흘러내렸다. 차디찬 빗물에 발의 감각이 무뎌져 갔다. 하지만 멈춰서는 안 되었다. 여기서 살아 나갈 기회는 지금뿐이었다.

"브루—"

그때였다. 저 멀리 헤드라이트 한 쌍이 번쩍였다. 픽업트럭이었다. 평소 같으면 한밤중에는 절대 가까이 다가가지 않았을 차종이었다. 도끼 살인마가 타고 있을지도 모르는 일 아닌가. 하지만 지금은 저 트럭이 내 유일한 희망이었다.

나는 손을 휘저으며 트럭 앞으로 뛰어들었다. "멈춰요! 제발, 도와주세요!"

기적처럼 트럭이 내 앞에서 멈추었다. 오늘 밤 적어도 차에 치여 죽는 걸로 생을 마감하지 않아도 된다는 뜻이었다. 뒤를 힐끗 돌아보았지만 아무도 없었다. 셰인이 나를 쫓아오기는 했던 걸까. 설사 그랬던들 지금은 사라지고 없었다.

나는 운전석 쪽으로 달려갔다. 차창 너머로 수염을 덥수룩하게 기른 사내의 얼굴이 보였다. 그는 셰인보다 기골이 장대하고, 생김새가 험상궂었다. 하지만 나를 보는 순간, 두 눈이 휘둥그레져서는 얼굴의 핏기가 싹 가셨다. 피로 붉게 물든 셔츠 차림으로 빗속에 서 있는 나를 보고 놀라지 않을 사람이 있겠는가.

"도와주세요." 그 말을 간신히 내뱉은 후, 나는 그대로 쓰러졌다. 마침내 모든 게 끝이 났다.

41

현재

경찰은 셰인네 집에서 다섯 사람을 발견했다. 브랜던 젠슨은 현관 앞에 사망한 채 누워 있었고, 케일라 올리베라는 위층 침대 위에서 숨진 채 발견되었다. 첼시 초는 셰인의 방에 죽어 있었다. 내가 방을 뛰쳐나가고 경찰이 도착하기 전에 누군가의 칼에 찔려 살해된 것이다. 팀은 피를 흘리며 거실 바닥 위에 쓰러져 있었다. 의식은 없었지만 숨은 붙어 있었다. 그리고 그 옆에는 셰인이 기절해 있었다. 세 명이 죽고, 세 명이 살아남았다.

나는 셰인이 목걸이로 내 목을 졸랐다고 진술했다. 의식을 되찾은 팀 역시 셰인의 칼에 맞아 쓰러졌다고 말했다. 그리고 내가 달아나던 순간, 셰인이 나를 뒤쫓을까 봐 간신히 몸을 일으켜 그의 머리를 야구 방망이로 내리쳤고, 곧바로 정신을 잃었다고 덧붙였다. 팀의 말을 증명이라도 하듯 범행에 쓰인 칼에서는 셰인의 지문이 다량 검출되었다.

반면 셰인은 전혀 다른 진술을 내놓았다. 팀을 찌른 적이 없고, 그 칼은 자신의 것이니 지문이 묻어 있는 게 당연하지 않냐고 반박했다. 그러면서 팀에게 맞아 기절한 후로는 아무 기억도 나지 않으며, 오히려 팀이 자신의 범행을 감추려고 스스로 자해한 거라고 주장했다. 결국 팀과 셰인의 운명을 가른 건 내 진술이었다. 그날 밤 셰인이 내 목을 조르려 했다는 내 증언은 팀의 주장과 일치했다. 그리하여 셰인이 경찰에 체포되었다.

하지만 나는 그날 내 목을 조른 범인의 얼굴을 보지 못했다.

그 결과 셰인은 지금 교도소에서 종신형을 살고 있다. 반면 팀은 내 남자 친구가 되었다. 내가 열여덟 어린 나이에 미혼모가 된 후, 처음으로 미래를 함께하고 싶다고 느낀 사람이 바로 팀이었다. 그는 좋은 사람이다. 최고라고 자부할 수 있다.

그날 밤 날 죽이려 했던 사람은 셰인이 분명했다. 샌들우드 향을 풍기던 사람은 셰인뿐이었으니까.

오늘 밤, 나는 팀과 함께 축하 파티를 하기로 했다. 며칠 전 면접을 봤던 병원에 합격했는데, 급여와 복지가 실로 파격적이었다. 무엇보다 집에서 무척 가까웠고, 교도소처럼 섬뜩한 곳도 아니었다. 면접 분위기가 워낙 좋아서였을까. 병원 측에서는 내가 전에 이력서를 보냈을 때 답을 주지 못했던 것에 대해 미안하다는 말까지 했다. 어떤 환자가 병원에 전화를 걸어와 나에 대한 악담을 퍼부어 어쩔 수 없었다는 것이다. 누군가 나를 그토록 싫어한다는 사실이 마음에 걸렸지만 괘념치 않기로 했다. 지금에라도 일자리를 얻었다는 사실이 중요했으니까.
 나는 곧장 교도소에 사직서를 제출했다. 도러시는 노골적으로 불만을 표출했다. 하지만 내가 근무하는 동안 직속상관인 위텐버그 의사의 코빼기도 본 적이 없다고 지적하자, 곧장 꼬리를 내리며 새 직장에서 건투를 빌어주었다.
 앞으로는 도러시와 헌트를 상대할 일도, 셰인을 만날 일도 없을 것이다. 그 사실만으로도 날아갈 듯 기뻤다.
 오늘 밤 마지가 조시를 맡아주기로 한 덕분에 팀과 단둘이 시간을 보낼 수 있었다. 팀이 손수 저녁을 해주겠다고 해서 그의 집으로 가는 길이었다. 밤새 그곳에 머물고 싶지만 마지에게 부담이 될까 봐 차마 말을 꺼내지 못했다. 그래서 저녁을 먹은 뒤 팀과 함께 우리 집으로 돌아올 예정이었다.
 초인종에 손가락을 올린 순간, 문득 생각이 하나 스쳤다. 켈리 언더우드도 이 집에 온 적이 있었을까? 팀이 그녀와 두 번 데이트 했다고 했으니 집에 초대했을 가능성도 있었다. 그랬다면 나처럼 이 자리에 서서 초인종을 눌렀겠지.
 켈리가 실종된 지도 벌써 일주일째였다. 뉴스는 점점 비관적으로 변해갔다. 살아 있으면 지금쯤 누군가에게 연락을 취했을 거라는 의견이 지배적이었다. 그도 그럴 것이 실종 기간이 길어질수록 무사히 살아 돌아올 가능성은 희박해지지 않는가.
 어젯밤 팀에게 켈리 이야기를 넌지시 꺼냈지만 그는 곧장 화제를 돌렸다. 충분히 이해할 만한 행동이었다. 그가 내게 전 남자 친구 이야기를 묻는다면 나 역시 불편할 테니까.

그때 현관문이 열리고, 팀이 티셔츠와 청바지 차림으로 나타났다. 나를 보자마자 그의 얼굴이 일순 환히 갰다. 사귄 지 두 달이 넘은 지금도 그는 나를 볼 때마다 무척이나 반가워했다. 어쩌면 우리가 다시 만나게 된 건 운명일지도 몰랐다.

"브룩! 얼른 들어와. 으, 추워!"

요 며칠 사이 기온이 뚝 떨어진 터라 내 얇은 재킷만으로는 추위를 버틸 수가 없었다. 레이커는 퀸즈보다 훨씬 추웠다.

집 안으로 들어서 내가 겉옷을 벗자마자 팀이 따스한 품으로 나를 안아주었다. 그의 어깨에 머리를 기대자 벅찬 행복이 밀려왔다. 이런 사랑을 다시 하게 될 줄은 몰랐다. 날이 갈수록 팀이 내 반쪽이라는 확신이 깊어졌다. 그리고 그 역시 같은 마음이라는 사실을 알고 있었다.

"참, 조시 수학 시험은 잘 쳤대?"

어젯밤, 팀은 한 시간 동안 조시에게 분모가 다른 분수의 덧셈을 가르쳐주었다. 지난주에 내가 시도했다가 대차게 실패한 탓이었다. 다행히 팀은 초등학교 교사인지라 수학을 직접 가르친 경험이 있었다.

"백 점 맞았대."

"앗싸!" 팀이 주먹을 불끈 쥐었다. "잘됐네."

"너라도 조시한테 수학을 잘 가르쳐서 다행이야."

"에이, 기죽을 필요 없어. 대신 넌 엄청 귀엽잖아."

나는 웃음을 터트리며 팀의 어깨를 툭 쳤다. "너 지금 스스로 무덤 판 거야. 앞으로 조시가 시험 볼 때마다 도와줘야 할걸. 이제부터 네가 조시 담당 과외 선생님이 된 거라고."

"나야 환영이지." 팀이 샐쭉 웃으며 말했다.

거실로 들어서자 부엌 쪽에서 맛있는 냄새가 풍겨왔다. 마지의 요리만큼은 아니지만 입맛을 돋우기에는 충분했다. 나는 소파에 앉으며 숨을 깊게 들이마셨다. "뭐 만들길래 이렇게 맛있는 냄새가 나?"

팀이 내 옆에 걸터앉았다. "맞혀봐."

나는 다시 한번 숨을 한껏 들이켰다. "토마토소스 냄새 같은데."

"딩동댕!"

지난번에 왔을 때 팀이 미트볼 스파게티를 만들고 있었던 게 생각났다. "미트볼 스파게티야?"

팀이 못마땅한 표정을 지었다. "토마토소스로 만들 수 있는 요리가 미트볼 스파게티밖에 없어? 나 다른 요리도 할 줄 알거든."

"그래? 그럼 뭐 만드는 중인데?"

"미트볼 스파게티." 그가 살짝 방어적인 태도로 말을 이었다. "하지만 다른 요리를 만들고 있을 수도 있었잖아. 라자냐라든가 치킨 파르미지아나라든가. 그냥 그렇다고."

나는 몸을 기울여 그의 입술을 맞추었다. "나 미트볼 스파게티 엄청 좋아해."

그가 나를 끌어안고 진하게 키스했다. 켈리 언더우드와도 이렇게 키스했을까? 팀이 키스를 끝내주게 한다고 쓰지 않았던가.

그만. 왜 자꾸 이런 쓸데없는 생각이 떠오르는 걸까.

"사랑해, 브룩." 팀이 내 귓가에 속삭였다.

팀이 처음으로 나에게 사랑한다고 말한 그날 밤 이후, 우리는 서로의 감정을 거침없이 표현했다. 그는 내게 사랑한다고 말하기를 좋아했다. 나 역시 그에게 사랑받는 기분이 싫지만은 않았다.
"나도 사랑해."

그가 몸을 떼며 부엌 쪽을 힐끗 쳐다보았다. "뭐 타는 냄새 나는 것 같지 않아?"

"잘 모르겠는데…."

팀이 미간을 좁혔다. "가서 확인해 봐야겠다. 금방 올게."

다급히 부엌으로 뛰어가는 팀을 바라보며 나는 소파 등받이에 상체를 뉘었다. 그때 허벅지 아래로 딱딱한 무언가가 느껴졌다. 뒤로 손을 뻗어 더듬었다. 소파 틈새에서 둥글게 뭉친 천 조각이 손끝에 잡혔다.

힘을 줘서 잡아당기자 천이 쑥 빠져나왔다. 초록빛 실크 스카프였다. 소파와 같은 색이라 눈에 잘 띄지 않았던 것이었다.

누구 스카프지? 팀의 물건은 분명 아니었다. 나는 본능적으로 스카프에 코를 박고 냄새를 맡았다. 여자 향수 냄새가 은은하게 풍겼다. 어쩐지 익숙한 향기였다.

"다행히 안 탔네." 팀이 거실로 돌아오며 말했다. "10분 정도면 다 될 거야. 배고플까 봐 많이 만들었으니까 다 먹어야 해."

나는 웃는 척조차도 할 수 없었다. 손안에 실크 스카프를 그러쥔 채 물었다. "팀, 이 스카프 누구 거야?"

팀은 보지도 않고 건성으로 대꾸했다. "몰라. 네 거 아냐?"

"내 거 아니야."

그제야 팀이 실눈을 뜨고 내 손에 들린 녹색 스카프를 자세히 들여다보았다. "글쎄, 처음 보는 건데. 우리 어머니 건가?"

그 말에 금세 수긍이 갔다. 이 집은 원래 팀의 부모님이 살던 곳이었다. 그러니 소파 틈에서 여성의 물건이 나와도 전혀 이상할 게 없었다. 향이 익숙하게 느껴졌던 것도 오래전 팀의 어머니가 쓰던 향수였기 때문일 터였다.

내 추측이 맞을 것이다. 팀이 이 집에 다른 여자를 데려왔을 리 없다. 나를 두고 바람을 피울 사람이 아니다.

팀이 내 손에서 스카프를 잡아채 테이블 위에 휙 던졌다. 그러고는 내 옆으로 와서 앉았다. 그의 허벅지가 내 허벅지에 맞닿았다.

"브룩, 너한테 할 말이 있어."

"뭔데?"

"음…." 팀이 손을 뻗어 내 손을 꼭 잡았다. "브룩, 나 너 미치도록 좋아해. 예전부터 쭉 좋아했어. 우리가 사귄 지 오래되지는 않았지만 단 하루도 너와 떨어져 지내고 싶지 않아. 그래서 말인데… 혹시…."

설마 같이 살자는 말을 하려는 건가? 그렇다면 무어라 대답해야 할까. 나도 그를 사랑하지만 내게는 조시가 있었다. 선불리 동거를 시작했다가 헤어지기라도 하면 조시의 삶이 송두리째 흔들릴 것이다. 새 아빠가 생겼다가 어느 날 갑자기 사라지는 일을 겪게 할 수는 없었다.

사실 내가 팀과의 동거를 주저하는 이유는 또 있었다. 팀이 무언가를 숨기고 있다는 느낌을 지울 수가 없었다. 켈리 이야기를 꺼낼 때마다 왜 자꾸 말을 돌리는 걸까? 그녀와 데이트한 적이 있다고 말해 놓고는 이제 와서 딱 잡아떼는 이유가 뭘까?

그리고 이 스카프는 대체 누구의 것일까?

내 표정을 읽은 듯 팀이 잡았던 손을 놓으며 뒤로 물러앉았다.

"아니다. 이 얘기는 나중에 하자."

잔뜩 긴장됐던 어깨가 스르르 풀렸다. "그래."

"브룩." 팀이 내 무릎을 지그시 눌렀다. "지하에 있는 와인 저장고에서 와인 한 병만 가져다줄래? 오늘 같은 날 한잔해야지."

팀이 지하실을 '와인 저장고'라고 부를 때마다 퍽 귀여웠다. 토마토소스를 확인하러 곧장 부엌으로 달려가지만 않았다면 그를 실컷 놀려주었을 것이다. 와인 저장고라니. 사실 와인 저장고라고 부르기도 민망한 곳이었다. 그의 아버지가 만든 원목 거치대 위에 와인 열두 병 정도가 꽂혀 있는 게 전부였다. 그래도 팀이 원한다면 와인 저장고라고 불러도 무방하겠지.

팀이 부엌에서 분주히 움직이는 사이, 나는 지하실 문 앞에 가 섰다. 우리 집처럼 이 집도 오래된 터라 문이 쉽게 열리지 않았다. 힘을 주어 비틀어 열자 암흑 같은 지하실이 모습을 드러냈다. 나는 전등 줄을 찾아 손을 더듬었다. 한참을 어둠 속에서 허우적거리던 손끝에 마침내 무언가가 닿았다. 줄을 잡아당기자 전구 하나가 깜빡이며 켜졌다. 희미한 불빛이 지하실을 밝혔다.

팀네 지하실은 외부에 비해 쌀쌀해서 한기가 돌았다. 습기가 밴 공기에 퀴퀴한 곰팡내가 섞여 있었다. 지난번에 와인을 가지러 내려왔을 때는 없던 냄새였다. 지하실에서 애완 곰팡이를 키우기라도 하는 걸까. 나는 삐걱대는 나무 계단을 내려가며 차가운 금속 난간을 꽉 붙잡았다. 까딱하면 그대로 굴러떨어질 것만 같았다. 어둠이 짙게 깔려 발을 어디에 두어야 할지조차 분간이 되지 않았다.

이윽고 계단 끝에 다다르자 와인 거치대가 보였다. 지난번보다 몇 병 늘어난 모습이었다. 팀은 와인 전문가라기보다는 그저 집에 와인 저장고가 있다는 사실에 묘한 자부심을 느끼는 눈치였다.

나는 와인을 몇 병 꺼내 라벨을 확인하다 메를로를 골랐다. 미트볼 스파게티와 잘 어울릴지는 미지수지만 맛 하나는 끝내주는 와인이었다. 우리 둘 다 기분 좋게 취하기에는 충분할 것이다.

막 위층으로 향하려던 순간, 바닥 한구석에 돌돌 말린 회색 방수포가 눈에 들어왔다. 지난번에 내려왔을 때는 없던 물건이었다. 저렇게 큰 방수포를 뭐에 쓰려는 걸까?

나는 조심스레 방수포 쪽으로 향했다. 가까이 다가갈수록 역한 냄새가 코를 찔렀다. 희끄무레한 불빛 속에서도 방수포 아래 삐죽 튀어나온 무언가가 보였다. 나는 상체를 숙여 가까이서 들여다보았다. 이런, 신발이다. 새빨간 하이힐.

그리고 그 안에 여자의 발이 들어 있었다.

눈앞의 광경을 이해하지 못한 채 여자의 발을 물끄러미 바라보았다. 자세히 보니 방수포 끝에 또 다른 하이힐 한 짝이 튀어나와 있었다. 팀이 방수포에 마네킹을 감싸 보관해 둔 걸까?

'웃기는 소리 마, 브룩. 네 눈앞에 있는 게 무엇인지 정확히 알고 있잖아. 그녀의 스카프가 위층 거실 탁자에 놓여 있다고.'

지금 당장 여기서 나가야 했다.

손에 들고 있던 와인을 바닥에 내던졌다. 유리가 산산이 부서지는 소리와 함께 계단을 두 칸씩 뛰어올랐다. 조심할 겨를도 없었다. 손을 뻗어 문손잡이를 움켜쥐었다.

꿈쩍도 하지 않는다.

이럴 수가. 문이 잠겨 있다.

42

팀이 나를 지하실로 내려보낸 이유가 분명해졌다. 와인을 가져오라는 건 핑계였다. 진짜 목적은 방수포 속에 숨겨둔 시체를 보게 하려던 것이었다. 그리고 나를 지하실에 가두어버렸다.

"팀!" 내가 문을 쾅쾅 두드리며 소리쳤다. "팀!"

이제야 그의 끔찍한 행동이 전부 이해가 갔다. 팀은 처음부터 나를 가지고 놀았다. 샌들우드 향 애프터셰이브도 일부러 바르고 온 것이다. 내가 그 향을 얼마나 싫어하는지 잘 알고 있을 테니까. 설마 그날 밤에도 셰인과 똑같은 애프터셰이브를 발랐던 걸까? 내가 그를 셰인이라고 착각하게 만들려고? 그리고 그 빌어먹을 눈송이 목걸이도 그가 꾸민 짓이 분명했다. 그날 밤 그 목걸이가 내 목을 졸랐다는 사실을 모를 리 없었다. 내 목을 조른 사람은 팀, 바로 그 자신이었으니까. 지금껏 그 목걸이를 기념품처럼 간직하고 있다가 나에게 다시 건넨 것이다. 내가 기겁하는 모습을 보며 즐거웠겠지.

도대체 왜 팀을 믿은 걸까? 셰인의 말을 귀담아들었어야 했다. 팀을 절대 믿어서는 안 된다고, 팀과 가까이 지내지 말라던 그의 말을 나는 믿지 않았다. 그간 수없이 많은 경고 신호가 있었는데도 모조리 외면했다. 어릴 적부터 알고 지낸 사이라는 이유로 그를 맹목적으로 믿었던 것이다.

팀은 살인마다. 지금에야 그 사실을 깨닫고 말았다.

"팀! 여기서 내보내 줘!"

설마 나를 정말 지하실에 가두려는 걸까? 그래봤자 들키는 건 시간문제다. 내가 이 집에 있다는 사실을 마지와 조시가 알고 있다. 내가 집에 돌아오지 않는다면 그들이 경찰서에 신고할 것이다.

그런데 마지와 조시에게도 무슨 짓을 하면 어떡하지?

당장 여기에서 나가야 했다. 팀이 켈리에게 했던 짓을 나한테 반복하도록 내버려 둘 수는 없었다. 하지만 무슨 수로? 내 핸드폰이 든 가방은 거실 소파 위에 있었다.

그때, 문손잡이가 미세하게 흔들렸다. 팀이 힘을 쓰는 소리가 들리더니 이내 문이 활짝 열렸다. 나는 본능적으로 한 걸음 뒤로 물러섰다. 복도에 팀이 서 있었다. 흐릿한 불빛 아래 그의 눈동자는 공허해 보였다.

"미안해. 문이 또 말을 안 들었나 보네."

나는 그를 노려보았다. 지하실에 무얼 숨겨뒀는지 내가 다 봤는데 시치미를 떼려는 작정인가?

팀이 눈썹을 추켜세우며 물었다. "무슨 와인 골랐어?"

나는 뒤를 돌아보았다. 깨진 메를로 와인병 조각이 바닥에 널브러져 있었다. "실은 오늘 내가 몸이 좀 안 좋아서… 그만 가 봐야겠어."

"그냥 간다고?" 팀의 턱이 굳어졌다. "한 시간 동안 공들여 준비한 저녁을 먹지도 않고 가겠다는 거야?"

"그게…." 나는 손가락으로 관자놀이를 문질렀다. "갑자기 편두통이 와서."

"편두통? 이제껏 편두통 있다는 말은 한 번도 안 했었잖아."

"아냐, 원래부터 있었어."

"우리가 사귀는 내내 한 번도 그런 적이 없었는데, 오늘 갑자기 편두통이 생겼다는 거야?"

관자놀이가 욱신거렸다. 조금만 더 있었다가는 없던 편두통도 생길 판이었다. "나는 뭐 편두통을 앓을 자격도 없다는 거야 뭐야?"

팀이 고개를 뒤로 젖히며 대답했다. "아, 그런 뜻이 아니잖아. 가지 말라는 얘길 하고 싶었을 뿐이야. 우리 잠깐 이야기 좀 하자."

"그럴 기분 아니야."

"아까 내가 한 말 때문에 그래? 미안해. 너한테 부담 주려고 한 말은 아니었어."

"집에 갈래, 팀."

그에게 대답할 틈도 주지 않은 채 나는 곧바로 그를 밀치고 나와 현관 쪽으로 걸어갔다. 소파에 놓인 가방을 챙겨야 했다. 안에는 핸드폰뿐만 아니라 호신용 스프레이도 들어 있었다. 쓰고 싶지는 않지만 필요하다면 주저하지 않을 것이다. 하지만 팀은 나보다 빨랐다. 긴 다리로 금세 따라붙어 내가 거실에 다다르기도 전에 내 팔을 움켜쥐었다. 그의 손가락이 살갗을 파고들었다.

"브룩." 그의 눈빛이 낯설었다. 내가 알던 팀이 아니었다. 전에는 한 번도 본 적이 없는 낯선 모습이었다.

"이거 놔!" 내가 소리를 내질렀다.

"브룩, 대체—"

바로 그때, 초인종이 울렸다. 팀의 시선이 현관문으로 향했다가 다시 내게로 돌아왔다. 내 팔을 쥔 그의 손에 힘이 풀린 틈을 타 나는 한 발짝 물러섰다. 온몸이 떨려왔다. 그 순간, 창가 너머로 붉고 푸른 경광등이 번쩍였다. "무슨 일이지?" 팀이 낮게 중얼거렸다.

경찰이었다. 어떻게 알고 온 걸까? 마치 텔레파시라도 통한 기분이었다.

내가 머뭇거리는 사이, 팀이 현관으로 성큼성큼 걸어가 잠금장치를 풀고 문을 열었다. 문 앞에는 제복 차림의 경찰관이 서 있었다. 당황한 팀과 달리, 나는 안도의 숨을 내쉬었다. 경찰관은 키가 크고 근육질이었다. 팀쯤은 가볍게 제압할 수 있을 것 같았다.

"잘 오셨어요! 이제야 살 것 같네요." 경찰관이 입을 열기도 전에 내가 숨을 몰아쉬며 말했다. "날 이 집에 가두어 두려고 했어요. 그리고… 지하실에 시체가 있어요!"

팀의 입이 떡 벌어졌다. "뭐? 시체? 브룩, 대체 무슨 소릴 하는 거야?"

경찰관도 팀만큼이나 놀란 눈치였다. 경찰이 왜 출동한 건지, 팀에게 무슨 볼일이 있는 건지 나는 알지 못했다. 경찰관이 권총집에 손을 얹은 채 집 안으로 들어왔다.

"팀 리스 씨 맞습니까?"

"네." 팀의 두 눈이 튀어나올 것처럼 커다래졌다. "아니… 뭐 이런 황당한 경우가. 브룩, 시체라니 대체 무슨 말을 하는 거야?"

"내 눈으로 똑똑히 봤어!" 내가 침을 튀기며 발악했다. "지하실에서 시체를 봤다고! 설마 켈리야?"

"켈리? 너 진짜 정신 나갔어?" 팀의 눈동자가 나와 경찰관 사이를 바삐 오갔다. "경관님, 억측일 뿐입니다. 지하실엔 아무것도 없어요."

"거실 탁자 위에 켈리의 스카프가 있어요."

팀이 아연실색한 표정으로 나를 쳐다보았다. "그건 또 무슨 뚱딴지같은 소리야. 우리 엄마 거라고 말했잖아."

경찰관이 가슴팍에 달린 무전기에 대고 무어라 말했다. 잠시 후, 또 다른 경찰이 문 앞에 나타났다. 첫 번째 경찰관이 입을 열었다. "팀 리스 씨, 켈리 언더우드라는 여성이 실종 당일 밤 이 집으로 들어갔다는 익명의 제보를 받았습니다."

욕지기가 치밀었다. 그동안 나는 팀이 좋은 사람이라고 굳게 믿어왔다. 그 믿음이 이렇게 처참하게 무너질 줄은 몰랐다. 10년 전으로 돌아갈 수 있다면 얼마나 좋을까.

"허위 제보예요! 저는 켈리 언더우드가 누군지도 모른다고요."

"거짓말 마! 네가 데이트했던 여자잖아! 키스도 했다며!"

팀의 얼굴이 일순 하얗게 질렸다. 그가 당혹스러운 표정으로 경찰관에게 실토했다. "데이트한 건 맞습니다. 하지만 몇 달 전에 딱 한 번 만난 게 다예요. 두 달 넘게 얼굴도 보지 못했습니다."

"거짓말이에요!" 내 눈가에 눈물이 가득 차올랐다. "지하실에 켈리의 시체가 있어요! 방수포로 감싸 놓은 걸 제 눈으로 직접 봤어요!"

"헛소리 좀 그만해, 브룩!" 팀이 고함쳤다. "경관님, 맹세컨대 저희 지하실에 시체 같은 건 없습니다. 와인만 몇 병 있을 뿐이라고요."

처음 들어왔던 경찰관이 팀의 눈을 똑바로 바라보며 물었다. "지하실 좀 확인해 봐도 되겠습니까?"

팀의 얼굴에 공포가 번져갔다. 나와 경찰관을 번갈아 보던 팀이 떨리는 목소리로 말했다. "잠깐만요. 그럴 필요까지는 없지 않습니까."

법에 대해 잘 알지는 못하지만, 이 정도면 경찰이 그의 집을 수색할 만한 정황을 확보했다고 봐도 무방했다. 경찰은 팀을 밀치고 집 안쪽으로 들어갔다. 팀의 얼굴이 금방이라도 쓰러질 사람처럼 창백해졌다. 그가 쫓아가려 하자 머리가 희끗희끗한 경찰이 어깨에 손을 얹으며 저지했다.

"여기서 기다리시죠."

"지하실에 시체 같은 건 없다니까요." 팀의 미간에 주름이 깊게 팼다. "그냥 와인 저장고일 뿐이라고요."

눈물이 주체할 수 없이 내 얼굴을 타고 흘러내렸다. 내 울음소리를 들은 경찰관이 안쓰러운 눈빛으로 나를 바라보았다. "괜찮으세요? 어디 다치신 데나 맞으신 데는 없습니까?"

"지금 제가 때렸다고 의심하시는 겁니까?" 팀이 버럭 소리쳤다. 그의 얼굴이 새빨갛게 달아올랐다. "브룩은 제 여자 친구예요. 저는 절대—"

그때였다. 지하실에서 목소리가 울려 퍼졌다. "여기 켈리 언더우드로 보이는 시신이 한 구 있습니다!"

나이가 지긋한 경찰관이 쏜살같이 허리춤에서 수갑을 빼 들었다. 팀의 얼굴이 금방이라도 토악질을 할 것처럼 일그러졌다. "팀 리스, 당신을 켈리 언더우드 살해 혐의로 체포합니다."

"아니에요!" 팀이 절규했다. 경찰관이 그의 손목에 수갑을 채우는 동안, 팀의 얼굴이 벌겋게 상기되어 갔다. "지하실에서 뭐가 나왔는지는 몰라도 제가 가져다 둔 게 아니에요. 맹세해요."

경찰관은 그의 말을 귓등으로도 듣지 않았다. 미란다 원칙을 읊으며 그를 현관으로 끌고 갔다. 내 눈앞에서 펼쳐진 이 모든 광경이 마치 악몽 같았다. 손가락으로 팔을 세게 꼬집으면 식은땀을 흘리며 꿈속에서 깨어날 것만 같았다. 팀이 켈리 언더우드를 죽였다. 시신을 지하실에 숨겨두었다가 때를 봐서 처리할 생각이었을 테지. 오래전 트레이시 기퍼드도 팀이 죽였을 것이다. 그리고 그날 밤 내 목을 조른 사람도 팀이 분명했다.

내 잘못이다. 나는 살인마의 말을 믿는 치명적인 실수를 저질렀다. 그로 인해 살인자는 세상 밖을 자유로이 돌아다니며 또 다른 여자를 희생양으로 삼고 말았다.

이제 무슨 수를 써서라도 내가 저지른 실수를 바로잡아야 한다.

43

 경찰은 나를 팀의 집에 한 시간 넘게 붙잡아 두고 같은 질문을 연거푸 던졌다. 나는 지하실에서 시체를 발견한 경위, 팀이 나를 집 밖으로 나가지 못하게 한 사실, 그리고 11년 전 그날 밤 셰인의 집에서 일어난 사건에 대한 내 의심까지 모두 털어놓았다. 그리고 나를 경찰서로 연행하려는 경찰에게 말했다. 날 체포하는 게 아니라면 아들이 기다리고 있는 집으로 돌아가겠다고. 경찰은 마지못해 나를 보내주었다.
 집에 도착하자 부엌에 있는 마지와 조시가 보였다. 식탁에 나란히 앉아 크리스마스트리 모양의 설탕 쿠키에 색을 칠하고 있었다. 너무도 사랑스러운 모습에 하마터면 눈물이 왈칵 쏟아질 뻔했다.
 "엄마!" 잔뜩 신이 난 얼굴로 조시가 완성된 쿠키 하나를 번쩍 들어 올렸다. 초록색 아이싱으로 칠해진 트리는 빨간색 테두리로 장식되어 있었다. "이거 봐! 우리가 만든 쿠키야!"

그러고는 쿠키를 한입 크게 베어 물었다. 오늘 몇 개나 먹었느냐고 묻기조차 두려웠다. 마지는 조시에게 다정했지만 절제시키는 데에는 서툴렀다. 평소 같으면 조시가 쿠키를 몇 개나 먹는지 매의 눈으로 감시했을 테지만 오늘은 그럴 정신이 없었다.

"팀 아저씨는?" 조시가 물었다.

순간 목이 메어왔다. "음…."

마지가 미간에 깊게 주름을 잡으며 물었다. "무슨 일 있어요, 조시 엄마? 아까 사이렌 소리가 들리던데."

"아뇨, 무슨 일은요." 내 목소리가 유난히 높게 솟아올랐다. "오늘 조시 봐주셔서 감사했어요. 그럼 월요일에 뵐게요."

마지가 흘러내린 흰머리를 귀 뒤로 꽂으며 의아한 눈길로 나를 바라보았다. 그러고는 별말 없이 겉옷과 가방을 챙겨 현관으로 향했다. 문을 나서기 전 나를 돌아보며 다시 물었다. "정말 아무 일 없는 거 맞아요?"

"네." 내가 고개를 끄덕이며 말했다. 하지만 내 입에서 나온 그 말을 나조차도 믿을 수가 없었다.

마지를 배웅한 뒤, 나는 주방으로 돌아왔다. 조시가 남은 쿠키에 색을 칠하다 말고 나를 보며 재차 물었다. "팀 아저씨는 안 와?"

"어…." 조시에게 이 일을 어떻게 설명해야 할까. 지금껏 아이에게 아빠에 대해 함구한 이유가 바로 이런 상처를 주지 않기 위해서였는데. "오늘 밤에는 못 오신대."

"왜?" 조시가 아랫입술을 삐죽 내밀었다. "나 만점 맞으면 닌텐도 게임 같이하기로 약속했단 말이야!"

"갑자기 급한 일이 생겼나 봐."

"치, 같이 게임 하려고 만점 맞았는데. 약속해 놓고 그런 게 어딨어!"

나는 조시 옆에 가 앉았다. "알아. 오려고 했는데 급한 일이 생겨서 어쩔 수 없었어. 아저씨가 아주 나쁜 짓을 저질렀거든. 그래서 경찰이 데려갔어."

조시가 나를 멀뚱히 쳐다보았다. "무슨 짓을 했는데?"

너무나 당연한 질문이었다. 하지만 나는 그 질문에 답할 준비조차 되어 있지 않았다. "범죄를 저질렀어."

"도둑질?"

"아니."

"그럼 뭘 했는데?"

"어… 사람을 다치게 했어."

조시가 얼굴을 찡그렸다. "팀 아저씨는 일부러 누굴 다치게 할 사람이 아니야."

하긴 열 살짜리 꼬마가 뭘 알겠는가.

"아저씨가 그런 거 맞아. 그래서 감옥에 가게 될 거야. 아주 오랫동안."

"그럼 이제 우리 집에 다시는 안 와?"

나는 천천히 고개를 끄덕였다. 팀이 이 집에 다시 발을 들이는 일은 없을 것이다. 내가 죽기 전에는 절대로. 그를 잠깐이나마 우리 삶 안에 들였다는 사실이 역겨웠다.

의자 등받이에 몸을 기대고 앉은 조시의 얼굴이 금세 붉어졌다.

아이가 손등으로 눈물을 훔칠 때까지 나는 조시가 울고 있는 줄도 몰랐다. 숨죽여 우는 모습을 보고 있자니 가슴이 미어졌다. 어릴 때처럼 엉엉 소리 내어 울면 마음이라도 덜 아플 텐데.

"조시, 울지마."

"엄마도 울면서 왜 나한테만 그래."

무심코 손을 얼굴로 가져갔다. 조시의 말대로 내 얼굴은 눈물로 젖어 있었다. 조시가 의자에서 일어나 어렸을 때처럼 내 무릎 위로 올라와 앉았다. 나는 아이를 부둥켜안은 채 우리 삶에서 또 한 사람이 떠나간 것을 함께 애도했다.

44

2달 후

교도소를 둘러싼 철조망을 보면 아직도 가슴이 쿵쾅거렸다.

레이커 교도소를 그만둔 지도 벌써 두 달이 흘렀다. 그간 몇 차례 이곳을 찾기는 했지만 직원이 아닌 방문객 신분이었다. 주차장에 차를 세우자 철조망 위로 날카롭게 솟은 철침이 눈에 들어왔다. 그 너머로 운동장을 따라 늘어선 감시탑이 보였다.

오늘 방문은 오래 걸리지 않을 것이다. 차에서 아주 잠깐만 내리면 된다. 그리고 오늘을 끝으로 다시는 이곳에 오지 않을 참이다.

지난 두 달 사이 참 많은 일이 있었다. 무엇보다도 새로 얻은 일자리를 무척 좋아하게 되었다. 그리고 팀은 여러 건의 살인 혐의로 구치소에 수감되어 재판을 기다리고 있다. 알고 보니 나와 사귀는 동안에도 켈리를 스토킹했다고 한다. 나는 전혀 눈치채지 못했다. 내 눈에 비친 팀은 완벽한 연인일 뿐이었다. 하지만 초등학교 동료들 몇몇은 그에게 께름칙한 구석이 있었다고 진술했다.

나는 그날 밤 셰인네 집에서 일어났던 일에 대한 진술을 번복했다. 내 잘못을 시인하면 곤란해질 거라는 사실을 알았지만 진실을 반드시 알려야만 했다. 그날 밤 내 목을 조른 사람은 셰인이 아니라 팀이었다. 그가 내게 선물한 목걸이로 나를 죽이려 했던 것이다.

그리고 그는 무려 11년 동안이나 그 목걸이를 간직했다. 나를 깜짝 놀라게 해줄 완벽한 순간만을 기다리면서.

다행히 진술을 번복한 후에도 처벌을 면할 수 있었다. 경찰은 내가 그날 밤 충격이 컸던 탓에 충분히 오인할 수 있다고 판단했다. 덕분에 셰인은 새로운 변호사를 선임했고, 재판 결과 완전히 뒤집힌 판결이 내려졌다.

오늘은 셰인이 10년 만에 교도소에서 풀려나는 날이다.

그리고 나는 그를 마중 나온 참이었다.

교도소의 문이 열리고 셰인이 걸어 나왔다. 낡아 빠진 검은 코트, 빛바랜 청바지, 그리고 한때는 하얬을 테지만 지금은 누렇게 바랜 운동화 차림이었다. 어깨에는 더플백을 메고 있었다. 고작 저 가방 하나가 그가 가진 전부였다. 내가 손을 흔들며 반기자 셰인도 손을 흔들며 화답했다.

가까이 다가온 그의 얼굴에는 여느 때보다도 깊은 눈그늘이 드리워져 있었다. 다행히 얼굴에 멍은 보이지 않았다. 지난 며칠 동안 혹시나 셰인에게 무슨 일이 생겨 출소가 미뤄질까 봐 마음을 졸였는데, 아무 일도 없었던 모양이었다.

"브룩, 왔어?"

"응, 안녕."

지난 두 달 동안 면회할 때마다 우리 둘은 유리 칸막이를 사이에 둔 채 마주 앉아야 했다. 벽에 붙은 전화기를 통해서만 말을 주고받았고, 신체 접촉은 일절 금지였다. 하지만 지금은 아무것도 우리 사이를 가로막고 있지 않았다. 그런데도 우리는 멀찍이 떨어져 선 채로 어색한 미소만 주고받았다. 누가 더 긴장했는지 분간이 가지 않았다.

"마중 나와 줘서 고마워."

"별일도 아닌데 뭐." 나 말고는 그를 데리러 올 사람이 아무도 없었다. 셰인은 형제도, 부모도, 아무 연고도 없으니까. "나오니까 기분이 어때?"

묻고 난 후에야 내가 얼마나 어리석은 질문을 했는지 깨닫고 말았다. 하지만 내 우려와 달리 그의 얼굴에는 아주 오랜만에 진심 어린 미소가 번졌다. "날아갈 것 같아."

셰인이 일상에 복귀하기는 쉽지 않을 것이다. 감옥에서 검정고시에 합격하기는 했지만, 대학에 가려던 꿈은 산산이 부서진 지 오래였다. 돈도 없고, 조만간 살인 혐의에서 벗어난다고 해도 교도소에서 보낸 지난 10년을 되돌릴 수는 없었다. 그 시간이 존재하지 않았던 것처럼 살아갈 수는 없을 것이다.

모두 내 잘못이었다. 나는 물심양면으로 그를 도울 것이다.

나는 주머니에서 접이식 핸드폰을 꺼내 셰인에게 내밀었다. "자,

선불폰이야. 충전해 놨으니까 필요할 때 써."

셰인이 핸드폰을 냉큼 받아 들고 이리저리 살펴보았다. "우와, 이거 감옥에서는 철저히 금지된 물건인데. 고마워."

"뭐 그리 대단한 것도 아닌걸."

"그래도 고마워."

그 말에 얼굴이 화끈 달아올랐다. "그럼 이만 갈까?"

셰인이 트렁크에 가방을 휙 던지고는 조수석에 올라탔다. "운전면허도 다시 따야겠네."

"그때까지 내가 기사 해줄게."

"고마워, 브룩."

"가는 길에 햄버거 가게라도 들를까?"

셰인이 군침을 삼키며 대답했다. "이야, 내 마음을 어떻게 그렇게 잘 알아?"

10년 만에 감옥에서 나온 남자를 햄버거 가게에 데려가는 건 아이를 사탕 가게에 데려가는 것보다 훨씬 즐거웠다. 셰인은 10분 넘게 메뉴판을 살펴본 끝에 한 끼 식사라기에는 벅찰 만큼 많은 양의 음식을 주문했다. 그러고는 주머니에서 현금이 든 봉투를 꺼내 들었다. 나는 황급히 고개를 저으며 다시 넣으라고 했다. 돈도 많지 않을 텐데 식사 정도는 내가 사주어야 마음이 편할 것 같았다.

마침내 기름진 햄버거를 한 입 베어 문 셰인은 세상을 다 얻은 듯한 표정을 지었다. "우와 이 햄버거 진짜 미쳤는데?"

나는 내 앞에 놓인 햄버거를 내려다보았다. 고무처럼 질긴 패티와 시들어 빠진 양상추가 눈에 들어왔다. "그래 보이네."

셰인은 감자튀김 여덟 개를 한꺼번에 입에 욱여넣고는 바닐라 밀크셰이크를 길게 한 모금 들이켰다. "미안. 지난 10년간 쓰레기 같은 음식만 먹었더니 내가 좀 흥분했네."

"대체 어떤 음식을 먹었길래 그래?"

그가 오만상 인상을 찌푸렸다. "웩, 다시 떠올리고 싶지도 않아. 엄청 끔찍했거든."

나는 구치소에 있는 팀의 모습을 잠시 상상했다. 기다란 식탁에 앉아 정체불명의 고기와 흐물흐물한 채소가 담긴 식판을 내려다보고 있겠지. 그런 대우를 받아 마땅한 인간이다. 아니, 그것조차도 그에게는 과분했다.

"근데 조시는 언제 집에 와?"

지금은 햄버거에 환장한 모습이지만, 지난 몇 주간의 대화로 미루어 볼 때 그가 진짜로 고대하는 건 따로 있었다. 바로 아들을 만나는 일. 그간 셰인은 조시를 절대 교도소에 데려오지 말라고 신신당부했다. 그런 모습으로 만나고 싶지는 않다고 했다.

"통학 버스에서 내리면 한 3시 15분쯤 될 거야."

"아, 그렇구나."

이 상황을 조시에게 어떻게 설명해야 할지 감이 오지 않았다. 인터넷을 아무리 뒤져보아도 답은 나오지 않았다. '교도소에서 살인죄로 10년을 복역하고 출소한 아빠를 아이에게 어떻게 소개하면 좋을까?' 참으로 난해한 문제였다. 조시에게는 일단 엄마의 옛 친구가 당분간 우리 집에서 머물 거라고만 일러둔 상태였다.

"일단 조시한테는 내 친구라고 소개할게. 괜찮지?"

셰인이 고개를 끄덕였다. "응. 난 그저 아들을 만나는 것만으로도 기뻐. 진실은 나중에 말해줘도 되니까."

"그래."

셰인이 버거를 한 입 더 베어 물며 말했다. "저기, 가는 길에 조시한테 줄 선물 하나 사 갈까 하는데. 뭐 사주면 좋아할까?"

"야구를 좋아하는데 지금은 추워서 못 하고." 내가 잠시 생각에 잠겼다. "솔직히 요즘은 온종일 닌텐도만 붙들고 있어."

"그럼 닌텐도 게임 하나 사줄까?"

"에이, 그건 너무 비싸."

셰인이 살짝 움찔했다. "음, 그럼 뭘 사주지."

"셰인." 나는 그의 손을 향해 손을 뻗었다가 얼른 거두었다. "편하게 생각해. 조시랑 이야기 좀 하다가 닌텐도 게임도 같이하고 하면 되지. 조시는 순둥이라서 금방 마음을 열거야."

셰인이 멋쩍게 웃었다. "알겠어. 미안해. 나한텐 너무 중요한 일이라서."

"알아. 괜찮을 테니 너무 걱정 마."

조시는 까다롭지 않은 아이니까 분명 셰인을 좋아할 것이다. 진짜 어려운 부분은 그다음이었다. 셰인이 누구인지, 그동안 그의 존재를 왜 숨겨왔는지 아이에게 설명해야 했다. 어디까지 말해주어야 할까. 거짓말하고 싶지는 않았지만, 열 살짜리 아이가 과연 모든 진실을 감당할 수 있을지가 걱정이었다.

아무래도 그때 가서 상황을 보고 결정해야 할 것 같았다.

45

셰인은 집에 도착하자마자 제일 먼저 샤워를 하고 싶어 했다. 다녀오라는 내 말에 그는 곧장 위층 욕실로 달려가 무려 30분이나 머물렀다. 샤워를 마치고 나온 그는 온종일 온천을 즐기다 온 사람처럼 개운해 보였다.

"이렇게 상쾌하게 샤워한 건 10년 만에 처음이야. 물 온도도 내 맘대로 조절할 수 있고, 시간에 쫓길 필요도 없잖아. 게다가 옆에 다른 죄수들 다섯 명이 벌거벗고 서 있지도 않고 말이야."

"그래, 좋았겠네." 내가 웃으며 말했다.

셰인이 손목시계를 내려다보았다. "통학 버스 올 시간 다 됐지?"

"응, 곧 도착할 거야. 한 10분 뒤?" 나는 병원에 오늘 하루 휴가를 냈고, 마지에게도 오후는 쉬라고 말해두었다.

"그래." 셰인이 떨리는 손으로 젖은 머리를 쓸어 넘기고는 청바지 쪽으로 시선을 떨구었다. "내 옷차림은 어때? 괜찮아?"

긴장한 그의 모습이 제법 귀여웠다. 나는 셰인에게 다가가 어깨에 손을 얹었다. 교도소에서 나온 후 처음으로 그의 몸에 내 손이 닿았다. 그런데 이상하리만치 마음이 편안했다.

"긴장하지 마. 너 보면 조시도 좋아할 거야."

"그걸 네가 어떻게 알아?"

"너한텐 사람을 끌어당기는 매력이 있으니까." 내가 웃으며 말했다.

순간 내 시선이 그의 눈과 마주쳤다. 셰인의 한쪽 입꼬리가 살짝 올라갔다. 죄수복을 벗고 말끔히 씻은 그는 완전히 다른 사람 같았다. 셰인이 얼마나 매력적인 남자인지 다시금 깨달았다. 아니, 지난 10년 사이 훨씬 더 멋져졌다. 내가 직접 꿰매준 이마의 흉터마저 섹시해 보일 정도였다.

그러다 문득 그가 10년 넘게 여자를 품어본 적이 없다는 사실이 떠올랐다. 오늘 밤 그는 내 바로 옆방에서 잠을 청할 예정이었다.

그때, 초인종 소리가 울렸다. 조시였다. 통학 버스가 도착한 모양이었다.

셰인이 황급히 내게서 떨어져 옷매무새를 고치며 현관문을 바라보았다. 나는 서둘러 문을 열었다. 문 앞에는 조시가 책가방을 한쪽 어깨에 둘러멘 채 서 있었다. 여느 때와 다름없는 모습이었다. 오늘이 태어나 처음으로 아빠를 만나는 날인 줄은 꿈에도 모른 채.

"다녀왔습니다. 엄마, 나 배고파."

"조시." 나는 뒤쪽에 서 있는 셰인을 흘끗 바라보았다. 그는 양손을 그러쥔 채 안절부절못하고 있었다. "손님이 왔어. 셰인 아저씨야."

"안녕, 조시. 만나서 반가워."

조시는 셰인의 인사를 무시한 채 가방을 현관 앞에 툭 떨어뜨렸다. 한쪽 구석에 놓으라고 누누이 말했건만 매번 현관 한가운데에 던져놓았다. 누가 봐도 가방에 걸려 넘어지기 딱 좋은 위치였다. "나 오늘 점심도 못 먹었단 말이야. 급식으로 라비올리가 나왔는데 다섯 개밖에 안 줬어. 그걸로 배가 차겠냐고!" 조시가 투덜대며 말했다.

나는 곁눈으로 셰인을 살폈다. 조시가 먹는 얘기만 해서 혹시 기분이 상했을까 걱정되었다. 하지만 전혀 언짢아 보이지 않았다. 오히려 미소를 머금은 채 눈앞의 광경이 믿기지 않는다는 듯이 조시를 바라보고 있었다.

"알았어. 간식 뭐 줄까?"

"몰라. 뭐 있는데?"

"다 알면서 왜 물어?" 하, 이 녀석은 가끔 이렇게 내 인내심을 시험하고는 했다.

그때 셰인이 조심스레 말했다. "나 어릴 때는 리츠 크래커에 땅콩버터 발라 먹는 걸 좋아했어. 엄마가 자주 만들어주셨거든."

조시는 셰인을 올려다보며 골똘히 생각에 잠겼다. 나란히 선 두 사람의 똑 닮은 모습에 소름이 돋을 지경이었다. 조시도 눈치챘을까? 셰인은 분명 알아챘을 것이다.

"네, 그럼 그거 먹을게요."

다행히 찬장에 리츠 크래커와 땅콩버터가 있었다. 마지가 조시의 간식용으로 사 둔 모양이었다. 조시가 거실에서 닌텐도를 하는 동안, 나는 셰인과 함께 부엌에서 간식을 만들었다. 내가 접시에 크래커를 올리면 셰인이 그 위에 땅콩버터를 발랐다. 사실 두 사람이 해야 할 일은 아니었지만 덕분에 둘이서 대화를 나눌 기회가 생겼다.

"애가 버릇없이 굴어서 미안해."

"무슨 소리야." 셰인이 해맑게 웃었다. "내가 제안한 간식을 먹겠다고 했잖아. 그거면 충분해. 그리고…." 그가 목소리를 낮추었다. "내 어릴 때랑 너무 똑같아."

"맞아. 진짜 똑같이 생겼어."

"겉모습만이 아냐." 셰인이 어깨 너머로 조시를 바라보았다. "성격도 닮았어. 나도 저 나이 때 딱 저랬거든."

나는 굳이 반박하지 않았다. 하지만 속으로는 고개를 내저었다. 조시는 셰인과 다르다. 나와 사귀기 전에 셰인이 어땠는지 나는 잘 알지 못했다. 하지만 그가 사고뭉치였다는 건 모두가 아는 사실이었다. 조시는 정반대였다. 수줍음 많고 착한 데다 학교에서 문제를 일으킨 적이 한 번도 없는 아이였다.

"가서 조시랑 닌텐도 같이하지 그래?"

내 말에 셰인의 눈이 반짝였다. "그래도 될까?"

"그럼, 못 할 것도 없지."

"어릴 때 친구 집에서 해본 적이 있긴 한데." 셰인네 형편에 닌텐도가 집에 있었을 리 없었다. 전기세를 내기도 빠듯했을 테니까. "같이 하자고 하면 조시가 좋아할까?"

"물론이지."

나는 혼자 크래커에 땅콩버터를 바르며 셰인이 거실로 가는 뒷모습을 지켜보았다. 주방에서는 두 사람의 모습이 잘 보이지 않았다. 무슨 이야기를 나누는지 들리지는 않지만 분위기가 나빠 보이지는 않았다. 셰인이 몸을 숙여 조시에게 무어라 말하더니 이내 아이 옆에 나란히 앉았다.

조시는 열 살이 된 지금에야 처음으로 아빠와 단둘이 시간을 보내고 있었다. 하루라도 빨리 아이에게 진실을 말해주고 싶었다.

46

셰인이 조시와 함께 닌텐도를 하는 사이, 내 핸드폰이 울렸다. 모르는 번호였다.

팀이 체포된 후 배운 게 하나 있었다. 낯선 번호로 걸려 온 전화는 절대 받지 말 것. 대부분은 기자들이었다. 11년 전 일과 최근 사건을 모두 목격한 내 이야기를 직접 듣고 싶다며 상상도 못 할 액수의 돈을 제시했다. 하지만 나는 모두 거절했다. 팀의 재판에서 증언하는 것만으로도 이미 고통스러운데, 기자와 인터뷰하며 그 일을 다시 떠올리고 싶지 않았다. 무엇보다 인터뷰 내용이 뉴스와 인터넷에 난잡하게 떠도는 건 원치 않았다. 조시가 진실을 알게 될 위험만 더 커질 뿐이니까.

그리고 내게 전화를 해 악담을 퍼붓는 자들도 있었다. 무고한 사람을 감옥에 보낸 여자, 살인마를 사랑한 바보라며 날 비난했다.

매일같이 분노와 협박 이메일이 쏟아지는 통에 결국 이메일 주소를 바꾸어야 했다. 핸드폰 번호도 바꾸었지만 아무런 소용이 없었다. 간절한 사람은 어떻게든 방법을 찾아내는 법 아니던가.

하지만 모두 두 달도 더 지난 일이다. 팀이 체포된 직후에는 매일 수백 건의 뉴스가 쏟아졌지만 금세 사람들의 기억에서 잊혔다. 기자들은 내 이야기에 흥미를 잃었고, 나는 한물간 뉴스거리가 되었다. 내게는 오히려 잘된 일이었다.

그래서 지금 걸려 온 전화는 받아도 괜찮을 것 같았다.

나는 녹색 통화 버튼을 누른 후 식탁 의자에 앉았다. "여보세요."

"브룩이니?"

여자 목소리였다. 나이가 지긋한 것이 내 어머니 또래 같았지만 누군지 알지 못했다.

"네, 그런데요."

"브룩, 바버라 아줌마야."

순간 몸이 굳었다. 전화를 받지 말았어야 했다. 팀이 체포된 직후 바버라는 음성 메시지를 여러 통 남겼지만 나는 한 번도 답하지 않았다. 그녀가 절박하게 나와 이야기를 나누려 하는 이유를 잘 알고 있다. 나는 그녀의 아들, 팀 리스가 살인마라고 법정에서 증언할 사람이니까. 그렇기에 더더욱 통화해서는 안 되는 사람이었다.

"아줌마, 이러시면—"

"제발 끊지 말아줘, 브룩." 그녀의 목소리가 갈라졌다. 지난 두 달이 내게 지옥 같았다면 그녀에게는 지옥보다 더 끔찍했으리라.

"잠깐이면 돼. 제발 부탁이야."

곧장 끊어버리고 싶었지만 차마 모질게 굴 수 없었다. 바버라는 어릴 때 내가 무척이나 좋아하던 사람이었다. 나는 유년기의 절반을 팀의 집에서 보냈고, 바버라는 우리 엄마보다도 나에게 다정했다. 그 집에는 언제나 맛있는 간식이 넘쳤고, 리스 부부가 그릴에 구워주는 햄버거는 단연 최고였다. 그리고 늘 내게 좋은 말만 해주었다. 팀과 내가 중학교 때 키스 연습을 하다가 들켰을 때 우리 엄마를 진정시킨 사람도 바버라였다. 나는 바버라 같은 엄마를 둔 팀이 늘 부러웠다.

"죄송하지만, 드릴 말씀이 없어요."

단호히 말하고 전화기를 귀에서 떼려는 순간, 그녀가 절규하는 소리가 들려왔다. "끊지 마, 브룩! 제발 내 말 좀 들어줘!"

나는 한숨을 내쉬었다. "무어라 말할 것도 없어요. 제가 팀네 지하실에서 시체를 봤다고요. 믿기 힘드시단 거 알아요. 저도 팀이 그런 짓을 할 거라고는 상상도 못 했으니까요."

"팀이 한 짓이 아니야!" 바버라가 이성을 잃은 듯한 목소리로 외쳤다. "브룩, 네가 누구보다 잘 알잖니. 팀이 그 여자를 죽였을 리 없다는 걸."

"지하실에 시체가 있었다니까요."

"다른 사람이 가져다 둔 게 분명해!"

순간 가슴 한편에 슬픔이 밀려들었다. 바버라는 내 말을 믿지 못할 것이다. 방수포에 싸인 채 썩어가는 시체와 함께 지하실에 갇혀 있던 사람은 그녀가 아니었으니까. 경찰이 지하실로 내려갈 때 팀의 얼굴에 드리워진 공포를 직접 목격하지 못했으니까. 나 역시 그날 밤 내 눈으로 직접 보지 않았다면 내 절친이 연쇄 살인마였다는 사실을 믿지 못했을 것이다.

바로 그때, 셰인이 빈 유리잔을 들고 부엌으로 들어왔다. 물을 채우려다 말고 내가 통화 중인 사실을 알아차리고는 내 얼굴을 살폈다. 그러더니 한쪽 눈썹을 치켜세우며 입 모양으로 물었다.

"누구?"

"팀을 한 번만 만나주면 안 되겠니?" 바버라가 구슬피 흐느꼈다. "직접 만나서 얘길 듣고도 팀이 범인이라고 생각한다면 그때—"

"팀에게 면회 갈 생각은 추호도 없어요." 고민할 가치도 없는 말이었다. "죄송해요, 바버라 아줌마."

그녀의 이름이 나오자 셰인의 두 눈이 휘둥그레졌다. 한 손에 유리잔을 들고 선 채로 내 입에서 나오는 말에 집중했다.

"브룩, 대체 왜 안 만나겠다는 거야? 이게 다 너 때문에 일어난 일인데, 아직도 모르겠니? 팀에게 설명할 기회는 줘야지. 제발—"

바버라의 말이 끝나기도 전에 셰인이 내 손에서 핸드폰을 낚아채 갔다. 귀에 대고 잠자코 듣더니 부러 헛기침을 크게 했다.

"아주머니." 그의 목소리가 자못 단호했다. "셰인 넬슨입니다. 브룩 좀 그만 괴롭히세요. 다시는 이 번호로 전화하지 마세요."

그 말을 끝으로 셰인은 전화를 끊었다. 그러고는 핸드폰을 조리대 위에 툭 던지며 말했다. "뭐 이런 염치없는 사람이 다 있어."

"그러실 만도 하지." 내가 셰인을 올려다보았다. "네가 재판받을 때 너희 어머니도 나한테 전화해서 똑같이 말씀하셨었거든."

"그야 나는 무죄였으니까."

"바버라 아줌마도 자기 아들이 결백하다고 믿으실걸."

"말도 안 돼." 셰인이 유리잔에 물을 가득 채웠다. "속으로는 알 거야. 자기 아들이 죽였다는 걸. 어떻게 그걸 모를 수가 있어? 자기 아들인데." 물을 한 모금 삼키고는 말을 이었다. "조시가 누굴 죽였다면 너도 알지 않겠어?"

참 우습기도 하지. 셰인이 살인마라고 믿던 시절, 나는 조시에게 소시오패스 기질이 있는지 눈에 불을 켜고 지켜보고는 했다. 그런 징후를 조금이라도 보이면 즉각 대응해야 했으니까. 다행히 조시는 너무도 착한 아이였다. 하지만 아직 마음을 놓을 수는 없었다. 아이들은 크면서 변하기 마련이다. 조시가 서른 살이 되었을 때도 지금처럼 내가 조시를 잘 알 거라고 장담할 수 있을까?

"글쎄, 모르겠네." 고심 끝에 내가 말했다.

셰인이 눈동자를 휘 굴렸다. "순진한 척하지 마, 브룩. 바버라 아주머니는 진실을 알고 싶은 게 아니야. 자기 아들이 감옥에 가는 걸 막으려는 거지. 꼬임에 넘어가면 안 돼."

그의 말이 맞았다. 바버라는 아들을 구하기 위해서라면 무슨 짓이든 할 사람이다. 하지만 고작 나 하나 설득한다고 해서 해결될 일은 아니었다.

47

 오늘은 스트레스를 너무 많이 받아서 저녁을 차릴 기력도 없었다. 그래서 피자를 시켰다. 셰인과 조시는 페퍼로니를 좋아한다는 공통점을 발견하고는 웃음을 터뜨렸다. 그 모습이 너무도 사랑스러웠다. 셰인은 너무 감동한 나머지 눈시울을 붉히기까지 했다.
 피자를 먹는 동안 부자 사이에 자연스럽게 대화가 오갔다. 셰인이 사람을 끌어당기는 매력을 지닌 사람이라는 사실을 다시금 깨달았다. 조시에게 잘 보이려고 애쓰는 모습이었지만 조시는 전혀 눈치채지 못한 듯했다. 팀이 체포된 이후 한동안 침울해하던 아이가 오늘만큼은 환하게 웃으며 저녁을 먹었다.
 식사를 마친 후 조시는 숙제하러 위층으로 올라갔다. 셰인이 식탁에 앉아 혼자 히죽거렸다.
 "왜 그래?" 내가 물었다.

"조시 말이야. 진짜 착한 아이인 것 같아."

"응, 맞아."

"영특해 보이기도 하고." 그가 고개를 살짝 꺾었다. "운동도 잘해?"

"그럼. 타고났지. 야구하는 거 보면 깜짝 놀랄걸."

셰인의 눈이 크게 벌어졌다. "정말? 나도 볼 수 있을까?"

"물론이지. 근데 지금은 너무 추워서 안 되고 봄에. 그때 리틀리그 시작하니까 조시 경기하는 거 보러 와. 네가 응원해 주면 조시도 좋아할 거야."

셰인의 만면에 미소가 번졌다. 어린이 야구 경기를 보러 오라는 말에 이토록 기뻐하는 사람은 처음 봤다. 막상 가보면 지루하기 짝이 없을 텐데. "고마워, 브룩."

"뭐가?"

"우리 아들을 이렇게 잘 키워줘서."

나는 계단 쪽을 힐끔 바라보며 소리 죽여 말했다. "말조심해. 이 집 벽이 얇아."

"아, 맞다. 미안." 그가 목을 큼큼 가다듬었다. "아무튼 여기서 지낼 수 있게 해줘서 고마워. 오래 머무르진 않을 거야."

나는 눈을 끔뻑이며 그를 바라보았다. "그게 무슨 소리야?"

"아, 내가 깜빡하고 말 안 했구나." 셰인이 어깨를 으쓱했다. "변호사가 그러는데 어머니가 살던 집을 내게 물려주셨대. 그래서 깨끗하게 청소한 후에 거기에 들어가서 살려고. 내일 한번 가볼까 해."

어머니가 살던 집이라면 모든 일이 일어났던 바로 그곳이다. 살

육의 현장.

"거기에서 살겠다고? 그런 끔찍한 일이 벌어졌던 집에서?"

셰인의 눈썹이 한껏 솟아올랐다. "거긴 내가 18년 동안 살았던 집이야, 브룩. 그리고 솔직히 다른 선택지도 없는 상황이고."

"우리 집에서 지내면 되잖아."

"괜히 너한테까지 민폐 끼치고 싶지 않아."

"민폐라니. 쓸데없는 걱정하지 마."

셰인이 피자 기름으로 얼룩진 접시를 내려다보며 말했다. "마음은 고맙지만, 여긴 내 집이 아니잖아. 나도 나만의 공간이 필요해. 내 맘 이해하지?"

이해는 갔지만 썩 달갑지는 않았다. 그 집은 이제 내 악몽 속에서만 존재하는 곳이었다. 그런 집에서 다시 살겠다니, 나로서는 상상도 할 수 없는 일이었다. 근처에 가는 생각만으로도 고통스러워 견딜 수가 없었다.

"그래, 네가 원한다면 어쩔 수 없지."

나더러 그 집에 같이 가달라고만 하지 않기를.

우리는 함께 식탁을 정리했다. 이후 나는 셰인과 함께 2층으로 올라가 손님방에 깔 침구를 챙겼다. 밖에서는 눈발이 날리기 시작했다. 방이 추울 것 같아 담요를 하나 더 챙겼다. 셰인이 알아서 잠자리를 보겠다고 해서 침구만 주고 방을 나왔다.

나는 잘 자라는 인사를 하러 조시의 방으로 갔다. 아이는 숙제를 끝내고 침대 위에서 책을 읽고 있었다. 내가 방에 들어서자 읽던 책을 내려놓았다.

"이 깨끗이 닦았어."

나는 침대 가장자리에 걸터앉았다. 조시가 태어나 다섯 살이 될 때까지는 둘이서 한 침대에서 자야 했다. 내 연애에 도움이 될 리 만무했다. 하지만 지금은 이렇게 자기만의 방이 생겼다. "기특하네. 숙제는 다 했어?"

"응." 조시가 잠시 머뭇거리다 말을 꺼냈다. "엄마."

"응?"

"저 아저씨는 왜 우리 집에 있는 거야?"

"엄마가 오래전부터 알던 친구야." 이제는 거짓말이 술술 나왔다. "며칠만 있다가 갈 거야. 왜?"

조시가 가느다란 어깨를 으쓱했다. "아니, 그냥."

"아저씨가 마음에 안 들어?"

조시가 대답을 망설였다. 그 모습에 가슴이 철렁 내려앉았다. 조시는 누구에게나 금세 마음을 여는 아이였다. 셰인과 친해지기까지 시간이 걸릴 거라 예상은 했지만 그를 싫어할 줄은 몰랐다.

"아니, 그런 건 아닌데." 조시가 조심스레 대꾸했다.

"설마 아저씨가 너한테 못되게 굴었어?"

"아니."

"그럼 뭐가 싫은 건데?"

"그냥…." 또 다른 머뭇거림. 내게 무언가를 숨기고 있는 게 분명했다. 아무리 캐물어도 입을 열지 않아 답답해 미칠 것 같았다.

셰인이 대체 뭘 잘못한 걸까? 조시가 집에 돌아온 후 두 사람을 계속 주시했지만 딱히 짚이는 게 없었다. 셰인은 조시와 잘 어울렸다. 아이를 돌본 경험이 전무한 사람치고는 놀라울 정도였다. 반면 팀은 초등학교 교사였다. 직업이 교사이니 열 살짜리 아이와 친해지는 법을 잘 알고 있을 수밖에 없었다. 10년을 교도소에서 보낸 사람과는 비교도 안 될 만큼.

"우리 집에 오래 있어?" 조시가 물었다.

"말했잖아. 며칠만 있다가 갈 거라고."

순간 조시의 얼굴에 안도감이 얼핏 스쳤다. 아니면 내 착각인 걸까?

조시가 셰인을 왜 싫어하는지는 몰라도 셰인에게는 말하지 않기로 했다. 그 사실을 알면 분명 크게 상처받을 것이다. 셰인에게는 조시가 그를 무척 마음에 들어 한다고 둘러댈 생각이었다.

손님방에 들어서자 셰인이 새 침대보를 깐 침대 위에 담요를 펴고 있었다. 내 기척을 느끼고는 담요를 내려놓았다. "조시는 자?"

"응."

"혹시…" 셰인이 괜스레 이마의 흉터를 문질렀다. "조시가 내 얘긴 안 해?"

'네가 우리 집에서 오래 머물지 않는다고 하니까 엄청 좋아하더라'라고 솔직하게 말할 수는 없었다.

"네가 마음에 드는 눈치야."

결국 거짓말을 둘러댔다. 셰인의 입가에 커다란 미소가 걸렸다. "정말? 다행이다. 혹시 말인데, 내가 일자리 구하기 전까지 방과 후에 조시를 봐주면 어떨까?"

"아." 나는 시선을 피했다. "그게 이미 매일 오시는 분이 계셔서…"

"내가 대신 봐주면 돈도 아끼고, 나도 조시랑 시간을 보낼 수 있으니 일거양득 아냐?"

"생각해 볼게." 물론 그럴 마음은 추호도 없었다. 마지를 해고할 수는 없었다. 더구나 조시는 셰인을 좋아하지도 않지 않은가. "참, 저기 맨 위 서랍에 갈아입을 옷 넣어뒀어."

셰인이 침대 옆에 놓인 서랍장의 맨 위 칸을 열어 남성용 티셔츠를 하나 꺼냈다. 지금 보니 앞면에 '시러큐스'라는 로고가 박혀 있었다. 팀이 다닌 대학교 이름이었다. 순간 셰인의 얼굴이 굳어졌다. 그 역시 알아본 모양이었다. "이거 설마 팀 옷이야?"

"응. 집에 남자 옷이 그거 하나뿐이라서…."

셰인이 역겹다는 듯이 티셔츠를 내던졌다. "멋지네."

"기분 상했다면 미안해." 그제야 내가 생각이 짧았다는 걸 깨달았다. 나는 아무 문제 없으리라 생각했다. 그저 옷가지일 뿐이니까. "내일 다른 옷으로 가져다줄게."

그가 한숨을 내뱉으며 침대 가장자리에 털썩 앉았다. "아냐, 괜찮아. 내가 그런 거 따질 형편은 아니지. 그냥 옷일 뿐인데 뭘."

"그래도 깨끗하게 빨아둔 거야." 내가 기어가는 목소리로 말했다.

셰인이 고개를 푹 떨구었다. "다 내 잘못이야. 그날 밤 내가 널 제대로 지켰더라면 이런 일도 없었을 텐데."

"나한테 경고하려 했었잖아."

"그랬지." 그가 고개를 들어 내 눈을 바라보았다. "네가 레이커로 이사 온 후로 팀이 널 괴롭혀 왔다는 생각만 하면 미칠 것 같아. 그 자식을 막지 못한 나 자신이 원망스러워."

나는 침대로 가 그의 옆에 앉았다. "네 잘못 아니야. 넌 감옥에 있었잖아. 어쨌든 결국엔 잘 풀렸으니 됐어." 그의 손 위에 내 손을 살포시 얹었다. "지금이라도 풀려나서 참 다행이야."

셰인이 빙긋 웃었다. "그건 그래."

그가 내 손을 내려다보다가 천천히 시선을 올려 내 몸을 훑었다. 거부할 수 없는 욕정에 사로잡힌 얼굴이었다. 그리 놀랄 일은 아니었다. 감옥에 있는 10년 동안 여자 근처에도 가보지 못했을 테니까.

셰인은 여전히 매력적이었다. 고등학교 시절, 운동장을 종횡무진 누비는 그를 볼 때마다 나는 가슴이 설레고는 했었다. 나이가 든 지금은 오히려 그때보다 훨씬 섹시해졌다. 감옥에서 꾸준히 운동이라도 했는지 근육이 탄탄했다. 거부하기가 쉽지 않았다.

하지만 그래서는 안 되었다. 얼른 그에게서 손을 떼야 했다.

지금 당장.

내가 손을 거두자 셰인이 황급히 고개를 돌렸다. "이런 젠장, 미안."

"아냐, 괜찮아." 나는 최대한 태연한 척 대답했다.

"널 불편하게 하고 싶지는 않아. 하지만 널 볼 때마다… 하고 싶다는 생각이 드는 건 사실이야. 물론 내 문제야. 널 곤란하게 하진 않을게. 여기서 머무는 동안 신사답게 굴겠다고 약속해."

"고마워." 내가 그를 향해 미소 지었다. "근데 너 정도면 여자들이 줄을 서고도 남을걸. 아직도 매력이 철철 넘치거든."

셰인이 웃음을 터뜨렸다. "그래? 말만 들어도 좋은걸?"

"농담 아니야. 새로운 사람 금방 만날 수 있을 거야. 지난 10년 동안 쌓였던 한이 순식간에 풀릴걸?"

"그래도 난 술집 같은 데서 아무 여자나 만나고 싶진 않아." 그가 아랫입술을 깨물었다. "네 말대로 오랫동안 못하기는 했지. 하지만 내가 진심으로 아끼는 사람과 하고 싶어. 내게 특별한 사람이랑."

"셰인…."

"이를테면 내 아이의 엄마 같은 사람."

내 아이의 엄마. 그 한마디가 내 안의 무언가를 흔들었다. 셰인은 내 아들의 친아빠다. 그 누구도 그 자리를 대신할 수 없다. 나와 조시가 온전한 가족을 꾸리려면 결국 그와 함께해야 한다. 셰인은 나와 함께하기를 원한다. 그와 함께라면 더는 내가 사귀는 남자 때문에 조시가 상처받을까 봐 걱정할 일도 없을 것이다.

"브룩?" 셰인이 내 이름을 낮게 불렀다. 그의 눈빛에 강한 욕정이 일렁거렸다.

"그래, 너도 그런 사랑을 누릴 자격이 있어. 마음에도 없는 사람으로 만족하지 마. 진심으로 아끼는 사람과 사랑을 나눠."

셰인이 몸을 기울여 내게 입을 맞추었다. 그리고 나는 그를 거부하지 않았다.

48

 땀에 흠뻑 젖은 채 잠에서 깨어났다.
 어젯밤 셰인과 나는 결국 잠자리를 함께했다. 처음부터 그럴 생각은 아니었지만 셰인의 간절함을 외면하기 어려웠다. 지난 10년간 강제로 금욕생활을 해야 했던 남자 아니던가. 사막에서 10년을 헤맨 사람이 물 한잔 달라는 부탁을 매몰차게 거절할 수는 없는 법이다.
 두 가지가 다른 유의 욕구라는 것쯤은 당연히 안다. 그래도 외면할 수 없기는 매한가지였다.
 섹스는 금방 끝났다. 그 후 묘한 공허가 몰려왔다. 셰인이 곧장 곯아떨어지는 바람에 대화를 나눌 틈도 없었다. 그래서 오히려 다행이었다. 나는 손님방을 몰래 빠져나와 내 침실로 돌아왔다. 하지만 좀처럼 잠들지 못했다. 한 시간 넘게 뒤척이다가 새벽녘이 되어서야 겨우 얕은 잠이 들었다.

그리고 어김없이 악몽이 나를 찾아왔다.

꿈은 늘 똑같았다. 꿈은 나를 그날 밤 셰인네 집으로 데려다 놓았다. 밖에서는 거센 폭풍우가 몰아치고, 나는 어두컴컴한 거실에 누워 있다. 눈송이 목걸이가 내 숨통을 죄어온다. 번쩍, 번개가 어두운 집안을 밝히는 순간 목걸이가 뚝 끊어진다.

바로 그때 꿈에서 깨어났다. 새벽 3시. 잠옷이 땀에 흠뻑 젖어 있었다.

몸이 바들바들 떨렸다. 악몽을 꿀 때마다 나는 그날 밤의 일을 다시 겪었다. 팀이 목걸이로 내 목을 조르고, 뒤이어 천둥소리가 울린다.

그리고 무언가가 더 있었다.

천둥이 치던 그 순간, 분명 다른 소리도 들렸다. 하지만 무슨 소리인지 도무지 기억이 나지 않았다. 기억이 떠오를 듯 말 듯 머릿속을 맴돌 뿐이었다. 나는 답답한 숨을 내몰아 쉬며 두 눈을 질끈 감았다.

하지만 10년 동안 떠오르지 않던 기억이 지금 와서 떠오를 리 만무했다.

그때서야 잠결에 무슨 소리를 들은 기억이 났다. 창밖에서 들려온 소리였다. 휘몰아치는 눈보라 때문에 잘 들리지 않았다.

자동차 엔진 소리 같았다. 우리 집 창문 바로 밖에서 나는 듯했다. 그리고 또 다른 소리가 뒤따랐다.

차고 문이 열리는 소리.

나는 침대에서 벌떡 일어났다. 머리가 핑 돌았다. 어둠 속을 헤치며 창가로 다가가 밖을 내다보았다. 가로등 하나만이 희미하게 거리를 밝히고 있었다. 어둠에 가려 잘 보이지 않았지만 우리 집 차고 문은 굳게 닫혀 있었다.

그런데… 눈 위에 왜 타이어 자국이 찍혀 있는 걸까?

실눈을 뜨고 차고 앞을 유심히 살폈다. 내려가서 확인해야 할까, 아니면 내 정신이 어떻게 된 걸까? 오밤중에 누가 내 차를 끌고 나갔단 말인가? 차고 문은 분명 잠겨 있었다. 그렇다면 집 안을 통해 차고로 들어갔다는 뜻이었다. 이 집에서 운전을 할 수 있는 사람은 나와 셰인뿐이었다. 하지만 셰인은 면허가 없었다. 물론 그렇다고 운전을 못 하는 건 아니지만.

심장이 요란하게 뛰는 통에 잠을 청하기는 그른 듯했다. 나는 털 슬리퍼 안에 발을 쑤셔 넣고 복도를 살금살금 지나 손님방으로 향했다. 마지막으로 셰인을 봤을 때 그는 깊은 잠에 빠져 있었다. 지금도 계속 자고 있기를 바랐다.

손님방의 문은 굳게 닫혀 있었다. 셰인이 침실 밖으로 나온 흔적은 보이지 않았다. 문에 귀를 대니 셰인의 깊은 숨소리가 아스라이 들려왔다. 문을 두드리거나 벌컥 열고 들어가지는 않았다. 오랜만에 단잠에 빠진 그를 깨우고 싶지 않아서였다.

내가 괜히 예민하게 구는 걸지도 몰랐다. 누가 내 차를 끌고 나갔을 리 없었다. 밖에는 아무도 없었고, 차고 문도 닫혀 있지 않았던가.

물론 확인할 방법이 하나 있기는 했다. 지금 당장 차고로 내려가 차 위에 눈이 쌓였는지 확인해 보면 된다. 눈이 쌓여 있다면 누군가 차를 몰고 나갔다가 조금 전에 들어왔다는 뜻이다.

하지만 생각할수록 터무니없었다. 자동차 소리를 들었다고 착각한 게 분명했다. 꿈속에서 들은 소리였을 것이다.

마음을 추스른 후 다시 잠을 청해야 했다.

◆

다음 날 아침, 눈을 뜨자 몸이 천근같이 무거웠다. 눈꺼풀이 풀로 붙여놓은 듯 떨어지지 않아 손가락으로 억지로 벌려야 했다. 샤워보다 커피가 시급했다. 나는 비틀거리며 거실로 내려갔다.

부엌에는 셰인이 이미 내려와 있었다. 노래를 흥얼거리며 가스레인지 앞에 서서 무언가를 만들고 있었다. 나는 눈을 비비적거리며 그의 뒷모습을 물끄러미 바라보았다. 이내 인기척을 느낀 셰인이 내게 밝게 인사를 건넸다.

"좋은 아침! 잘 잤어?"

"아니, 한숨도 못 잤어." 나는 하품을 늘어지게 했다.

"난 꿀잠 잤는데." 셰인이 고개를 돌려 나를 바라보았다. 눈 아래 짙게 드리웠던 눈그늘이 거의 사라지고 없었다. 한밤중에 내 차를 몰고 나갔다고 의심했던 나 자신이 한심했다. 밤새 내가 고대하던 숙면을 취한 얼굴이었다. "침대가 푹신해서 잠이 솔솔 오더라고."

그럴 리가. 하지만 교도소의 딱딱한 매트리스에 비하면 천국이었을 테지.

"매일 일찍 일어나는 버릇이 들어서 저절로 눈이 떠지더라고. 그래서 아침을 좀 만들고 있었어. 너 마실 커피도 저기 내려놨어."

나는 커피포트로 가서 커피를 컵에 따랐다. 오늘은 설탕도, 크림도 넣지 않았다. "뭐 만드는 중이야?"

"팬케이크."

"조시가 좋아하는 거네. 초콜릿 칩 넣으면 환장할 거야."

"그럼 꼭 넣어야겠네."

나는 찬장을 바라보았다. "근데 팬케이크 믹스 다 떨어졌을 텐데?"

"응, 그래서 내가 직접 만들었어."

"진짜?" 팬케이크 반죽을 직접 만들 수 있다는 사실이 가히 놀라웠다. "대단한걸."

"일요일 아침마다 어머니랑 같이 만들어 먹곤 했거든. 많이 만들고 있으니까 조시도 깨워서 같이 먹자."

마지막 말을 내뱉는 그의 얼굴에 쑥스러운 기색이 언뜻 비쳤다. 조시와 함께 시간을 보내고 싶어 하는 마음이 느껴졌지만 억지로 밀어붙일 수는 없었다.

"아침 먹고 나서 집 앞에 눈 좀 치울까 하는데, 괜찮지?"

"그래 주면 나야 고맙지."

밤새 내린 눈은 새벽녘쯤 그쳤지만, 집 앞 진입로와 차도 위에는 눈이 수북이 쌓여 있었다. 우리 집에서 성인은 나뿐이라 늘 혼자 쓸어내야 했던 눈을 셰인이 자청해서 치우겠다고 하니 고마울 따름이었다.

"그러고 나서 내가 살던 농가에 같이 가보면 어때? 집 상태가 어떤지 확인하고 싶어. 간 김에 청소도 좀 하고."

나는 커피를 마시다 뿜을 뻔했다. "뭐, 거기에 가자고? 오늘?"

셰인이 노릇노릇하게 익은 팬케이크를 뒤집었다. "응. 빨리 가보는 게 낫잖아. 청소하고 손봐서 이사 들어가려면 시간이 꽤 걸릴 테니까. 마침 오늘이 토요일이니까 너랑 같이 가면 좋을 것 같아서."

"글쎄…." 목덜미를 타고 식은땀이 흘렀다. "좋은 생각은 아닌 것 같은데. 먼지도 많을 거고, 위험할 수도 있잖아. 오랫동안 비어 있던 집이니까."

셰인이 입술을 굳게 다물었다. "그러니까 직접 가서 확인해 봐야지. 가만히 놔둔다고 집이 저절로 깨끗해지는 건 아니잖아."

손이 덜덜 떨려왔다. 커피잔을 떨어트릴 것 같아 식탁 위에 내려놓았다. "그 집엔 다시 가고 싶지 않아. 내가 거기서 무슨 일을 겪었는지 너도 잘 알잖아."

그가 놀란 얼굴을 했다. "진심이야? 벌써 11년이나 지난 일인데."

실제로 며칠 전이 그 악몽 같은 밤이 있은 지 딱 11년이 되던 날이었다.

"응, 진심이야."

셰인이 팬케이크를 뒤집던 뒤집개를 내려놓았다. "그럼 나더러 어쩌라는 거야? 운전면허증도 없는데 거기까지 어떻게 가?"

"그건…."

"그럼 그냥 태워주기만 하면 안 돼? 집 안에 들어가거나 기다릴 필요도 없어. 앞에 내려만 주고 가면 되잖아."

나는 대답을 망설였다.

"제발, 부탁이야. 브룩."

불현듯 죄책감이 밀려왔다. 차는커녕 면허도 없는 셰인이 가여

왔다. 그저 어릴 적 살던 집을 고쳐 다시 살고 싶은 마음뿐일 텐데.
"알았어."
그 말을 내뱉은 순간 분명 후회하게 될 거라는 예감이 들었다.

49

 셰인은 팬케이크 덕분에 조시에게 점수를 많이 땄다. 조시는 팬케이크를 여덟 개나 해치우고는 입 안 가득 빵을 문 채로 웅얼거렸다. "내가 먹어본 팬케이크 중에 제일 맛있어!" 그 말을 들은 셰인은 더할 나위 없이 행복해 보였다.
 "혹시 청소 도구 좀 빌려 가도 될까?" 식탁을 치우던 셰인이 물었다.
 "그래…." 그가 마음을 바꾸기를 바란다는 말은 입 밖으로 내지 않았다.
 "도와줘서 고마워, 브룩."
 셰인이 내 어깨에 손을 얹어 살짝 움켜쥐었다. 나는 본능적으로 몸을 움찔했다. 조시가 아직 식탁에 앉아 있었다. 어젯밤 잠자리를 함께한 건 맞지만, 아이 앞에서는 조심해야 한다는 사실을 모르는 걸까?

우려한 대로 조시가 눈을 동그랗게 뜨고 내 어깨에 놓인 셰인의 손을 뚫어지게 바라보았다. 하지만 아무 말도 하지 않았다.

"그럼 우리 언제 출발할까?"

"어디 가는데요?" 조시가 불쑥 끼어들었다.

셰인이 다시 의자로 가 앉으며 말했다. "엄마랑 같이 엄청 멋진 농가에 다녀오려고. 예전에 내가 살던 곳인데 마을 반대편에 있어."

"오, 진짜요? 재미있겠네요."

"조시도 같이 갈래?"

순간 숨이 멎을 뻔했다. 나는 조시를 집에 두고 셰인만 농가에 태워다주고 올 생각이었다. 타들어 가는 내 마음도 모른 채 조시가 신나게 고개를 끄덕였다.

"네!"

"조시." 나는 다급히 조시를 말리고 나섰다. "너까지 따라갈 필요 없어. 가봤자 엄청 지루할 거거든. 집 안에는 들어가지도 않을 거야."

"그래도 따라갈래." 조시가 입술을 쭉 내밀었다.

셰인만 잠깐 태워주고 오려 했건만 결국 가족 나들이가 되어버렸다.

셰인이 집 앞에 쌓인 눈을 치우러 나간 사이, 나는 청소 도구를 챙겼다. 무엇을 가져가야 할지 감이 잡히지 않았다. 집 안이 말도 못 하게 더러우면 어쩌지? 일단 바닥에 카펫은 없으니 청소기는 가져가지 않기로 했다. 대신 대걸레와 양동이, 세제 몇 통, 걸레, 휴지 두 롤을 챙겼다. 오늘은 셰인에게 퍽 고된 하루가 될 것이다.

트렁크에 짐을 실으려고 차 열쇠를 가지러 거실로 갔다. 열쇠는 항상 현관 앞 책장에 둔다. 위에서 네 번째 칸, 웹스터 사전 앞에. 그런데 그곳에 있어야 할 열쇠가 보이지 않았다.

어디로 간 거지?

눈을 이리저리 굴리다 위에서 세 번째 칸에서 열쇠를 발견했다. 내가 늘 열쇠를 두는 그 자리였지만 한 칸 위에 놓여 있던 것이다. 나는 열쇠고리를 집어 든 채 단서를 찾듯 한참을 바라보았다.

어제 분명 네 번째 칸에 두었는데 왜 다른 곳에 있는 걸까? 퇴근하거나 장을 보고 집에 오면 늘 습관적으로 같은 자리에 열쇠를 올려두고는 했다. 정확히 네 번째 선반에 올려둔 기억은 없어도 몸이 알아서 그 자리에 놓아두었을 것이 분명했다.

하지만 어제는 원체 정신이 없었다. 10년 만에 교도소에서 출소한 애 아빠를 집으로 데려온 날 아니던가. 머릿속이 너무 복잡했다. 그러니 열쇠를 다른 곳에 두는 실수를 했을 가능성도 있었다.

그래도 무언가 찝찝한 기분이 가시지를 않았다. 어제 밤중에는 창밖에서 자동차 소리가 들리더니, 지금은 차 열쇠가 늘 두는 곳이 아닌 엄한 곳에 놓여 있다.

어젯밤에 곧바로 확인했더라면 좋았을 것을. 누군가 차를 몰고 나갔다면 눈이 쌓여 있었을 것이다. 하지만 지금은 이미 너무 늦었다. 차 위에 눈이 쌓였던들 이미 다 녹아버렸을 테니까.

그때 현관문이 벌컥 열리더니 셰인이 안으로 들어왔다. 장갑에 눈이 잔뜩 엉겨 붙어 있었다. 현관 한쪽에 삽을 세워두고 그가 나를 보며 밝게 웃었다. "필요한 거 다 챙겼어?"

터무니없는 의심 따위는 그만두어야 했다. 어제 내가 정신이 없어서 열쇠를 잘못 놓아둔 게 분명했다. 이런 사소한 일에 에너지를 낭비하고 싶지 않았다. 더구나 설령 셰인이 차를 몰고 나갔다고 해도 크게 문제가 될 것도 없었다. 그저 오랜만에 운전대를 다시 잡아보고 싶었겠지. 그 마음이 충분히 이해가 갔다.

"응, 다 챙겼어."

15분 뒤, 우리는 트렁크에 짐을 싣고 집을 나섰다. 셰인은 조수석에, 조시는 뒷자리에 탔다. 도롯가로 들어서자마자 알 수 없는 불길함이 엄습해 왔다. 하지만 지금 와서 약속을 무를 수는 없는 노릇이었다.

"가는 길은 알지?"

"응."

내가 퉁명스레 내뱉자 셰인이 잠시 머뭇거리다 입을 열었다. "괜찮아?"

진짜 몰라서 묻는 걸까? 내가 11년 전 죽을 뻔했던 장소로 가고 있는데 괜찮을 리가 있겠는가. 하지만 조시 앞에서 할 이야기는 아니었다.

"어."

"태워줘서 고마워."

"그래."

그제야 내가 대화할 기분이 아니라는 걸 눈치챘는지 셰인은 입을 다물고 의자에 등을 기댔다. 이른 아침부터 제설 작업을 했는지 도로는 비교적 깨끗했다. 덕분에 사륜구동이 아닌 내 차로도 큰 무리 없이 시내를 주행할 수 있었다. 그러나 셰인네 집으로 향하는 샛길로 빠지는 순간, 바퀴가 헛돌기 시작했다. 제설이 제대로 되어 있지 않은 데다 영하로 떨어진 기온 탓에 눈이 꽁꽁 얼어붙어 도로는 빙판길로 변해 있었다.

"길이 엉망이네." 셰인이 말을 내뱉자마자 차가 옆으로 미끄러졌다. "조심해, 브룩. 눈길 운전할 줄 알지?"

그럴 리가. 퀸스에 살 때는 버스만 타면 어디든 갈 수 있었기에 자차를 마련할 필요가 없었다. 도요타는 내 생애 첫 차이고, 눈길 운전은 오늘이 처음이었다.

"아니, 나중에 네가 좀 가르쳐줘."

"그러지 뭐."

그 뒤로 나는 거북이가 기어가듯 느릿느릿 차를 몰았다. 시속 15킬로미터도 안 되는 속도로 얼마나 달렸을까. 저 멀리 셰인의 집이 시야에 들어왔다.

11년 전에도 다 쓰러져 가던 집은 그야말로 폐가가 되어 있었다. 외벽에 칠한 붉은 페인트는 대부분 벗겨져 군데군데 흔적만 남아 있었고, 현관 계단은 무너지기 일보 직전이었다. 하얀 눈으로 뒤덮인 지붕은 용케도 버티는 중이었지만 성한 구석이 없어 보였다. 이런 집을 고쳐 쓴다는 게 과연 가능하기나 할는지 의문이었다.

셰인은 두 무릎에 손을 얹은 채 오래전 자기가 살던 집을 빤히 바라보았다. 무슨 생각을 하는지 알 수 없었다. 그때 셰인이 큰 소리로 외쳤다. "저기! 내가 타던 쉐보레 자동차야!"

정말이었다. 셰인의 구닥다리 자동차가 집 앞에 세워져 있었다. 눈에 거의 파묻혀 있다시피 했지만 형체는 알아볼 수 있었다. 차도 집과 마찬가지로 다시 쓰려면 한참을 손봐야 할 것 같았다. 나는 쉐보레 옆에 차를 세우며 제발 이 눈길에서 다시 빠져나갈 수 있기를 간절히 빌었다.

"조시, 여기가 예전에 아저씨가 살던 집이야."

"유령의 집 같은데요?"

셰인이 눈을 찡긋했다. "오, 진짜 유령이 살고 있을지도 모르겠네."

그 말에 나는 조금도 놀라지 않았다. 이 집에서 세 사람이 죽었다는 사실을 익히 알고 있었으니까. 하지만 셰인은 전혀 심각해 보이지 않았다. 오히려 아이처럼 신이 난 모습이었다.

"조시, 아저씨랑 같이 안에 들어가 볼래?"

"네!"

내가 말릴 틈도 없이 두 사람은 차 문을 열고 내렸다. 순간 속에서 분노가 치밀었다. 셰인에게 욕지거리를 퍼붓고 싶었다. 집 앞까지만 태워주고 가기로 합의하지 않았던가. 하지만 조시가 집 안으로 들어간 이상 나 혼자 떠나기란 불가능했다. 나는 서둘러 차에서 내렸다.

저 멀리 셰인이 조시와 함께 현관 계단을 오르고 있었다. 넘어지지 않게 조심하라고 말하려는 찰나, 셰인이 알아서 조시의 손을 꼭 붙잡아 주었다. 나는 얼른 두 사람을 쫓아 난간을 붙잡고 계단을 올랐다. 바닥이 꽁꽁 얼어 조금만 발을 헛디뎌도 미끄러지기에 십상이었다. 현관 앞에 선 셰인이 주머니를 뒤져 열쇠를 꺼내 문고리에 꽂았다. 그가 문을 여는 모습을 바라보자 묘한 기시감이 밀려왔다. 연애할 때 그를 따라 이 집에 왔던 기억이 떠올랐다.

"셰인…"

"잠깐만 둘러보고 가자."

썩어 문드러진 나무가 문틀에 얼어붙어 문은 좀처럼 움직일 기미가 보이지 않았다. 셰인이 온몸의 무게를 실어 한참을 민 후에야 쩍, 하고 겨우 열렸다. 들어가면 안 된다는 걸 알면서도 나는 두 사람을 따라 안으로 발을 들였다.

집 안은 바깥만큼 추웠다. 전기가 끊겼는데도 해가 중천이라 11년 전 그날 밤만큼 어둡지는 않았다. 천장에는 거미줄이 실타래처럼 늘어져 있었고, 가구 위에는 먼지가 두껍게 내려앉아 있었다. 차갑고 축축한 공기에는 곰팡내가 스며 있었다.

적어도 샌들우드 향은 나지 않아서 다행이었다.

"이런." 셰인이 주위를 휘둘러보며 말했다. "집 안 꼴이 말이 아니네."

나도 모르게 시선이 계단으로 향했다. 팀이 목걸이로 내 목을 졸랐던 바로 그 자리였다.

조시가 손가락 하나를 펼쳐 소파를 쓱 훔치더니 새카맣게 변한 손끝을 들어 보이며 외쳤다.

"엄마! 이것 좀 봐!"

"그래, 아주 더럽네."

"소파는 버려야 할 것 같고, 일단 바닥 청소부터 해야겠다. 그리고 주방도 해야 하는데…."

셰인이 내 얼굴을 바라보았다. 내가 도와주기를 바라는 눈빛이었다. 아니, 내 도움을 갈구하고 있었다. 혼자서는 평생을 치워도 모자랄 듯했다. 게다가 막상 집 안에 들어오니 공황 발작 증세도 나타나지 않았다. 어쩌면 괜찮을지도 모른다는 생각이 들었다. 그날 밤 이곳에서 일어났던 일을 잊을 수 있을지도 몰랐다. 그러면 마침내 악몽에서 벗어날 수 있을 것이다.

"알았어. 딱 두 시간만 도와줄게. 그 이상은 안 돼."

셰인이 고개를 힘차게 끄덕였다. "고마워, 브룩!"

"자, 그럼 청소 도구 가지러 가자."

50

우리 셋은 마치 한 가족처럼 함께 청소를 시작했다.

웬일로 조시도 신이 나 거들었다. 제 방 하나 치우는 것도 싫어하는 아이였지만 셰인네 집 청소는 조시에게 모험과도 같았다. 구석구석에서 어떤 역겨운 보물을 발견할지 모른다는 사실이 조시를 들뜨게 했다. 가령 부엌 쓰레기통에서 얼어 죽은 쥐를 발견했을 때처럼. 내가 본 것 중에 최고로 역겨운 광경이었지만 조시는 배꼽이 빠지도록 웃어댔다. 셰인도 덩달아 웃음을 터뜨렸다.

"제발 저 쥐 좀 치워줄래?" 내가 셰인에게 속삭이듯 말했다. "친구들한테 자랑한다고 집에 가져가자고 하기 전에 빨리."

셰인이 피식 웃었다. "열 살짜리 남자애 마음을 귀신같이 아네."

청소를 시작하고 두 시간쯤 지나자 공기 중에 먼지가 자욱했다. 연신 재채기를 해대던 조시의 코가 금세 빨갛게 달아올랐다. 눈에는 눈물이 맺혔다.

"조시, 밖에 나가서 바람 좀 쐬고 와."

셰인이 기다렸다는 듯 입을 열었다. "그럼 같이 산책이나 다녀올까? 근처 숲길이 겨울에 정말 예쁘거든. 가서 눈사람도 만들자. 어때, 조시?"

"좋아요!"

내가 머리를 흔들었다. "안 돼, 너무 추워. 이런 날씨에 숲속을 헤매고 다니고 싶진 않아."

셰인이 조시를 흘깃 보더니 다시 나를 쳐다보았다.

"그럼 나랑 조시만 갔다 올게. 넌 집에서 쉬고 있어."

순간 머릿속에서 경고음이 울렸다. '안 돼. 절대 안 돼.'

"안 가는 게 좋을 것 같은데."

나를 바라보는 셰인의 눈빛이 어두워졌다. "왜?"

"위험하니까."

"하나도 안 위험해." 셰인이 눈살을 찌푸렸다. "어렸을 때 저 숲이 내 놀이터나 다름없었어. 나 혼자서도 잘만 놀았는걸. 내가 옆에서 잘 지켜볼게."

"그래도—"

"내가 안전하게 잘 지켜본다니까." 셰인의 얼굴이 살짝 붉어졌다. "나 못 믿어?"

그를 믿어도 될까?

셰인을 감옥에서 풀려나게 한 장본인이 바로 나였다. 그리고 내가 그를 우리 삶에 들였다. 내 아들의 아빠이자, 우리가 온전한 가족이 될 수 있는 유일한 희망이 그였으니까. 그가 벌건 대낮에 조시를 데리고 산책하는 것조차 믿지 못한다면, 우리 사이에는 훨씬 더 심각한 문제가 있다는 뜻이다.

"엄마, 나 아저씨랑 산책 갈래. 응?" 조시가 내 팔을 잡아당기며 보챘다.

젠장, 조시가 가고 싶어 한다. 두 사람이 드디어 가까워지기 시작한 것이다. 엄마라는 사람이 부자 사이를 가로막아서야 되겠는가.

셰인이 주머니 안에서 핸드폰을 꺼내 허공에 흔들며 말했다. "네가 준 핸드폰 있잖아. 원할 때 언제든 여기로 전화해. 나한테도 네 번호 있으니까 필요할 때 연락할게."

"알았어. 조심하는 거 잊지 말고."

셰인이 가슴께에 손을 얹었다. "응. 목숨 바쳐 지키도록 할게."

나는 그를 믿는다.

나는 조시에게 털모자와 장갑을 씌워주었다. 셰인도 조시와 똑같이 완전 무장을 했다. 두 사람을 문 앞까지 배웅한 뒤 부자가 농가 옆 숲속으로 걸어가는 모습을 지켜보았다. 조시가 얼음을 밟고 미끄러지려는 순간, 셰인이 재빠르게 아이의 팔을 붙잡았다.

괜찮을 것이다. 셰인은 조시의 친아빠다. 아이를 위험하게 두지는 않을 것이다.

나는 집 안으로 들어와 현관문을 닫았다. 바깥 공기가 아까보다 매서운 걸 보니 기온이 영하로 더 떨어진 모양이었다. 분명 10분도 못 버티고 조시가 벌벌 떨며 집에 가자고 칭얼댈 것이다. 하지만 조시는 나만큼 추위를 타지 않았다. 학교에 갈 때마다 코트 하나 입히려면 전쟁을 치러야 했다. 어느 엄마가 영하 6도의 한파에 아들에게 달랑 티셔츠 하나만 입혀 내보내고 싶겠는가. 문득 셰인도 어렸을 때 그랬을지 궁금해졌다.

순간 허리에 저릿한 통증이 밀려왔다. 청소를 너무 열심히 한 듯했다. 나는 깨끗이 닦아둔 의자 하나에 몸을 기대고 코트 주머니에서 핸드폰을 꺼냈다. 신호 세기가 한 칸밖에 떠 있지 않았다. 그 정도면 충분했다. 인터넷 브라우저를 열고 잠시 망설이다 검색어를 입력했다. '팀 리스.'

도대체 왜 자꾸 그의 이름을 검색하는 걸까. 이제는 새로운 소식도 없었다. 그가 체포된 지도 두 달이나 지났으니 당연한 일이다. 사건 직후에는 그의 이름이 모든 신문의 1면을 장식했다. 온화한 인상의 교감 선생님이 전 여자 친구를 살해했고, 수년 전의 연쇄 살인에도 연루되었을 가능성이 있다고 대서특필했다.

팀은 뻔뻔하게 무죄를 주장했다. 나를 괴롭히려는 수작 같다는 생각이 들었다. 설마 자기 집 지하실에서 시체가 나왔는데도 감옥에서 풀려날 수 있을 거라 믿는 걸까? 나는 이미 그의 재판에 증인으로 참석하라는 통보를 받았다. 생각만 해도 끔찍하지만 반드시 해야 할 일이다. 10년 전 팀이 감옥에 가지 않은 건 전적으로 내 탓이니까. 그때 나는 그의 술수에 완벽하게 놀아나고 말았다.

그러다 문득 팀 따위에 내 소중한 시간을 허비하고 싶지 않다는 생각이 들었다. 나는 검색창에서 그의 이름을 지웠다.

그러고는 지역 뉴스 사이트에 접속했다. 셰인과 조시가 눈사람을 다 만들고 돌아올 때까지, 혹은 조시가 추위를 못 견디고 돌아올 때까지 최신 기사나 훑어볼 요량이었다. 인터넷 속도가 워낙 느려서 사이트 하나 띄우는 데 천년만년이 걸릴 지경이었다. 글자가 먼저 뜨고, 사진이 천천히 화면을 채워갔다. 이러다가는 배터리가 금방 닳을 것 같았다. 그때 첫 번째 기사가 화면에 떠올랐다.

'지역 교도관, 살해된 채 발견'

순간, 심장이 철렁 내려앉았다. 설마 아니겠지. 그럴 리가 없었다.
기사를 눌러보아도 아무 반응이 없었다. 이 집은 도대체 인터넷이 왜 이리 느려 터진 건지. 제목 옆에 첨부된 사진이 점을 하나하나 찍듯 천천히 채워지기 시작했다. 머리를 박박 민 두상이 모습을 드러냈다.
아니야. 그럴 리가 없어. 제발 마커스 헌트만은 아니기를.
화면에 얼굴이 조금 더 떴다. 이번에는 눈이 보였다.
이럴 수가. 마커스 헌트다. 그가 죽은 채 발견되었다. 아마도 오늘일 것이다. 나는 다급히 기사 제목을 다시 눌렀다. 하지만 화면은 멈춘 채 꼼짝도 하지 않았다. 자세한 내용을 알 도리가 없었다. 언제, 어떻게 일어난 일인지는 몰라도 마커스 헌트가 살해당했다.
기사는 속보였다. 그렇다면 시체가 막 발견되었다는 뜻이었다. 어젯밤에 죽은 걸까? 궁금한 것 천지였지만 아무것도 알 수 없었다.
하지만 내가 확실히 아는 것이 있었다. 오늘 아침, 차 열쇠가 어제 내가 놓아둔 곳이 아닌 다른 곳에서 발견되었다는 것. 그리고 교도소에서 헌트에게 당한 걸 생각하면 셰인이 그를 죽이고 싶을 정도로 증오했을 거라는 사실.

머리가 어지러웠다. 나는 의자에서 벌떡 일어나 거실을 서성였다. 그러면 어젯밤 일에 대한 단서를 찾을 수 있기라도 한 것처럼. 하지만 집 안은 숨죽인 듯 고요했다. 단서는커녕 먼지만 나부낄 뿐이었다.

계단 밑에 다다른 순간, 나는 우뚝 멈추어 섰다. 난간 위에 손을 얹자 거기에도 먼지가 소복했다.

바로 이 자리에서 팀은 내 목을 졸라 나를 죽이려 했다. 11년 전, 나는 첼시가 있던 방을 뛰쳐나와 계단을 내려오던 중이었다. 귀신이라도 씐 듯 첼시가 나를 칼로 찔러 죽이려 한다는 망상에 사로잡혀 있었다. 그때는 몰랐다. 첼시가 곧 죽게 되리라는 걸. 그리고 첼시를 방에 혼자 두고 나온 내 선택이 결국 내 제일 친한 친구의 목숨을 앗아가게 될 줄은.

나는 눈을 질끈 감았다. 잊으려 애쓸수록 그날 밤의 기억은 더욱 선명해졌다. 그간 희미해져 가던 기억이 지금 이 자리에 서 있으니 어젯밤 일처럼 되살아났다.

그날 밤, 나는 셰인의 방을 뛰쳐나와 계단을 급히 내려오다 무언가에 걸려 넘어졌다. 그리고 그 순간, 팀이 내 몸 위에 올라타 목걸이를 움켜쥐고 내 목을 졸랐다. 샌들우드 향이 콧속 깊이 스며들었다. 그때 천둥이 쳤고, 그 소리 너머로 정체불명의 다른 소리가 들려왔다.

내 몸을 짓누르던 팀의 육중한 무게가 아직도 느껴지는 듯했다. 숨이 막혀왔다. 나는 비명을 내질렀다.

'셰인, 그만해.'

순간 눈이 번쩍 뜨였다. 나는 계단에서 한 걸음 물러섰다. 심장이 미친 듯이 날뛰었다. 시간이 흐를수록 나는 스스로를 의심하기 시작했다. 그때 얼굴을 보지 못했기에 범인을 특정할 수 없었다. 하지만 아니었다. 나는 알고 있었다. 그날 밤에도, 지금 이 순간에도 범인이 누구인지 잘 알고 있다.

셰인이었다.

그날은 우리가 사귄 지 몇 달이 지난 후였다. 나는 그의 몸을 잘 알고 있었다. 내 위에 올라탔던 사람은 틀림없이 셰인이었다. 팀이었다면 몸이 더 마르고 길쭉했을 것이다. 내 목을 조른 범인은 팀이 아니라 셰인이었다. 그리고 어젯밤 헌트를 죽인 사람도 셰인일 것이다. 어떻게 팀이라고 착각했던 걸까?

헌트의 말이 맞았다. 셰인은 교활하다. 나는 그의 술수에 완벽히 속아 넘어갔다.

전신이 으스스 떨려왔다. 11년 전 이 집을 뒤흔들던 천둥소리가 귓전에 다시 울리는 듯했다. 그리고 굉음에 묻혀 거의 들리지 않던 그 소리. 잃어버린 마지막 퍼즐 한 조각처럼 도무지 떠오르지 않던 그 소리가 들리는 것만 같다.

멀리서 울려 퍼지는 비명 소리.

셰인이 거실 바닥에서 내 목을 조를 때, 첼시가 2층 방에서 비명을 질렀다. 날 죽이려는 셰인을 보고 소리친 게 아니었다. 닫힌 방문 안에서 흘러나온 소리였다. 누군가가 칼을 들고 그녀에게 다가가고 있었던 것이다.

하지만 그 누군가가 셰인일 수는 없었다. 동시에 두 장소에 있기란 불가능하지 않은가.

그렇다면 그날 밤 집 안에 살인자가 한 명 더 있었다는 뜻이다.

생존자 셋 가운데 나와 셰인을 제외한 나머지 한 사람.
세상에.
팀이 셰인의 공범이었다.

51

 이제야 아귀가 딱딱 맞아떨어진다. 그동안 눈치채지 못한 나 자신이 믿기지 않았다.
 그날 밤, 셰인은 나를 팀의 집 앞에 내려주었다. 이전에는 한 번도 그런 적이 없었으니 의도적으로 한 짓이 분명했다. 팀은 우연을 가장하여 미리 앞뜰에 나와 있었다. 그러면 내가 그를 파티에 초대할 거라고 예견했을 테니까. 내가 초대하지 않았더라도 팀은 어떻게든 명분을 만들어 따라왔을 것이다.
 셰인네 집에 도착하자마자 평소 서로를 못 잡아먹어 안달이던 두 사람은 소리 죽여 대화를 나누기 시작했다. 그리고 팀과 셰인은 그날 밤 내내 눈빛을 주고받았다. 나는 두 사람이 서로를 싫어해서 그런 줄로만 알았다. 하지만 지금 돌이켜보면 단순한 반감 때문만은 아니었던 것이다.

그날 밤, 팀이 트레이시 기퍼드와 데이트한 적이 있다는 사실을 알고 있던 사람은 셰인이 유일했다. 나머지 사람들은 그 말을 듣고 경악을 금치 못했다. 하지만 셰인이 알고 있는 게 당연했다. 두 사람이 같이 트레이시 기퍼드를 죽였을 테니까. 그날 밤을 위한 살인 연습이었던 셈이다.

브랜던이 죽은 채 발견된 후, 첼시와 나는 이야기를 나누러 집 밖으로 나갔다. 덕분에 거실에는 팀과 셰인 둘만 남겨졌다. 두 사람은 완벽한 기회를 얻은 셈이었다. 셰인은 슬그머니 밖으로 나갔고, 그때 팀이 위층으로 올라가 케일라를 죽인 것이다.

그리고 첼시와 내가 마침내 흩어진 순간, 셰인은 거실에서 내 목을 졸랐다. 계단 아래에서 팀의 시체에 걸려 넘어진 줄 알았건만 아마도 다른 물체였던 모양이었다. 그때 팀은 어둠을 방패 삼아 계단을 올라가고 있었을 것이다. 셰인이 내 숨통을 조이는 동안, 팀은 2층에서 첼시를 죽였다. 그리고 천둥소리가 그녀의 마지막 비명을 삼켜버렸다. 나는 지금껏 살인자가 대체 언제 첼시를 죽인 건지 의아했었다. 이제야 비로소 마지막 퍼즐 조각이 제자리를 찾은 기분이었다.

이후 내가 집에서 도망친 사실을 깨달은 두 사람은 급히 계획을 바꾸었을 것이다. 팀의 복부에 난 자상은 목숨을 앗아가기에는 너무 얕았다. 팀을 피해자처럼 보이게 하려고 꾸민 쇼에 불과했다. 셰인의 머리에 난 혹도 같은 의도였을 터였다. 그러고는 둘 다 의식을 잃은 척 연기한 것이다. 두 사람은 내가 범인의 얼굴을 보지 못했기를 기도했을 것이다. 그래야 그날 밤 학살을 부랑자의 짓으로 돌리고, 빗물에 살인마의 흔적이 모두 씻겨나갔다고 주장할 수 있을 테니까.

그런데 그들의 바람과 달리 내가 셰인을 범인으로 지목하고 나선 것이다. 팀은 저 혼자 살겠다고 내 주장에 동조하며 셰인을 공격했다. 셰인은 배신감에 치를 떨면서도 입을 열 수는 없었을 것이다. 진실을 말하면 자기 입으로 살인을 인정하는 꼴이 될 테니까.

그러다 팀이 또 살인을 저지른 덕분에 셰인이 감옥에서 풀려나게 된 것이다.

순간, 다리에 힘이 풀렸다. 의자에 채 가닿기도 전에 바닥에 풀썩 주저앉고 말았다. 셰인은 미치광이 살인마다. 그날 밤 나를 죽이려 한 사람은 셰인이 틀림없다. 그리고 지금, 그 미친 남자가 내 아들과 함께 숲속에 있다.

아니, 우리 아들과 함께.

손이 후들거려 코트 주머니에서 핸드폰을 꺼내기도 힘들었다. 셰인과 조시를 집으로 불러야 했다. 하지만 내가 사건의 전말을 알아차렸다는 사실을 셰인에게 들켜서는 안 된다. 경찰서로 가 진실을 폭로하기 전에 이 집부터 무사히 빠져나가야 했다.

통화 연결음이 울릴 때마다 심장이 조여왔다. 다섯 번이 울린 후에야 마침내 셰인의 목소리가 울려 퍼졌다. "여보세요? 브룩?"

그의 목소리는 너무나 평온했다. 살인자라고는 믿기 어려울 정도였다. 하지만 지금은 아무것도 모르는 척 연기해야 했다. "응, 나야. 집에는 언제 올 거야?"

"조금만 더 있다가." 셰인이 모호하게 대답했다. "지금 같이 눈사람 만드느라 신났거든."

"그렇구나." 나는 최대한 자연스럽게 목소리를 내려고 노력했다. 하지만 내 평소 목소리가 어땠는지 기억이 나지 않았다. "늦었는데 이제 슬슬 돌아오지 그래?"

"늦다니 무슨 소리야? 해가 지려면 아직 멀었는데."

"아니, 밖이 너무 춥더라고. 조시 감기 걸릴까 걱정돼서."

"따뜻하게 챙겨 입혔으니 괜찮을 거야."

"그래도 그만 놀고 들어오는 게 좋을 것 같아."

핸드폰 너머로 기나긴 침묵이 이어졌다. "글쎄, 내가 네 말을 왜 들어야 하지? 내가 내 아들과 즐거운 시간 좀 보내겠다는데 협조 좀 해, 브룩. 10년 동안 얼굴을 보기는커녕 존재조차 몰랐던 아들이잖아."

숨이 턱 막혀왔다.

"셰인, 제발 내 말 좀—"

"아니, 이제 네가 내 말을 들을 차례야." 셰인이 내 말을 잘랐다. 이제 주도권을 쥔 사람은 내가 아니라 그였다. "자그마치 10년이야, 브룩. 10년 동안 내게 아들이 있다는 사실을 숨겼잖아."

"미안해." 내가 숨을 죽여 대꾸했다.

"사과하기엔 너무 늦었어." 셰인이 콧방귀를 뀌었다. "걱정 마. 이제부턴 내가 조시에게 그동안 못 한 아빠 노릇을 제대로 해줄 참이니까. 너도 무언가를 잃는 기분이 어떤지 이번 기회에 한 번 느껴봐."

"셰인, 지금 대체 무슨 소릴 하는 거야?" 나는 벌떡대는 심장을 부여잡고 의자에서 일어나 현관문으로 달려갔다.

"알면서 뭘 물어, 브룩."

나는 문을 박차고 밖으로 뛰쳐나갔다. 눈을 가늘게 뜨고, 셰인이 조시를 데리고 사라진 숲속을 살폈다. 새하얀 눈밭만 끝없이 이어져 있을 뿐 아무것도 보이지 않았다. 대체 어디로 간 걸까?

"일단 집에 와서 얘기하자." 내가 애원하듯 말했다. "그동안 나 때문에 많이 서운했지? 하지만 아직 늦지 않았어. 우리 가족이잖아. 셋이서 오붓하게 같이 살자." 차 열쇠를 찾으려 코트 주머니로 손을 가져갔다. "지금 어디야? 내가 태우러 갈게."

차를 몰고 길을 따라가다 보면 두 사람의 모습이 보일 것이다. 지구 끝까지라도 따라가서 반드시 찾아내고 말 것이다.

대체 이놈의 열쇠는 어디로 갔담?

"아, 태우러 올 수 있으려나 모르겠네. 차 열쇠가 나한테 있거든."

"아냐, 분명 내 주머니에…." 허겁지겁 코트 주머니를 헤집어 보지만 휴지 뭉치만 나올 뿐이었다. "대체 나한테 왜 이러는 거야?"

"그건 네가 더 잘 알 텐데."

순간 머릿속이 하얘졌다. 모두 내가 자초한 일이었다. 이 괴물 같은 인간을 감옥에서 나오게 한 것도, 내 아들을 숲으로 데려가게 내버려 둔 것도 바로 나였다. 꿈일 것이다. 곧 식은땀에 절어 악몽에서 깨어날 것이다.

'제발, 꿈에서 깨어나!'

현관 계단을 뛰어 내려가다 마지막 칸에서 그만 발을 헛디디고 말았다. 다리가 쭉 미끄러지며 오른쪽 발목에 칼로 찌르는 듯한 통증이 번졌다. 핸드폰이 손에서 튕겨 나가 그대로 눈밭에 박혔다. 나는 얼른 손을 뻗어 다시 핸드폰을 집어 들었다.

"셰인, 제발 부탁이야. 우리 만나서 이야기해." 내가 숨을 헐떡이며 말했다.

"너무 걱정하진 마. 언젠가는 돌아갈 테니까." 내가 안도의 숨을 내쉴 틈도 없이 셰인이 덧붙였다. "너도 네가 저지른 일에 대한 대가는 치러야 하지 않겠어?"

"셰인…."

"아, 궁금하네. 네 비명 소리 말이야. 트레이시 기퍼드보다 더 클까?"

그 말에 입이 떡하니 벌어졌다. 무어라 말하려 했지만 목이 메여 아무 말도 나오지 않았다.

"그럼 잘 지내, 브룩." 핸드폰 너머에서 그가 날 비웃는 소리가 들리는 것만 같았다. "아, 아니지. 다음에 보자고 해야 하나?"

그 순간, 핸드폰 너머로 조시의 웃음소리가 들려왔다. 저 목소리를 다시는 듣지 못할지도 몰랐다.

"셰인! 제발—"

하지만 이미 늦었다. 전화는 끊긴 후였다.

셰인에게 다시 전화를 걸어봤지만 곧장 음성사서함으로 넘어갔다. 셰인은 조시를 데려올 생각이 없다. 지금 어디에 있는지는 몰라도 그는 내가 자신의 속셈을 눈치챘다는 사실을 알고 있다. 이제 주도권은 완전히 그에게 넘어갔다. 설령 셰인이 나를 해치려고 돌아온다 해도 신중하게 움직일 것이다. 수사가 잠잠해질 때까지 잠적할 공산이 크다.

지금 당장 그와 담판을 지어야 했다. 이상하게도 셰인과 맞서는 게 조금도 두렵지 않았다. 내가 두려운 건 그가 내 아들에게 무슨 짓을 할지도 모른다는 사실뿐이었다. 그 괴물 같은 인간이 이렇게 도망치게 둘 수는 없었다.

나는 난간을 붙잡고 간신히 몸을 일으켰다. 오른쪽 발에 체중이 실리는 순간, 날카로운 통증이 몰려왔다. 발목이 삐었거나 부러진 듯했다. 부츠를 벗고 상태를 확인하려다 무슨 소용이냐 싶어 그만두었다. 지금 당장 셰인과 조시를 찾아야 했다.

핸드폰을 집어 들고 떨리는 손가락으로 112를 눌렀다. 조시를 데리고 도망칠 수는 없을 것이다. 곧 실종 경보가 발령되고 경찰이 조시를 찾아낼 것이다. 그리고 셰인은 다시 감옥으로 돌아가게 되겠지. 게다가 셰인에게는 차도 없었다. 열쇠만 가지고 갔을 뿐, 자동차는 여기에 있었다. 도보로 이동할 테니 경찰에게 곧 잡힐 게 분명했다.

하지만 통화 버튼을 아무리 눌러도 연결이 되지 않았다. 눈을 가늘게 뜨고 핸드폰 화면을 확인했다.

서비스 불가.

우연이라기에는 타이밍이 너무 절묘했다. 셰인이 전화를 끊자마자 신호가 끊기다니. 설마 전파 방해 장치라도 가지고 있는 걸까? 11년 전에도 이런 식으로 우리를 고립시켰던 걸까?

이제 어떻게 해야 하지? 핸드폰도 먹통이고 자동차도 없었다. 그렇다면 큰길까지 걸어 나가는 수밖에 없었다. 이 오른발로 가능할까?

하지만 다른 방도가 없었다. 발목이 부러졌다 해도 나를 막을 수는 없었다. 조시를 위해 힘을 내야만 했다. 저 괴물이 내 아들을 데려가게 둘 수는 없었다. 조시에게 무슨 짓을 할지 어찌 알겠는가.

오른쪽 발목에 살짝 체중을 실었다. 엄청난 고통에 눈앞이 아찔했지만 이를 악물고 버텼다. 조시를 위해 버텨 내야만 했다.

나는 절뚝이며 길을 따라 걸었다. 한 걸음 디딜 때마다 칼로 찌르는 듯한 통증이 몰려왔다. 이대로 얼마나 갈 수 있을지 모르지만 멈추지 않을 것이다. 큰길까지 나가 차를 세워 도움을 요청해야 했다.

그 순간, 믿기 힘든 광경이 눈앞에 펼쳐졌다. 저 멀리서 차 한 대가 다가오고 있었다. 마지의 차와 똑같은 초록색 SUV였다. 하늘이 날 돕는 기분이었다. 더는 부러진 발목으로 걷지 않아도 되었다. 11년 전 그날처럼 허공에 팔을 휘휘 흔들었다. SUV가 끼이익 소리를 내며 내 앞에 급히 멈추어 섰다.

"도와주세요!" 내가 애타게 부르짖었다. "제 아들이 납치됐어요! 제발 도와주세요!"

운전석 문이 열리는 순간, 나는 경악을 금치 못했다. 마지였다. 희끄무레한 눈썹을 잔뜩 찌푸린 채 차에서 내린 그녀가 외쳤다. "조시 엄마, 괜찮아요?"

마지가 마침맞게 이 길을 지나가다니, 이 얼마나 기이한 우연인가. 하지만 의심할 겨를도 없었다. 시간이 촉박했다.

"조시가 납치됐어요!" 나는 다리를 절뚝이며 힘겹게 그녀에게 다가갔다. "숲속 어딘가에 있을 거예요. 지금 당장 경찰에 신고해야 해요. 조시가 위험하다고요!"

마지의 시선이 내 발로 떨어졌다. "다쳤어요? 다리를 저는 것 같은데."

"눈길에 미끄러졌어요." 일분일초도 아까운 마당에 이딴 설명이나 하고 있자니 짜증이 치밀었다. "지금 제 핸드폰이 먹통이라서요. 혹시 핸드폰 신호 잡히면 경찰에 대신 신고 좀 해주실래요?"

"물론이죠!" 마지가 몸을 숙여 차 안에서 큼지막한 가방을 꺼냈다. 가방 안을 뒤적거리던 그녀가 핸드폰을 집어 들었다. "이런, 내 핸드폰도 먹통이네요."

역시 그럴 줄 알았다. "그럼 경찰서까지만 태워주실 수 있으세요? 지금 당장요."

마지가 고개를 돌려 숲 쪽을 바라보았다. "근데 조시가 위험한 거 확실해요? 아빠랑 같이 있으니 괜찮을 텐데."

"아주머니." 말을 꺼내려다 멈칫했다.

마지에게 이야기해 준 기억이 없었다. 셰인이 조시의 친아빠라는 말은커녕 셰인과 사귀었다는 얘기도 한 적이 없었다. 게다가 오늘 내가 여기에 온다는 것도 몰랐을 텐데. 나를 보고도 놀라는 기색이 전혀 없었다.

"마지 아주머니?"

그녀의 입가에 섬뜩한 미소가 번졌다. "내 이름은 마지가 아니야. 오래전에 날 만난 적이 있으니 내 진짜 이름도 그때 들었을 테지. 하지만 금세 까먹었을 거야. 하기야 지금까지 내 이름을 기억하는 게 더 이상하겠지." 그녀가 키득거리며 덧붙였다. "음, 이러면 어떨까, 브룩. 내 이름을 한번 맞춰봐. 그럼 셰인과 조시가 있는 곳으로 데려다주도록 하지."

나는 그녀의 주름진 얼굴을 뚫어지게 바라보았다. 내가 기억을 더듬느라 안간힘을 쓰는 사이, 마지가 가방을 다시 뒤지기 시작했다. 그러고는 핸드폰 대신 권총을 집어 들었다.
그리고 그 총구가 나를 향했다.

52

무슨 일이 벌어지고 있는 건지 판단이 서지 않았다. 마지가 왜 총을 들고 있는 걸까? 대체 여기에서 뭐 하는 거지? 그보다 셰인이 조시의 아빠라는 사실은 어떻게 알고 있는 걸까? 그녀에게 말해준 기억이 없었다. 팀 말고는 누구에게도 이야기하지 않았다. 그리고 팀이 그녀에게 말했을 리도 없었다.

"아주머니." 내가 힘겹게 말했다. "저한테 대체 왜 이러시는 거예요? 전 아주머니를 가족이라고 생각했어요."

"뭐, 가족?" 마지가 고개를 뒤로 젖히고 깔깔 웃어댔다. 웃을 때마다 축 늘어진 턱살이 덜렁거렸다. "가족 같은 소리 하고 있네. 내 손주를 보려고 어쩔 수 없이 참아왔던 것뿐이야. 네 얼굴에 침을 확 뱉어 버리고 싶은 걸 간신히 참았다고."

내 입이 떡 벌어졌다. "손주라니요?"

"조시 고 녀석이 좀 귀엽니. 물론 내 새끼만큼은 아니지만. 뭐, 내가 아니라 너 같은 애가 키웠으니 당연한 거 아니겠니. 그 긴 세월 동안 네 요망한 어미가 우리에게 조시의 존재를 꼭꼭 숨겼어. 이게 말이 된다고 생각하니?"

나는 고개를 저었다. "대체 무슨 소릴 하시는 거예요? 딸들이랑 손주들이 있다고 하지 않으셨어요?"

마지가 이를 악물며 총을 더 세게 움켜쥐었다. 그녀의 손마디가 하얗게 변했다. "딸은 무슨. 내겐 아들 딱 하나뿐이야. 내 하나뿐인 아들이 지난 10년 동안 감옥에서 썩어가는 꼴을 지켜봐야 했지. 그러다 1년 전, 내게 손자가 있다는 사실을 알게 됐지."

"당신이… 셰인의 어머니였군요." 나는 놀란 숨을 들이켰다.

"네가 날 알아볼 거라는 기대는 애초에 하지도 않았어." 그녀가 어깨를 으쓱했다. "아주 오래전에 몇 번 본 게 전부고, 너한테 중요한 사람도 아니었을 테니까."

그뿐만이 아니었다. 패멀라 넬슨은 10년 전과는 완전히 다른 사람이 되어 있었다. 내 기억 속 그녀는 까만 머리카락에 풍만한 몸매를 지닌 여성이었다. 하지만 내가 조시의 돌보미로 고용한 여자는 희끗희끗한 머리에 통통한 몸집의 아주머니였다. 그녀의 외모는 지난 10년 동안 몰라보게 바뀌어 있었다. 내가 알아보는 게 더 이상할 정도로.

"셰인 어머님." 나는 실낱같은 희망을 안고 그녀에게 호소했다. 마지는 조시를 무척이나 예뻐했고, 조시도 그녀를 잘 따랐다. 내 어머니보다도 조시를 애틋하게 여기던 그녀였다. 어쩌면 셰인이 어떤 인간인지 아직 모르고 있는지도 몰랐다. 하지만 지금 나에게

총을 겨누고 있는 걸 보면 어느 정도는 알고 있다는 뜻일 터였다. "셰인을 아끼신다는 거 잘 알아요. 하지만 셰인은 극악무도한 범죄를 저질렀어요. 제가 지금껏 잘못 알고 있었어요. 11년 전 그날 밤 팀에게 공범이 있었어요. 셰인이요. 둘이 짜고 세 사람을 죽였던 거예요."

넬슨 부인이 나를 보며 조소했다. "아이고, 얘야. 정말 셰인과 팀이 공모했다고 생각하니?"

"네, 믿어주세요. 팀과 셰인이 공범이에요. 셰인이 거실에서 제 목을 조르는 동안, 팀이 위층에 올라가서 제 친구를 찔러 죽였어요."

"틀렸어. 팀이 그런 게 아니야."

"그걸 어떻게 아세요?"

"당연히 알지." 넬슨 부인이 총을 흔들며 내게 외쳤다. "첼시를 칼로 찌른 사람이 바로 나니까."

이건 또 무슨 소리인가. 온몸에서 피가 쭉 빠져나가는 느낌이었다.

"너 설마 팀 리스 같은 샌님이 살인을 저질렀을 거라고 믿었던 게냐?" 넬슨 부인이 실소를 터뜨렸다. "걔는 우리의 희생양이었을 뿐이야. 그 녀석이 데이트하던 트레이시 기퍼드가 죽었을 때부터 말이야. 그날 밤 일은 셰인과 내가 계획한 거였어. 팀만 살려둬서 경찰이 그 애를 살인 용의자로 점찍도록 유인할 생각이었지. 네가 도망치지만 않았어도 완벽하게 성공했을 거야."

나는 내 귀를 의심했다. 도무지 믿을 수가 없었다. 그럼 팀의 집 지하실에서 내가 봤던 시체는 무엇이란 말인가. "그럼 켈리 언더우드는요?"

넬슨 부인이 부르튼 입술을 혀로 쓱 핥았다. "아, 그거? 내 아들을 감옥에서 빼낼 방법이 필요했거든. 네가 그날 밤 팀의 집에 간다는 걸 알고 내가 미리 준비해 둔 작품이란다. 경찰에 익명으로 제보까지 했지 뭐니. 너랑 팀이 집 열쇠를 교환한 덕에 일이 훨씬 수월했어. 지하실에 들어가는 것쯤은 식은 죽 먹기였거든."

나는 내게 겨눠진 총구를 똑바로 응시했다. 넬슨 부인은 미쳤다. 그야말로 광인이 따로 없었다. 왜 진작 알아차리지 못했을까. 이전 고용주는 그녀에게 극찬을 아끼지 않았다. 그 사람은 대체 누구였을까. 분명 나와 통화한 그 고용주라던 사람도 가짜였을 것이다.

"그 샌님 같은 놈이랑 데이트하는 꼴이 어찌나 눈꼴 사납던지." 그녀가 비웃으며 말을 이었다. "제까짓 게 뭔데 내 손자를 제 아들인 양 대하는 거야? 하지만 난 네가 팀과 계속 만나도록 부추길 수밖에 없었지. 셰인의 누명을 벗길 방법이 그것 하나뿐이었으니까. 아, 팀이 그 목걸이를 선물했을 때 네 표정을 네가 직접 봤어야 했는데. 그 목걸이, 지난여름에 내가 벼룩시장에서 팀에게 판 거였거든. 그날 밤 네가 도망친 뒤에 보니 바닥에 떨어져 있더라고. 언젠가 쓸모가 있겠다 싶어 내가 고이 보관해 뒀지."

얼굴이 홧홧 달아올랐다. 왜 그랬을까. 나는 팀이 좋은 사람이라고 줄곧 믿어왔다. 내 직감을 따랐어야 했는데.

"이유가 뭐죠?" 발목이 시큰거렸지만 통증을 느낄 여유도 없었다. 저 여자가 말을 계속하게 유도해야 했다. 내가 빠져나갈 방법을 궁리할 때까지 내게 방아쇠를 당기지 않도록. "셰인과 작당해서 죄 없는 10대 아이들을 죽인 이유가 대체 뭐예요?"

"나머지 셋을 죽인 건 나도 안타깝게 생각해." 그녀의 말과 달리 목소리는 무심했다. "우리의 목표는 딱 한 사람이었어. 바로 너. 우리를 배신한 대가를 톡톡히 치르게 하고 싶었거든."

"절 죽일 계획이었다고요?"

넬슨 부인이 얼굴로 흘러내린 흰 머리카락을 쓸어 올렸다. "네 부모가 네가 셰인이랑 사귀는 걸 왜 그렇게 반대했는지 궁금하지 않던? 셰인이 지지리 가난한 백인이라서 그런 줄 알았겠지. 하지만 진짜 이유는 따로 있었어. 네가 그 이유를 알았다면 셰인과 몰래 사귀는 일도 없었을 거야. 애초에 남자로 생각하지도 않았을 테니까."

나는 말없이 고개만 가로저었다.

"셰인이 다섯 살이었을 때였지. 난 네 아버지와 사랑에 빠졌어." 그녀의 목소리가 가늘게 흔들렸다. "우린 거의 1년을 함께했어. 네 아버지는 이혼하고 나와 함께 살겠다고 약속했지. 난 그 말을 믿었다. 나와 셰인을 구해줄 사람이라고 철석같이 믿었지. 하지만 네 아버지는 금세 마음을 바꿨어. 아내도, 너도 버릴 수 없다고 했지. 결국 우리를 버리고 떠나버렸어. 그리고 셰인과 내가 누렸어야 할 삶을 네가 대신 누리게 됐지."

"전, 전 처음 듣는 얘기예요."

"당연히 몰랐겠지!" 넬슨 부인이 총을 더 단단히 움켜쥐었다. "넌 행복한 삶을 즐기기에 바빴을 테니까! 네 아빠가 우리에게 무슨 짓을 했는지 알 턱이나 있었겠어? 하지만 네 엄마는 다 알고 있었어. 그러면서도 우리에게 땡전 한 푼도 나눠주지 않았지. 내 아들은 다 쓰러져 가는 이 집의 대출금을 갚느라 고등학교 내내 죽어라 일해야 했어!" 그녀가 잠시 숨을 고른 후 말을 이었다. "그 두 인간은 죽어 마땅했어. 어떻게든 내가 죽였을 거야. 널 이곳으로 불러들이기 위해서가 아니었더라도."

나는 손으로 입을 틀어막았다. 부모님의 죽음은 사고가 아니었다. 이 여자가 죽인 것이었다. 넬슨 부인은 내가 생각했던 것 이상으로 미쳐 있었다.

나는 부모님을 원망했었다. 셰인의 아이를 낳기로 결심한 뒤로 나를 외면한 그들을 결코 용서하지 못했다. 하지만 이제야 부모님의 심정을 조금이나마 이해할 수 있었다. 왜 나를 레이커로 돌아오지 못하게 막았는지, 왜 내 임신 사실을 지인들에게조차 숨겼는지 알 것 같았다. 나를 수치스럽게 여겨서가 아니었다. 이 미친 여자가 손자의 존재를 알아챌까 봐 두려웠던 것이다.

"내가 네 부모에게 무슨 수모를 당했는지 셰인에게 다 말해주었지. 그리고 함께 범행을 계획했어. 전부 셰인의 아이디어였단다. 우리 아들은 이 어미를 위해서라면 못 할 게 없는 효자거든."

"저희 부모님이 한 일은 제가 대신 사과드릴게요." 내가 침착하게 말했다. 평정을 유지해야 했다. 조시를 위해서라도.

"다른 건 몰라도 내게 손자가 있다는 사실은 말해줬어야지!" 넬슨 부인이 울분을 터트렸다. "나한테서 그 많은 걸 빼앗아 간 것도 모자라 조시까지 내게 숨겼어. 내게도 그 아이와 함께할 권리가 있었다고. 고작 지난 여섯 달뿐만이 아니라!"

넬슨 부인의 눈가에 눈물이 맺혔다. 문득 총을 내려놓게 설득할 방법이 있을지도 모른다는 생각이 들었다. 잘만 하면 이성적으로 풀 수 있을 것 같았다. 그녀는 조시를 끔찍이도 아끼지 않는가. 제

정신이 아니기는 해도 조시를 향한 사랑만은 거짓이 아니었다. 아이를 대하는 그녀의 마음은 꾸며낸 것이 아니었다.

"아주머니." 나는 천천히 말을 꺼냈다. "조시가 아주머니를 무척 좋아해요. 지난 몇 달간 저희랑 가족처럼 지내왔잖아요. 아직 늦지 않았어요. 진짜 가족이 되는 길을 찾아봐요."

그녀가 잠시 침묵에 잠겼다. 내 제안을 곰곰이 생각해 보는 눈치였다. 총을 쥔 손이 살짝 내려가더니 표정이 한결 누그러졌다. 하지만 내가 조심스레 한 걸음 다가간 순간, 총구가 다시 나를 겨누었다. "우린 가족이 될 수 없어."

"마지 아주머니, 제발 부탁이에요." 그녀의 진짜 이름이 아니라는 걸 알면서도 무심결에 마지라고 불러버렸다.

"안 돼. 널 믿을 수 없어." 그녀의 목소리는 단호했다. "네 아비가 그랬던 것처럼 너도 우릴 배신할 거야. 조시와 셰인, 그리고 내가 진정한 가족이 되는 방법은 네가 사라지는 것뿐이야!"

"제발…." 무릎이 후들거렸다. "제발, 이러실 필요까진 없잖아요."

"어차피 내가 범인인 줄은 아무도 모를 텐데, 뭐 어때?" 그녀의 입가에 미소가 피어올랐다. "차를 타고 지나가던 부랑자가 한 짓인 줄 알 테지. 셰인과 조시가 숲속에 간 사이, 네 머리를 쏘고 돈을 훔쳐 달아난 거야. 참 안타까운 죽음이지. 그래도 조시에게 돌봐 줄 아빠가 있어 참 다행이지 뭐니."

"제발, 이러지 마세요."

그녀는 날 죽일 작정이다. 셰인과 조시가 숲에서 돌아오면 눈밭에 쓰러져 죽어 있는 나를 발견하겠지. 조시는 늘 아빠를 만나고 싶어 했다. 하지만 아이에게는 내가 필요하다. 엄마 없이 자라게 할 수는 없었다. 내가 용인하지 않을 것이다. 이 미치광이 모자 살인마가 조시를 키우게 내버려 둘 수는 없다.

하지만 어떻게 막는단 말인가.

바로 그때, 숲속 어딘가에서 엄청난 굉음이 바람을 타고 들려왔다. 넬슨 부인이 소리가 나는 쪽으로 고개를 돌리는 순간, 기회가 왔다. 바로 지금이다.

나는 곧장 그녀에게 달려들었다. 마지막 힘을 짜내 그녀의 오른 손목을 잡아챘다.

53

 탕, 총소리가 하늘을 갈랐다. 다행히 총알은 나를 비껴갔다. 허공으로 날아간 모양이었다. 나는 넬슨 부인과 뒤엉켜 몸부림쳤다. 나이에 비해 힘이 너무 셌다. 하지만 나 역시 만만치 않은 근력을 자랑했다. 접질린 발목에서 오는 고통 따위는 안중에도 없었다. 넬슨 부인을 제압해야 했다. 기회는 지금, 딱 한 번뿐이었다. 조시를 위해 그녀를 무찔러야 했다.
 바로 그때, 또 한 번 총성이 울렸다.
 넬슨 부인의 몸이 내 쪽으로 축 늘어졌다. 권총이 차가운 마찰음을 내며 눈길 위로 떨어졌다. 하얀 눈 위로 붉은 핏자국이 퍼져 갔다. 그녀가 총에 맞았다.
 나는 재빨리 총을 집어 들었다. 넬슨 부인이 바닥으로 쓰러졌다. 그녀의 손이 얹어진 연갈색 코트가 검붉게 물들어 갔다. 가슴에 총을 맞은 것이다. 그녀의 얼굴에서 핏기가 점차 사라졌다. 그녀의 생명이 뚝뚝 흘러내려 눈 덮인 바닥 위로 붉은 원을 그리며 퍼져 갔다.

"셰인 어머님? 마지 아주머니?"

그녀의 입이 벌어졌다. 하지만 아무 말소리도 나오지 않았다. 한쪽 입가에서 선홍빛 피가 주룩 흘러내렸다. 바닥에 쓰러진 그녀는 더는 내 얼굴에 총을 겨누던 미치광이가 아니었다. 매일 저녁 내 아들을 위해 정성껏 집밥을 차려주던 다정한 아주머니의 모습이었다. 아이가 학교에서 돌아왔을 때 혼자 외롭지 않도록 늘 제시간에 나타나 반가이 맞아 주던 바로 그 사람.

순간 분노가 울컥 치밀었다. 내가 원한 결과가 아니었다. 넬슨 부인을 쏠 생각도, 그녀를 죽게 할 생각도 없었다. 하지만 내 잘못이 아니었다. 살기 위해서 어쩔 수 없었다. 그녀가 아니면 내가 죽었을 테니까.

그럼에도 기분은 조금도 나아지지 않았다.

나는 눈을 감고 숨을 크게 들이마셨다. 넬슨 부인은 이미 죽었다. 여기서 이러고 있을 시간이 없었다. 날 위협하던 넬슨 부인은 사라졌지만, 내 아들은 아직 미치광이 살인마와 함께였다.

아들을 구해야 했다.

'조시, 조금만 기다려. 엄마가 구하러 갈게.'

나는 오른손에 권총을 쥔 채 절뚝이며 자동차 측면을 돌아 걸어갔다. 총이 있다는 사실만으로도 위안이 되었다. 하지만 셰인도 총을 가지고 있을지 모른다. 사실 나는 총을 어떻게 쏘는지도 몰랐다. 방아쇠를 당기면 발사된다는 것밖에 모르는 내가 상대를 정확히 조준할 수 있을까?

숲속으로 발을 내딛는 순간, 나무 사이로 자그만 그림자가 모습을 드러냈다. 잠시 후에야 그것이 조시라는 걸 알아차렸다. 그런데 혼자였다. 격하게 흐느끼고 있었지만 다친 데는 없어 보였다.

"엄마! 엄마아!"

나는 조시가 볼세라 다급히 총을 주머니에 쑤셔 넣었다. 조시가 내 품으로 달려들어 나를 힘껏 끌어안았다. "조시, 아저씨가 널 아프게 하지는 않았어?"

"엄마!" 조시가 눈물범벅인 얼굴로 나를 올려다보았다. "사고가 났어! 셰인 아저씨가 다친 것 같아."

이건 또 무슨 소리람?

"나무에 쌓여 있던 눈더미가 아저씨 위로 떨어졌어!" 조시가 딸꾹거렸다. "바로 저기야!"

발목을 칼로 후벼파는 듯한 고통을 억누르며 조시를 따라 숲속으로 들어갔다. 한 발짝만 더 가면 쓰러질 것 같은 그때, 저 멀리 눈사람이 보였다. 셰인과 조시가 함께 만든 작품이었다. 조시가 내 팔을 잡아끌며 외쳤다. "엄마, 저기야!"

가까이 다가가고 싶지 않았다. 발목 통증 때문만은 아니었다. 셰인은 11년 전 나를 죽이려 했던 사람이다. 조금 전에는 그의 어머니라는 작자까지 나를 죽이려 했다. 지금은 바닥에 쓰러져 있어도 셰인이 언제 일어날지 모를 일이었다. 이 외딴곳에서 나에게 무슨 해코지를 할지 알 수 없었다. 게다가 잔뜩 겁을 먹은 아이 말고는 목격자도 없지 않은가.

함정일 가능성도 있었다. 다친 척 누워 있다가 내가 다가가는 순간, 벌떡 일어나 내 목을 조르기라도 한다면?

"엄마!" 조시가 내 소매를 잡아당겼다. "빨리 가서 도와줘!"

나는 주머니에 손을 넣어 권총을 움켜쥐었다. 셰인이 날 공격한다면 나도 대항할 준비가 되어 있어야 했다. 그의 어머니를 쏘았으니 그도 쏠 수 있을 것이다.

나는 권총을 꼭 쥔 채 10미터를 더 걸어갔다. 눈사람을 지나자 눈밭에 누워 있는 형체가 나타났다. 아무런 미동도 없었다.

그뿐만이 아니었다. 그의 머리 주위로 선홍빛 핏방울이 튀어 새하얀 눈밭이 붉게 얼룩져 있었다.

"엄마, 아저씨 괜찮아?" 조시가 손등으로 콧물을 닦으며 물었다. "저기 나무에 있던 고드름이 아저씨 위로 와르르 떨어졌어!"

나무들은 저마다 크리스마스트리 장식처럼 고드름을 주렁주렁 매달고 있었다. 그 광경이 눈부시게 아름다웠다. 나는 눈밭 위에 누워 있는 셰인에게 조심스레 다가갔다. 가까워질수록 권총을 쥔 손이 덜덜 떨려왔다. 그의 몸은 눈과 얼음에 반쯤 파묻혀 있었고, 얼굴은 피투성이였다. 이마에 찢긴 상처는 내가 몇 달 전 꿰맸을 때보다 훨씬 크고 깊었다.

두 눈은 크게 뜨인 채 움직이지 않았다.

"빨리 구급차 불러, 엄마!" 조시가 내 소매를 재차 잡아당기며 외쳤다. "병원에 데려가야 해!"

아이에게 사실을 말할 엄두가 나지 않았다. 이 남자를 죽도록 싫어하는 내 마음을 조시가 알 리 없었다. 나무에서 떨어진 고드름이 제 목숨을 구했다는 사실도, 저 눈밭에 파묻힌 남자가 자신이 그토록 만나고 싶어 하던 제 아빠라는 사실도 까맣게 몰랐다.

그리고 셰인이 죽었다는 사실도 알지 못했다.

54

한 달 후

"나 오늘 팀 아저씨 봤어."

조시가 저녁을 먹다가 무심히 폭탄 발언을 했다. 나는 마카로니 앤드 치즈를 입 안 가득 씹고 있던 참이었다. 마지, 아니 패멀라 넬슨이 네 가지 치즈와 마카로니를 섞은 후 버터 향이 감도는 바삭한 빵가루를 뿌려 만들어 주던 고급 요리를 말하는 게 아니었다. 여섯 상자를 묶어 3달러에 파는 즉석식품이었다. 맛을 낸다는 분말 치즈 봉지에는 '치즈 42번'이라고 표기되어 있었다.

나머지 41개의 치즈는 어디로 갔을까. 굳이 알고 싶지도 않았다.

"그래?" 애써 덤덤한 척 물었다. 궁금해 미칠 것 같았지만 알고 싶지 않았다.

"넵." 조시가 마지막 비읍 발음을 파열음처럼 공기를 터트리듯 내뱉었다. 요즘 들어 생긴 짜증 나는 말버릇이었다. "엄마가 편지 부치고 오래서 모퉁이에 있는 우체통에 갔는데, 팀 아저씨가 거기서 있더라고."

순간 머릿속에 수천 개의 질문이 떠올랐다. '어때 보였어? 괜찮아 보였어? 엄마 얘기는 하든? 엄마가 죽도록 싫대?'

"아저씨가 뭐래?"

"그냥 잘 지냈냐고 물어보던데."

"그래서 뭐랬어?"

"잘 지냈다고 했지."

지금껏 조시에게 들은 이야기 중 제일 재미없는 이야기였다. 그런데도 나는 조시의 말 한마디 한마디에 귀를 쫑긋 세웠다. "그리고 그다음엔?"

조시가 가느다란 어깨를 으쓱했다. "집으로 왔지."

팀이 감옥에서 출소한 후 처음으로 조시와 마주친 아슬아슬한 순간의 이야기는 그게 전부였다. 조시는 포크를 다시 집어 들고 마카로니 앤드 치즈를 입에 욱여넣었다. 며칠 전, 팀네 집 앞에 주차된 올즈모빌 한 대를 보았다. 팀의 부모님이 레이커로 돌아온 것이었다. 살인 누명을 벗은 아들을 감옥에서 데려와 다시 삶을 꾸려나갈 수 있게 도와주러 온 모양이었다.

그날, 패멀라 넬슨은 총상을 입고도 죽지 않았다. 도리어 살아남아 다행이었다. 그녀는 모든 범행을 자백했다. 셰인이 하지 못했던 일을 그녀가 해낸 것이다. 아들이 죽었다는 소식을 전하자 그녀는 모든 걸 포기한 듯 경찰에게 전부 털어놓았다.

그녀의 충격적인 이야기는 11년 전으로 거슬러 올라갔다. 어느 날, 셰인이 그녀에게 피로 얼룩진 손을 내보이며 자신이 트레이시 기퍼드를 죽였다고 고백했다. 그리고 그녀는 셰인이 범행을 은폐하도록 도왔다. 트레이시 사건에서 무사히 빠져나가자 두 사람은 기고만장해졌다. 그때, 나를 죽일 계획을 세웠다. 자신들을 버리고 아내와 딸에게 돌아간 내 아버지에게 복수하기 위해서였다. 심지어 켈리 언더우드를 팀의 집으로 유인한 것도 그녀였다. 팀이 우리 집에서 자고 가기로 한 날, 그녀는 팀인 척 켈리에게 문자 메시지를 보냈다. 그러고는 팀의 가정부라 소개하며 켈리를 집 안으로 맞이한 후, 팀이 곧 올 거라는 말과 함께 수면제를 탄 음료를 건넸다. 켈리는 곧 쓰러졌고, 그녀는 켈리를 지하실 계단 아래로 밀어버렸다. 굴러떨어지며 목뼈가 부러졌지만, 켈리의 목숨을 앗아간 건 그다음이었다. 패멀라는 칼을 꺼내 켈리의 목을 그었다.

내가 저지른 큰 실수는 소셜 미디어였다. 부모님은 인터넷에 내 사진을 절대 올리지 말라고 신신당부했다. 하지만 내가 퀸즈에서 일하던 병원의 페이스북에 내 얼굴이 떡하니 도배되어 있을 줄은 꿈에도 몰랐다. 병원에서 주최한 크리스마스 파티 때 찍힌 사진이었다. 그 사진을 보고 패멀라 넬슨은 조시의 존재를 알아냈다. 이후 패멀라는 손자를 숨겼다는 이유로, 그리고 나를 레이커로 다시 불러들일 목적으로 우리 부모님을 살해했다. 심지어 지역 내 모든 병원에 전화를 걸어 내 실력이 형편없다며 불만을 제기하기도 했다. 그래야 내가 교도소에서 일하게 될 테니까.

물론 셰인도 제 몫을 톡톡히 해냈다. 내 전임자를 쫓아내기 위해 엘리스가 재소자들에게 마약을 유통했다고 밀고했다. 물론 사실이 아니었고, 그녀는 무죄를 선고받았다.

DNA 검사 결과 셰인과 패멀라가 모든 살인의 주범으로 드러나자, 검찰은 팀에 대한 기소를 취하했다. 하지만 일 처리가 워낙 느린 탓에 팀은 며칠 전에야 감옥에서 풀려났다.

그리고 나를 찾아오지 않았다.

"팀 아저씨한테 우리 집에 잠깐 오라고 하면 되잖아." 조시가 아무렇지 않게 말했다. "벽장 안에 전등 줄 떨어진 거 고쳐 달라고 하자."

일주일 전이었다. 내가 복도에서 벽장에 불을 켜려고 전등 줄을 잡아당기는 순간, 줄이 툭 하고 끊어졌다. 그때부터 매일 어둠 속을 더듬어 외투를 찾고 있었다. 누가 고쳐 주면 좋기야 하겠지만, 그의 집으로 찾아간들 팀이 나를 반길 리 없었다. 우리 집을 수리해 주기는커녕 문전박대나 당하지 않으면 다행이지.

"그건 안 될 것 같아, 조시." 내가 조심스레 말했다.

"왜?"

"팀 아저씨가 엄마한테 화가 많이 났을 거야."

"왜?"

열 살밖에 안 된 아이에게 최근 몇 달간 벌어진 일을 어떻게 설명해야 할지 나는 알지 못했다. 그래서 내가 직접 말하는 대신 조시를 데리고 상담 치료를 받으러 갔다. 아빠가 끔찍한 사고로 죽는 장면을 코앞에서 목격한 아이 아니던가. 물론 조시는 셰인이 자기 친아빠라는 사실을 아직도 알지 못했다. 영원히 모르기를 바랄 뿐이다.

상담 치료 덕분인지 요즘 조시는 그럭저럭 잘 지낸다. 다만 마지의 부재를 힘겨워했다. 마지가 자백한 후 온라인에는 비난 여론이 들끓었고, 나는 2주간 조시를 학교에 보내지 않았다. 자신이 좋아하던 돌보미가 무슨 짓을 했는지 조시는 몰랐으면 했다.

그리고 그 사람이 자기 친할머니라는 사실도.

"그래도 팀 아저씨한테 한번 말해 봐, 엄마."

"그럴까?"

"응! 아저씨 보고 싶어."

그 말에 가슴이 먹먹해졌다. 조시는 너무 많은 것을 잃었다. 개중에는 자신이 잃었다는 사실조차 모르는 것들도 있었다. 지난 1년 사이 조시는 외할아버지와 외할머니, 그리고 아빠와 할머니까지 모두 잃었다. 이제 아이에게 남은 사람은 나 하나뿐이었다.

팀이 나를 용서해 주리라 기대하지는 않는다. 팀이 나를 용서하지 않더라도, 아이의 곁에만 있어 준다면 그걸로 충분했다.

◆

저녁을 다 먹은 뒤, 나는 코트와 부츠 차림으로 집을 나섰다. 조시는 숙제하라고 집에 남겨 두고 왔다. 아이를 데리고 갈까 잠시 고민했지만 이내 그만두었다. 팀이 냉대하는 모습을 조시에게 보여주고 싶지 않았다. 팀은 나를 절대 용서하지 않을 것이다. 그 문제를 차치하더라도 우리 사이에 즐거운 대화가 오갈 리 없었다.

팀네 집으로 가는 길 위에는 여전히 눈이 얇게 흩뿌려져 있었다. 어릴 적 이 길을 몇 번이나 오갔던가. 너무 많아 셀 수조차 없었다. 집을 나설 때마다 나는 입버릇처럼 외치고는 했다. '나 팀네

집에 갔다 올게!'

팀을 끝까지 믿었어야 했다. 그런 끔찍한 일을 저지를 사람이 아니라는 걸 진즉에 알아봤어야 했다. 하지만 나는 셰인에게 완전히 속아 넘어갔다. 변명처럼 들리겠지만, 그때는 아이의 아빠가 괴물이 아니라고 간절히 믿고 싶었다.

모두 내 불찰이었다.

이윽고 팀의 집 현관에 다다랐다. 나는 두 팔로 몸을 감싼 채 용기를 짜내려 애썼다. 한참을 망설인 끝에 마음이 바뀔세라 얼른 검지를 뻗어 초인종을 눌렀다.

한참을 기다려도 아무 대답이 없었다. 문을 열어줄 생각이 없는 모양이었다. 사과를 전하거나 문전박대를 당하기는커녕, 팀의 얼굴도 못 보고 돌아가야 할 것 같았다.

바로 그때, 잠금장치가 열리는 소리가 났다. 나는 황급히 웃는 얼굴을 했다. 하지만 문을 연 사람은 팀이 아니었다. 바버라 리스였다.

근 10년 만이었다. 하지만 그녀의 얼굴은 족히 20년은 늙어 보였다. 패멀라 넬슨에게 살해당하기 전의 내 어머니처럼. 마지막으로 보았을 때, 팀의 머리칼과 똑같은 단풍빛이었던 그녀의 머리는 눈처럼 하얗게 세어 있었다.

"안녕하세요." 내가 두 손을 부여잡으며 말했다. "바버라 아주머니, 저 브룩이에요."

"그래, 알고 있어."

나를 못 알아볼 리가 없었다. 지난 석 달 동안 세상과 단절되어 산 것도 아니었을 테니까.

"저…." 그녀의 눈을 제대로 쳐다볼 면목이 없어 눈을 되록거렸다. "혹시… 팀 집에 있나요?"

"그래, 집에 있지."

내 청을 쉬이 들어주지는 않을 모양이었다. 하지만 내가 감수해야 할 일이었다.

"팀이랑 잠깐 이야기할 수 있을까요?"

바버라 리스가 나를 빤히 쳐다보았다. 나는 어깨를 펴고 당당해 보이려고 애썼다. 하지만 이미 진 싸움이라는 걸 알고 있었다. 팀과의 관계를 망친 장본인이 바로 나 아니던가. 결국 나 자신뿐만 아니라 조시까지도 팀을 잃고 말았다.

그녀가 긴 침묵 끝에 입을 열었다. "가서 네가 왔다고 전하마."

감사 인사가 절로 나왔다. "정말 감사합니다."

바버라가 고개를 비스듬히 기울이며 나를 훑었다. "지금 보니 참 예쁘구나, 브룩. 팀이 널 왜 그리 좋아했는지 알 것 같네."

퍽 당황스러운 말을 남긴 채 그녀는 문을 반쯤 닫고 집 안으로 사라졌다. 몸이 오들오들 떨려왔다. 내 얇은 재킷은 문밖에서 이렇게 오래 서 있을 만큼 보온성이 뛰어나지 않았다. 그때 집 안에서 고성이 흘러나왔다. 팀과 바버라가 언쟁을 벌이는 듯했다. 무슨 말을 하는지는 잘 들리지 않았지만 한 가지는 분명했다. 팀은 나를 만나고 싶어 하지 않는다.

영겁 같은 시간이 흘렀을 때쯤, 현관문이 다시 열렸다. 그였다. 옆집 소년 팀 리스. 한때 내가 사랑에 빠졌다고 믿었던 남자이자, 살인범으로 몰아 잠시지만 감옥에 보냈던 바로 그 사람.

세상에.

몰골이 형편없었다. 조시의 등교 첫날, 초등학교 앞에서 그를 보고 잠시 가슴이 두근거렸던 기억이 아직도 선명했다. 하지만 지금은 피곤에 절어 수척한 모습이었다. 몸무게가 7킬로그램은 빠진 것 같았다.

그리고 화가 잔뜩 나 있었다.

"브룩." 그의 눈빛이 잘 벼린 단도처럼 날카로웠다. "여긴 뭐 하러 왔어?"

나를 집 안으로 들일 생각은 없는 듯했다. 그는 문 앞을 지키고 선 채 꼼짝도 하지 않았다.

"음…." 말문이 막혔다. 할 말을 미리 준비해 오지 않은 탓이었다. 대본이라도 써서 가져왔더라면 좋았을 텐데, 왜 아무 생각 없이 그냥 온 걸까. "그냥 인사하러 왔어."

팀의 눈썹이 바짝 치켜 올라갔다. "뭐? 인사?"

"그리고 감옥에서 풀려난 것도 축하할 겸 해서." 내가 덧붙였다.

그의 입가에서 웃음기라고는 찾아볼 수 없었다. "너한테 축하받을 일은 아닌 것 같은데."

"그게…." 나는 몸을 비비 꼬았다. "나도 그동안 맘 편히 지냈던 건 아니야."

"난 감옥에 갇혀 있었어, 브룩."

"그건 그렇지만." 내가 고개를 들어 그의 눈을 마주했다. "셰인이 날 죽이려 했어. 너만큼은 아니지만 나도 힘들었다고."

"다 네가 자초한 일 아냐?" 팀이 팔짱을 꼈다. 코트까지 껴입은 나도 몸이 덜덜 떨리는데, 그는 달랑 스웨터 하나만 입고 있었다. 그런데도 추운 기색이 전혀 없었다. "내가 누구인지 말하지 않았어?

셰인은 위험한 놈이라고 계속 경고했잖아. 기억 안 나?"

나는 고개를 떨구었다. 그의 말은 엄연한 사실이었으니까.

"그 자식이 내 배를 찔렀어." 팀이 흉터가 선명히 남은 배 위에 손을 얹었다. "피를 너무 많이 흘려서 정신을 거의 잃었지. 그런데도 난 도망치는 널 보고 죽을힘을 다해 몸을 일으켰어. 바닥에 떨어져 있던 야구 방망이를 집어 들어 셰인을 힘껏 내리쳤지. 그 자식이 널 쫓아가지 못하게 막아야 했으니까. 나도 내가 그런 짓까지 할 줄은 몰랐어. 하지만 그렇지 않으면 네가 위험했으니까."

나는 목이 메어와 마른침을 꿀꺽 삼켰다. 그날 밤 팀이 나를 지키려 했다는 걸 잘 알고 있었다. 그런 그에게 보답은 못 할망정, 나는 살인 누명을 썼다고 말하는 그를 믿지 않았다. "미안해. 널 믿었어야 했는데. 정말 미안해."

팀이 눈을 깜빡이며 나를 바라보았다. "뭐라 할 말이 없네. 사과하기엔 이미 너무 늦었어."

"나도 알아. 네가 날 미워한다는 거." 나는 두 손을 포개 쥐었다. "나 같아도 그랬을 거야. 하지만 조시를 미워하지는 말아줘. 모든 걸 다 잃고 엄마만 남은 애야. 그런데 널 정말 좋아해. 잠깐이라도 좋으니 한 번만 만나주면 안 될까? 아이가 무척 좋아할 거야. 네가 불편하면 난 밖에 나가 있을게. 아니면 내가 조시를 여기로 보낼 수도 있고. 제발 부탁이야."

팀이 나를 빤히 응시했다. 읽기 힘든 표정이었다. 잠시 후, 그의 입에서 나온 한마디에 가슴이 무너졌다. "아니야."

"제발, 팀." 아들을 위해서라면 애원이라도 해야 했다. 지금 내 자존심 따위가 중요하겠는가. "제발 딱 한 번만 만나줘. 너도 그

애를 많이 아끼잖아."

팀이 고개를 저었다. "아니, 내 말은 그게 아니라⋯ 널 미워하지 않는다고."

순간 내 귀를 의심했다.

"어, 그러니까⋯." 팀의 미간이 살짝 찌푸려졌다. 자신이 내뱉은 말에 스스로도 놀란 듯했다. "너한테 화가 난 건 맞아. 아주 많이. 그 많은 일을 함께 겪고도 넌 여전히 날 의심했잖아. 그런데 브룩, 우리가 서로 알고 지낸 세월이 얼만데. 우리 갓난아기 때부터 친구였잖아. 넌 내 평생 제일 친한 친구였어. 뭐, 이미 알고 있겠지만 내 첫사랑도⋯ 너였지. 그날 밤 너한테 잘하라고 셰인에게 했던 말도 진심이었어. 넌 최고의 대우를 받아 마땅한 사람이니까." 팀의 목울대가 크게 오르내렸다. "그러니까 아니, 난 널 미워하지 않아. 그럴 수가 없거든."

그가 나를 미워하지 않는다. 팀이 나를 미워하지 않는다니, 가슴이 벅차올라 눈물이 쏟아질 것만 같았다.

"조시가 벽장 전등 줄이 끊어졌다고 자꾸 구시렁거려. 너랑 같이 고치고 싶은가 봐. 혹시 시간 되면⋯."

한동안 침묵하던 팀이 이윽고 고개를 끄덕이며 말했다. "이번 주말에 들러서 한번 볼게."

"고마워."

"고마워하지 않아도 돼."

나는 슬쩍 웃어 보였다. "그럼 주말에 봐."

하지만 팀이 문을 닫기 직전, 나는 보았다. 아주 찰나의 순간이라 하마터면 놓칠 뻔했지만 똑똑히 보았다. 그의 입가에 미소가 번지는 모습을.

 그는 나를 미워하지 않는다. 그것만으로도 충분했다. 우정이란 본디 미약한 불씨 하나로도 다시 활활 타오르는 법 아니던가.

에필로그

석 달 후

조시

오늘은 정말 끝내주는 하루였다. 학교에서 수학 시험을 쳤는데 만점을 받았기 때문이다. 모든 문제를 다 맞혔다. 심지어 보너스 문제까지! 우리 반에서 그 문제를 맞힌 사람은 나 혼자뿐이었다.

팀 아저씨는 나를 무척 대견스러워했다. 엄마와 아저씨는 한동안 서로 원수처럼 지내더니, 요즘은 아저씨가 다시 우리 집에 자주 오기 시작했다. 그리고 내 수학 공부도 도와주었다. 어젯밤에는 내가 방으로 자러 들어간 후에도 둘이 주방에 남아 이야기를 계속 나누었다. 그러다 새벽 6시쯤 자다 깨서 화장실에 갔는데, 엄마

방에서 맨발로 살금살금 걸어 나오는 아저씨와 딱 마주쳤다. 아저씨는 입술 위에 손가락을 대며 '엄마에게는 비밀'이라는 무언의 신호를 보냈다.

팀 아저씨는 정말 좋은 사람이다. 나는 아저씨가 좋다. 아저씨가 다시 우리 집에 자주 와서 너무 행복하다. 진짜 아빠는 아니지만, 엄마가 팀 아저씨랑 결혼한다고 해도 난 괜찮을 것 같다. 어차피 우리 아빠는 나를 만나고 싶어 하지도 않는 것 같으니까.

사실 팀 아저씨가 집에 자주 와서 좋은 이유가 하나 더 있다. 엄마가 새로 고용한 돌보미 아줌마가 마음이 들지 않기 때문이다. 마지 아주머니가 올 때가 훨씬 좋았다. 아주머니는 늘 다정했고, 요리도 엄마보다, 아니 세상에서 최고로 잘했다. 무엇보다 요리할 때마다 내게 재미있는 일을 맡겨 주었다. 마지 아주머니는 내게 자주 말하고는 했다. "내가 세상에서 제일 좋아하는 사람이 누군지 아니? 바로 너란다."라고.

그런데 어느 날, 엄마가 청천벽력 같은 소식을 전했다. 마지 아주머니가 아주 나쁜 짓을 저질러서 다시는 우리 집에 오지 못하게 됐다는 것이다. 며칠 뒤, 텔레비전을 보는데 뜬금없이 아주머니 사진이 화면에 나왔다. 이상하게도 '마지'가 아니라 '패멀라 넬슨'이라는 이름으로 아주머니를 불렀다. 하필 그때 엄마가 텔레비전 화면을 보더니 확 꺼 버렸다.

아무튼 팀 아저씨가 다시 우리 곁으로 돌아와서 참 좋다. 아저씨는 엄마를 행복하게 해준다. 그리고 무척 똑똑하다. 그래서인지 아저씨가 하는 말은 다 귀담아듣게 된다.

여기로 이사 온 지 얼마 안 되었을 때였다. 엄마는 외출 중이었고, 나는 팀 아저씨와 거실 소파에 나란히 앉아 있었다. 그때 아저씨가 말했다. "조시, 아저씨가 너한테 아주 중요한 이야기를 하나 해야겠다."

"뭔데요?" 나는 최대한 진지한 표정을 지었다. 중요한 이야기를 들어도 될 만큼 어른스럽다는 걸 보여주고 싶은 마음에서였다.

"언젠가 셰인 넬슨이라는 남자가 찾아와서 네 엄마를 해치려고 할지도 몰라. 그 사람은 아주 나쁜 사람이야. 만약 그 남자가 찾아오거나 연락하면 꼭 명심하도록 해. 아주 위험한 사람이라는 걸."

나는 진중한 표정으로 고개를 끄덕였다. 아저씨가 나를 믿고 중요한 이야기를 해줘서 기분이 좋았다. 하지만 셰인 넬슨이라는 사람을 실제로 만나게 될 거라고는 생각하지 않았다.

그러던 어느 날, 엄마가 손님이라며 셰인 넬슨이라는 이름의 남자를 진짜 집으로 데려왔다. 그때는 정말이지 놀라 까무러칠 뻔했다. 겉보기에는 그리 위험한 사람처럼 보이지 않았다. 하지만 팀 아저씨가 한 말이 자꾸 귓가에 맴돌았다. '그 남자는 네 엄마를 해치려 한다.' 아저씨는 이 말을 절대 잊지 말라고 했다.

나는 팀 아저씨를 믿는다.

그래서 그 남자가 눈사람을 만들자며 나를 숲으로 데려갔을 때, 나는 주위를 유심히 살폈다. 나무마다 고드름이 주렁주렁 매달려 있었다. 하나같이 크고 날카로워 보였다. 그 남자는 나보다 몸집이 훨씬 컸기에 엄마를 지키려면 지금이 유일한 기회라고 생각했다.

나는 그 남자가 나무 아래에 설 때까지 기다렸다. 그리고 두 손을 뻗어 가지를 잡고 마구 흔들었다. 눈과 얼음이 한꺼번에 그에게 쏟아져 내렸다.

엄청난 양의 눈과 얼음에 제대로 맞은 그는 균형을 잃고 쓰러졌다. 나는 조심스레 다가가 상태를 확인했다. 작년에 리틀 야구 경기 중, 올리버가 제이든이 실수로 던진 공에 머리를 맞았을 때처럼 완전히 정신을 잃었기를 바랐다. 하지만 내 바람과 달리 그 남자는 멀쩡해 보였다. 눈밭에 쓰러진 채로 머리를 문질렀다.

 바로 그때, 땅바닥에 떨어진 고드름 하나가 눈에 들어왔다.

 내 팔뚝만 한 크기에 어린이용 야구 방망이만큼 길었다. 나는 리틀 리그 야구단에서 공을 제일 잘 치는 타자였다. 장갑 낀 손으로 고드름을 집어 들고, 가을에 팀 아저씨에게 배운 대로 힘차게 휘둘렀다. 한 번, 두 번, 세 번.

 고드름이 부러질까 걱정했지만 생각보다 단단했다. 마지막까지 부서지지 않고 온전히 버텨 냈다.

 고드름이 처음 머리에 박혔을 때 그는 괴성을 내질렀다. 하지만 두 번째, 세 번째에는 아무런 소리도 내지 않았다. 그리고 이내 움직임이 완전히 멈추었다. 정확히 몇 번을 휘둘렀는지는 기억이 나지 않았다.

 엄마는 늘 말하고는 했다. 잘못했으면 미안하다고 말해야 한다고. 하지만 이번만큼은 전혀 미안하지 않았다. 고드름을 그의 머리에 내리꽂은 일을 후회하지 않는다. 팀 아저씨가 그랬다. 저 남자는 위험한 사람이라고, 언젠가 엄마를 해치고 말 거라고. 그리고 그가 조금 전 전화로 엄마에게 못된 말을 하는 것도 다 들었다. 역시 팀 아저씨는 항상 옳은 말만 한다.

 나는 내가 해야 할 일을 했을 뿐이다.

 엄마를 위해서라면, 나는 어떤 일이라도 할 수 있으니까.

옮긴이 정미정

대학에서 미생물학과 영어영문학을 전공하고, 이화여자대학교 통번역대학원 한영번역과를 졸업했다. 현재 바른번역 소속 번역가로 활동 중이다. 옮긴 책으로는 《하우스메이드3》, 《살인 리스트》, 《죽은 자의 결혼식》, 《시간 속으로》, 《우리 가족의 하루는 36시간입니다》가 있다.

THE INMATE
재소자

초판1쇄 2025년 12월 4일
저자 프리다 맥파든
옮긴이 정미정
편집 나다연 **디자인** 배석현
ISBN 979-11-93324-74-5 03840

발행인 아이아키텍트 주식회사
출판브랜드 북플라자
주소 서울시 강남구 학동로 329 북플라자 타워
홈페이지 www.bookplaza.co.kr

오탈자 제보 등 기타 문의사항은 book.plaza@hanmail.net으로 보내주세요.
잘못된 책은 구입하신 서점에서 교환해 드립니다.